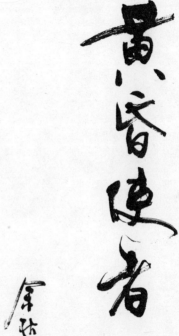

黄昏使者

金敬迈题

Dusk Wactch

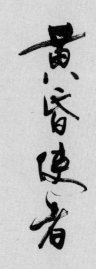

Сумеречный Дозор

[俄] 谢尔盖·卢基扬年科 著
Sergey Lukianenko

吴健平 译

人民文学出版社

著作权合同登记：图字 01-2007-5994 号

СЕРГЕЙ ЛУКЬЯНЕНКО
Сумеречный дозор

图书在版编目(CIP)数据

黄昏使者/(俄罗斯)卢基扬年科著；吴健平译.—北京：人民文学出版社，2008.1
ISBN 978-7-02-006527-1

Ⅰ.黄… Ⅱ.①卢…②吴… Ⅲ.长篇小说-俄罗斯-现代 Ⅳ.I512.45

中国版本图书馆 CIP 数据核字(2007)第 185076 号

责任编辑：温哲仙
特约策划：吴文娟
封面设计：高静芳

黄昏使者
Huang Hun Shi Zhe

〔俄〕谢尔盖·卢基扬年科 著

吴健平 译

人民文学出版社出版
http://www.rw-cn.com
北京朝内大街 166 号 邮编：100705
山东新华印刷厂德州厂印装 新华书店经销
字数 324 千字 开本 880×1 230 毫米 1/32 印张 11.75 插页 2
2008 年 1 月北京第 1 版 2008 年 1 月第 1 次印刷
印数 1—30 000
ISBN 978-7-02-006527-1
定价：27.00 元

本书与光明力量无关。
——守夜人巡查队

本书与黑暗力量无关。
——守日人巡查队

目　录

第一部

无主的时间

序

　　真正的庭院在莫斯科的维索茨基大街和奥库贾瓦大街之间①消失了。

　　在十月革命以后，为了废除厨房里的奴隶制度，房子里见不到厨房了，奇怪的是，那时并没有人打院子的主意。每一座沿街的"斯大林式小洋楼"必定都有一个院子——面积宽大，绿草如茵，有小桌，有长凳，每天清晨看院人踏着柏油路干活。可是如今到了五层预制板楼房的时代，于是，院子萎缩了，变得光秃秃。有一段时间举止得体的看院人换了性别，看院子的全都成了女人，在她们看来，揪淘气男孩的耳朵是她们应尽的职责，还对喝醉酒回家的居民唠叨个没完。可是尽管如此，院子还是存在的。

　　后来，似乎要证明建设的加速度，新造的房子纷纷向上攀升，从九楼升到十六楼，或者升到二十楼。似乎对每一幢房子来说最重要的是使用空间，而不是面积。院子缩小了，房子紧挨着大门口，门一开就是人行道，男男女女看院子的人不见了，取而代之的是合用公寓雇用的物业管理员。

　　不，后来院子还是回来过的。不过它们好像对以前遭到的忽视感到委屈似的，远不是所有的房子都能等到它们。新的院子由高高的围墙护着，门口坐着新调来的年轻人，在英式草坪下面是一个隐蔽的地下车库。孩子们在家庭女教师的看护下在这些院子里玩耍，喝得醉醺醺的居民被他们的贴身保镖从奔驰车和宝马车里拖出来，而英式草坪上的垃圾由新一代看院人用小型德国清扫机打扫。

---

　　①　莫斯科并无这两条大街，最近有人主张用维索茨基(1938—1980)和奥库贾瓦(1924—1997)这两位俄罗斯弹唱诗人和歌手的名字取代现在的大共产主义街和十月革命街，市政府曾开会讨论此事，但尚未作出决定。

这个院子是新式院子。

莫斯科河岸边的多层塔楼闻名全俄罗斯，它们成了首都的新象征——取代了渐渐失去光泽的克里姆林宫和商店林立的中央百货公司。花岗石砌成的堤岸，自成一格的码头，抹上威尼斯灰泥的台阶，咖啡馆和饭店，美容厅和超级市场，当然，每套住宅都有两三百个平方。也许，新俄罗斯需要这样的象征——豪华而庸俗，仿佛资本原始积累时代人们脖子上挂着的粗大的金链子。大部分早就买下的房子都空关着，咖啡馆和饭店不到旺季全都关门歇业，污水浊浪拍打着混凝土码头——这一切都无关紧要。

在一个暖和的夏夜，有个人在岸边散步，他从来也不戴金项链。他非常敏感，他的审美观完全变了样。他把中国制造的阿迪达斯及时换成了深红色的西装，又率先淘汰了深红色西装，换上了范思哲套装。他进行体育锻炼也比别人超前——他扔掉网球拍，玩起了高山滑雪，比克里姆林宫的高官都领先了一个月……可惜在他那样的年纪，只能兴致勃勃地站在高山草地上看别人滑雪。

他喜欢住在"第九戈尔基高档住宅区"的别墅里，只跟情人一起去那种窗户面河的景观房。

不过他也打算不再跟老情人来往，伟哥毕竟无法战胜年龄，配偶间的忠诚开始成为时尚。

司机和保镖站得离他相当远，听不见主人的说话声。不过风会把片言只语送到他们耳旁——这有什么好奇怪的？人为什么不能在工作日快要结束的时候独自面对汹涌的波涛，自言自语一阵呢？没有一个交谈者会比你本人更理解你。

"我还是要重复我的建议……"那人说。"我再重复一遍。"

星星透过城市上空的云烟闪烁出暗淡的光芒。河对岸没有院子的多层楼房的小窗户里亮起了灯。蜿蜒在码头边的美观的路灯每隔四盏有一盏亮着——这只是因为某个大人物心血来潮，想在河边散步的缘故。

"我再重复一遍。"那人低声说。

波浪哗哗地拍打着堤岸，——回答也随之而来：

"这不可能。绝对不可能。"

站在码头上的人对来自虚空的声音并不感到奇怪，他点点头，问道：

"那么那些吸血鬼呢？"

"那是个例外，"隐身交谈者口气软下来。"吸血鬼会为您举行成年仪式。要是您让这种妖怪启了蒙……不，我不撒谎了。那些吸血鬼讨厌阳光，但并非深恶痛绝，再说，也没必要拒绝意大利烩饭里的大蒜……"

"那又怎么样？"那人问，他不由自主地把一只手放到了胸前。"是灵魂吗？必须要吸血吗？"

虚空轻声笑起来：

"只不过因为饥饿，永久的饥饿。还有内心的空虚。您对此不感兴趣，我有把握。"

"还有什么？"人问。

"变形人，"隐身人几乎是得意地说道。"他们也会为人类举行成年仪式。不过变形人也是黑暗使者的低级成员。大部分时间一切都是美好的……可是当发作的日子临近时，您就无法支配自己了。每个月有三四个夜晚。有时候少一些，有时候多一些。"

"新月。"那人理解地点点头。

虚空又传来笑声：

"不，变形人的发作同月亮周期不相干。十点至十二点以后直到变形的那一刻，您会觉得自己渐渐失去理智。不过，谁也不会给您预备确切的时间表。"

"没必要，"人冷冰冰地说，"我重复我的……请求。我想成为他者。不是被兽性的疯狂所支配的低级他者，也不是创造伟大事业的伟大的魔法师。我要做最普通、最平常的他者……你们那里是怎么分类的？分七个等级吗？"

"这不可能，"夜回答。"您没有他者的能力。一点也没有。可以教会不懂乐音的人拉小提琴,不具备任何体育素质的人可以成为运动员,但您无法成为他者。您是另一种类型。我十分遗憾。"

岸边的人笑了起来:

"没有什么不可能的。既然他者的低级成员能够为人类举行成年仪式,那我就应该有可能、有能力成为魔法师。"

黑暗一言不发。

"顺便说一句,我没有说想成为黑暗使者,我丝毫也不想喝童贞的血、在田野上追逐处女或者奸笑着干坏事,"人愤愤地说。"我是多么心甘情愿地要行善……总之,您心里怎么想,我根本就无所谓!"

"这……"夜疲倦地说。

"这是您的问题,"人答道,"我给您一个星期,一星期之后我要得到对这个请求的答复。"

"请求?"夜进一步问。

岸上的人笑了起来。

"是的。眼下我只是请求。"

他转身朝汽车走去——伏尔加,这个牌子的汽车大约再过半年时间就会再次时兴起来。

Chapter 1

即使你非常热爱自己的工作,到了休假结束前的最后一天也免不了会发愁。一星期前我在干净的西班牙海滨浴场享受日光浴,品尝了西班牙风味的平锅菜饭(老实说,乌兹别克抓饭味道更鲜美),在中国小饭店喝了冰凉的淡葡萄酒饮料(不知怎么会得出结论,中国人做西班牙风味的饮料比当地人做得好),还在许多小店里购买了各种纪念品。

现在莫斯科又到了夏天,虽说天气并不炎热,但却闷得让人难受。在休假的最后一天,想让大脑继续休息是不可能的,但要马上开始工作,人人都会断然拒绝。

也许,正因为如此格谢尔打来的电话着实让我兴奋了一下。

"早上好,安东,"头儿张口就说,没有做自我介绍。"祝贺你度假归来。听出我的声音了吗?"

不知从什么时候开始格谢尔的电话铃声我能够凭感觉猜出。今天他的电话铃声好像变了,变得急迫、威严。

不过我没有急于把这些告诉头儿。

"听出来了,鲍利斯·伊格纳季耶维奇。"

"你一个人吗?"格谢尔问。

多余的问题。他确信,格谢尔很清楚斯维特兰娜此刻在哪里。

"一个人。姑娘们都在别墅呢。"

"瞧这事情安排得可真好,"头儿在话筒那一头叹了口气说,他的嗓音中出现了非常富有同情心的语调。"奥莉加今天一早也坐飞机去度假了……一半同事去南方享受日光浴了……你能不能现在就到办公室来?"

我还没来得及回答,格谢尔就起劲地说:

"太好了! 那么,我们四十分钟后再见。"

我很想骂格谢尔是精神上的伪君子——当然,先得把话筒放好。

可是我没有说出来。首先，不用任何电话头儿也能听到我说的话。其次，是不是伪君子我不知道，反正他不能算庸俗的伪君子。不过最重要的是想节约时间。如果我打算说，我四十分钟后到，又何必浪费时间非让人家听你说呢？

还有，接到电话我很高兴，反正白天已经结束，别墅我要过一个星期才去。收拾房间还不到时候——像任何自命不凡的男人一样，这种家务活我只干一次，到单身生活结束前的最后一天才干。去别人家里做客或者邀请人家来做客我是绝对不愿意的。所以度假结束后提前一天回去上班要有益得多，必要时还可以问心无愧地要求补假。

就算我们通常不习惯请求补假，那也无妨。

"谢谢您，头儿，"我亲切地说。我把未读完的一本书放下，从圈椅上站起来，伸了个懒腰。

不料电话铃又响了。

自然，格谢尔那里不得不打电话去打招呼说"对不起"了。不过这么做有装腔作势之嫌。

"喂！"我一本正经地说。

"安东，是我呀。"

"斯维特卡①，"我说，重新坐回到圈椅上。我紧张起来——斯维特兰娜的声音不对劲，有点恐慌。"斯韦特卡，娜佳怎么啦？"

"很好，"她迅速答道。"别着急。你最好说说，你那里情况怎么样？"

我沉思了片刻。没有酗酒，没有把女人带回家，屋子里没有积满灰尘，甚至我用过的餐具……

接下来该轮到我说话了。

"格谢尔来过电话，刚刚来的。"

"他有什么事找你？"斯维特兰娜连忙问。

"没什么大事。他让我今天去上班。"

---

① 斯维特卡是斯维特兰娜的爱称。

“安东，我预感到会出事，不祥的事。你答应了吗？你去上班吗？”

“干吗不去呢？反正闲着也没事干。”

斯维特兰娜在电话线的那一头不吭声了。（不过移动电话哪来的电话线呢？）接着，她十分不乐意地说：

“你知道吗，我好像心里堵得慌。信不信，我预感到大祸要临头了？”

我暗自一笑：

“是的，伟大的女魔法师。”

“安东，严肃点！”斯维特兰娜顿时激动起来。平时我叫她伟大的女魔法师时她都会这样。“听我说……如果格谢尔要你办什么事，你不要答应。”

“斯维塔①，既然格谢尔叫我去，那他一定是有事要我去办。就是说，他人手不够。听说大家都去度假了……”

“当炮灰的人手不够，”斯维特兰娜奚落道。“安东……好吧，反正你也不会听我的话。不过你得多加小心。”

“斯维特卡，你别把事情想得这么严重，以为格谢尔要害我，”我谨慎地说，“我明白你对他的态度……”

“多加小心，”斯维特兰娜说，“为了我们，好吗？”

“好的，”我答应，“我一直很小心。”

“要是我还预感到什么，我会再打电话给你，”斯维特兰娜说。看来，她稍稍放心一些了。“你也要打电话给我们，好吗？即使发生了不同寻常的事，你也要打电话。行吗？”

“我一定打。”

斯维特兰娜沉默了片刻，挂电话前又叮嘱道：

“你最好还是离开巡查队。光明力量三级魔法师……”

对话就这么轻而易举地结束了，好像有点可疑——最后一句刻薄话。尽管对于这个话题我们说好了不谈的。早就说好了——三年前斯

---

① 斯维塔，斯维特兰娜的小名。

维特兰娜离开守夜人巡查队时就说好了。一次也没有食言。当然,我对妻子谈论过工作……关于那些我不想忘记的事情。她总是兴致勃勃地听着。可是现在——突然破例了。

难道她真的是预感到了什么不祥?

结果出门的准备工作我做了很久,心里闷闷不乐。穿上一套西装,随即又换成牛仔裤和格子衬衣,然后又觉得这些衣服都不合适,再换上一条短裤和一件黑色 T 恤,T 恤上印着:"我的朋友处于临床死亡状态,不过他从冥府带给我的全部礼物就是这件 T 恤!"我要像乐观的德国旅行者那样,所以在格谢尔面前我要保持休假归来的好心情,哪怕是做做样子……

结果我出门时离头儿定的到达时间只差二十分钟了,不得不打的过去,先要弄清楚去那里的最近路线,然后提示司机走哪条路不堵车。

司机不大乐意接受我的提示,对我的话非常不相信。

不过我们没有迟到。

电梯停着——身穿蓝色工作服的小伙子正动作熟练地把装有水泥混凝土的纸袋往里面装。我爬楼梯时才发现我们办公楼的二层楼正在进行整修。工人们在墙上贴石膏板,在这里忙活的是泥工,他们正忙着涂抹接缝。与此同时,安装吊顶的工作也在进行着,吊顶里面已经铺设了空调管子。

我们的总务主任维塔利·马尔科维奇还是坚持了自己的意见!他迫使头儿慷慨地进行了这么一次装修,甚至还在什么地方筹集到了资金。

耽搁了一刹那间后我透过黄昏界看了看干活的工人。是人。不是他者。果然不出所料。只有一个泥工,那个其貌不扬的乡巴佬,他的生物电场好像有点可疑。但是一会儿工夫后我就明白了,他只不过是在恋爱。爱他的妻子!世上的好人竟然还没有灭绝!

三四层楼已经装修完毕,这使得我的情绪完全变好了。总算在计算机中心也能享受到阴凉了。就算我现在不是每天去那儿,但是……

我边跑边同警卫人员打招呼,他们显然是装修期间被特意安排在这里的。跑到格谢尔的办公室门口,碰上了谢苗,他正一本正经地用教训的口气在开导尤利娅。

时间过得真快……三年前尤利娅还完全是个黄毛丫头,可现在已经出落成一个年轻漂亮的大姑娘了。她是个大有前途的女魔法师,守夜人巡查队欧洲分部已经召唤过她。那边喜欢挑选年轻、能干的人当助手——听听操各种不同语言的声音谈论重要的大事……

不过这一次情况不同了。格谢尔连尤莉卡[1]也不肯放,还威胁说,他要招募欧洲的年轻人到他这里来工作。

真想知道,在这种情况下尤利娅自己是怎么想的。

"被召回来了?"谢苗理解地问道,他一看见我就中断了谈话。"或者是你休假结束了?"

"休假也结束了,也是被召回来的,"我说,"发生什么事了吗? 你好,尤莉卡。"

不知为什么我跟谢苗从不打招呼。好像是刚刚碰上的陌生人。他看起来一直没什么变化——衣着非常朴素、随便,总是满脸倦容,活像个刚进城的农民。

可是今天谢苗看起来比平时更不修边幅。

"你好,安东,"姑娘笑了笑,脸上露出了不高兴的神情。看来,谢苗把她给教训了一顿——教训人可是他的拿手好戏。

"什么事也没发生。"谢苗摇了摇头。"平安无事。上星期抓到两个老巫婆,不过这也是小事一桩。"

"好极了,"我说,竭力不去注意尤莉卡抱怨的目光,"我到头儿那里去。"

谢苗点点头,转身面对姑娘。走进会客室时我还听见他的声音:

"听着,尤利娅,这个工作我干了六十年,但如此不负责任……"

他态度严肃,不过骂她仅仅是因为工作,所以我不打算帮尤莉卡解

---

① 尤莉卡是尤利娅的爱称。

围——摆脱这场谈话。

会客室里现在装上了空调,可以听到轻轻的机器运转声,天花板上装饰着卤素射灯,拉里莎坐在里面。看来,格谢尔的女秘书加洛奇卡去度假了,而我们的这位调度员手头的工作又确实不多。

"你好,安东,"拉里莎跟我打招呼,"你气色很好。"

"我在海滨浴场待了两星期。"我得意地说。

拉里莎瞥了一眼手表:

"让我马上放你进去,可是头儿那里现在还有客人。进去吗?"

"进去,"我拿定主意,"难道让我白赶来了不成?"

"鲍利斯·伊格纳季耶维奇,戈罗杰茨基来找您了,"拉里莎对着系统内分机说。她向我点点头,说:"去吧……啊呀,那里可真热……"

走进格谢尔办公室的门确实让人感到很热。在他办公桌前有两个中年男子正坐在圈椅里遭罪,我暗自给他们起名瘦子和胖子。不过两个人都在流汗。

"我们看到了什么?"格谢尔用责备的口气问他们,眼睛朝我瞟过来。"过来吧,安东,请坐,我马上就好……"

胖子和瘦子稍稍打起精神来。

"一个无知的家庭主妇……歪曲了所有事实……既庸俗又粗野……从各个方面误导你们!用尽一切手段!"

"正因为她既庸俗又粗野,所以才会误导我们。"胖子阴郁地顶撞说。

"您吩咐过'一切都要像原来一样',"瘦子证实。"结果就是这样了,圣明的格谢尔!"

我透过黄昏界看了看格谢尔的两个客人。怎么会呢!又是人类!还知道头儿的名字和尊号。而且说起话来公然冷嘲热讽!当然,什么情况都有可能发生,不过要格谢尔亲口对人类坦白……

"好吧,"格谢尔点点头。"我再让你们试一次。这次你们要单独行动。"

胖子和瘦子互相使了个眼色。

"我们会竭尽全力的，"胖子和善地笑了笑，"您要明白，我们一定会获得成功……"

格谢尔扑哧一笑。仿佛收到了无形的信号：谈话该结束了。客人们站起来，握住头儿的手道了别，走出门去。在会客室里瘦子好像很开心，对拉里莎说了句轻佻的话，对方笑了起来。

"是人吗？"我谨慎地问道。

格谢尔点点头，不怀好意地瞥了一眼门，叹了口气：

"是人，是人……好了，戈罗杰茨基，坐下吧。"

我坐下来，可格谢尔迟迟不开口说话。他手里在摆弄着一些纸，在挑拣着一些磨得十分光滑的彩色玻璃小碎片，它们给堆在一个粗糙的泥钵子里。我很想瞧瞧，这是护身符呢还是普通的玻璃碴。但是坐在格谢尔面前我不敢这么放肆。

"假期过得怎么样？"格谢尔问，似乎千方百计想找借口推迟谈话。

"不错，"我回答，"斯维塔不在身边，当然很寂寞。不过幸好没把娜久什卡①硬拖去烤西班牙火炉。犯不着……"

"犯不着，"格谢尔赞成。我不知道伟大的魔法师有没有孩子。这种信息他们连自己人也不会透露。多半是有的。大概他能够体会类似父爱的情感。"安东，是你打电话给斯维特兰娜的吗？"

"不，"我摇了摇头，"她跟您联系过吗？"

格谢尔点点头。突然他发作了——用拳头一击桌子，脱口而出：

"她究竟是怎么想的？ 起初她开小差离开了巡查队……"

"格谢尔，我们大家都有权利辞职不干。"我插了一句，但格谢尔根本就不想原谅她。

"开小差！像她这样级别的女魔法师是不能随心所欲的！没有权力随心所欲！既然……既然叫光明力量……以后——要把女儿培养成一个人！"

"娜佳是人，"我说，意识到自己也火了。"她能不能成为他者——

---

① 娜久什卡是娜杰日达的爱称，娜佳是小名。

得由她自己决定……圣明的格谢尔!"

头儿明白,此刻我情绪也很激动。他换了一种语气。

"好吧。这是你们的权利。你们就逃避战斗吧,破坏女儿的生活吧……随你们的便吧! 不过这仇恨是打哪儿来的呢?"

"斯维塔都说了些什么?"我问。

格谢尔叹了口气:

"你妻子打过电话给我。她无权知道这个号码……"

"可见,是不知道。"我插了一句。

"她说:我准备杀了你! 我要开始执行一个长远计划,要消灭你的肉体!"

我看了一会儿格谢尔的眼睛,随后笑了起来。

"你觉得好笑吗?"格谢尔嗓音里带着痛苦问道。"真的好笑吗?"

"格谢尔……"我好容易才止住笑。"对不起,能不能说实话?"

"请吧……"

"您是我认识的人当中最大的阴谋家。比扎武隆厉害。马基雅弗利①跟您相比简直是小巫见大巫。"

"对马基雅弗利你可不该低估,"格谢尔嘟囔了一句。"这么说,你知道我是阴谋家了。接下去呢?"

"接下去我相信,您不打算杀掉我。情况危急的时候,也许您会要我去送命。为了拯救大量人类和光明使者。不过,为了现在这样……就去精心策划……搞阴谋诡计……这个我不相信。"

"谢天谢地,你的情绪总算好一点了,"格谢尔点点头。不知道我的话是不是刺伤了他。"那么,斯维特兰娜会不会一意孤行呢? 你要原谅她,安东……"格谢尔冷不丁语塞了,甚至移开了目光。不过结束时他说:"你们不想要孩子吗? 再要一个?"

我顿住了,晃了晃脑袋;

---

① 马基雅弗利(1469—1527),意大利政治思想家、历史学家。在《君主论》一书中提出君主为达到目的,可不择手段,这本书给他留下了不讲道义、不顾廉耻的恶名。

"不要……大概不要……不要,否则她会说的!"

"女人有时候会犯糊涂,当她们怀孕的时候,"格谢尔嘟哝了一句,又动手挑拣他的玻璃碴去了。"她们到处都会看到危险——孩子、丈夫、自己……或者,也许她现在……"不过这时候伟大的魔法师不好意思起来,连忙把话打住:"胡说八道……忘了吧。到乡下去看看妻子吧,跟小姑娘一起玩玩,喝喝刚挤出来的鲜奶……"

"我的休假到明天就结束了,"我提醒说。啊呀,好像有点不妥!"我想,我今天就该开始工作了吧?"

格谢尔对我瞪着眼睛说:

"安东!哪还有什么工作啊?斯维特兰娜训了我十五分钟,假如她是黑暗使者,我头上现在就会悬着地狱之门了!好吧,工作取消了。我答应再给你一个星期休假——你去看看妻子吧,到乡下去!"

在我们莫斯科分部有一种说法:"光明使者有三件事情做不到,即安排个人生活、全世界得到和平与幸福以及从格谢尔那里得到补假。"

个人生活,坦白说,我是满意的。现在还得到了一个星期的补假。

可能,全世界的和平与幸福已经快要来临了吧?

"你不高兴?"格谢尔问。

"高兴,"我承认。不,在岳母警惕的目光监视下在田里锄草,这样的情形不会让我欢欣鼓舞。可是还有斯维塔和娜佳在。娜佳,娜坚卡①,娜久什卡。我的奇迹已经发生了两年。她还是人类,人类……潜在的——伟大的他者。如此伟大,格谢尔本人连她的鞋掌都不如……我想象着伟大的光明魔法师格谢尔的鞋掌被换成娜佳的凉鞋鞋掌,便得意地笑了起来。

"到会计室去一趟,有津贴发给你……"格谢尔继续说,他没有猜到我心里在对他进行着怎样的嘲笑。"怎么跟他们说,你自己去琢磨吧……随便找个理由,为了你多年的勤恳工作。"

"格谢尔,这算什么工作呀?"我问。

---

① 娜坚卡,娜杰日达的爱称。

格谢尔一言不发，两眼紧盯着我。见没有效果，便说：

"等我把一切都告诉你了之后，你得打电话给斯维特兰娜，直接从这里打。你要问她：你答应还是不答应。行吗？关于休假你也要对她说。"

"出什么事了？"

格谢尔没有回答，他打开桌子抽屉，取出一个黑色皮文件夹递给我。文件夹显然具有魔法——是一种颇有分量且带有杀气的魔法。

"你放心地打开吧，你已经获得许可……"格谢尔嘟哝说。

我打开文件夹——未经许可的他者或者人类打开以后它就会变成一把灰。文件夹里放着一封信。只有这么一个信封。

我们办公楼的地址是用报纸上剪下的字母细心地粘成的。

回信的地址自然是没有的。

"字母是从三张报纸上剪下来的，"格谢尔说，"《真理报》、《商人报》和《论据与事实》报。"

"别出心裁，"我承认，"可以打开吗？"

"打开吧，打开吧。刑侦专家已经对信封把能做的都做了。没有任何指纹，胶水是中国制造的，苏联报刊局的任何售货亭都能买到。"

"信纸用的是卫生纸！"我惊讶万分地喊道，从信封里拿出信纸。"这纸应该是干净的吧？"

"很遗憾，"格谢尔说，"一点也看不出有机肥料的痕迹，廉价的普通卫生纸。广告上号称有'五十四米'长的那种卷筒卫生纸。"

沿着孔线随意撕下的一张手纸，上面的文章也是用那种大小不一的字母粘成的。确切地说，整句整句的话只有结尾处偶尔可以辨认出几个字，简直是对铅字的大不敬：

守夜人想必有兴趣知道，有一个他者对一个人类泄露了他者的所有真相，现在他正准备把这个人类变成他者。同情者。

我本该笑的，但不知为什么不想笑。非但没有笑，还一针见血地指出：

"'守夜人'——整句整句的话都是现成的,只有结尾处做了改动。"

"《论据与事实》报刊登过这样的文章,"格谢尔解释说,"报道电视塔火灾那篇文章。篇名是《奥斯坦基诺电视塔①的守夜人》。"

"别出心裁,"我承认,提到电视塔我稍稍哆嗦了一下。那可不是最快乐的时刻……也不是最快乐的冒险。黑暗使者的脸将一辈子都跟着我,我是在黄昏界里把他从电视塔上推下来的。

"别懊丧,安东。你做得全都对,"格谢尔说,"我们来谈正事吧。"

"谈吧,鲍利斯·伊格纳季耶维奇,"我叫了头儿没当官时用的名字,"此事当真吗?"

格谢尔耸了耸肩:

"信连魔法的痕迹都没有,或者是人写的,或者是本领很大的他者,他能够消灭痕迹。如果是人写的,那就是说,真相确实暴露了。如果是他者写的……那么这完全是不负责任的挑拨离间。"

"一点痕迹也没有吗?"我想再次确认。

"一点也没有。惟一的线索是邮局的邮戳。"格谢尔皱了皱眉头。"不过,这里有非常明显的依据……"

"信是从克里姆林宫寄出的吗?"我快活起来。

"可以这么说,投信的信箱位于'阿索'住宅群区域内。"

红屋顶的高楼——这样的建筑,毫无疑问,会受到斯大林同志的称赞,我认为。不过只是以旁观者的身份来看。

"那里你就一直没进去过吗?"

"没进去过,"格谢尔点点头。"因此,从'阿索'发来的信已经对信纸、胶水和字母都做过手脚了,这个未知的人只是犯了一个最不该犯的大错……"

我摇摇头。

"或者是要把我们引入假象……"这时格谢尔停顿了一下,警惕地

---

① 奥斯坦基诺电视塔位于莫斯科,于一九六七年建成,高五百四十米,是仅次于加拿大多伦多电视塔的世界第二高塔。

观察着我的反应。

我想了想，又摇摇头。

"太幼稚了。不对。"

"或者是'同情者'，"说最后一个词儿时格谢尔带着明显的嘲讽口气，"而且是真的想给我们一个线索。"

"为什么?"我问。

"那么，他为什么要寄出这封信呢?"格谢尔提醒说，"安东，你知道，我们不可能对信没有反应。我们作最坏的打算——确实有一个他者叛徒，他有能力向人类公开我们存在的秘密。"

"可是谁会相信他呢?"

"要是人类不相信的话，他者可以展示自己独特的本领。"

不用说，格谢尔是对的。可是我没有弄明白，是谁要这么做，他为什么要这么做。即使是最愚蠢、最凶恶的黑暗使者也该明白，真相大白以后会发生什么事。

人类将重新开始猎捕巫师。

黑暗使者也好，光明使者也好，都会被人类当做巫师来猎杀，凡是具有他者能力的生物……

包括斯维塔，包括娜久什卡。

"怎样才能'把这个人类变成他者'?"我问，"吸血吗?"

"吸血鬼、变形人……"格谢尔两手一摊。"所有的生物，大概吧。成年仪式只可能达到黑暗力量最低级、最原始的水平，而复仇不得不付出失去人的本质的代价。通过成年仪式把人变成魔法师是不可能的。"

"娜久什卡……"我小声说，"您不是已经改写了斯维特兰娜的命运之书吗!"

格谢尔摇摇头：

"不，安东，你的女儿命中注定是个伟大的女魔法师，我们只能确认这个事实，除非有什么偶然因素……"

"叶戈尔，"我提醒说，"小男孩已经成了黑暗使者……"

"对他，我们已经擦去了被激发的记号，让他有机会重新选择，"格谢尔点点头。"安东,我们能够干涉的一切只跟选择黑暗力量或光明力量有关。但是选择做人还是做他者,我们没有权力。世界上谁也没有这个权力。"

"这么说,问题涉及到吸血鬼,"我说,"比方说,在黑暗力量当中又发现了一个正在恋爱的吸血鬼……"

格谢尔两手一摊。

"有可能。那样的话一切问题就多少会简单些了。黑暗力量要考验他们的败类,他们不会比我们的兴趣低……顺便说说。他们也收到了这样一封信。跟我们那封一模一样。也是从'阿索'寄出的。"

"那么宗教法庭没有收到吗?"

"你变得越来越有洞察力了嘛,"格谢尔冷冷一笑,"他们也收到了。通过邮寄,从'阿索'寄出。"

格谢尔显然在暗示着什么。我想了想,又作了个有洞察力的结论:

"可见,进行调查的既有两个巡查队,也有宗教法庭,对不?"

格谢尔的目光中闪出一丝悲观。

"结果是这样。在特殊情况下,万不得已时,在人类面前暴露真相是被允许的。你自己知道……"他用头点了点他的客人出去的那扇门,"不过这是在特殊情况下,而且要受到某些魔法的限制。现在的情况要糟得多。看来,有一个他者打算拿激发仪式做交易。"

想象着为俄罗斯新贵效劳的吸血鬼,我笑了。"您不想真正喝一回人民的鲜血吗,善良的先生?"不过……问题根本就不在于喝血。甚至最低级的吸血鬼或者变形人也有力量。他们不怕生病,他们的寿命非常非常长。对于他们的体力也不能忽视——变形人连卡列林①都能战胜,连泰森的嘴巴也敢打。还有那个"麦斯麦催眠术"、他们得心应手的"召唤术"。任何女人都可以属于你,只要你去召唤。

当然,在现实生活中,吸血鬼也好,变形人也好,都受到许多限制的

---

① 亚历山大·卡列林(1967—),俄罗斯摔跤运动员,曾连续三次获得奥运会男子一百三十公斤古典式摔跤冠军,被称为"西伯利亚熊"。

束缚。这限制甚至比魔法更强大——他们喜怒无常的性格使然。不过,新生的吸血鬼会知道这一点吗?

"你笑什么?"格谢尔问。

"我在想象报纸上的广告:我要成为吸血鬼。可靠,优质,担保一百年。价格可以商量。"

格谢尔点点头:

"有道理。我命令你去检查一下报纸和因特网的广告网站。"

我瞧了瞧格谢尔,但是到底还是没搞清楚,他是在开玩笑还是说真的。

"我觉得,真正的危险是不存在的,"我说,"很可能某个精神不太正常的吸血鬼决定要挣些钱,在某个新贵面前炫耀了几次,表示愿意……就……一口咬下去。"

"被咬了一口就昏迷不醒了。"格谢尔鼓励我。

我振作起来,继续说:

"某个人……比方说——这个人的妻子知道了这个可怕的愿望!当丈夫还在犹豫不决的时候,她就打定主意给我们写了信,指望我们去消灭吸血鬼,让她丈夫继续做人类。由此可以解释两者的组合:从报纸上剪下的字母和'阿索'的邮局。还有呼救声!她不能对我们直说,不过她想出办法用一个个字母央求我们——救救我的丈夫!"

"浪漫主义者,"格谢尔不以为然地说。"'要是您珍惜生命和理智,那就离泥潭沼泽远一点……'于是她就用剪刀喀嚓喀嚓从新出的《真理报》上剪下了字母……地址也是从报纸上剪下来的吧?"

"是宗教法庭的地址!"我恍然大悟,大叫一声。

"这下你说对了,你会把信寄到宗教法庭去吗?"

我哑口无言。我这不是授人口实,自投罗网吗?要知道格谢尔直截了当地对我提到了寄信到宗教法庭去这件事。

"在我们守夜人巡查队里他们的地址只有我一个人知道。守日人巡查队里,我认为只有扎武隆知道。由此可以得出什么结论,戈罗杰茨基?"

"信是您寄的,或者是扎武隆。"

格谢尔只是扑哧一笑。

"宗教法庭非常紧张吗?"我问。

"紧张——不能这么说。出卖激发术这件事本身并不会让他们感到不安。巡查队的日常工作就是发现破坏者,惩罚他们,不让他们逃跑。别说是我们,即使是黑暗力量,也照样会被发生的事激怒的……不过,写给宗教法庭的信——这是一个特殊的问题。他们人不多,你自己知道。要是某一方违反了和约,宗教法庭就会站在另一方那边,这样就维持了平衡。这使得我们大家都养成了遵守纪律的习惯。不过,假定在一个巡查队的内部已经酝酿成熟一个计划,要达到最终的胜利,一队全副武装的魔法师联合起来,他们就有能力在一夜之间打死所有的宗教法官——当然,前提是他们都了解宗教法庭。谁在里面供职,家住在哪里,文件保存在哪里……"

"信寄到了他们的总部吗?"我进一步问。

"是的。再过六小时总部就会人去楼空,大楼里将会发生火灾——根据这个情况可以断定,宗教法庭正是在那里存放了他们的所有档案。这件事我也不太清楚。总之,把信寄到宗教法庭以后,人类……或者是他者向他们当面提出了挑战。现在宗教法庭正要去追捕他。官方的解释是:由于秘密被泄露,要尝试为人类举行激发仪式。实际上是为自己的性命担心。"

"从来也没有想到,他们会本能地担心自己的性命。"我说。

格谢尔点点头:

"本能可真是个厉害的东西,安东。你看,真没想到,信息会让人去思考……为什么宗教法庭一直没有出现叛徒?黑暗力量和光明力量都去过那里,在那里受训。而后黑暗力量的罪犯被交给黑暗力量严惩,光明一方也是如此,一旦他们违反和约。"

"那么就选宗教法庭内部个性与众不同的成员来问话呢?"我推测道。

"他们从来也不会犯错吧?"格谢尔用怀疑的口气问道。"这种事情不大常见。历史上没有一次违反和约的事件是因为宗教法官而发生的……"

"显然,他们对违反和约的后果太清楚了。有个住在布拉格的法官就曾经说过:'我们都十分恐惧。'"

格谢尔皱了皱眉头。

"维杰斯拉夫……他爱美……好吧,不要把事情告诉这些人。情况很简单——有他者在,或者会违反和约,或者会愚弄巡查队和宗教法庭。宗教法庭会完成他们的调查。黑暗力量——有他们自己的调查。我们也是需要的助手。"

"能不能问一下?为什么恰恰选中我?"

格谢尔两手一摊:

"有好些个原因。第一,有可能在调查过程中不得不同吸血鬼发生冲突。而你是我们这儿研究黑暗力量低级成员方面的专家。"

不,他好像没有笑……

"第二,"格谢尔继续说,"按德国方式,要把握紧拳头的手指掰开、弄平。宗教法庭选派的官方调查人员是你的熟人。维杰斯拉夫和埃德加尔。"

"埃德加尔在莫斯科吗?"我感到奇怪。不能说,三年前调到宗教法庭的那个黑暗力量的魔法师是我喜欢的人。不过……不过可以说,他不是我讨厌的人。

"在莫斯科。四个月前他结业后就乘飞机到我们这儿来了。既然因为工作关系你不得不同宗教法官接触,那么任何私人交往都是有益的。"

"同他们接触并不是太愉快的。"我提醒说。

"怎么,我答应过在工作时间让你享受泰式按摩了吗?"格谢尔吵架似的问。"第三个原因,为什么我恰恰要派你去完成这项任务……"他不吭声了。

我等着。

"黑暗力量派来的调查人员也是你的老相识。"

那人的名字格谢尔已经不用说了。可是他继续说道：

"康斯坦丁。年轻的吸血鬼……你从前的邻居。我好像记得,你们俩关系很好。"

"是的,当然,"我愁眉苦脸地说。"他还是个孩子的时候,只喝猪血,他渴望摆脱这种'该诅咒的事'……那时候他不明白,他的朋友,光明力量的魔法师,像他一样,筋疲力尽。"

"这就是生活。"格谢尔证实。

"他可是已经喝过人的鲜血了,"我说,"当然! 他还在守日人巡查队里得到过晋升。"

"他成了高级吸血鬼,"格谢尔说,"欧洲最年轻的高级吸血鬼。如果用我们的标准来衡量,那就是……"

"第二、第三级别的力量,"我小声说。"杀害了五六条生命的生命。"

科斯佳①啊科斯佳……我当时还是个少不更事的光明魔法师,无论如何也没办法把朋友拉到巡查队这边来,同老朋友的关系迅速中断了……他者同人类不能做朋友……蓦然发现,跟我走一扇大门进出的邻居原来是黑暗使者。一家子吸血鬼。父母是吸血鬼,连婴儿也被激发过。的确,这没有什么不好。用不着夜里出去巡查,用不着申请许可证,可以合法地喝猪血和供血者的血。这种想法使我这个傻瓜放松了警惕。我和他们成了朋友。甚至去他们家串门。甚至邀请他们来家里做客! 请他们吃的食物是我亲手做的,他们还夸了我一番……可是,我这个傻瓜怎么就不明白呢,人做的食物他们吃起来味道不好,他们受着自古以来就有的永久的饥饿的折磨。小吸血鬼甚至立志要做个生物学家,找到戒除吸血恶习的方法……

后来我就第一次杀掉了吸血鬼。

后来科斯佳就去了守日人巡查队。我不知道他有没有读完他的生物学,但儿时的幻想似乎已经被淡忘了……

---

① 科斯佳,康斯坦丁的小名。

他开始得到杀人的许可证,在三年时间里就达到了高级吸血鬼的级别吧?这件事他想必是得到了帮助的。守日人巡查队尽一切可能使科斯佳这个好小伙子一次又一次得到权利用獠牙咬住人的脖子……

我甚至已经猜出是谁帮了他。

"安东,你怎么认为,"格谢尔说,"在这种情况下我们这边应该派谁去调查呢?"

我从口袋里掏出手机,拨了斯维塔的号码。

Chapter 2

干我们这一行很少有机会要在隐藏身份的情况下工作。

首先,这得把自己他者的身份完全掩盖起来,不让自己暴露,这就得藏好自己的生物电场,不使出力量,在黄昏界中也不能流露怒气。这似乎十分简单——如果你是五级魔法师,你就不会被级别更低的魔法师——六级或七级的发现。如果你是一级魔法师,你就能向二级和更低级别的魔法师隐瞒真相。如果你是超等级的大魔法师……那么,就没有任何人能认出你。

格谢尔亲自为我进行伪装,就在我跟斯维特兰娜的通话结束之后。谈话简短而不快,我们没有吵架,没有。只不过她心情非常不好。

其次,你还需要假履历。最简单方法是用魔法保障假履历被认可——要让陌生人心甘情愿把你当成兄弟、亲家或者战友,你曾经跟他一起开小差逃跑,一起喝酒解闷。不过任何魔法都会留下痕迹,会被各种级别比你强大的他者发现。

因此,我的假履历不能跟魔法有丝毫关系。格谢尔把在"阿索"的一套房子的钥匙交给我——位于八楼的一百五十平方米的房子。房子已经办了手续,过户到我的名下,而且半年前就已经付款买下。见我瞪大了眼睛,格谢尔解释说,合同是今天早上才签的,只是填上了以前的日期。因为用了一笔巨款,所以房子在任务完成以后必须归还。

得到宝马的钥匙就像是拿到了一次补发工资。车子不是新的,也不是最豪华的,不过倒也正和给我用的这套小房子相配。

随后办公室里走进一个裁缝——上了年纪的忧郁的犹太人,七级他者。他为我量了尺寸,答应黄昏前把西装做好,并说"这个孩子会变得像个人的"。格谢尔对裁缝极其客气,亲自为他开门,又把他送到客厅,告别时羞怯地问,他那件"廉价大衣"做得怎么样了。裁缝说,不必着急,严寒季节快到时圣明的格谢尔穿的合适的大衣一定会做好的。

听了这些话以后,我对格谢尔允许我将西装永久留下这件事不再觉得有什么可高兴的了。显然,真正精细的东西裁缝在半天时间里是做不出的。

格谢尔答应提供领带,他甚至还教了我特别时髦的一种系法。之后又发给我一包纸币,给了商店的地址,吩咐我自己去买其他一切符合身份的日常生活必需品,包括内衣、手帕和袜子。还为我安排了一个顾问——伊格纳特,他是我们的魔法师,在守日人巡查队那边被戏称为夜魔人,或者夜魔女——反正对他来说这没什么区别。

逛精品商店我感到十分快活——伊格纳特到了那地方简直就是如鱼得水。可是去理发店,确切地说是"美容沙龙",却让我筋疲力尽。有两个女人和一个小伙子依次打量我,那个小伙子的目光像同性恋者那么脉脉含情,不过他并不是这样的人。大家长时间叹着气,对我的理发师提出一些我不敢苟同的发型构思。要是都照他们说的去做——那么理发师的余生就只能去给光秃秃的绵羊剪羊毛了,而且不知为什么得到塔吉克斯坦去。可见,这是对理发师最恐怖的诅咒了……我甚至决定,完成任务以后到最近一年常去理发的二级理发店去一趟,看看理发师的头上有没有悬着地狱之门。

美容专家的集体智慧决定,要使我不出丑,只有把发式改成分头。这样就活像一个把集市上的小贩洗劫一空的小土匪了。他们安慰我说,今年夏天看样子会很热,头发短舒服。

忙活了一个多小时的理发结束后,我又被他们剪指甲、修脚地折腾了一番。随后,伊格纳特满意地带我去口腔医生那儿,医生用专业洁齿设备帮我清除了牙石,并建议我每半年进行一次洁齿。洁齿以后牙齿好像变得光溜溜了,甚至舌头舔上去也觉得不舒服。所以,对伊格纳特那句语意双关的对白:"安东,现在你可真成了理想的恋爱对象了!"我没有找到适当的答话,只含糊不清地嘟哝了一句。回办公楼的路上满脑子都是他那句语意暧昧的俏皮话。

西装已经做好,等着我去试穿。裁缝不乐意地嘟哝说,他做的衣服用不着试第二次——正如因为意外怀孕而结婚一样。

我不知道，要是所有因为意外怀孕而缔结的婚姻都像这套西装那么成功的话，离婚率是不是就会接近零。

　　格谢尔又跟裁缝聊了一会儿他那件大衣，他们为纽扣进行了长时间激烈的争论，直到圣明的魔法师让步为止。我站在窗户旁边，望着夜色中的大街和"自己的"汽车上面一闪一闪的车灯灯光。

　　车子不会被偷走的……防盗警铃我不能装，它会比笑话中的施蒂尔利茨①——跟在降落伞后面跑的追求者——更加轻易地出卖我。

　　今天晚上我将要在新房子里过夜了，而且还要假装不是第一次住在这里。还好，家里没有人在等我。妻子也好，女儿也好，小猫小狗也好，都不在……甚至玻璃缸里的鱼儿也没有带来，我做得对……

　　"你明白自己要完成的任务吗？戈罗杰茨基？"格谢尔问。当我在窗户旁想家的时候，裁缝已经离开了。穿上新西装的我心情非常舒畅。尽管头发剪得太短，但我并没有觉得自己是江洋大盗，而是一个正人君子。比如，向各个小店收取租金的人。

　　"入住'阿索'，跟邻居们搞好关系，寻找他者叛徒和其潜藏的主顾的踪迹。发现情况就报告。遇到其他调查人员举止要彬彬有礼，要互相交换情报，共同协作。"

　　格谢尔站到我旁边，靠着窗户，点点头，说道：

　　"没错，安东，没错……只不过最重要的一点让你给漏掉了。"

　　"是吗？"我问。

　　"你不必听信任何谣言，甚至是最可信的……尤其是最可信的！他者可能是吸血鬼或者变形人……也可能都不是。"

　　我点点头。

　　"他有可能是黑暗力量的，"格谢尔说，"也有可能是光明力量的。"

　　我一言不发。我脑子里也是这么想的。

　　"最重要的是，"格谢尔补充说，"'打算把这个人类变成他者'，这有

---

　　① 施蒂尔利茨，俄罗斯民间笑话中的著名人物，常常以侦察员或间谍的形象出现，关于他的笑话中有许多俏皮话和双关语，十分有趣。

可能是虚张声势。"

"也有可能不是吧?"我问,"格谢尔,毕竟还是有可能把人变成他者的吧?"

"难道你以为我会隐瞒这种事情?"格谢尔问。"有多少人成了他者后前途就被毁掉了……又有多少好人命中注定只能过短暂的一生……这种事情从来也没有发生过,一次也没有发生过,但总有一天会发生第一次。"

"那么,我就可以认为这是可能的。"我说。

"我不能给你任何护身符,"格谢尔叹息道,"你自己明白,即便能使用魔法,你也最好克制自己别用。惟一可以做的就是透过黄昏界去观察。不过一旦有必要,我们会迅速赶到。只要你发出召唤。"

他沉默了一会儿又补充说:

"我不希望发生任何打斗冲突。但是你应该做好准备。"

我从来也没有机会把汽车停到地下车库去。还好,车库里停的车并不多,混凝土坡道上灯光明亮,门卫坐在电脑监控屏前面,客气地告诉我,我的车位在哪里。

原来,计划中我的汽车至少有两辆。

停好车,从后备厢里取出购物袋,打开车子的信号装置以后,我朝出口处走去。门卫冷不防向我提了一个奇怪的问题:电梯坏了吗? 我不得不皱起眉头,挥挥手对他解释:快一年没到这里来了。

门卫对我住的大楼和楼层颇感兴趣,一直把我送到电梯口。

在电梯间柔软的革面墙壁、镜子和舒适的空气包围中我登上了八楼。甚至还感到遗憾,住得这么低。不,我并不是想住顶层公寓,可是毕竟……

在楼梯间——如果可以用这个乏味的字眼来表示一个三十平方米的大厅的话——我在几扇门之间踱了一会儿步。童话出乎意料地结束了。有一扇门里根本就没有门脸。穿过空荡荡的门框之后就是黑漆漆的一片空地——只有混凝土的墙壁,混凝土的地面,房间里没有任何隔断。勉强能听到几下滴水声。

要在三扇已经安装好的门当中作选择必须花很长时间——门上看不到门牌号码。最后，我终于在一扇门上发现了用尖物草草刻上的号码，另一扇门上有粉笔写过的痕迹。看样子，我家的门是第三扇，三扇中最不起眼的那扇。格谢尔完全可能派人在这套总的来说没有门的房子里监视我，不过那样的话，所有的假履历不就都见鬼去了嘛……

我掏出一串钥匙，轻而易举地打开了门，找了找开关，结果找到一大堆开关。

我动手把开关一个个打开。

等到房间里充满了灯光，我便关上门，若有所思地打量起四周来。

不，这里有什么东西。也许吧。

房子从前的主人……好吧，好吧，按照假履历这应该是我。那么，开始装修的时候，我想必满脑子都是拿破仑的计划。不然还能用什么来解释美观的镶木地板、橡木窗框、大金空调和所有其他优质生活的标志呢？

接下去大概我的钱就用完了，因为像艺术家工作室一般大的房间——没有任何隔开的东西——尚且丝毫未经装修，里面空荡荡的。在计划作厨房的那个角落里放着一只歪歪斜斜的布雷斯特煤气灶，完全可以用来给婴儿热碎麦米粥。但炉圈上直接放着一台普通微波炉，仿佛在暗示这煤气炉"不许用"！可是在样子很难看的煤气灶上方悬着大量排出的油污。边上可怜巴巴地放着两只凳子和一只摆着餐具的茶几。

按照老习惯我脱掉鞋子，走到厨房的角落。没有冰箱，也没有家具，不过地上放着一只装满食物的纸箱子——几瓶矿泉水、几瓶酒、几听罐头、几包汤料、几盒面包干。谢谢了，格谢尔。现在只要再添几个锅子就行了……

我从"厨房"出来，朝浴室走去，四处打量，没发现抽水马桶和极可意浴缸①，看来，要考验我的智力了……

———————————

① 极可意浴缸是一种原产自意大利的水力按摩式浴缸。

我打开浴室门，瞧了一眼浴室。不错，有十来个平方，可爱的绿瓷砖，未来派风格的单间淋浴房——甚至设想一下都令人惊讶，这样过度装修的浴室该要花费多少钱呀！

可是却没有极可意，浴盆总的来说也没有——只有角落里戳着几根流水声哗哗响的水管。还有……

在浴室里折腾了一阵后我深信，令人伤心的推测没有错。

抽水马桶这里也没有！

只有塞着小木棍的下水道。

真是谢谢了，格谢尔！

打住，不要慌，在这样一套房子里不可能只有一个卫生间。想必还有一个——给客人、孩子用，给仆人……

我急忙跑到工作室，果不其然，在角落里又发现了一扇门，紧挨着大门口。我的预感没有错——这是给客人用的卫生间。在这里浴盆根本就别指望，淋浴房更不会有。

本该安装抽水马桶的地方，现在见到的是又一根哗哗响的水管。

真倒霉。

上当了！

不，我明白，真正的职业特工决不会在意这些生活小节。要是詹姆斯·邦德进了厕所，那他一定只是为了偷听别人的谈话或者干掉藏在洗涤槽里的凶手。

可是我得在这里生活！

有几秒钟时间我很想打电话给格谢尔，请求他给我派个施工员来，带上一切必需的卫生设备，但后来我想到了他的反应。

不知为什么在我的想象中格谢尔是面带微笑的，听了我的话之后，他叹了口气，下达了命令——接下去"阿索"这儿来了一个莫斯科的施工总管，亲自动手安装了抽水马桶。格谢尔笑了笑，摇摇头。

像他这样级别的魔法师是决不会在这种小事上出错的。他们会出错的事情是——纵火毁城、流血冲突和弹劾总统。但是日常生活设备他们无论如何也不会忘记。

如果我住的这套房子里没有抽水马桶,那就是说,本该如此。

我再次观察自己生活的空间,发现有一卷褥垫和一包色彩鲜艳的床上用品。我铺开褥垫,打开放随身用品的袋子,换上带来的牛仔裤和T恤,就是印着乐观面对濒临死亡的字样的那件——在房间里没有必要系着领带!我取出笔记本电脑……顺便说一句,难道我得通过手机上网吗?

不得不在房间里继续搜寻。网络接口是在大浴室的墙上找到的,还好,在工作室边上。我断定,这样安排不是无缘无故的。随即瞥了一下浴室。果真如此——本该安装抽水马桶的位置旁边还有一个上网的插座。

我装修的时候趣味也很奇怪……

可以上网,很不错,不过我可不是为了上网才到这儿来的呀。

为了稍稍驱走一些难熬的寂静,我开了窗。温馨的夜景映入眼帘,河对岸那幢楼灯火辉煌——普通的凡人的生活。然而还是那么寂静。没什么可奇怪的,半夜十二点了嘛。

我拿出随身听,找了一下唱碟,挑出一盘《白卫军》,这首歌曲永远也不会进入 MTV 排行榜,也不会在演唱会上引起轰动。我戴上耳机,在褥垫上挺直了身子。

当这场战斗完全停止,

如果你能等到黎明降临,

你就会明白,胜利的气息

是那么呛人,如同失败的烟云。

你独自一人,身处硝烟散尽的战场,

从此天下无敌,

然而你的肩上依然压着沉重的天空,

在茫茫荒漠你将何为?

只有等待,

时间带来的恩赐,

只有等待……
蜂蜜会让你觉得比盐巴更苦，
眼泪却不如草原的艾蒿甘甜，
我不知道还有什么痛苦，
更甚于生活在众多沉睡的人们中间。
只有等待，
时间带来的恩赐，
只有等待……

发觉自己企图用不堪入耳的破嗓音跟着轻柔的女声瞎唱，我便摘下耳机，关掉了随身听。不，我不是到这里来消磨时间的。

要是詹姆斯·邦德处在我的位置会干什么呢？找到隐藏的他者叛徒，他的主顾，还有写匿名信的人。

我该干什么呢？

我只不过要寻找我生活的必需品！归根结底，楼下，在门卫那儿想必总该有抽水马桶……

窗外的某个地方，好像非常近，传来了忧郁的低音吉他声。我一跃而起，可是房子里没发现任何人。

"你好，弟兄们！"窗外传来歌声，我把身子探过窗台，扫视了一下"阿索"的墙。我发现在我打开的窗户上面高两层的地方，传出了这首出乎意料的低音吉他改编曲——窃贼们唱的和弦。

我很久没将肠子往外挤，
很久很久没有往外挤肠子，
不久前我刚刚发现，
我很久没将肠子往外挤。
从前我可是常常将它们往外挤！
我们当中没有人这么往外挤肠子！
那时候我一个人为大家往外挤肠子，

为了大家那时候我一个人往外挤肠子！

简直无法想象这声音跟卓娅·亚岑科的低音、《白卫军》的女声独唱会有如此大的反差，这用低音吉他伴奏的歌曲唱得如此蹩脚，简直难以置信。可是不知为什么我十分喜欢这首歌。歌手唱完了走调的三和弦，开始忧伤地唱道：

往往是，现在我偶尔往外挤，
不过那是现在，完全不同于当初，
我完全不是那样往外挤，
像从前那样挤，今后我永远不会……

我哈哈大笑起来，窃贼歌曲的所有特征都存在——抒情的主人公回想起了昔日光荣的岁月，倾诉了自己此刻的心情，他感到伤心，因为昔日的辉煌他已经无法得到。

我心里产生了强烈的怀疑，如果把这首歌曲拿到"民间歌谣电台"去播放，那百分之九十的听众甚至会听不出它是在嘲讽。

吉他发出了几声叹息。这个嗓音唱起了另外一首歌：

从来没到精神病院去看过病，
你不要问我有关那里的事情……

音乐戛然而止，有人悲哀地叹了一口气，开始拨动琴弦。

我没有再犹豫，到纸盒子里翻了一阵，取出一瓶伏特加和一根熏肠，然后跑到楼梯间，砰的一声关上门，顺着楼梯往上走。

找到夜半歌手的房子并不比在灌木丛中发现藏着的风镐困难。

这是接通了电源的风镐。

鸟儿停止了歌唱，

太阳不再发出红光，

院子里的污水坑旁，

讨厌的孩子们不再跳蹦⋯⋯

我按了一下门铃，完全没有把握里面能不能听到铃声。可是音乐戛然而止，半分钟后门就打开了。

门槛前站着一个三十来岁的矮胖男子，脸上露出和善的微笑。他手里拿着犯罪工具——那把低音吉他。我幸灾乐祸地发现，他的头发也理得"像个强盗"。歌手身上套着一条很旧的牛仔裤和一件相当有趣的 T 恤——穿俄罗斯军装的空降人员用一把大刀在割身着美国军装的黑人的喉咙。下面有一行自豪的字样：我们不会忘记，是谁赢了二战！

"你也不错，"吉他手瞧了一眼我身上的 T 恤，说道。"请进。"

他接过我手里的伏特加和熏肠，进了自己的房子。

我透过黄昏界看了看他。

是人类。

他身上的生物电场是如此混杂，我立刻打消了试图了解他性格的念头。灰色的，粉红的，大红的，蓝色的——一杯不错的鸡尾酒。

我跟着吉他手进了屋。

他的房子比我那套大一倍左右。哎呀，怕不是靠弹吉他赚钱买了这房子吧⋯⋯不过，这跟我无关。更滑稽的是，除了面积，他的房子看起来跟我的那套一模一样。豪华的装修刚开了个头，又匆忙收了尾，有的地方还没有完工。

在大得出奇的居家空间中——至少有十五米见方，放着一把椅子，椅子前面是一个支架式麦克风、一个相当不错的专业扩音器和两个超级大喇叭。

靠墙还放着三个博世大冰箱。吉他手打开其中一个最大的——里面什么东西也没有，把伏特加放进去，解释说：

"温的。"

"我还没买冰箱。"我说。

"常有的事，"歌手理解地说，"拉斯。"

"什么'拉斯'？"我莫名其妙。

"大家都叫我拉斯。不是身份证上的名字。"

"我叫安东，"我自我介绍说，"身份证上的名字。"

"常有的事，"歌手承认，"打老远来吗？"

"我住在八楼。"我说。

拉斯若有所思地抓了抓后脑勺，看了看打开的窗户，解释说：

"我开窗是为了免得声音太响。要不耳朵会受不了的。打算做个隔音设备。可是钱用完了。"

"看来，我们大家都有不幸，"我谨慎地说，"我那儿甚至连抽水马桶也没有。"

拉斯欣喜地笑着说：

"我这儿有。已经装了一星期了，真的！瞧，就在那扇门里面。"

我从洗手间回来后拉斯伤感地切起了熏肠，我忍不住问道：

"为什么买这么大的，而且还是这种英国货？"

"你看到上面贴着的商标没有？"拉斯问。"'我们发明了第一只抽水马桶'，看到这样的题字，怎么能不买呢？我一直打算把商标扫描下来，稍稍修改一下。写道：'我们首先想到人类为什么……'"

"明白了，"我说，"不过我那儿安装了淋浴房。"

"真的吗？"歌手精神起来，"我想洗澡已经想了三天了……"

我把钥匙递给了他。

"你现在准备一下下酒菜，"拉斯兴奋地说，"反正伏特加要过十来分钟才会冰镇，我很快就洗完回来。"

房门砰的一声关上了，我留在了陌生人的房子里——独自伴随打开的扩音器、切开的熏肠和三个大冰箱。

嗬，真是美事！

从来也没有想到，在这样的房子里会有和睦的公寓……或者大学生宿舍那样的融洽关系。

你使用我的抽水马桶。我在你的极可意里洗澡……彼得·彼得罗维奇那儿有冰箱,伊万·伊万诺维奇答应拿伏特加来,而谢苗·谢苗诺维奇把下酒菜切得很整齐,很小心……

大概,这里的大多数住户都购买了房子的永久产权,用赚来的、偷来的和借来的所有钱。

只是到了后来幸运的住户才意识到,这种规格的房子还需要进行装修,可是任何装修公司都会从房主身上扒下三层皮。为了巨大的公寓、地下车库、花园和堤岸每个月都得付费。

所以一幢大房子就这么一半空着,差不多快要被人遗忘了。

当然,谁的钱包瘪——这不是悲剧。不过我第一次亲眼证实,这起码是一场悲喜剧。

到底有多少人真正住在"阿索"里?既然只有我一个人听到低音吉他的夜半吼声来找他,那么我没住进来以前,这个古怪的歌手发出的声音都是轻柔悦耳的旋律吗?

一个人住一层楼吗?好像是,至少……

那么是谁去寄信的呢?

我试图想象拉斯是那个用剪刀从《真理报》上剪下字母的人。不可能。他这样的人会想出更加别出心裁的花样。

我闭上眼睛,想象着眼皮的灰色影子落到瞳孔上。然后又睁开眼睛,透过黄昏界打量房子。

没有任何魔法的痕迹,甚至在吉他上面——不过,这是一个不错的乐器,给他者或者潜在的他者的手拿过,好多年都记着接触它的那双手。

也没有发现青苔和黄昏界中想找乐子解闷的吸血鬼。要是房子的主人确实陷于忧郁,那么他干这件事就不会在屋里。或者——非常真诚和坦然地作乐,以此烧毁青苔。

于是我坐下来,动手把熏肠切完。为了以防万一,我透过黄昏界查看,该不该吃它。

熏肠显然是没问题的,格谢尔不希望他的特工中毒身亡。

"这才是合适的温度,"拉斯从打开的酒瓶里取出酒精温度计,说道，"不能搁得太久，要不会把伏特加冷却得像甘油那么稠了，你去喝吧，就像是喝液氮一样……为我们的相识干杯！"

我们干了杯，吃了熏肠和面包干，面包干是拉斯从我的房子里拿来的。他解释说，他今天根本就没想到过弄吃的。

"整幢楼的人都这么过日子，"他说，"不，当然还有另外一些人，他们的钱既够装修，也够买家具。不过，你要知道，住在空荡荡的大楼里有什么快乐可言呢？所以，他们期待着你我之类的小窝囊废装修完毕后搬进来住。不然咖啡馆歇业，娱乐场没有人去，门卫无聊得乱发脾气……昨天就赶走了两个人，他们在院子里对着灌木丛胡乱射击一通，说是看到一个可怕的东西。这不……马上把他们送去看医生。果真查出病来了——两个人吸毒过量，伤了身子，那才叫可怕呢。"

说着，拉斯从口袋里掏出一包白海香烟①，狡诈地看着我说：

"你要来一支吗？"

我没有料到，一个饶有兴味地喝伏特加的人会喜欢吸这种烟……

我摇摇头，问：

"你吸得多吗？"

"今天已经是第二包了，"拉斯叹了口气说，这下轮到他来说了。"你怎么啦，安东！这是白海！这不是犯糊涂！我以前抽吉丹②，后来明白了，它一点也不比咱们的白海好！"

"标新立异。"我说。

"这算什么标新立异？"拉斯委屈地说。"我压根儿就不喜欢标新立异。这就是让人类变成他者为什么值得的缘故……"

我哆嗦了一下，可是拉斯平静地继续说下去：

"……我并不是那种人们说的那种标新立异的人。我只是喜欢抽白海，也许一星期后我抽腻了，就不抽了！"

"成为他者没有任何坏处。"我试探地说。

---

① 俄国产的一种名牌香烟，嗜大麻者常将白海香烟的烟草换成大麻叶或混着抽。
② 法国的一种名牌香烟。

"真正成为他者并不简单，"拉斯答话，"两天前我考虑过……"

我又警惕起来，信是两天前寄来的，难道事情这么顺利就解决了？

"我曾经在一个小医院里排队等候看病——所有的价目表都翻了一遍，"拉斯没有怀疑我设的圈套，继续说："他们那儿全都是动真格的，用钛合金制造假肢替代失去的下肢。还有腓骨、膝关节和髋关节、颌骨……颅骨上打个小补丁替代丢失的骨头，还有牙齿和其他零部件……我取出计算器，算了一下，把身上的所有骨头都换掉需要花多少钱。结果算出来要花一百七十万美元。不过我想花这样的价钱定制可以打个大折扣，便宜百分之二十到三十。如果能说服医生，说这可以做个很好的广告，那么五十万就可以搞定！"

"何必呢?"我问，多谢理发师，让我现在不至于毛发全竖起来——没什么可竖的了。

"这样有意思嘛!"拉斯解释说。"你想象一下，你要在墙上钉钉子，抡起拳头朝着钉子砸下去！钉子就进入混凝土。反正骨头是钛合金做的嘛！或者碰到有人企图打你……不，当然，人造器官有一系列缺点，而且一开始情况也不会太妙。不过准备改进的总趋势让我感到兴奋。"

他又倒了一杯酒。

"可是我觉得应该朝着另一个方向改进，"我依然继续我的话题。"要充分发掘人的潜能。要知道，我们身上蕴藏着多少惊人的东西！心灵致动，心灵感应……"

拉斯愁眉苦脸起来，我也闷闷不乐：碰到一个白痴。

"你能不能感应到我的想法?"他问。

"现在——不行。"我承认。

"我想，没必要再去挖空心思想那些无用的东西，"拉斯说。"人会做的一切早就众所周知了。要是人类能够读出他人的想法，凭空漂移，或制造其他无稽之谈——那就能证明这一切了。"

"要是人忽然拥有了这种才能，那他就会瞒着周围的人，"我说，并透过黄昏界看了一眼拉斯。"成为真正的他者就意味着会引起周围人的忌妒和恐惧。"

拉斯没有露出丝毫不安，他的神态中只有怀疑。

　　"那么，这些天赋异禀的人不希望自己钟爱的女人和孩子拥有这种能力吗？如果这样，他们岂不是会像消灭生物物种那样渐渐排挤掉我们？"

　　"那要是超能力无法遗传呢？"我问，"或者别说是遗传，就是传授给其他人也不可能呢？那么，人类和他者将会各自独立地生存下去。要是这些他者数量不多，他们就会躲着周围的人……"

　　"我觉得，你谈的话题是关于生物的偶然突变，这种突变会导致特异功能，"拉斯断言，"不过要是这种突变是偶然的和隐性的，它对我们就没有任何意义了。可是钛合金制造的骨头现在就可以给你装！"

　　"不必了。"我嘟哝道。

　　我们干了杯。拉斯充满幻想地说：

　　"在我们的生活中毕竟还是有一些值得称道的东西！巨大的一幢空楼！几百套公寓——而里面只住着九个人……如果连你一块儿算进去的话。在这里可以创造什么奇迹呀！多么振奋人心啊！可以拍下怎样的电影啊！你就想象这是一个电视短片——豪华的室内装潢、空荡荡的大饭店、无人问津的游泳池以及娱乐场里被绳子拴起来的桌子。在所有这些富丽堂皇的东西中间，有一个小姑娘在行走，边走边唱，唱什么甚至都不重要。"

　　"你在拍电视片吗？"我警觉起来。

　　"哦，不拍……"拉斯皱了皱眉头。"有一次我帮熟悉的朋克拍电视片，MTV中播出过，但后来被禁止播放了。"

　　"里面有什么可怕的东西吗？"

　　"没什么特别的，"拉斯说，"歌曲是普普通通的歌曲，完全可以通过检查，甚至关于爱情的歌也没问题。电视系列片很怪。我们是在残障医院里拍摄的，我们在大厅里装了闪光灯，播放歌曲《大尉，大尉，你干吗抛弃马儿?》。叫病人来跳舞，他们就在闪光灯下跳起了舞，尽各人所能地跳。后来我们又用这个图像制作了有声系列片，拍得非常别具一格。不过把它放出来真的不行。有点不妥。"

我想象着"电视系列片",不禁哆嗦了一下。

"我是个蹩脚的电视片制片人,"拉斯承认,"也是个蹩脚的音乐人……有一次电视台播放了我创作的歌曲,深更半夜,在为各种迷茫的人制作的节目中播出。你猜怎么着? 一位著名作曲家打电话到电台来,说他一辈子都在用自己写的歌教育人们要善良、有恒心,但惟独这首歌将他一生的辛劳全都一笔勾销了……好像就是你刚刚听到的那首歌——它是一首教人变坏的歌吗?"

"依我看,它是在嘲笑,"我说,"嘲笑不良习气。"

"谢谢,"拉斯忧郁地说。"要知道,不幸的是——很多人都不理解,他们认定,这是当真的。"

"这么认定的人是傻瓜。"我试图安慰无名歌手。

"这样的人多得是!"拉斯大喊一声,"可是大脑的义肢眼下还没有研发出来……"

他伸手去拿酒瓶,倒了一杯伏特加,说:

"你常来吧,如果再有需要的话,别不好意思。待会儿我把十五楼一套房子的钥匙拿给你。房子空关着,不过里面有抽水马桶。"

"房子的主人不会有意见吧?"我冷笑了一下。

"他已经无所谓了。反正他那些继承人也没办法瓜分房子的面积。"

Chapter 3

我回到自己房子里时已经凌晨四点钟了,稍稍有些醉,但全身完全放松。这样遇见另一种人毕竟不是常事。在巡查队工作使我养成了看问题过于片面的习惯。这个人不抽烟也不酗酒,他就是个好孩子。而这个人说粗话,他就是坏人。毫无办法,我们首先感兴趣的恰恰是这样的人——可靠的好人,坏人是那些潜在的黑暗力量之源。

不过有一点我们似乎忘了,那就是人与人之间往往是差异很大的……

歌手对他者一无所知,对此我深信不疑。如果我有机会同每一个"阿索"的住户一起这么坐上半天的话,那我就能对每个人都作出准确的评价。

但是我没有抱这样的幻想。不是每个人都愿意让别人进屋的,也不是每个人都愿意讨论抽象的话题。要知道,除了九个住户,这里还有几百个服务人员——门卫、施工员、勤杂工、会计。我没有任何理由长期待下去调查所有的人!

在淋浴间洗了澡——我在那儿发现了一根奇怪的橡皮管,里面可以放出水来,我走进自己的房间。得睡一会儿……明天一清早要设法想出新的计划来。

"你好,安东。"窗外传来一声问候。

我听出是谁的声音,顿时发起愁来。

"晚上好,科斯佳,"我说,似乎用"好"这个词有些不太妥当,可是如果对一个吸血鬼问候"晚上坏"似乎更加愚蠢。

"我可以进来吗?"科斯佳问。

我朝窗口走去,科斯佳背对着我坐在窗台上,两条腿往下垂着。他身上一丝不挂。仿佛刚刚显示了一下自己的才能——不是顺着墙爬进来,而是像蝙蝠那样从窗口飞进来。

高级吸血鬼。才二十岁出头。

一个有才华的孩子……

"我想,不行。"我说。

科斯佳点点头,没有争辩:

"据我所知,我们办的是同一个案子,对不?"

"对。"

"这就好了。"科斯佳转过身来,露出一口白牙笑了笑。"跟你一起工作我很高兴。可你当真怕我吗?"

"不。"

"我学会了很多东西,"科斯佳显摆说,这完全符合他在童年时代的宣言:"我是可怕的吸血鬼!我要学会变成蝙蝠,我要学会飞!"

"你不是学会,"我纠正他的话,"你是偷了很多东西。"

科斯佳皱了一下眉头:

"你是指咒语吧。通常愉快的游戏都是靠咒语来进行的。你们允许——我就拿去了。有什么意见吗?"

"我们要这么继续斗嘴吗?"我问,然后举起一只手,手指做出对抗非生物界的阿顿①的标志。我早打算验证一下古老的北非咒语对现代俄罗斯魔鬼起不起作用。

科斯佳提心吊胆地看了一眼没有完成的标志。也许是知道这个标志,也许是感受到了它的威力。他问道:

"你可以暴露身份吗?"

我沮丧地放下了手。

"不。不过我可以冒个险。"

"不必了。只要你说一声——我自己会离开。可是现在我们办的是同一个案子……应该谈谈。"

"谈吧。"我搬了一只凳子到窗前,说道。

"这么说,你不让我进去?"

---

① 阿顿,古埃及神话中的太阳神,形状如圆形太阳。

"我不想深更半夜和一个裸男单独在一起，"我笑了笑，"难保别人会有什么想法。你说吧。"

"你觉得 T 恤收藏家怎么样？"

我疑惑地看了看科斯佳。

"那个住在十楼的人。他喜欢收集印着有趣字样的 T 恤。"

"他不是我们要找的人。"我说。

科斯佳点点头：

"我也这么认为。这里有八套房子住进了人。还有六套偶尔有人露一下面。其余的很少看到有人来。我已经查了所有常住人口。"

"是吗？……"

"白费劲……他们对我们的事一无所知。"

我不准备弄清楚，科斯佳怎么会有这样的把握。毕竟他是个高级吸血鬼。像他这样有经验的巫师，轻而易举就能读到别人的想法。

"其余六户人家明天一清早我就去了解，"科斯佳说，"不过我不抱太大的希望。"

"推测已经有了吧？"我问。

科斯佳耸了耸肩：

"任何住在这里的人都有足够的金钱和势力而引起吸血鬼和变形人的注意，特别是级别低的、贪婪的……刚入门的新手。所以，怀疑对象太多了。"

"现在莫斯科有多少低级黑暗力量刚入门的新手？"我问，自己也大吃一惊，怎么会脱口而出"低级黑暗力量"这几个字。

以前我可从来也没有这么称呼过他们。

真懊悔。

科斯佳对我的话反应平静。怪不得——他是高级吸血鬼嘛。他沉着冷静，满怀自信。

"不多，"他支支吾吾，"他们被调查过了，别担心。全都被调查过了。无论是低级黑暗使者还是巫师。"

"扎武隆很着急吧？"我问。

"格谢尔也不怎么镇静,"科斯佳冷笑道。"大家心里都不痛快。只有你一个人面对局势这么轻松。"

"我没有觉得情况特别糟糕,"我说。"有人知道我们的存在。他们人数不多,但确实有。再说,一个人是改变不了局势的。一旦这个人的动静闹大了,我们就能迅速找到他,让大家把他当成精神病患者。这种事已经……"

"那要是他成了他者呢?"科斯佳生硬地问。

"多半是孤独的他者。"我耸了耸肩。

"要是他没有成为吸血鬼,没有成为变形人,而是成了真正的他者呢?"科斯佳咧着嘴笑。"真正的他者呢? 是光明力量还是黑暗力量……那倒并不重要。"

"多半是孤独的巫师。"我又说。

科斯佳摇摇头:

"听着,安东。我待你不错。到目前为止。不过有时候我感到惊讶——你是多么的幼稚啊……"

他伸了个懒腰——他的手上迅速长出一层短毛,皮肤发黑、变粗糙。

"我得去调查工作人员了,"科斯佳用尖细、刺耳的嗓音说道。"发现情况就打电话给我。"

他向我转过变形的丑脸,又笑着说:

"你要知道,安东,黑暗使者只有跟你这种幼稚的光明使者才可能交朋友……"

他往下一跳,吃力地拍拍翅膀,动作有点笨拙,但毕竟很快就见到一只硕大的蝙蝠飞进了黑夜。

窗台上留下了一张白色的长方形名片。我拿起名片,念道:

"科斯佳。血液科研所助理研究员。"

接下去是电话号码——工作单位的、家里的、手机的。家里的号码我甚至能背出——科斯佳还一直跟他的父母住在一起。吸血鬼的家庭纽带十分牢固。

他指的是什么？

怎么会这么恐慌？

我关上灯，躺到褥垫上，看了一眼灰蒙蒙的正方形窗户。

"要是他成了真正的他者……"

他者是怎么出现的？谁也不知道。若是按照与拉斯的说法"偶然突变"完全一样的术语，你生来是个人，你过着普通的生活……直到有一个他者觉得你有能力进入黄昏界，从那里汲取力量。随后你就被"领进了门"。小心翼翼地进入必需的精神状态——以便在情绪激动的时候，你看一眼自己的影子，就会觉得它变了样。就会觉得它像一块脏抹布那样躺在地上，像是一张幕——可以拉到自己身边，拽掉，进入另一个世界。

进入他者的世界。

进入黄昏界。

因此，一开始你在黄昏界是什么样的——快乐的、善良的还是不幸的、凶恶的，就决定了你将成为怎样的他者。今后你将从黄昏界中汲取什么力量……那个从普通人身上汲取力量的黄昏界。

"要是他成了真正的他者……"

强行被激发的机会总是有的。不过得付出生命的代价，得变成快乐的行尸走肉。人能够成为吸血鬼和变形人——并将以许多人的生命维持自己的生存。所以这是黑暗使者走的道路……不过，他们也不怎么喜欢这种道路。

要是真的能够成为魔法师呢？

要是有办法让任何人成为魔法师呢？获得很长的寿命和非凡的才能呢？很多人都会愿意，毫无疑问。

就连我们也不会反对。世界上生活着很多非常好的人，他们可以当之无愧地成为光明使者！

只是这样的话，黑暗力量也会扩大自己的队伍……

我顿时恍然大悟。糟糕的不是有叛徒向人类泄露了我们的秘密。糟糕的不是信息外泄的可能性。糟糕的不是叛徒知道宗教法庭的地址。

这将引发新一轮的战备竞赛！

光明力量和黑暗力量签订和约到现在已经有几个世纪了，我们有权在人类中间寻找他者，甚至有权把他们推到需要的一边……推到我们认为正确的一边。但是为了寻找金子，我们不得不筛选好几吨沙子。要维持平衡。

忽然——有可能把成千上万的人都变成他者！

足球队赢得了奖杯——对几万个兴高采烈的人施加魔法，他们就变成了光明使者。

与此同时，守日人巡查队就会向失利球队的球迷们发布命令，把他们变成黑暗使者。

科斯佳指的就是这个。巨大的诱惑能一下子改变均势。当然，黑暗力量也好，我们也好，都明白后果是什么。当然，双方可以对和约补充新的条款，限制对人类进行激发的仪式。美国和苏联不是能够限制核军备竞赛吗……

我闭上眼睛，摇摇头。有一次谢苗告诉我，对终极武器的认识可以阻止军备竞赛。有两个——再多就没必要了——能够产生自主核分裂反应的核弹，美国人的在得克萨斯，俄罗斯人的在西伯利亚。只要炸毁其中一个——就足以使整个地球变成一个火球。

这样的配置不能让我们满意，那是另一回事。因此，任何时候都不该使用武器，任何时候都不要制造武器。总统们对此不一定知道，他们只不过是人类……

可能，巡查队的领导也有类似的"魔弹"吧？所以，深知这个秘密的宗教法庭才会始终密切地监视着和约的遵守情况？

有可能。

不过，无论如何，普通人类还是不要被激发变成他者才好。

甚至在半睡半醒中我也会病态地对自己的想法感到不满。这也好，这么说，我开始像够格的他者那样考虑问题了？有他者，也有人类——他们是二等货。他们永远也无法进入黄昏界，他们不能活过一百岁。毫无办法……

不错，我正是这么开始考虑问题的。找到一个有他者天资的好人，把他拉到自己这边来——这是快乐。但是接二连三地把人类变成他者，那是孩子气，是危险的、不负责任的妄想。

有个令人骄傲的理由，我从一个人类成为他者的过程用了不到十年。

对我来说早晨是从了解淋浴间的秘密开始的。我的聪明才智战胜了淋浴间里冷冰冰的钢铁器材，我洗了澡，甚至有音乐伴奏，然后用面包干、熏肠和酸牛奶为自己弄了顿早餐。沐浴着阳光，我的情绪高昂起来，我坐到窗台上，边欣赏着莫斯科河的美景，边吃早餐。不知为什么我冷不丁想起，科斯佳承认，吸血鬼不能看太阳。阳光绝对不会把他们灼伤，但却会渐渐让他们不舒服。

不过，陷入悲伤的沉思，担心我的老相识的命运，现在已经没有时间了。本该寻找……谁呢？他者叛徒？做这件事我没有占据最有利的位置。他的主顾？真是一件长久的烦心事。

好吧，我下定决心了。我们将按标准的侦探要严格遵守的规则行动。我们有什么？我们有罪证。从"阿索"寄来的信。这会给我们带来什么？什么也不会带来。会不会有人在三天前看见过寄出这封信的人？要回想起这种细节的可能性很小，当然……

我太傻了，我甚至拍了一下脑门。不用说，他者忘记了现代技术并没有什么不光彩，他者不喜欢复杂的技术。但我真是个木头！

"阿索"的地域全都被摄像机监控着。

我穿上西装，系上领带，喷了一点昨天伊格纳特为我挑选的香水。我把手机放进西装内袋——"小孩子和商人才把手机挂在皮带上！"格谢尔昨天就是这么教训我的。

手机也是新的，用起来不习惯。有一些游戏、放音、录音功能和其他打电话完全用不着的东西。

在崭新的奥蒂斯电梯凉爽的寂静中我下楼来到了入口处大厅，一眼见到了在夜里相识的人——只不过他看上去怪怪的……

拉斯身穿崭新的蓝色连衫裤，背上印着令人自豪的字样"阿索"，他正在向一个同样穿着这种连衫裤的腼腆的中年男子解释着什么。我听到他说：

"对你来说这不是扫帚，明白吗？那里有一台电脑，它会告诉你柏油路的污染程度和该使用多少洗涤剂……现在我就来示范给你看……"

我不由自主地跟着他们往前走。

来到院子里，只见在入口处前面停着两架鲜橙色的清扫机，上面有一只水桶、几个圆刷子和一个很小的玻璃驾驶室。机器里有个什么小玩意，仿佛他们是直接从太阳城来的，在那里，快活的男孩和女孩兴高采烈地清扫着他们的微型马路。

拉斯灵活地钻进了一架清扫机的驾驶室，紧跟着中年男子也把半个身子探了进去。拉斯听了几句话，点点头，朝另一架橙色清扫机走去。

"你可以偷懒——那就一辈子都这么当你的低级清道夫吧！"拉斯的声音传到我耳边。他驾驶的清扫机向前开动了，神气地转动起上面的刷子，开始在柏油路上旋转。本来就很干净的院子很快就换了面貌，像被消过毒一样。

太好了！

他怎么，在"阿索"当清道夫？

我试图悄悄往回走，免得让人家受窘。可是拉斯已经看到我了，他高兴地招招手，驾着清扫机朝我驶过来，刷子的噪声开始轻一些了。

"早上好！"拉斯喊道，从驾驶室里探出脑袋来，"你想去兜兜风吗？"

"这么说你在这里工作？"我问。我脑海中忽然出现了一些最荒诞的情景——似乎拉斯根本就不住在"阿索"，只不过是临时借了一套空房子。这种房子的住户是不会这样清扫院子的！

"挣点外快，"拉斯平静地解释说，"你知道吗，真过瘾！早上你花一小时在院子里兜风——早操不用做，人家还要付给你工钱。顺便说说，工钱还不少!"

我哑口无言。

"你喜欢乘公园游乐场里的车子玩吗,"拉斯起劲地说,"所有这些巴吉车三分钟就得付十个美元吧?可是这里却会为了你在这里玩乐而付钱给你。或者假定是电脑游戏,你坐着,拉动操纵杆……"

"一切都取决于是不是被迫……"我嘀咕着说。

"说得对!"拉斯高兴地说。"你看我,不是被迫的。我打扫院子——觉得快乐,就像列夫·托尔斯泰割草一样。不过跟在我后面再扫一遍就没有必要了——我跟托尔斯泰伯爵可不同,他后面会有农民跟着把草割完的……我在这里总的来说给大家的印象很好,定期拿到奖金。怎么,你想兜风吗?要是出什么问题,我会帮你解决的。职业清道夫无论如何也对付不了这个技术。"

"让我想一想,"我说,仔细打量着神气地转动着的刷子、从镀镍的排风管里喷洒出来的水以及炫目的驾驶室。我们小时候谁不想当洒水车的司机?很小的时候,那时人们还没有幻想当银行家或者杀手……

"你自己看着办吧,我得去干活了。"拉斯友好地说。清扫机在院子里行驶起来,清扫、冲洗、吸垃圾。驾驶室里传出了歌声:

> 一代清道夫和巡查队员
> 在漫长的冬日旷野上找不到对方……
> 大家各自回家。
> 我们的时代,三人行——必有英雄,
> 他们不发电报,
> 他们不写文章……

我呆呆地回到大厅。从门卫那儿打听到"阿索"所属的邮局在哪里,马上去了那里——邮局已经开始营业。在邮局舒适的大厅里有三个年轻女职员正闲得无聊,那里竖着的正是那只投信的邮筒。

天花板底下一个摄像头的小孔不时闪烁着。

那些保安可别妨碍我们,他们很快就会想到这一点的。

我买了一张明信片——上面印着在孵化器箱子里跳蹦的小鸡,我正要写一句:我想家! 可是不好,我无论如何也想不起来我家人度假的乡下的通讯地址。于是,我幸灾乐祸地笑着,把明信片寄往格谢尔家里——他家的地址我知道。

跟那几个丫头闲聊了几句——在这种高级大楼里工作本来就该举止彬彬有礼,可是她们还是对一切都感到无聊——我走出了邮局。

我来到设在底楼的门卫室。

我有权利用他者的才能,我只不过想引起门卫的好感,从而获准查看所有录像资料。不过我不能暴露身份,所以决定使用最通行的受人欢迎的方法——送钱。

我从发给我的钱里拿出一部分卢布换了一百美元——再多还能用在哪呢? 我拐进值班室——那里有个穿门卫制服的小伙子正闲着。

"您好!"我跟他打招呼,开心地微笑着。

门卫的神态完全表露出对我的看法的绝对赞同:今天是个好日子。我瞟了一眼他面前的监视屏——这里至少有十台摄像机的录像在播放。他肯定能够找出任何时候的录像资料。如果录像资料要复制到磁盘上(还能复制到哪里去?),那么三天里拍的录像可能还没有送进档案库。

"我碰到了一个难题,"我告诉他,"昨天我收到一封奇怪的来信……"我眨了眨眼睛,"是一个姑娘寄来的。据我所知,她就住在这里。"

"恐吓信吗?"门卫警觉起来。

"不,不!"我否认道,"恰恰相反……不过这个神秘的陌生女人没有公开姓名。能不能让我看看三天前谁从邮局寄出过信?"

门卫犹豫不决。

这时,我什么都顾不得了,伸手将钱往桌子一放,面带笑容地说:

"我会非常感激您……"

小伙子一下傻了,他好像用脚踩了一下什么东西。

十秒钟后,他的两个同事非常谦恭——他们这样个头的人如此谦恭看上去很滑稽——但态度坚决地请我去见领导。

跟政府官员打交道和跟私人保安公司打交道毕竟是有区别的，而且区别还不小。

我很想试试，他们是不是会动用武力把我带到领导那里去。毕竟这里不是警察局嘛。不过我不想把局势搞得很紧张，所以就乖乖地跟着穿便服的押送人员去了。

保安队的领导已经上了岁数，显然是从机关调来的，他用责备的目光看着我。

"您怎么啦，戈罗杰茨基先生……"他手里摆弄着我的"阿索"通行证说道，"您的举止好像在国家监察机关工作一样，不过请原谅我说的话……"

我有一种预感，他很想把我的通行证毁掉，然后叫来保安，吩咐他们把我赶出这个特权阶层的领域。

我很想向他们道歉，说以后再也不敢了。何况我确实羞愧难当。

但这只是光明魔法师安东·戈罗杰茨基的愿望，而不是出售乳制品的小公司老板安东·戈罗杰茨基的愿望。

"说真的，出什么事了？"我问，"要是无法答应我的请求，您可以直说嘛。"

"干吗要送钱？"保安队长问。

"什么钱？"我莫名其妙，"怎么……您的同事认为我送钱给他了吗？"

保安队长笑了起来。

"压根儿就没这回事！"我斩钉截铁地说。"我伸手到口袋里去拿手帕。鼻子过敏让我很难受。口袋里的零钱就不小心掉出来了……可是我还是没来得及擦鼻涕。"

看来，我表演得太过火了。

保安队长面孔铁板地把通行证递给我，然后非常客气地说：

"不愉快的事解决了。您也知道，戈罗杰茨基先生，私人察看工作记录是不允许的。"

我觉得最让队长受刺激的是那句关于"零钱"的话。他们在这里工作，当然并不缺钱花。不过得赚多少才会把一百美元称作"零钱"呢。

我叹了一口气，低下了头。

"原谅我做了傻事。我确实想送……酬金。为了注册一个公司，我奔忙了一个星期……已经习惯了条件反射。"

队长用探询的目光看着我，好像口气有点软下来了。

"我错了，"我承认。"我不过是好奇心太强，难以克制。你要相信，我半夜没睡着，一直在猜测……"

"看得出，您没睡着，"队长瞧着我说道。他也没克制住——人的好奇心毕竟是无法遏止的。"您干吗这么感兴趣呢？"

"我妻子和闺女现在在别墅度假，"我说，"我在这里忙活，想把装修完工……不料收到一封信。匿名信。女人的笔迹写的。而且信里……唉，怎么说呢……有许多卖弄风情的话和承诺。她说，漂亮的陌生女人希望跟您认识，但不会冒险跨出第一步。要是我用心想想，就会明白信是谁写的，那么我该做的就只能是接近……"

队长的眼睛里燃烧起警觉的火光。

"可是你妻子在别墅？"他说。

"在别墅，"我点点头。"您别以为……任何进一步的打算也没有。我只不过想知道这个陌生女人是谁。"

"那封信您带在身边吗？"队长问。

"我看后马上就扔掉了。"我坦白说。"要不给妻子看到了，以后你再怎么证明，什么事也没有发生……"

"什么时候寄来的？"

"三天前。从我们这里的邮局寄出的。"

队长思考着。

"那里每天取一次信，黄昏时取，"我说，"我不认为会有很多人去那里……每天最多五六个人。要是能让我看一下……"

队长摇摇头，笑了起来。

"我知道,这不符合规定……"我愁眉苦脸地说。"可是您哪怕自己看一下呢,行吗? 也许,那里什么女人也没有,也许是邻居开玩笑。一个性格开朗的邻居。"

"从十楼开始看,怎么样?"队长皱了皱眉头说。

我点点头:

"您看吧……只要告诉我,那里有没有女人……"

"这封信败坏了您的名声,对不对?"队长说。

"有一点儿,"我承认。"在妻子面前。"

"好吧,那您就有理由看录像了,"队长决定。

"非常感谢!"我惊叫道,"太谢谢您了!"

"您看,一切都很简单吧?"队长慢慢按动电脑键盘上的键,说道。"可是您——钱……这叫什么苏联惯例……眼下……"

我忍不住起身站到他身后。队长没有反对。他很激动——显然,在"阿索"区域他管的事情还真不少。

屏幕上出现了邮局的画面,一开始从一个角落——可以看得很清楚——工作人员在干什么。后来从另一个角落——可以看到门口和邮筒。

"星期一,早上八点钟,"队长一本正经地说。"接下去呢? 看屏幕上十二点的录像吗?"

"啊呀,真是的……"我假装感到不快。"没想到。"

"我们来按键……不对,是这个……我们看到了什么?"

图像开始微微晃动。

"什么?"我问,好像从来没有操纵过我们办公楼里类似的系统似的。

第一个疑点是早上九点三十分。有一个东方人模样的工人到邮局来过,寄了一大沓信。

"不是您要找的陌生女人吧?"队长挖苦我,并解释说,这是大楼的建筑工人,他老是往塔什干寄信……

我点点头。

第二个顾客是在一点一刻来邮局的,一个我不认识的男人,仪表堂堂的先生,后面跟着保镖。

这位先生没有寄信,总而言之我没有弄明白,他到这儿干吗来了——或许是来看妞的,或许是来考察"阿索"地域的。

第三个竟然是……拉斯!

"啊!"队长叫起来,"这不是您那个爱开玩笑的邻居吗?那位深更半夜唱歌的老兄吗?"

我是个蹩脚的侦探……

"他……"我小声说,"难道……"

"好吧,我们接着往下看。"队长动了恻隐之心。

接下来,两小时的午休时间过去之后,人们潮水般地涌来。

又有三个住户来寄了几封信,全都是男人,外表都十分严肃。

还来了一个女人,七十岁上下,在邮局快要关门前来的。她身材肥胖,穿着毛茸茸的大衣,戴着一大串俗不可耐的项链,稀疏的花白头发烫成了鬈发。

"难道是她?"队长欣喜地说。他跳起来,拍拍我的肩膀说:"怎么样,打算找一个秘密情人了吗?"

"真相大白了,"我说,"骗局!"

"没关系,平局不是败局,"队长说了句双关俏皮话。①"不过以后要是您再有什么请求的话……千万不要做出这种模棱两可的举动了。要是不打算给什么人钱,那就不要把钱掏出来。"

我低下了头。

"是我们自己把人家拖下水的,"队长苦恼地说,"明白吗?自己!给了人家第一次,就会有第二次……第三次人家就会向你要了……您是个好人,高尚的人!"

我不解地望着队长。

"好人,好人,"队长说,"我相信自己的直觉。我在刑事侦缉处工作

---

① 俄语单词 розыгрыш(平局)在口语中也可解释为捉弄、骗局。

了二十多年，什么样的人都见过。别瞎起劲了，行吗？别再助长周围的歪风邪气了。"

我好久没这么羞愧了。

光明魔法师居然被人家教训不要作恶。

"我尽力而为吧，"我说，面带愧色地看了一眼队长的眼睛，"非常感谢您对我的帮助……"

队长没有接茬儿，他的目光变得像孩子那样呆滞、明澈和无知，嘴巴微微张开，手指放在圈椅的扶手上握紧、变白。

冷处理，轻而易举的诅咒，非常通行。

这时，我身后有个人站在窗户旁，我并没有看见他——是凭直觉知道的……

我朝边上一闪，尽可能动作迅速，不过还是能感觉到向我袭来的力量的冰冷的气息。不，这不是冷处理。这是同大量吸血鬼的把戏相似的某种东西。

力量在我身上掠过后便朝着不幸的保安袭去。格谢尔制造的防御物不单单能够把人伪装起来，而且还能起到保护作用！

我用肩膀顶住墙，向前伸出双手，但是在最后一刻还是克制住了，没有出击。我眨了一下眼睛，让自己眼皮的影子出现在眼前。

窗户旁站着一个吸血鬼，他紧张得龇牙咧嘴。个子高大，纯种欧洲人的脸。毫无疑问，是高级吸血鬼，不像科斯佳那么轻率。起码有三十来岁。他的力气，无疑要超过我。

可他并不是格谢尔！我的他者本质没有被他这个吸血鬼发现。此刻所有妖怪的本能，也就是高级吸血鬼善于控制自己的本能全都发泄了出来。我真不知道他把我当成谁了——当成一个有特异功能的人，一个能够与吸血鬼较量的灵敏的人，当成神话中的混血牲畜——女人和男鬼生的孩子，当成虚构出来的巫师、捕捉低级他者的猎手。不过吸血鬼显然准备从上面飞下来，然后开始把周围的一切都毁掉。他的脸像黏土一样往下淌，变成一个大脑门子的兽脸，上颌里露出了獠牙，手指上长出了像剃刀一样锋利的爪子。

一个精神错乱的吸血鬼——这很可怕。

比他更可怕的只有沉着冷静的吸血鬼。

条件反射把我从结局令人担心的决斗中解救出来,我克制住,没有出击,我喊出了逮捕时通常说的套话:

"守夜人,离开黄昏界!"

门外立刻传来一个声音:

"住手,这是自己人!"

奇怪的是,吸血鬼迅速恢复正常了。爪子和獠牙缩了进去,脸像肉冻一样晃动起来,显示出成功的欧洲人的那种稳重、高贵的神态。我清楚地记得这个欧洲人,在光荣的城市布拉格,那里酿造出了世界上最好的啤酒,保留下来了世界上最好的哥特式建筑。

"维杰斯拉夫吗?"我大喝一声,"您想干什么?"

门旁,不用说,站着埃德加尔。黑暗巫师,他在莫斯科守日人巡查队干了不久就离职去了宗教法庭。

"安东,请原谅!"这位冷漠的波罗的海人确实感到不好意思了。"一场小误会。工作时间……"

维杰斯拉夫是礼貌的化身。

"我们向您道歉,巡查队员,我们没有认出您……"

他的目光锐利地在我身上扫过,嗓音里出现了赞叹的口气。

"伪装得真好啊……祝贺您,巡查队员。要是这是您的工作,我对您五体投地。"

我没有解释是谁给我设置的防御物。光明魔法师难得有机会(不过,应该承认,黑暗力量也是如此)尽情呵斥宗教法官。

"您对那人干了什么?"我大声吼道,"他受我的保护!"

"工作时难免出现这种状况,我的同事已经说过了,"维杰斯拉夫耸了耸肩,回答说。"我们感兴趣的是摄像机记录下来的资料。"

埃德加尔漫不经心地移开坐着一动不动的保安队长的圈椅,走到我跟前,笑着说:

"戈罗杰茨基,一切正常。我们办的是同一个案子,对不对?"

"你们有这么做的许可证吗……在工作时间?"我问。

"我们有非常多的许可证,"维杰斯拉夫一字一顿冷冰冰地说。"您甚至想象不到会有这么多。"

够了,该清醒了。于是我就跟他们争执起来。可不是——他差一点剥夺了人家自由发挥本能的权利,失去自我控制,这对一个高级吸血鬼来说是不能容忍的耻辱。维杰斯拉夫的嗓音里出现了真正的、平静的狂怒:

"您要检查一下吗,巡查队员?"

当然,宗教法官不可能允许别人对自己大吼大叫。只不过我现在已无路可退!

埃德加尔扭转了局面。他举起双手,情绪激动地大声喊道:

"都是我的错!我本该了解戈罗杰茨基的!维杰斯拉夫,这是我个人工作中的疏漏!对不起!"

我首先向吸血鬼伸出一只手。

"说真的,我们办的是同一个案子。我没料到会在这里遇见你们。"

这下我切中要害了。维杰斯拉夫刹那间把目光移开。他非常友好地笑着握了握我的手。吸血鬼的手掌是温暖的……我知道,这意味着什么。

"维杰斯拉夫同事直接从机场来。"埃德加尔说。

"他还没来得及进行临时注册吧?"我补充说。

不管维杰斯拉夫多么强壮有力,不管他在宗教法庭担任什么职务,他始终是个吸血鬼。他必须办理有损自尊的注册手续。

不过我没有继续施加压力。恰恰相反。

"你可以在这里办理一切手续,"我提议,"我有这个权利。"

"非常感谢,"吸血鬼点点头。"不过,我想去看看您的办公室。照规定应该先这样。"

"我已经看过录像,"我说,"三天前寄过信的有四个男人和一个女人。有一个工人寄了一大沓信。来自乌兹别克斯坦的建筑工人在这里干活。"

"对你们国家来说这是一个好的标志，"维杰斯拉夫彬彬有礼地说。"邻国公民向你们输出劳动力，这证明了你们国家经济发达。"

我可以对他解释，我想的正是这一点。但我没说。

"您想看看录像吗？"我问。

"劳驾，想的。"吸血鬼说。

埃德加尔谦恭地站在一旁。

我把邮局的画面拉到监控屏上，按了"搜索"键，我们又浏览了一遍所有的书信爱好者。

"这个人我认识，"我用手指戳戳拉斯。"今天我会弄清楚他寄的是什么信。"

"您怀疑他？"维杰斯拉夫想证实。

"不。"我摇摇头。

吸血鬼把录像又放了一遍。这一次不幸的无表情的保安队长还是面对电脑坐着。

"这是谁？"维杰斯拉夫问。

"住户，"保安队长漠然地看了一眼屏幕，回答说，"一号楼，十六层……"

他的记忆力非常好，能说出几乎所有可疑对象，只有那个寄一大沓信的工人他没认出来。除了拉斯、十六楼的住户和十一楼的老太婆，还有两个"阿索"的管理人员去寄过信。

"我们来处理那些男人"，维杰斯拉夫决定，"开个头。您去调查那个老太婆，戈罗杰茨基，好吗？"

我耸了耸肩。合作归合作，但我不允许人家对我发号施令。

更何况是黑暗力量。是吸血鬼。

"这个对您来说容易些，"维杰斯拉夫解释说，"我……很难接近老太婆。"

他的表白是坦率的，出人意料的。我小声嘀咕了一句，但没有追根究底。

"我觉得他们身上缺少一些东西，"吸血鬼还是解释说，"命中注定的死亡。"

"忌妒啦?"我忍不住说道。

"可怕。"维杰斯拉夫弯下身子对保安队长说道:"现在我们要离开了。你会睡上五分钟,做个美梦。等你醒过来,就会忘掉我们来过。你只会记得安东……你会待他很好。要是安东需要的话,你要给予他任何帮助。"

"这倒用不着……"我不太坚决地反对说。

"我们办的是同一个案子,"吸血鬼提醒说,"我知道,把身份隐蔽起来工作是多么辛苦。再见。"

刹那间他就消失得无影无踪了。埃德加尔面带愧色地笑着走出门去。

没有等到保安队长苏醒过来,我也离开了他的办公室。

Chapter 4

按我们魔法师的说法，命运并不存在，可它对我却格外垂青。

在"阿索"的大厅（可不能称这个地方为入口处！）我见到了吸血鬼不敢接近的那个老太婆。她在等电梯，若有所思地看着墙上的按钮。

我透过黄昏界一瞧，确信：老太婆六神无主，可以说心急如焚。即使受过培训的保安在这件事上也帮不上忙——她外表看上去沉着冷静。

我果断地朝这位上了年纪的太太走过去，正是朝"上了年纪的太太"走去——因为在这里用温和、善意的俄语单词"老太婆"无论如何不合适。

"对不起，我能够帮您什么忙吗？"我问。

上了年纪的太太瞥了我一眼，没有老年人通常的疑心，更确切地说她是发窘了。

"我忘了住在哪里，"她坦白说，"您是不是知道？"

"十一楼，"我说，"可以让我送您去吗？"

勉强看得出花白的鬈发在飘动，透过它们可以看见白里透红的细嫩皮肤。

"八十岁了，"老太婆说，"这个我记得……记起来很费劲，不过我记住了。"

我搀扶着这位老太太去乘电梯。一个保安朝我们走过来，但是我这位高龄的同路人摇了摇头：

"这位先生会送我……"

我这位先生就送她了。自家的门上了年纪的太太还认得出，见到后她甚至还加快了脚步。房门没有锁，里面装修得富丽堂皇，还放有家具，一个二十岁上下的活泼姑娘在门厅里走来走去，伤心地对着话筒说：

"是的,在下面还看见她呢! 又跑了……"

我们的出现让姑娘喜出望外。我担心的只是迷人的微笑也好,感人的关心也好,首先是针对我的。

年轻可爱的姑娘在这样的房子里像女仆那么忙忙碌碌并不是为了钱。

"玛申卡,去给我们倒茶,"老太婆的喊声打断了她的叽里呱啦,也许,她跟我一样没有感受了姑娘的真心。"拿到大房间来。"

姑娘听话地向厨房奔去,但还是又微笑了一下,并且故意用富有弹性的胸脯触碰我,附在我的耳朵上说了一句话:

"她变得完全不行了……我叫塔马拉。"

不知为什么我不想作自我介绍,跟在老太婆后面去了"大房间"。好大的一个房间,里面摆着斯大林时代的旧家具,可以明显看到工艺品大师精湛手艺的痕迹。墙上分挂着几幅黑白照片——起初我也把它们当成是室内装饰画。后来我才弄清楚,照片上那个戴着飞行帽、牙齿雪白、有着惊人美貌的年轻姑娘正是眼前这位太太。

"我轰炸了德国鬼子,"太太谦虚地说,坐到一个圆桌子旁,桌上铺着一块带流苏的深红色天鹅绒台布。"你看,加里宁①亲自给我授了勋章……"

在万分惊愕中我坐到了前女飞行员的对面。

这样的人最多也不过在旧的国家别墅或者破旧的"斯大林式小洋楼"里度过晚年。但是无论如何也不可能住在这种高级住宅小区里!她是把炸弹扔向法西斯,又不是从德国国会挖出储备的黄金!

"孙子为我买了这套房子,"老太婆似乎猜出了我的心思,说道。"一套大房子。我记不得这里的任何东西……全都像是家里的,可是我记不得了……"

我点点头,真是个好孙子,没说的。显然,先是把高价房转到获得勋章的奶奶名下,以后再作为遗产继承下来——这是非常正确的一步。

---

① 加里宁(1875—1946),苏联早期领导人之一。

但是不管怎么说这总归是一件好事。只不过挑选女仆得仔细一些。不该找那个二十岁的姑娘，她关心的是自己细嫩的小脸蛋和好看的身材能带来多少投资回报。要挑选上了年纪、身体强壮的女卫生员……

老太婆若有所思地看了一眼窗户，说道：

"我最好住到那些房子里去，小的房子……这样习惯……"

不过我已经不去听她说了，我看着桌子，上面堆满了皱巴巴的信，信封上盖有"查无此人"的邮戳。没什么可奇怪的。收信人或者是全苏联的班长大人加里宁，或者是最高统帅约瑟夫·斯大林，或者是赫鲁晓夫同志，或者是"亲爱的列昂尼德·伊里奇·勃列日涅夫"。

后来上台的领袖们在老太婆的记忆中显然没有留下什么印象。

不需要任何他者的才能就能弄明白，三天前老太婆寄出的是一封什么样的信。

"我闲不住，"老太婆捕捉到我的目光，抱怨说，"一直求他们把我派到小学去，派到飞行学校去……我要告诉年轻人，我们那时候是怎么生活的……"

我还是透过黄昏界看了她一眼，差一点没喊出来。

前女飞行员有他者的潜质。或许不是特别强，但显然是地地道道的他者。

只是若在她这把年纪才被激发……不可思议。六十岁、七十岁还勉强可以……八十岁怎么行呢？

她会因为紧张而一命呜呼的。她会进入黄昏界成为没有形体、失去理智的幽灵……

有时候我们对自己的兄弟姐妹往往认识得太迟……

塔马拉姑娘来了，她手里拿着一个托盘，里面堆满了几小碟饼干和糖果、一个茶壶、两个漂亮的老式茶碗。她不出声地把一个个碟子放在桌上。

这时，老太婆已经打起了瞌睡，像原先那样直挺挺、硬邦邦地靠在椅子上。

我悄悄站起来，朝塔马拉点点头：

"我走了。您照顾她要留心一些,她不记得住在哪里了。"

"我可是眼睛一眨不眨地一直看着她的!"塔马拉眨巴着睫毛说,"瞧您说的,瞧您说的……"

我也检查了她,没有任何他者的才能。

一个普通的年轻女人。甚至特别善良。

"她常常写信吗?"我问,脸上稍稍露出笑容。

塔马拉把这微笑当成了默许,笑着说道:

"一直写!写给斯大林,写给勃列日涅夫,真是太可笑了,对不对?"

我没有争辩。

在"阿索"咖啡馆和餐厅铺天盖地,但现在只有超市的咖啡厅在营业。非常受欢迎的一个咖啡厅——悬在收款机上面的二楼。这里视野开阔,可以看到超市的全貌。也许,看着别人悠闲自在地购物,一边计划着"血拼"的路线,喝起咖啡来味道特别好。这可真是个可怕的字眼,不可思议的英语词汇就像虫子侵蚀没有自卫能力的牺牲品一样,侵入到我们的语言之中。

我在那里吃了午餐,竭力为自己壮胆,不被高昂的价格吓倒。饭后要了双份浓缩咖啡,买了一包雪茄烟——平时我抽得并不多,我试图把自己装扮成一个侦探。

谁寄的信? 他者叛徒或者他者的人类主顾。

好像他们俩都不需要寄这封信。这对他们来说都完全无利可图呀。而如果是有旁人想要防止激发事件的发生,这样的情节也未免太离奇了吧。

开动起来吧,大脑,开动起来吧! 不是这些已知的错综复杂的局势。有他者叛徒,有他的主顾。信寄给巡查队和宗教法庭。可见,信多半是他者寄的。强大、聪明、高超的他者。

这样就有疑问了——为什么?

大概,答案就是:为的是让这个激发仪式无法进行,为的是把主顾交给我们,不履行诺言。

这就是说,这里的问题并不在于钱。一个神秘的主顾用一种令人费解的方式获得了支配他者的权力。一种可怕的、绝对的、可以随心所欲的支配权。说真的,人拥有对他的这种权力。他者没有。于是他就使了个绝招儿……

哒—哒—哒!

我抽起了雪茄,喝了一口咖啡。像老爷那样摊开手脚懒洋洋地靠在柔软的圈椅上。

什么东西开始清楚地显露出来。他者怎么会受人支配,受普通人的支配呢?即使这个普通人家财万贯,有权有势,绝顶聪明……

只有一种可能,这种可能我是非常不喜欢的。我们讲的那个神秘的他者叛徒可能遇到了童话中小金鱼所遇到的情况,老实地许下诺言,答应帮对方实现任何愿望。小金鱼也没料到异想天开的老太婆……对了,说到老太婆,我应该告诉格谢尔,我发现了一个潜藏的他者……那个异想天开的老太婆妄想成为主宰大海的女霸王。

这就是最让人心烦的地方。

吸血鬼也好,变形人也好,黑暗巫师也好,对这样的诺言全都会嗤之以鼻。

他们许下的诺言,他们随时可以收回。要是人想捍卫自己的权利,还会被他们咬断喉咙呢。

可见,那个轻率地许下了诺言的是光明魔法师。

可能有这种事吗?

可能。

完全有可能。我们这方的人都有点幼稚,科斯佳说得对。可以用人性的弱点来钓我们,也可以用负罪感,或者一切浪漫的想法……

总之,我们的队伍中出现了叛徒。他许下了诺言,目前我们还没有查明他的目的,只能说他掉入了陷阱。这个光明魔法师拒绝履行诺言,也因此要自取灭亡。

打住!又出现了一个有意思的地方。假设我能够承诺帮人类得到"他想要的一切"。但如果他提出我无法履行的请求……我不知道那究竟会是什么,不是困难的事情,不是讨厌的事情,也不是禁忌的事情——而恰恰是无法履行的事情……比方说,将太阳熄灭,或者把人变成他者……我该怎么回答?这不可能。决不可能。我是正确的,我没有任何理由自行了断。我那个人类的主顾必须妥协,向我改提一些其他的要求……金钱、非常性感的身体、股票投资成功或者对危险的预见力。总之,这是人类一般都会向往的乐趣,也是法力高强的他者能够办到的。

但是他者叛徒惊慌失措了!惊慌得一下子把守日人和守夜人双方巡查队以及宗教法庭都挑唆起来反对他的"主顾"!他被逼得走投无路,他害怕被永远放逐在黄昏界里。

可见——他真的是有能力把人类变成他者!

可见——不可能发生的事情发生了。这种才能是存在的。他是非同寻常的奇才,不过他是……

我开始感到不自在。

叛徒——我们资格最老、水平最高的魔法师当中的一个,不一定是超级魔法师,不一定占据着非常重要的职位。不过——一定饱经世故,知道的秘密最多。

不知为什么我一下子想到了谢苗。

关于谢苗,这种事他有时候是知道的,他这个光明力量的魔法师,身上有着"惩罚之火"的标记。

"我活了两百岁……"

有可能。

他知道的事情很多。

还有谁?

有一连串资格老、经验足的魔法师,他们并不在巡查队工作。他们自由自在地生活在莫斯科,看看电视,喝喝啤酒,踢踢足球……

我不认识他们。这就是糟糕的地方。他们这些高明的、不干事的人不想卷入守日人和守夜人之间无休止的战争。

我应该去劝告谁?我应该把自己可怕的推测告诉谁?格谢尔?奥

莉加？他们自己也在嫌疑犯之列。

不，我不相信他们会出错。备受生活磨难的奥莉加不可能，那个狡猾的格谢尔更不会，他们不会出这样的差错，不会向人许下无法履行的诺言。谢苗也不可能！我不信，这个高明的，而且是自古以来众所周知非常高明的谢苗会陷入这样的困境……

可见，我们的导师中的另外某个人出了差错。

这样责难人家，我的脸部表情会怎么样？"我觉得，错的是我们当中的某个人。光明力量的人。多半是谢苗。或者奥莉加。或者是您自己，格谢尔……"

这以后我还怎么有脸去上班？怎么面对同志们？

不，我不能把这些猜疑说出来，我应该了解清楚。

不知为什么我不好意思叫女侍者过来，我走到柜台前，请他们再给我煮一杯咖啡。我用手撑在栏杆上，看了看下面。

我发现，我夜里的新相识在下面。那个吉他手和趣味 T 恤收藏家，大号英式抽水马桶的幸运主宰者，正站在装满大鳌虾的水池旁边。拉斯的脸上露出在紧张思考的神色。随后，他笑了笑，推着手推车朝收款处走去。

我警觉起来。

拉斯不慌不忙地把他要买的很少几样东西放在传送带上，其中有一瓶捷克产的苦艾酒格外显眼。付钱的时候他对收银员说：

"您知道吗，你们这里有一个水池，里面装着大鳌虾……"

收银员小姐笑了起来，她的神态证实，水池是有的，大鳌虾在里面游泳，买一对这样活的节肢动物回去下酒、配酸奶和速冻饺子，是最佳选择。

"那么，"拉斯镇静地继续说，"我刚才看到一只虾爬到另一只虾的背上，逃到水池外面去了，就躲在那些冰箱底下……"

姑娘频繁地眨了几下眼睛，一会儿工夫收款处就来了两个保安和一个强壮的女清洁工，他们听到虾逃跑的可怕消息后，一起朝冰箱那儿奔去。

拉斯瞧了一眼大厅,付了钱。

追捕区区一只虾的行动正紧张地进行着,女清洁工将拖把伸到冰箱底下去乱戳,两个保安在周围瞎忙活,我听到他们在喊:

"朝我这儿赶,朝我这儿!我差不多已经看见它了!"

拉斯脸上带着略显高兴的神态朝出口处走去。

"小心点戳,不然会把虾壳戳坏的——那就卖不出去了!"一个保安发出警告。

我试图驱逐光明魔法师脸上不该有的笑容,问服务员小姐要了刚才定的咖啡。不,这个人不会用剪刀从报纸上剪下字母。这种事情未免太枯燥了。

我的手机铃响了。

"你好,斯维塔。"我对着手机话筒说。

"怎么样,安东?"

这一次她嗓音中的担忧少了一些。

"我在喝咖啡。跟同行在打交道,竞争对手同行。"

"啊哈,"斯维特兰娜说。"好样的,安东,你不需要我帮忙吗?"

"你嘛……又不是我们的人。"我慌张地说。

"我可管不了那么多!"斯维特兰娜刹那间喊道。"我是替你着急,又不是为巡查队!"

"暂时还不需要,"我答道。"娜久什卡怎么样?"

"她在帮妈妈熬红甜菜汤,"斯维特兰娜说,"所以午饭迟了,要不要叫她来听电话?"

"嗯。"我说,全身放松地在窗前坐下。

可是娜季卡①没有接电话,她不愿意跟爸爸说话。

两岁就要这种倔强脾气。

我和斯维特兰娜又谈了一会儿,我想问她,她心里的不祥预感消失了没有,但我克制住没问。从她的声音中就能听出,已经消失了。

---

① 娜季卡,娜杰日达的爱称。

我挂了电话,但并没有急于放好手机。打到巡查队去还没必要,但要不要跟什么人个别交谈一下呢?

唉,难道我真应该动身去城里,跟什么人见见面,把自己做的买卖再好好理一理,签个新的合同?

我拨了谢苗的手机号码。

侦探游戏玩够了,光明使者对自己人不说假话。

为了会面——不完全是公务上的,也不完全是私人之间的——找个有五六个小桌子的小酒馆是个不错的选择。

有一段时间全莫斯科找不到一家这样的小酒馆,时兴的公共餐饮店——是提供高级酒宴的那种场所。

而现在那种小酒馆又出现了。

这是一个毫不起眼的咖啡馆,位于市中心索良卡地区。一进门就是喝咖啡的地方,从街上看一目了然,里面有五个小桌子,一个小酒吧台。

光临这里的顾客也毫无特色。这不是那些按兴趣成立的俱乐部,比如像格谢尔那样喜欢收藏的人聚集的地方,或者专供潜水运动员或是盗窃惯犯扎堆的场所。

根本就别指望有厨房的位置,供应的食品有二级啤酒、各种烧酒、在微波炉里转过的小灌肠和炸薯条,还有各种日用品。

也许,正因为如此谢苗才建议在这里见面?像他这样的人坐在咖啡馆里才完全相称。不过我也没有什么不相称……

声音很响地从啤酒上面吹掉一层泡沫——只有在老片子中我才见到过这种动作。谢苗喝了一口"楔形金币",心平气和地看着我说:

"开始讲吧。"

"你听说过危机吗?"一开始我就马上抓住了要害。

"你指的是什么危机?"谢苗进一步问。

"匿名信带来的危机。"

谢苗点点头,甚至补充说:

"我刚刚为布拉格来的客人进行了临时注册。"

"我想,"我在干净的桌布上转动着杯子,说道,"寄信人是他者。"

"毫无疑问!"谢苗说。"啤酒你还是喝了吧,必要的话,待会儿我帮你清醒。"

"你办不到,我已经被防护罩封起来了。"

谢苗眯缝起眼睛瞧着我。他承认说,的确,你被封住了。以他的法力无法突破,因为是格谢尔本人套上的防护罩。

"那么,"我继续说。"要是寄信人是他者,他要达到什么目的呢?"

"孤立或者消灭他那个人类主顾,"谢苗平静地说。"显然,这个他者轻率地答应过人类要把他变成他者,怪不得他担心不已。"

我自恃不凡的智慧显然不过尔尔。根本没有直接参与这件事的谢苗都丝毫不差地弄清楚了一切。

"是光明使者干的。"我说。

"为什么?"谢苗奇怪地问。

"黑暗使者有大量其他不履行诺言的办法。"

谢苗想了想,嚼了一会儿土豆通心粉,说道,的确,好像是这样。不过他不会百分之百地否定黑暗力量参与的可能性,因为黑暗力量也有可能如此轻率地发誓,这是免不了的。比如说——以黑暗的名义发誓,请最初的力量来作证。知道了这种事以后你就不会觉得奇怪了。

"我同意,"我说。"不过,毕竟我们当中的某个人犯事的可能性还是要大一些。"

谢苗点点头,接茬儿说:

"不是我。"

我移开了目光。

"你不要发愁,"谢苗伤感地说,"你的想法是正确的,你的行为也完全正确。我们也有可能犯事,我也可能出错。谢谢你来找我谈话,而没有直接去找领导……我向你发誓,光明魔法师安东·戈罗杰茨基,我没有寄过你说的那些信,也不知道寄信人是谁。"

"你要知道,我很高兴。"我说了实话。

"我才高兴呢,"谢苗笑着说。"我告诉你吧,犯了错误的那个他者——是个无耻之尤。不仅引起了双方巡查队的注意,还把宗教法庭也牵连进去。他要么什么都不知道,要么就是什么都预料到了。若是前者,他就完蛋了,若是后者,他就能摆脱困境。我敢打赌,后者的可能性大于前者,这人会摆脱困境。"

"谢苗,这么看来,把普通人变成他者是可能的?"我问。诚实是最好的政治手腕。

"我不知道。"谢苗摇摇头。"以前我认为不可能,但是从最近发生的事情来看,有一条秘密通道,非常狭窄,非常不舒服,但确实有。"

"为什么不舒服呢?"我抓住他的话不放。

"因为不然的话我们大家都会利用它。那样该多好啊,比如说,让总统变成我们自己人! 还不只是总统,所有多少有点权力的人都行。再给和约加上补充条款,确定进行激发的规则,虽然同样会出现对峙的局面,不过是在全新的层面上。"

"我想,这是完全禁止的,"我承认说。"双方的头儿见了面,达成协议,维持平衡……互相威胁说,要不然就动用终极武器……"

"动用什么?"谢苗惊呆了。

"终极武器呀。还记得吗,你讲过氢弹的超级威力,一枚在我们这里,一枚在美国人手里……或许,类似的东西魔法中也有……"

谢苗哈哈大笑起来:

"瞧你说的,安东! 没有这种炸弹,这是幻想,杜撰! 学学物理吧! 海洋里重水的含量太少了,不足以支持热核聚变反应!"

"那你干吗要那么说?"我慌了神。

"其实,我们都会信口胡诌一些可笑的小故事。我根本没想到你会相信。"

"去你的,"我嘟哝着喝了一口啤酒。"顺便说一句,知道了这种事以后夜里我会睡不着……"

"没有终极武器,安心睡觉吧,"谢苗冷笑一声,说道,"现实生活中没有终极武器,魔法中也没有。假定让普通人被激发的可能性毕竟是存在的话,那么其过程也是极端痛苦、令人讨厌的,会产生负面效应。总之,谁也不想卷入这种事情。我们也好,黑暗力量也好。"

"这种过程你也不知道吗?"我又一次想弄清楚。

"不知道。"谢苗若有所思地说。"不,知道得不清楚。让人类知道这件事,命令他们,或者假定吸引他们自愿加入——这种事会发生。不过要把某个有需要的人变成他者——从来也没有听说过。"

又陷入了僵局。

我点点头,心事重重地瞧着啤酒杯。

"你不要紧张嘛,"谢苗劝我。"只有两种可能,那个他者要么是个傻瓜,要么就是非常狡猾。在第一种情况下,黑暗力量或者宗教法官会找到他。在第二种情况下——他们没有找到他,但是会猜出他的人类主顾,并解除这个人得到的承诺。目前能知道的就是这些情况了。"

"那我该怎么办?"我问。"我不否认,处于这种滑稽的地位生活会过得很有趣。况且还是用公家的钱……"

"那你就这么生活下去吧,"谢苗平静地说。"还是你的自尊心抬头了? 想要超过所有人,找出叛徒是谁?"

"我不喜欢做事半途而废。"我承认说。

谢苗笑了起来:

"我已经有一百来年只干这种半途而废的事情……举个例子,牲口糟蹋科斯特罗马富农别斯普特诺夫庄稼一案。这算什么事呀,安东! 至今都还是个谜! 一个阴谋! 是魔法造成的祸害,但是手段十分狡猾……通过大麻地来施邪!"

"难道牲口吃大麻?"我不由得感兴趣起来。

"究竟是谁给它呢? 那些大麻是富农别斯普特诺夫用来搓麻绳的,然后再用这根麻绳来拴牲口。通过麻绳让牲口中邪,不慌不忙,小心翼翼。方圆一百俄里①——找不到一个注册过的他者! 我在那个小村子住下,开始寻找坏蛋……"

---

① 1俄里等于1.06公里。

"难道你们以前就是这么高质量地开展工作的?"我惊讶地说。"因为某个牲口,某个农民——就要出动巡查队?"

　　谢苗笑着说:

　　"以前大家的工作都是各不相同的。这个农民的儿子是他者,他请求为父亲辩护,那人连麻绳结都不会打……于是我在那里呆了下来,单枪匹马,添置了家当,甚至还追求起一个小寡妇来。顺便继续寻找线索。后来,我追踪到一个老巫婆的踪迹,她伪装得很好,不属于任何巡查队,也没有进行过注册。你能想象吗,真是老谋深算啊! 一个老巫婆,已经活了两三百岁的老巫婆! 她的法力与一级魔法师相当! 我这就扮演起平克顿①的角色……明察暗访……向高级魔法师求救又有点难为情。慢慢的,我在其中找出了一些关联,理出了几个可疑的人。顺便说说,其中之一正是那个对我很殷勤的小寡妇。"

　　"真的吗?"我欣喜地问。也许谢苗喜欢胡诌,但是这个故事看来倒像是真的。

　　"瞎说的,"谢苗叹了一口气。"彼得格勒发生了暴动。一场革命。那时候,你知道,顾不到狡猾的老巫婆了。那时候,人类的鲜血流成了河。我被召去了。我想再回去找到老巫婆,可是一直没有时间。后来小村子被淹没了,全村人都搬走了。也许,那个老巫婆已经不在世上了。"

　　"真遗憾。"我说。

　　谢苗点点头:

　　"这种故事我肚子里多着哪。所以做事不必特别起劲,也用不着迫不及待。"

　　"那么你一定是黑暗力量了,"我说,"你如此确定你能替自己洗刷嫌疑。"

　　谢苗只是笑了笑。

　　"我不是黑暗力量的人,安东。这一点你很清楚。"

---

　　①　平克顿(1819—1884),美国著名私人侦探事务所的侦探和创建人。

"你对激发人类的事情也一无所知……"我叹了一口气。"可我还指望……"

谢苗变得严肃起来。

"安东,我再告诉你一件事。世上我最爱的那个姑娘在一九二一年死了。衰老而死。"

我看了他一眼——没敢笑。谢苗没有开玩笑。

"要是我知道她怎么能被变成他者……"谢苗小声说,眼睛望着远处的某个地方,"只要让我知道……我会把真相告诉她。我会为她做一切。她从来也没有生过病。她到了七十三岁看起来也最多只有三十岁。她甚至在饥荒的彼得堡也什么都不缺,她的保护证书①让一些红军战士惊讶得说不出话来……可是我无法将自己的一生献给她。这个我们无能为力。"他忧郁地看了我一眼。"要是我知道如何能激发柳博芙·彼得罗夫娜,我就不会去问任何人。我愿意接受一切考验。我愿意牺牲自己,而将她变成他者。"

谢苗站起来,叹了一口气:

"不过现在,说实话,我对什么都无所谓了。可以把人类变成他者也罢,不可以也罢——我都不会激动。你也不必激动。你妻子是他者,你女儿是他者。这么幸福,而且只有你一个人能够享受到,不是吗?格谢尔本人做梦也见不到。"

他走了,而我在桌旁继续坐了一会儿,喝完了啤酒。咖啡馆老板——他既是跑堂,又是厨子,也是经理——根本就没朝我这边瞧一眼。谢苗来的时候在桌子上挂了一块魔法幕布。

我怎么啦,说真的?

三个宗教法官正在起劲地忙着,有才能的吸血鬼科斯佳像蝙蝠一样在"阿索"到处乱转。他们都想弄清楚,一定要弄清楚,谁想成为他者。而寄信人也许能找到,也许找不到。

与我有何干?

---

① 证明持证人及其财产受到政府特别保护。

我爱的那个女人是他者。而且她主动辞去了在巡查队的职务，放弃了当伟大的女魔法师的美好前程。一切都是为了我这个白痴。为了我这个永远无法超越第二级力量的光明魔法师，让我不至于有缺陷情结……

连娜久什卡也是他者！我不必体验一般他者的恐惧，因为他们的孩子会长大、衰老和死亡。我们迟早要把娜坚卡的身世告诉她本人。她会想当伟大的魔法师，毫无疑问。她一定能成为伟大的魔法师。或许甚至能把这个不完美的世界变得更好。

可是我竟还在玩什么小儿科的侦探游戏！在承受着不能完成任务的痛苦，而不是晚上去找开朗的邻居聊天，或者仅仅为了不暴露身份去娱乐场所消磨时间。

我站起来，把钱放在桌子上后便离开了。过一两个小时后魔法幕布消失了，咖啡馆老板就会看到钱、空酒杯，他就会回想起来，有两个不起眼的男人曾经在这里喝过酒。

Chapter 5

中午我干了一件不务正业的事,吸血鬼科斯佳大概会把苍白的嘴一撇,告诉我,他认为我太幼稚……

起初我到"阿索"去了一趟,换上牛仔裤和朴素的衬衣,然后去离得最近的一个普通院子——在那种乏味的九层预制板楼房住宅区就可以找到。在那里我欣喜地发现了一个足球场,几个闲着没事干的高年级学生正在踢一只脱了皮的足球。不过那里还有几个年轻男子,毕竟世界杯足球赛才刚刚结束,虽然那场比赛让我们国家队丢尽了脸,但毕竟起了鼓励民众踢球的作用。在为数不多的保全下来的院子里重新出现了逝去的、似乎是完全具有庭院特征的精神。

他们同意我参加比赛,加入那个只有一个成年男子的球队。那人大腹便便,但是动作相当灵活,待人非常热情。我足球踢得很差劲,不过这里并不是世界杯冠军云集的地方。

我在尘土飞扬的瓷实的地上奔跑了将近一个小时,大声喊叫,对着破金属网球门射球,好几次甚至射中了。有一次,一个身材魁梧的十年级大孩子竟然设法机灵地绊了我一下,然后善意地笑了笑。

但是我没有感到委屈,也没有不高兴。

比赛结束后——好像是自然而然地结束的,我去了最近的一个商店,买了一些矿泉水和啤酒。也给学生球员买了贝加尔湖牌汽水。他们的首选当然是可口可乐,不过该抛弃这些糟糕的洋饮料了。

一想到过度的慷慨将引起各种各样的猜疑,我便感到闷闷不乐。所以说行善必须适度。

同"自己的"和"对方的"比赛选手告别后我来到海滨浴场,在有点脏但十分凉爽的水中舒舒服服地洗了个海水浴。"阿索"豪华的宫殿矗立在边上。

就让它去矗立着吧。

最可笑的是我明白了，一定也有某个黑暗巫师像我这样过日子。不是那种年轻气盛、如同品尝新鲜牡蛎和玩弄高价娼妓那样喜欢追求新鲜、刺激的黑暗力量，而是见多识广的黑暗力量，他经历过世上的一切事情——虚空的虚空。

他也会沿着小足球场奔跑，大声喊叫，对着笨拙地骂娘的小毛孩吆喝："住嘴，小毛孩！"然后去海滨浴场，在混浊的海水中戏水，躺在草地上，眼睛望着天空……

差别在哪里？好吧，如果是低级的黑暗力量就没什么可说的。他们是妖怪。他们为了生存不得不杀戮。这是任何诡辩都无法改变的事实。他们就是邪恶。

真正的界限在哪里？

为什么有时候它会消失？在这样的时刻，当一切单单只为了一个想要成为他者的人类时？单单只为了这个原因！就投入这么多力量搜寻！黑暗力量、光明力量、宗教法庭……并非我一个人在办这个案子，我只是被推着向前的一个小卒子，被分到这个地区进行侦察。格谢尔皱眉头，扎武隆板起脸，维杰斯拉夫龇牙咧嘴。有个人类想要成为他者！逮住他，追！

而谁又不想呢？

不是想要吸血鬼的永远饥渴，不是想要变形人的疯狂行径，而想要过上魔法师那种像样的生活，同时拥有一切人类所拥有的世俗生活。

而且会更好些。

那时你从废弃的汽车里搬出一台昂贵的音响主机时将不会害怕被抓。

你不会患上任何流感，要是你得了不治之症——黑暗巫师或者光明力量的良医愿意为你效劳。

你不会考虑，如何活到工资用完的那一天。

你不会害怕夜晚的大街和醉鬼的脚步。

你甚至对警察局都无所畏惧。

你相信你的孩子放学以后会安全地回到家里，不会在大门口遇上疯子……

是啊,当然,问题的关键就在这里,你的亲人们安然无恙,他们甚至从吸血鬼的抽签名单中被排除掉了,尽管你没有办法让他们免于衰老和死亡。

不过这毕竟还十分遥远。在遥远的将来的某个地方。

而总的来说,成为他者要快活得多。

况且,拒绝被激发,你得不到任何好处,甚至亲人们也有权叫你傻瓜。要知道成了他者,你才能保护他们。比如谢苗所述说的……庄稼汉的牛被毒死了,他那个身为他者的儿子便能向巡查队求援调查,毕竟是亲骨肉嘛,毫无办法。

我全身抽搐,好像电流从我身上通过一样。我跳起来,凝视着"阿索"。

光明魔法师为什么会轻率地答应人类履行任何他想要的诺言呢?

只有一个原因!

就是这个,线索有了。

"你琢磨出什么来了,安东?"背后传来一个声音。

我转过身去,透过墨镜镜片看了一眼科斯佳。他只穿了一条泳裤,这种装束在海滨浴场再合适不过了,不过他戴了一顶白色儿童太阳帽,那帽子安在头顶上,活像一顶民族绣花帽(恐怕是恬不知耻地从某个小孩头上抢来的)鼻子上还架着一副墨镜。

"被太阳灼痛了吧?"我挖苦地问道。

科斯佳皱了皱眉头:

"会压迫我,它挂在天上,像熨斗一样……你说说,你不觉得热吗?"

"热,"我承认,"不过那是另一种热。"

"咱们别斗嘴了行吗?"科斯佳请求说。他坐到沙堆上,厌恶地从脚底下踢掉烟头。"我现在只有在夜里才游泳。来这里只是为了跟你聊聊。"

我觉得很惭愧。我面前坐着一个忧郁的年轻男子,尽管他是个非生物。不过我还记得在我家门口犹豫不决的那个郁闷的半大孩子。

"您不该邀请我来做客,我是吸血鬼,夜里我会来咬您……"

这个男孩坚持的时间够长了,只喝猪血和供血者的血。幻想重新成为活生生的人。"像匹诺曹那样",不知道是读了科洛迪①的童话,还是看了《人工智能》②,他找到了真实的对照。

要是格谢尔没有派我去猎捕吸血鬼就好了……

不,这都是鬼扯。本能总是会占上风。科斯佳也会获得许可证去吸人血的。

无论如何我都没有权利挖苦他。我毕竟占有极大的优势——我是活着的。

我能够问心无愧地接近老人,恰恰是问心无愧——先前维杰斯拉夫之所以耍滑,并不是因为恐惧,也不是因为厌恶,才让他不想与老太太接近的。

是羞愧。

"对不起,科斯佳,"我说,在他边上的沙子上躺下来。"咱们聊聊吧。"

"我觉得,'阿索'的常住居民毫不相干,"科斯佳闷闷不乐地说。"主顾一定是在偶尔到那里去的人当中。"

"不得不把所有人都查一遍。"我不自然地叹了口气。

"还有那件讨厌的活儿。必须找出叛徒。"

"我们不正在寻找吗。"

"我知道你是怎样寻找的……我明白,那是你们的人,对不对?"

"什么话!"我被激怒了。"完全有可能是黑暗使者犯了规……"

我们讨论了一会儿局势。看来,我们似乎是同时得出一致结论的。

只是我现在得到的线索似乎领先科斯佳半步。但我不打算告诉他。

"那封信投到了一大堆建筑工人送到邮局来的信中,"科斯佳没有

---

① 科洛迪(1826—1890),意大利儿童文学作家。《木偶奇遇记》的作者。
② 《人工智能》,由斯皮尔伯格导演的美国科幻片。

怀疑我的心机，说道。"这是再简单不过的了。所有这些外籍工人都住在那间旧学校，那里有他们的宿舍。在一楼，门卫的桌子上堆放着所有信件。早上有人去邮局寄信。对他者来说，分散门卫的注意力混进宿舍毫不费力……或者只是等到门卫去解手时进去。他把那封信扔进了一大堆信件中。就这样！不会留下任何蛛丝马迹。"

"想得真周到。"我同意。

"依照光明力量的行事作风，"科斯佳皱了皱眉头。"总是损人利己。"

不知为什么我并未感到委屈，只是嘲弄地笑了笑，随即转过身子，看着天空，看着和煦的阳光。

"好吧，我们也常这么做……"科斯佳嘟哝道。

我沉默不语。

"怎么，你敢说，你们从来也没有利用过人类达到自己的目的吗？"科斯佳被激怒了。

"有过。利用过，不过从没有害过人。"

"就是在这件事上，他者也没有害过人，只是利用。"科斯佳前言不搭后语地说，完全忘了他刚刚用过"损人利己"一词。"我是这么考虑的……顺着这条线索继续找下去有没有意义呢？眼下叛徒把所有的蛛丝马迹都掩盖得严严实实。我们将要跟在幻影后面追踪……"

"听说两天前两个'阿索'的保安发现灌木丛里有可怕的东西，"我说。"他们甚至还开了枪。"

科斯佳眼睛一亮。

"你已经查过了？"

"没有，"我说。"我伪装了身份，没法查。"

"可以让我去查吗？"科斯佳渴望地问。"听着，我知道，这是你的管辖范畴……"

"查吧。"我同意说。

"谢谢了，安东！"科斯佳满面笑容，相当激动地用拳头捶了一下我的肩膀。"你毕竟是个正直的男子汉！谢谢！"

"去领赏吧,"我忍不住说道,"也许你可以优先领到许可证。"

科斯佳立刻沉默不语,愁眉苦脸。目光凝视着河水。

"为了成为高级吸血鬼,你杀了多少人?"我问。

"这对你来说有什么差别吗?"

"没什么,好奇而已。"

"随便翻翻档案看一下,"科斯佳笑着说。"难道很难吗?"

这当然不难。不过我从来也没有看过科斯佳的档案。我不想知道他的情况……

"科斯佳叔叔,把遮阳帽给我吧!"旁边传来一个恳求的声音。

我瞟了一眼跑到科斯佳跟前的一个四岁光景的小姑娘。果不其然,他欺负小孩子,把人家的遮阳帽抢来了……

科斯佳听话地从头上摘下帽子,还给小姑娘。

"你晚上再来吗?"小姑娘瞟了我一眼,撅起嘴问道。"你还讲故事吗?"

"嗯。"科斯佳点点头。

小姑娘眉开眼笑,朝边上一个正在收拾东西的年轻妇女跑去。只是她脚底下的沙子给溅了起来……

"你犯糊涂啦!"我跳起来,大声吼道。"我干脆就在这里把你干掉得了!"

大概我的脸色看起来十分可怕,科斯佳急忙喊道:

"你怎么啦? 你怎么啦,安东? 这是我的表侄女! 她的母亲是我的表姐! 他们住在斯特罗吉诺,这几天我在他们家做客,免得在整个城里到处漂泊!"

我突然打住话头。

"怎么,你断定我吸了她的血吗?"科斯佳依然提心吊胆地看着我,问道。"你去查一下吧! 没有任何咬伤的痕迹! 侄女是我的,明白吗? 为了她我什么事都愿意干!"

"呸,"我啐了一口。"你让我怎么想呢? '你晚上再来','你还讲故事'……"

"典型的光明使者……"科斯佳心平气和地说道。"既然我是吸血鬼,那就马上认定——我是畜生,对吗?"

我们暂时停止争论并不是结束,而是转为合乎常规的冷战。科斯佳坐着生闷气,而我坐着骂自己下结论太匆忙,追捕不满十二岁的孩子是领不到许可证的,而科斯佳不至于傻到不带许可证就去猎捕。

这下……僵住了。

"你有女儿,"科斯佳忽然明白过来。"也是这么大,对不对?"

"比她小,"我答道。"也比她好。"

"当然,自己的女儿总是最好的,"科斯佳冷笑了一声。"好吧,戈罗杰茨基。我什么都明白了。我们都忘了吧。谢谢你的情报。"

"别客气,"我说。"也许那些保安什么也没看见。他们只是喝了伏特加或者吸了什么不该吸的……"

"我们查查看,"科斯佳打起精神说道。"一切都要查了才知道。"

他用手揉了揉头顶,站起来。

"要离开了吗?"我问。

"阳光压迫我,"科斯佳眼睛瞟着上面答道。"我要消失了。"

他果真消失了,事先把周围所有人的注意力引开,只有灰蒙蒙的影子在空中悬浮了一会儿。

"吹牛大王。"我说,翻过身子俯卧着。

老实说,我已经觉得热了。但我原则上不想跟黑暗使者一起离开。

我还要考虑一些事情——在走向"阿索"的保安之前。

维杰斯拉夫竭力表现得好一些,看到我来了,他这个保安队长脸上霎时堆满了和善的微笑。

"贵客光临了!"他挪开一些纸片喊道。"喝茶还是咖啡?"

"咖啡。"我肯定地说。

"安德烈,给我们送咖啡来,"队长发号施令,"带上柠檬!"

他伸手到保险柜里去,从那里拿出一瓶上等格鲁吉亚白兰地。

把我送到办公室来的那个保安看上去有点张皇失措,但我不想挑剔。

"有什么事情吗?"队长麻利地切开柠檬,问道。"您要白兰地吗,安东? 上等白兰地,我说真的!"

可我甚至还不知道怎么称呼他……我更喜欢以前那个队长。他对我十分真诚。

不过以前那个保安队长永远也不会给我眼下指望得到的信息。

"我要看一下所有居民的个人档案,"我说,又笑着补充了一句:"在这个小屋子里您一定把所有人都查过了,对不对?"

"当然,"队长爽快地答应了。"钱归钱,但这里是正经人家集中居住的地方,不欢迎强盗……您要看所有的个人档案吗?"

"所有的,"我说。"凡是在这里购买了房子的人,不管有没有搬进来住。"

"是真正的业主的档案还是来办理手续的人的档案?"队长客气地进一步问。

"真正的业主。"

队长点点头,又把手伸到保险柜里。

十分钟后我就坐在了他的办公桌前面翻阅保管得很好的不太厚的卷宗。凭着人们常有的好奇心我从自己的档案开始查起。

"不需要我了吧?"队长问。

"不需要了,谢谢。"我估算了一下卷宗的数量。"我需要看一个小时。"

队长随手轻轻带上门,出去了。

我专心地翻阅起来。

安东·戈罗杰茨基,已婚,妻子:斯维特兰娜·戈罗杰茨卡娅,还有个两岁的女儿娜杰日达·戈罗杰茨卡娅。安东·戈罗杰茨基经营一家小企业——乳制品贸易公司。经营鲜奶、酸奶、奶渣和酸奶饮料……

这个公司我知道。是守夜人巡查队的一个普通的子公司,为我们挣钱。莫斯科有二十个这样的子公司,在里面工作的都是一些最普通的人类,他们没有怀疑公司的盈利实际上都到了谁手里。

总之，都是些平凡、单纯而可爱的人。在草地上，是谁在放牧牛羊？没错，是他者。我不用拿伏特加来打赌……

我翻过自己的档案，开始查看其他居民。

当然这里没有，也不可能有人们的所有信息，即使是最豪华的住宅大楼里的保安，毕竟也不像克格勃那么神通广大。

可是我恰恰需要的也不多。我只要有关亲属的信息，首先是父母的信息。

我马上把父母健在的人的档案拿到一边，父母双亡的人的档案另外堆成一叠。

我最感兴趣的是以前保育院的男孩——这样的人有两个，还有那些父母栏空着的人。

这样的人有八个。

我把这些卷宗在自己面前一一摊开，开始仔细研究起来。

很快就剔除掉了其中一个保育院的男孩，从档案上来看他很像是犯了刑事案。最近一年他住在国外，他没理会司法机关的要求，不打算回国。

随后又排除掉两个单亲家庭的人。

一个是弱小的黑暗巫师，我是通过一件小事认识他的，他现在一定是在受黑暗力量的盘查。既然什么都没有查清楚，可见那个男人毫不相干。

另一个是相当有名的艺人，关于他的事情，我也是完全偶然才了解的，他已经三次出国巡回演出——美国、德国、以色列。大概是想去挣装修的钱。

剩下七个。好数字。暂时可以集中精力琢磨他们。

我打开卷宗，开始仔细阅读。两个女人，五个男人……他们当中谁是我感兴趣的呢？

"赫洛波夫·罗曼·科沃维奇，四十二岁，商人……"他的脸没有让人产生任何联想。也许，是他吧，也许……

"科马伦科·安德烈·伊万诺维奇，三十一岁，商人……"噢，多么刚毅的脸！而且年纪又相当轻……是他？有可能……不，不可能！我把商人科马伦科的档案放在一边。他在三十岁的时候，以"增进宗教信仰虔诚度"之名拿了一大笔钱来建教堂，这种人是不会想要变成他者的。

"拉文巴赫·铁木尔·鲍里索维奇，六十一岁，商人……"他比实际年龄要年轻许多。连刚毅的小伙子安德烈·伊万诺维奇见到铁木尔·鲍里索维奇都羞怯地垂下了眼睛。我甚至觉得他的脸我见过，也许是在电视里见过，也许……

我把这份档案放到一边，手上渗出了汗，背上掠过一丝凉意。

不，不是在电视里见过，确切地说——不仅仅因为电视才想起了这张脸。

不可能！

"不可能！"我大声地重复着自己的想法。给自己倒了一杯白兰地，一口喝干。我看了看铁木尔·鲍里索维奇的脸——镇静、聪慧、略带东方人特征。

不可能。

我打开档案开始阅读。生于塔什干。父亲……不详。母亲……死于战争结束前夕，当时小铁木尔未满五岁。在保育院受教育，读完了中等建筑技校，随后又在建筑学院毕了业，沿着共青团的道路在前进。不知怎么竟然没有加入党组织。建立了一个苏联第一批建筑合作社，不过经营进口电炉和卫生设施要比搞建筑赚的钱多得多。他迁到莫斯科……开了一个公司……从事政治工作……无……不曾……未参与……娶妻，离婚，第二次娶妻……

我找到了人类主顾。

最可怕的是，我同时也找到了他者叛徒。

而且这次发现太出乎意料了，就好像宇宙突然崩溃了一样。

"您怎么可以，"我责备地说。"您怎么可以……头儿……"

因为要是让铁木尔·鲍里索维奇年轻十到二十岁，那他活脱脱就是格谢尔的翻版，六十年前鲍利斯·伊格纳季耶维奇刚好住在那一带……塔什干,撒马尔罕以及邻近的中亚地区……

最让我惊讶的甚至不是头儿的过失。格谢尔是罪犯吗?这件事太不可思议了,居然没有引起轰动。

我感到震惊,头儿这么轻易就暴露了。

六十年前在遥远的乌兹别克斯坦格谢尔有了一个婴儿,他出生了,长大了。后来格谢尔被安排在莫斯科工作,而婴儿的母亲,一个普普通通的女人在战乱中丧命。伟大的魔法师的儿子——小不点儿铁木尔进入了保育院……

任何事情都有可能。格谢尔有可能并不知道铁木尔的存在。也有可能知道,但因为某些原因没有去关心他的命运。可是现在你瞧——老头儿忽然跟上了年纪的儿子见了面,兴奋不已且动了感情,于是就轻率地许下了诺言……

这正是令人惊讶的地方!

格谢尔几百年、几千年一直在搞阴谋诡计,他嘴里吐出的每一个词都不是随随便便说的。就这样捅了娄子?

不可思议。

但却是事实。

不用看相专家就能认出铁木尔·鲍里索维奇和鲍利斯·伊格纳季耶维奇是近亲。即使我保持沉默,这件事也会被黑暗力量发现。或者被宗教法庭发现。他们会逼迫已到中年的商人……可是干吗要逼迫他呢?我们又不是敲诈勒索的恶强盗。我们是他者。只要维杰斯拉夫看他一眼,或者扎武隆用手指弹一下……铁木尔·鲍里索维奇就会像做忏悔一样把什么都说出来。

格谢尔会怎么做?

我陷入了沉思。就算他承认,是他亲自寄出了信……那么,他也并没有什么恶意……总的说来,他有权向人说出真相……

有时候我脑子里会逐一回想和约的各项条款、补充条款和详细说明,先例和例外,引文和脚注……

结果的确相当有趣。

格谢尔受到了惩罚,但不太严厉,最多是受到守夜人巡查队欧洲分部的责备,还有来自宗教法庭的某些严厉但没多大意义的谴责。格谢尔甚至连自己的位子也不会丢失。

仅此而已……

我想象得出,守日人巡查队那里会多么欢欣鼓舞,扎武隆会怎么冷笑。黑暗使者会带着怎样由衷的好奇心询问格谢尔的家事,向他那个人类儿子转达问候。

当然,格谢尔度过的那些岁月,足以让任何人培养出耐心,学会忍受嘲笑。

换作是我,可不想落到他这般境地!

而且,要是我自己的孩子的话,也会经受不住嘲讽。不,谁也不敢指责格谢尔失算,也不敢背地里说他坏话。

然而讥笑是少不了的。还有困惑不解的摇头。还有窃窃私语:伟大的魔法师毕竟老了,老了……

现在我对格谢尔丝毫没有小狗见到主人一般的崇拜和欣喜。在许多方面我们的观点非常不一致。有些事情我至今都无法原谅他……

可是,这样就陷入了尴尬境地!

“你怎么啦,伟大的魔法师?”我说,把所有卷宗都放到打开的保险柜里,给自己又倒了一杯白兰地。

我能不能帮帮格谢尔呢?

用什么方式帮?

先收拾铁木尔·鲍里索维奇吗?

接下去呢? 对他施加沉默咒语吗? 会有专家们解开咒语的。

要是逼迫他离开俄罗斯呢? 让他逃跑,让他感觉仿佛整个城市的黑白两道都在追捕他?

也许,他能逃得掉。藏在某个冻土地带或者波利尼西亚①的岛上。

他这是活该。让他的余生靠捕获海豹或从树上打下椰子度日吧!

———————————

① 波利尼西亚,太平洋南部的岛屿。

就是说,去当海上的霸王……

我拿起电话话筒,拨了我们办公楼总机的号码,又拨了分机号码——电话就接到了计算机房。

"什么事?"话筒里传来托里克的声音。

"托里克,帮我查一个人。快点。"

"说出名字,我马上查。"托里克毫不惊讶地答道。

我列举了所有我刚了解到的有关铁木尔·鲍里索维奇的情况。

"哼,你还想知道得更多吗?"托里克奇怪地问。"想知道他睡觉朝哪一边侧,最近一次看牙是哪一天吗?"

"他现在在哪里?"我愁眉苦脸地说。

托里克冷笑了一声,可是我听到电话线的那头传来有力的键盘敲击声。

"他应该有手机,"我提醒道。

"别教高手怎么做。他有两部手机……两部都在……都在……那么,现在,我来查一下地图……"

我等着。

"'阿索'住宅区。更详细的情况甚至连中央情报局也无法提供。更精确的位置无法定出来。"

"我欠你一瓶酒,"说着。我挂了电话,站起来。不过……我瞎忙什么呢? 监控器不正在眼前吗?

必须在短时间里找到。

铁木尔·鲍里索维奇刚好进了电梯,他身后跟着一对面容僵硬的家伙。两个保镖。或者一个是保镖,一个是司机兼第二保镖。

我关掉监控器,站了起来。我跑到走廊时正及时,刚好碰上了保安队长。

"顺利吗?"他问。

"唔。"我边跑边点头。

"需要帮忙吗?"保安队长不安地在我身后喊着。

我只是摇了摇头。

Chapter 6

开往二十楼时电梯好像爬得特别慢,让人难以忍受。途中我有时间想出了几个计划,但又迅速放弃了。保镖——正因为这种人一切才变得复杂起来。

不得不随机应变。必要的话——稍稍暴露一下身份也未尝不可。

我按了好长时间门铃,眼睛盯着"猫眼"的电子瞳孔,终于有什么东西发出了喀嚓声,从隐藏在墙里的对讲机中传来问话:

"什么事?"

"您快要把我家里给淹没了!"我脱口而出,装出极度激动的样子。"我家里天花板上的壁画全被漏水给弄湿了! 钢琴上已经积了两桶水!"

这些壁画和钢琴是从哪里蹦出来的?

"什么样的钢琴?"那个声音怀疑地问道。

我怎么知道现在市面上通常有哪几种钢琴? 黑色的、昂贵的。或者白色的,更昂贵的……

"维也纳式的! 弧形脚!"我瞎编道。

"不是那些放在灌木丛里的吧?"那个声音显然带有讽刺地问道。

我看了看自己脚下,从四面八方射来讨厌的灯光……这里甚至连像样的影子也没有。我抬起一只手向门伸去,设法发现了浅粉色的木头上淡淡的影子,木板里面裹着的是防弹钢板。

我把影子拉向自己。

一只手掉进了黄昏界,紧跟着手掉进去的是我自己。

世界变了样,退了色,变得灰蒙蒙。万籁俱寂,只能勉强听到几下"猫眼"和对讲机里发出的吱吱声。

我身处黄昏界中,这个奇怪的世界,只有他者才知道如何进来。我们的力量正是来自这个世界。

警惕的保镖的苍白的影子——他们的头上有一个报警的红色生物电场在微微地发着光,我的目光甚至透过大门看到了这一切。我可以现在就好好考虑一下,发布命令——他们就会给我开门。

不过我认为穿过大门进去更好。

保镖当真相当警惕……一个保镖手里拿着一把手枪,另一个正慢慢地把手伸向枪套。

我碰了一下保镖,用大拇指在他们结实的额头上一掠。睡吧,睡吧,睡吧……你们太累了。现在正是该躺下睡一会儿的时间。至少睡一小时。好好睡一觉。做个美梦。

一个保镖立刻瘫软下来,另一个抗拒了一会儿。等一下该检查他是不是属于他者,管他呢……

随后我从黄昏界中出来。世界变得有色彩了,速度加快了。不知从哪里传来了音乐。

两个保镖像大麻袋一样跌向门边昂贵的波斯地毯。

我设法一下子抓住他们两人,小心翼翼地将他们放倒在地上。

随后,我朝着声音,朝着凄婉的小提琴乐声走去。

这套房子装修得可真好!这里的所有东西都光彩夺目,一切都经过周密考虑,显得非常协调,可见装潢设计师花了很多心血,他属于那种一意孤行的设计师。这里的主人甚至没在墙上钉钉子,大概连想都没有这么想吧。就这样……说上几句恭维话或者对设计不满意的地方,眼睛瞧着彩色设计图,然后用手指点点几幅效果小图——半年就把房子抛到了脑后。

铁木尔·鲍里索维奇到"阿索"原来是为了在极可意浴缸里舒舒服服地泡泡澡。再说这可是货真价实的极可意,而不是什么杂牌喷水式按摩浴缸!从满是肥皂泡的水里露出来的只有他的脸,和格谢尔非常像的一张脸。昂贵的西装随便挂在圈椅靠背上——这个浴室有地方放圈椅,放茶几,放大面积的桑拿房以及这个硕大的极可意。

毕竟是基因在起作用——伟大的作品!格谢尔的儿子不能成为他者,不过他自己作为人类的生涯中,他享受到了各种各样的幸福。

当我走进去,在偌大的空间里判定方向,向浴室靠近时,铁木尔·鲍里索维奇看了我一眼,皱起了眉头。但他没有采取任何过激的行动。

"您的保镖睡着了,"我说。"我想,您手边的某个地方有报警按钮或者手枪。不要使用它们,这无济于事。"

"这里没有任何报警按钮,"铁木尔·鲍里索维奇嘟哝了一句,他的嗓音也非常像格谢尔。"我没有被迫害狂想症……您,大概是他者吧?"

的确如此。看来,我们似乎得开诚布公……

我冷笑了一声:

"是他者。很好,不需要多作解释了。"

铁木尔·鲍里索维奇气得鼻子哼了一声,问道:

"我怎么,被盯上啦? 是不是可以这么说?"

"可以这么说,"我同意道。"我可以坐下来吗?"

伟大魔法师的后裔点点头,我把圈椅挪近一些,坐了下来,无情地把他昂贵的西装给弄皱了,我说:

"您知道,我为什么来吗?"

"您一点也不像吸血鬼,"铁木尔·鲍里索维奇说。"您是魔法师,对不对? 光明魔法师?"

我点点头。

"您是要来激发我的,"铁木尔·鲍里索维奇断定。"怎么,事先打个电话很麻烦吗?"

啊呀,糟糕……

他还是什么都不明白。

"谁答应您要激发您的?"我不客气地问道。

铁木尔·鲍里索维奇皱起了眉头。咕哝说:

"是这样……一开始。您来干吗?"

"我在调查一个未经允许擅自泄露秘密情报的案子。"我说。

"可您是他者吧? 您不是国家安全局的人吧?"铁木尔·鲍里索维奇担心起来。

"非常遗憾地告诉您——我不是国家安全局的人。请您绝对诚实地告诉我,是谁在什么时候答应过要激发您的?"

"您觉得我在撒谎。"铁木尔·鲍里索维奇随口说道。

"当然。"

"天哪,还想安安静静地过上两小时呢!"铁木尔·鲍里索维奇声音里带着痛苦说道。"那里出了大问题,却到这里来调查……我好不容易钻到浴缸里——却来了个一本正经的年轻人,要我解释!"

我等着。我不打算明确地跟他说我不是"人"类。

"一星期前我见到了……"铁木尔·鲍里索维奇犹豫不决,"在相当奇怪的情况下见的面……一位先生……"

"他看起来怎么样?"我问。"没必要描述,只要在脑子里想象一下。"

铁木尔·鲍里索维奇的目光中出现了好奇。他眼睛盯着我。

"什么?"我读出他的思绪后慌了神。

是该有理由慌张的!

要是相信他想象中的形象,也就是出现在商人意识中的形象(不过我没有理由不相信他),那么来找他谈话的就是现在默默无闻,而曾经大名鼎鼎的电影明星奥列格·斯特里热诺夫。

"奥列格·斯特里热诺夫。"铁木尔·鲍里索维奇哼了一声。"年轻,英俊。我早就说过,聪明的人倒霉。可是他说,这只是掩饰……假面具……"

原来是这么回事。格谢尔总是伪装得很高明,好啊……这又给了我方多一些机会!

我振作起来,说:

"说下去。接着发生了什么事?"

"这个变形人,"铁木尔·鲍里索维奇无意中把我们的术语乱说一气,"在一件事情上对我帮助很大。我陷入了一件麻烦的事件中……完全是偶然。要是没有人给我一些指点的话——我现在就不会躺在这里了。"

"这么说——有人帮了您?"我进一步问。

"真是帮了大忙，"铁木尔·鲍里索维奇点点头。"还有我更感兴趣的事情。有一次我们进行了一场谈话……推心置腹的谈话。我们回忆了从前的塔什干，又聊了老电影……后来这个假冒的'斯特里热诺夫'对我说了他者的事情。他说，他是我的亲属。所以他很高兴为我做任何我想要的事。就是这样，没有任何客套。"

"真的吗？"我鼓励他说。

"我又不是白痴。"铁木尔·鲍里索维奇耸了耸肩。"应该向小金鱼提出的不是三个愿望，而是无限权力。或者至少是游泳池里全都装满小金鱼。我请求把我变成这样的他者，这个'斯特里热诺夫'就支支吾吾起来，似乎在绕弯子。他说，这不行。可是我觉得——他在撒谎。这是有可能的！于是我就请求他想想办法，无论如何也要把我变成他者……"

他没有撒谎。没有一句话是在撒谎。只是有一点点还没有说出来。

"您不可能变成他者，"我解释说。"您是普通人。对不起，不过您不会成为他者。"

铁木尔·鲍里索维奇又气得哼了一声。

"这……就是……也可以这么说——这是基因问题，"我解释说。"铁木尔·鲍里索维奇，您知道跟您交谈的人是因为什么原因而落入圈套的吗？他不可能履行他的承诺，但又不得不去帮你实现不可能的愿望。"

这时候，我这位过于自信的交谈者不作声了。

"您是明白的，"我说。"我看，您是明白的。但还是提出了要求？"

"我是说——这件事有可能做！"铁木尔·鲍里索维奇提高了嗓门。"我觉察到了这一点！我的感觉不比您差，知道什么时候人家在撒谎！不过我威胁倒没有威胁他，只是向他提出请求！"

"来找您的多半是您的父亲，"我说。"您明白吗？"

铁木尔·鲍里索维奇在水流滚滚的极可意里呆住了。

"他真的是想帮助您，"我说。"可是无能为力。而您的要求本身就等于是毁了他。明白吗？"

铁木尔·鲍里索维奇摇摇头。

"他许下的是过于含糊的诺言，"我说。"您抓住了他的一句话不放。要是他不履行许下的诺言——那么他就会丧命。明白吗？"

"你们那里有这样的规矩吗？"

"这是我们力量附加的规矩，"我嘿嘿一笑。"不过，是光明力量的规矩。"

"以前他在哪里，爸爸……"铁木尔·鲍里索维奇用不是装出来的忧郁声调问。"他恐怕至今还是个年轻人吧？他为什么要等到我孙子也娶媳妇了的时候才来找我？"

"您要相信，他来不了，"我回答说。"多半是他根本就不知道有您这么个儿子。就是这么回事。可是现在您要毁了他。您的亲生父亲。"

铁木尔·鲍里索维奇不吭声了。

我感到喜悦，因为在极可意里伸开两只胳膊躺着的这个商人还不是恶劣透顶的十足的恶棍。"父亲"这个词对于他这个在东方长大的人来说，意义非常重大。

尽管父亲对他从未尽过责任。

"请转告他，我收回了请求……"铁木尔·鲍里索维奇嘟哝着说。"他不愿意……那就随他的便吧……他可以干脆自己来一次，把一切都实话实说嘛。用不着派助手来。"

"您确信，我是他的助手吗？"我好奇地问。

"确信。他究竟是怎样一个人，我的爸爸，我不知道。只不过在你们的巡查队里——他不是一个小人物。"

我成功了！我拔掉了悬在格谢尔头上的达摩克利斯之剑①！

是不是正因为如此他才把我派到"阿索"来的？他知道，我能行？

"铁木尔·鲍里索维奇，还有一个请求，"我趁热打铁说。"您应该暂时离开城市，有些情况大家都已经知道了……另一部分他者也在追

————————————

① 达摩克利斯之剑一说源于希腊传说，表示时刻存在的危险或即将到来的杀身之祸。

踪您。其中包括黑暗力量。不愉快的事会发生在您身上,也会……会发生在您父亲身上。"

铁木尔·鲍里索维奇猛地在浴缸里坐了起来,问道:

"您还要命令我做什么?"

"我可以命令,"我解释说,"就像对付您的保镖一样轻而易举。那样的话,您不穿裤子就会冲去机场。但是我想请求您,铁木尔·鲍里索维奇。您已经做出了善良的举动,答应收回您提出的请求。您现在就采取下一步行动吧。求您了。"

"您知道,对于一个突然消失得无影无踪的商人,别人会有什么看法?"

"我猜得到。"

铁木尔·鲍里索维奇泄了气,好像一下子整个儿变老了。我感到很惭愧。但是我等着。

"我想跟他……谈一谈。"

"我想,这可以办到,"我随口答应了。"不过您得先离开这儿。"

"转过身去,"铁木尔·鲍里索维奇嘟哝说。

我听话地转过了身子,不知为什么我相信,我的后脑勺上不会挨到沉重的镀镍肥皂盒的敲击。

这个毫无根据的信任救了我。

因为透过黄昏界我看了一眼墙——确信,保镖平静地躺在门口。还看到一个迅速掠过的影子——人的影子不可能跑得这么快。

况且这个影子穿过了墙壁,不是他者通常的脚步,而是吸血鬼轻盈的步态。

当科斯佳走进浴室时,我已经及时摆出镇静和嘲弄的表情,这是一个光明使者胜过黑暗使者应有的那种表情。

"是你。"科斯佳说,在黄昏界中他的身体散发出一层薄雾。在黄昏界中吸血鬼看起来总是不同寻常,但科斯佳身上保留着很多人的特征。对于高级吸血鬼来说这是十分异常的。

"当然,"我说。我的声音像是卡在湿棉花里一样。"你干吗到这里来？"

科斯佳犹豫起来，但回答得很诚实：

"我感觉到你在使用力量，就是说——你找到了什么东西……或者什么人了。"

他把目光转向铁木尔·鲍里索维奇。问道：

"这就是讹诈者吗？"

现在撒谎已经没有意义了，把商人的真相隐瞒起来也同样如此。

"讹诈者，"我说，"我迫使他收回了要求。"

"怎么？"

"骗他说，变成他者是他的亲生父亲对他轻率许下的诺言。现在他的父亲面临一件不愉快的大事……因此他感到惭愧，收回了许下的诺言。"

科斯佳皱起了眉头。

"总的来说我打算把他打发走，让他远离罪恶，"我起劲地撒着谎。"让他到多米尼加共和国的某个地方去定居。"

"这只不过是调查了一半，"科斯佳愁眉苦脸地说。"我觉得你们，光明使者，总是隐瞒自己的观点。"

"我们还是我？"

"你。找到这个人——不是最重要的。我们需要找到那个泄密的他者。答应激发他的那个。"

"可他什么也不知道！"我愤愤不平，"我测试过他的记忆力，他什么都记得很清楚。叛徒打扮成上个世纪电影明星的形象来的。什么痕迹也没有留下。"

"我们看看再说吧，"科斯佳决定。"让他穿好裤子，我带他走。"

这可是太放肆了！

"是我找到他的，他得跟我走！"我大声吼道。

"可我觉得，你打算掩盖罪证。"科斯佳声音很轻，但带有威胁地说道。

在我们的背后那个老头儿正慢条斯理地擦着身子，他甚至对我们在黄昏界中进行的谈话没有产生怀疑。我们俩互相对视着,谁也不肯让步。

"他跟我走。"我又说了一遍。

"咱们交交手,怎么样?"科斯佳几乎是兴奋地问道。

他做了一个滑行的动作,一下子就站到了我的边上,探询地看着我的眼睛。他的瞳仁在黄昏界中闪烁着红色的火光。

他真的是想进行这场交锋!

他对此已渴望多年!为的是让自己彻底确信——真理在高级吸血鬼康斯坦丁一边,而不是在黄口小儿科斯佳一边,他企图摆脱诅咒,重新成为人类……

"我会除掉你的。"我小声说。

科斯佳只是冷冷一笑。

"咱们试试?"

我看了看自己脚下,影子稍稍能看得出,但是我把它抓了起来——滑进了黄昏界的下一层。在那里,大楼笼罩在迷雾中,勉强能分辨出墙壁来,整个空间充满了惊慌、低沉的喧哗声。

我独自占据这个有利地位只维持了一刹那工夫。

科斯佳紧跟着我进入了黄昏界的第二层。现在他变得非常强大——脸像蒙着一层皮的骷髅,眼睛凹陷,耳朵尖削、突出。

"我学了很多东西,"科斯佳小声说。"怎么样,可疑者跟谁走?"

这时传来一个陌生的声音:

"我有个建议,大家都会满意。"

在灰蒙蒙的迷雾中维杰斯拉夫出现了。他的身体也变形了,冒汽了,就像太阳底下的一块干冰。我哆嗦了一下——布拉格吸血鬼从黄昏界的第三层里出来,那一层我是无法到达的。他算什么力量?

紧跟着维杰斯拉夫到来的是埃德加尔。对魔法师来说在黄昏界的第三层旅行相当困难——他跟跟跄跄,嘴里喘着粗气。

"他跟我们走,"维杰斯拉夫继续说。"我们并不是怀疑安东·戈罗杰茨基有恶意。但是我们注意到守日人巡查队有嫌疑。审问的事就交给宗教法庭去办吧。"

科斯佳什么话也没说。

我也一声不吭。不仅维杰斯拉夫认为自己完全正确,而且连我也觉得简直没有理由反驳他。

"咱们出去吧,先生们?"维杰斯拉夫继续说。"待在这里不舒服。"

一会儿工夫我们又站在了宽敞的大浴室里,铁木尔·鲍里索维奇正单腿着地在穿短裤。

维杰斯拉夫给他时间穿好内衣,商人听到声音刚一转过身子,就看到我们这些人,他惊讶地叫起来,维杰斯拉夫冷漠地看了他一眼。

铁木尔·鲍里索维奇泄了气,埃德加尔在边上优柔寡断地坐到圈椅上。

"你说,他不知道叛徒是谁……"维杰斯拉夫用探询的目光瞧着商人说。"多么惊人的熟悉的脸……我产生了一个有趣的推测。"

我一声不吭。

"你可以为自己感到自豪,安东,"维杰斯拉夫继续说。"你说的话有意义。我觉得,这个人的父亲真的是在巡查队里工作。在守夜人巡查队。"

科斯佳嘿嘿一笑。当然,他不赞同维杰斯拉夫的决定。他更想自己把格谢尔的后裔送到守日人巡查队。但是现在这个局势对他也有利。

"难道绝顶聪明的格谢尔会这么疏忽?"他欣喜地问。"太有趣了……"

维杰斯拉夫看了他一眼,科斯佳打住话头。

"人人都会有疏忽,"维杰斯拉夫轻声说,"甚至魔法师也不例外。不过……"

他盯着我说:

"你能够把格谢尔叫到这里来吗?"

我耸耸肩。愚蠢的问题,我当然能够。维杰斯拉夫也能。

"我不喜欢发生的事……"维杰斯拉夫轻声说。"非常不喜欢。有人在这里恣意妄为。"

他用锐利的、非人类的眼神扫了我们一眼,有什么事情让他警觉起来,但究竟是什么事呢?

"我要跟我的上司联系。"科斯佳用不容反驳的语调说。

维杰斯拉夫没有表示异议,他看着铁木尔·鲍里索维奇,皱起了眉头。

我拿出手机,拨通了格谢尔的号码。

"有人想把我们大家都当傻瓜耍……"维杰斯拉夫勃然大怒,说道。"这个人……"

"请让他穿好衣服,"我听着话筒里传来的嗡嗡声,提出请求。"还是非得要羞辱上了年纪的人不可? 就让他这么穿着短裤跟我们走?"

维杰斯拉夫不动声色,但是铁木尔·鲍里索维奇站起来,仿佛在半睡不醒中开始穿衣服。

埃德加尔像圆桶一样向我滚过来,同情地问道:

"他没有回答吗? 我要是换作是他的话就……"

"你再过很长时间都得不到他的位置,"维杰斯拉夫脱口而出。"如果你没有发觉我们在什么地方被人下了绊的话……"

从埃德加尔的脸部表情来看,他什么也没有发觉。就像我,就像科斯佳——他翻着白眼,嘴里不出声地嘀咕着什么。

"对了,安东……"格谢尔答话说。"有什么有趣的事吗?"

"我找到了得到许诺要被变成他者的那个人。"我挤出一句话来。

浴室里出现了一片寂静。看来,所有的人都在倾听话筒里传来的微弱的声音。

"太好了!"格谢尔大喊一声。"你是好样的。现在,你立刻跟黑暗力量和宗教法庭的调查人员取得联系,让他们一起参加调查。维杰斯拉夫这个捷克吸血鬼正在什么地方闲逛呢。那个老头子可是个精明的家伙,尽管完全没有幽默感……不过这是吸血鬼的通病。"

维杰斯拉夫朝我转过身子。他脸上呆呆的,眼睛里充满了愤怒,他全都听见了。

格谢尔非常清楚,维杰斯拉夫就在我旁边。

"维杰斯拉夫已经来了,"我说。"埃德加尔也来了……他是黑暗力量派来的调查人员。"

"太好了!"格谢尔赞叹道。"请我们的布拉格客人给我标定隧道……当然,要是他能够胜任的话。我要来看看你们。"

放好手机后我看了维杰斯拉夫一眼,老实说,据我看,格谢尔的嘲弄太过分了。

可是我怎么知道这个光明的老魔法师和宗教法官老吸血鬼之间有什么瓜葛?他们彼此有过什么个人恩怨?

"你们都听见了。"我支吾着说。

"你再确认一下。"维杰斯拉夫简短地接着说。

"莫斯科守夜人巡查队队长、圣明的魔法师格谢尔请您帮他标定隧道。当然,前提是这件事您能够胜任。"

维杰斯拉夫只朝边上扫了一眼,水波汹涌的极可意上方的空中便出现了一个亮闪闪的细门框,谁跨过这扇奇怪的门,都会不可避免地掉进水里。

"没问题,"维杰斯拉夫冷漠地说。"埃德加尔……"

前黑暗巫师忠诚地看着他的眼睛。

"这个人的档案……"维杰斯拉夫朝铁木尔·鲍里索维奇点了一下头,他正懒洋洋地系着领带。"多半在下面,在保安部门。"

埃德加尔消失了——为了节约时间,他穿过黄昏界跑去拿档案了。

不一会儿格谢尔来到了浴室。

不过他不是从维杰斯拉夫做的门里进来的,而是从大门旁边,迈着整齐的步伐踏上大理石地砖的。

"完全变老了,"他叹了一口气。"竟没对准门进来……"

他扫了一眼维杰斯拉夫,满脸笑容。

"终于见面了,怎么不来找我?"

"有工作。"维杰斯拉夫简短地答道。

"我认为,我们应该尽快解决出现的问题……"

"你在办公室里待得太久了，"格谢尔叹了一口气。"完全成了官僚了……那么，咱们这里出了什么事吗？"

"就是他……"我插上一句。

格谢尔赞许地朝我笑了笑，看了一眼铁木尔·鲍里索维奇。

周围一片寂静，科斯佳安静下来，他结束了同扎武隆的无声的交谈——扎武隆不急于露面。维杰斯拉夫呆若木鸡。我则尽量不露声色。

"真有趣，"格谢尔说。他向冷冰冰地出现在他面前的铁木尔·鲍里索维奇走去，碰了一下他的双手。一口气吐出："哟—哟—哟……"

"您认识这个人吗，圣明的格谢尔？"维杰斯拉夫问。

格谢尔转过身子对着我们，脸上带着极度悲痛的表情。他伤心地问：

"你怎么啦，完全丧失嗅觉了吗？ 这是我的亲骨肉，维杰斯拉夫！这是我儿子！"

"真的吗？"维杰斯拉夫嘲弄地问。

格谢尔不再理他，他拥抱着老头儿，以人类的眼光来看，那老头做父亲才更合适。他温柔地抚摸着老头儿的肩膀，小声说：

"这些年你在哪里，孩子……这次怎么有机会再见到你……听说——你没有活下来……听说——你得了白喉……"

"我真诚地祝贺你们父子团聚，格谢尔，"维杰斯拉夫说。"不过我想得到解释！"

埃德加尔又出现在浴室。他满头大汗，手里拿着档案。

格谢尔还是拥抱了一下自己上了年纪的儿子，说道：

"一个简单的故事，维杰斯拉夫。战前我在乌兹别克斯坦、撒马尔罕、布哈拉、塔什干……工作，结过婚。后来我被召回莫斯科。我知道，我有一个儿子，可是从来没见过他。顾不上啊……发生了战争。后来孩子的母亲去世了。他就无影无踪了。"

"甚至连你都找不到他吗？"维杰斯拉夫不相信地问道。

"甚至连我也找不到。根据证明文件的来看，他死了。患白喉……"

"好一部墨西哥电视连续剧，"埃德加尔忍不住说道。"圣明的格谢尔，您肯定跟这个人没有见过面吗？"

"从来也没有。"格谢尔伤感地说。

"您没有跟他谈过话，没有违背所有的规矩答应让他成为他者吗？"埃德加尔滔滔不绝地说道。

格谢尔讽刺地看了一眼魔法师。

"难道您不知道，尊敬的宗教法官，人不能成为他者？"

"请回答问题！"埃德加尔不知是请求还是命令。

"我从来也没有见过他，从来也没有跟他谈过话，也没有向他许下过任何诺言。我没有把信寄到巡查队和宗教法庭去！我没有请求任何人跟他见面或者寄出这封信！光明力量可以为我说的话作证！"格谢尔一字一顿地说道。他举起一只手——手掌里瞬间盛开出白色火焰的花瓣。"你们怎么，怀疑我说的话吗？你们想证明我是叛徒吗？"

他的身材变得高大起来，仿佛他体内有一根弹簧拉直了。格谢尔的目光此刻锐利得可以钉钉子。

"你们想对我提起诉讼吗？"格谢尔提高嗓门继续说。"是你，埃德加尔？还是你，维杰斯拉夫？"

科斯佳没来得及躲开，也得到了他该得的灼人的目光。

"或者是你，小吸血鬼？"

我真想马上找个地方躲起来，但是我内心深处在哈哈大笑。格谢尔把所有的人都骗了！我不明白究竟是怎么回事，但他的确是骗了大家！

"我们甚至不敢作这样的假设，圣明的格谢尔。"维杰斯拉夫首先垂下了头。"埃德加尔，您的问题提得不礼貌！"

"我错了，"埃德加尔垂头丧气地说。"对不起，圣明的格谢尔。我非常后悔。"

科斯佳慌张地四处张望。他在等扎武隆吗？不，多半没在等。恰恰相反，他希望黑暗力量的首领不要露面，也不要成为大家的笑料。

扎武隆是不会露面的，我明白。这个欧洲的吸血鬼，尽管他有极大的法力和古老的智慧，也还是无法弄清这幕后的阴谋，而有可能落入圈套中。扎武隆一下子就能看明白——格谢尔不可能这么愚蠢。

"你们侵犯我的儿子,"格谢尔伤感地说。"是谁使得他这么意志薄弱的? 是你吗,科斯佳?"

"不!"科斯佳惊慌地大喊一声。

"是我,"维杰斯拉夫愁眉苦脸地说。"要解除吗?"

"解除?"格谢尔大声呵斥。"你们对我的儿子施加魔法! 你们设想一下,在他这样的年龄这将会是怎样的精神侵害? 啊? 现在他会成为什么人,在被激发以后? 成为黑暗使者吗?"

我目瞪口呆。科斯佳嘴里小声地发着牢骚。埃德加尔牙齿直打战。

大概,我们大家都不约而同地同时透过黄昏界看了一眼铁木尔·鲍里索维奇。

潜伏的他者的生物电场完全显现出来了。

铁木尔·鲍里索维奇没有必要把脑袋伸到吸血鬼和变形人的犬牙底下。他能够成为一个完全体面的魔法师。第四、第五级的魔法师。

遗憾的是他多半会成为黑暗巫师……不过……

"现在我该怎么办呢?"格谢尔继续说。"你们全都冲着小孩子发火,吓唬他,限制他的自由……"

老态龙钟的"小孩子"无力地用手指在领带的结上移动——拼命想把温莎结打得整齐些。

"现在他是不是会成为他者?"格谢尔气愤地说。"真的吗? 这算什么,专门设计好的吗? 格谢尔的儿子是黑暗巫师吗?"

"我相信,无论怎样他都会成为黑暗巫师……"维杰斯拉夫说。"凭他的生活方式……"

"你限制了他的自由,把他引入黑暗力量,现在怎么倒说起这种话来了?"格谢尔低声威胁说。"宗教法庭认为他们有权破坏和约吗? 或者这是你个人的攻击……你老是念念不忘当年在卡尔斯巴德①的事吗? 我们可以继续算算那笔账,维杰斯拉夫。这里虽然不是红色浴场,不过

----

① 卡尔斯巴德,捷克的一个城市,现改名为卡罗维发利。

要决斗的话地方还是够的。"

维杰斯拉夫犹豫了片刻,企图接住格谢尔的目光。

过了一会儿他让步了:

"我错了,格谢尔。我没有料到,这个人是潜伏的他者。因为所有的迹象都证明他不是……这些信……"

"那现在呢?"格谢尔吼了一声。

"宗教法庭承认自己……自己太草率……"维杰斯拉夫说。"莫斯科的守夜人巡查队有权做这个……这个人的监护人。"

"对他再次进行干涉?"格谢尔问。"等他投靠了光明力量之后再激发他吗?"

"是的……"维杰斯拉夫低声说。

"好吧,那么我们就认为冲突结束了。"格谢尔笑了笑,拍了拍维杰斯拉夫的肩膀。"不要难过。我们大家有时候都会做错事。重要的是——错了就改,对不对?"

这个古老的欧洲吸血鬼的意志像钢铁一般坚强。

"对,格谢尔……"他伤感地说。

"顺便说一句,他者叛徒你们抓住了吗?"格谢尔感兴趣地问。

维杰斯拉夫摇摇头。

"不知道我儿子还记得一些什么……"格谢尔大声问道。他看了看一身节日盛装的铁木尔·鲍里索维奇。"哎呀一呀一呀……奥列格·斯特里热诺夫。六十年代的电影明星……多么厚颜无耻的伪装!"

"大概,叛徒喜欢看老电影吧?"维杰斯拉夫问。

"大概吧。我个人更喜欢因诺肯季·斯莫克图诺夫斯基①。"格谢尔回答。"或者奥列格·达里。维杰斯拉夫,事情没指望了。叛徒没有留下任何蛛丝马迹。"

"连你也无法推测他是谁吗?"维杰斯拉夫问。

—————————

① 因诺肯季·斯莫克图诺夫斯基(1925—),俄罗斯演员,人民艺术家。曾于一九六五年获列宁奖。

"我能够推测，"格谢尔点点头。"莫斯科有上千名他者。任何人都有可能戴上别人的面具。宗教法庭想检查所有莫斯科他者的记忆吗？"

维杰斯拉夫皱起了眉头。

"的确，办不到，"格谢尔赞同说。"我甚至不会担保自己的同事会合作，更别说不属于巡查队的他者了。"

"我们可以设下埋伏，"埃德加尔提议。"要是叛徒再次出现……"

"他不会出现，"维杰斯拉夫疲惫地说。"在这件事情后再也没有必要了。"

格谢尔笑了笑，眼睛看着忧郁的吸血鬼。随后，微笑似乎被抹去了：

"请您离开我儿子的房子。我在办公室等您签协定。今天晚上七点钟。"

维杰斯拉夫点点头便离开了……可是过了一会儿他又出现了。脸上略带窘色。

"用脚，用脚，"格谢尔说。"我把这里的黄昏界关闭了，以防万一。"

我拖着步子紧跟在宗教法官和科斯佳后面——现在谁要是能离开这里回家，他就是有福之人了！

"安东，"格谢尔叫住我。"谢谢。你干得不错。晚上到我那儿去。"

我没有答复。我们从漠然的保镖身边经过，我警惕地把其中那个我认为可疑的对象的生物电场扫描了一遍。

不，毕竟不是他者。是人类。

现在我像是在被牛奶烫过后，喝水也总要吹一吹……

维杰斯拉夫陷入了沉思，一声不吭，他已经安排科斯佳和埃德加尔去弄开封闭的黄昏界。只有一次他瞟了我一眼，问道：

"不请我们喝杯咖啡吗，巡查队员？"

我点点头。为什么不呢？

我们干的是共同的事业。我们一起坐到水洼里——尽管格谢尔恭维了我的表现。

Chapter 7

滑稽的组合——一个守日人巡查队的小吸血鬼,两个宗教法官和一个光明魔法师。

大家安静地待在一套很大的空房子里,等待着微波炉里的水沸腾,好冲速溶咖啡。我甚至允许科斯佳进来了,此刻他坐在以前坐过的那个窗台上,不过是在窗台的内侧。

只有维杰斯拉夫一个人坐不住。

"我不习惯俄罗斯了,"他若有所思地在窗边踱步,说道。"不习惯了。认不出这个国家了。"

"的确,国家变了! 建起了新房子、公路……"我兴奋地开口说起来。

"别说讽刺话了,巡查队员,"维杰斯拉夫打断我的话。"我说的是另外一回事。守纪律的他者在你们的国家只存在过七十年,那时候甚至巡查队员彼此间也都以礼相待……"

"不过现在一切都好像从链子上挣脱了吧?"我有远见地说。

维杰斯拉夫不吱声。

我感到羞愧。不管他以前是谁,这个来自宗教法庭的布拉格吸血鬼。今天他可是啪啪地拍溅着水珠,一头钻进了肮脏的水洼里。我第一次看到宗教法官出丑。甚至格谢尔……并不是要他怕他们,但是他不能小视不可抗拒的力量。

一下子表演得过火了。轻松而优雅。

世界发生了什么变化吗? 宗教法官成了第三方……只有一方在耍阴谋吗? 黑暗力量、光明力量和宗教法庭?

或者黑暗力量、光明力量和黄昏界?

玻璃茶壶里的水沸腾起来,我把开水倒在窗台上放着的几个杯子里。摆出了咖啡、方糖、小包装牛奶。

"戈罗杰茨基,你明白吗? 今天和约被破坏了?"维杰斯拉夫冷不丁问道。

我耸耸肩。

"你不必回答,"维杰斯拉夫说。"我本来就知道你什么都明白。莫斯科守夜人巡查队中某个人挑起宗教法庭采取轻率的行动,从而得到把一个普通人吸收到光明力量阵营中去的权力。我不认为,这会给守夜人巡查队带来很多好处。"

我也有同感。铁木尔·鲍里索维奇不会去学习如何利用黄昏界的力量。他会长命百岁,会有机会使用小小的魔法,发现事业上的竞争对手的密谋,躲开子弹……他有这个本事。还有,也许他的公司会把大笔款项转拨到守夜人巡查队的账户上。他会变得更善良,开始从事慈善事业……承担抚养动物园的白熊和十个保育院孤儿的义务。

不管怎么说,为此跟宗教法庭闹矛盾都不值得。

"可耻,"维杰斯拉夫用痛苦的声音说道。"利用职位达到个人目的!"

我不由得扑哧一笑。

"有什么可笑吗?"维杰斯拉夫警觉起来。

"我觉得格谢尔是对的。您确实是在办公室待的时间太长了。"

"这么说,你认为一切都正常喽?"维杰斯拉夫问。"没有理由气愤?"

"一个人,即使不能算世界上最好的人,成了光明力量的一员。"我说。"现在他不会对任何人作恶了,而是恰恰相反。那么我何必要气愤呢?"

"别说了,维杰斯拉夫,"埃德加尔轻声说。"戈罗杰茨基什么都不知道。他太年轻。"

维杰斯拉夫点点头,喝了一口咖啡,忧郁地说:

"我觉得,你跟其他那些光明使者不同。你看重的是实质,而不是形式……"

这下我火了:

"是的,我看重实质,维杰斯拉夫! 实质就是:你是吸血鬼! 而你,埃德加尔,是黑暗巫师! 我不知道,你们从什么事上看出和约被破坏,但是我相信,你们不会对扎武隆提出什么要求!"

"光明魔法师……"维杰斯拉夫漫不经心地说。"光明力量的信徒……我们只是要维持平衡,明白吗? 连扎武隆也会受到法庭审判,要是他打算干这种事的话!"

但是现在我已经停不下来。

"扎武隆作恶多端,他企图杀害我妻子,他企图杀害我。他不断地把人引向黑暗力量一边! 你说,我们当中的某个人做了不正当的事,要了诡计吗? 那么这可以说是不正当,但却是正确的! 每当有人以诡计来应对阴谋时,你们总是愤愤不平……又有什么办法,一切准则还不都是说变就变。开始公平地玩一把吧!"

"你眼里的正当跟我们认为的正当是两码事,"埃德加尔脱口而出。"维杰斯拉夫,咱们走吧……"

吸血鬼点点头,放下没喝完咖啡的杯子。

"谢谢你的咖啡,光明使者。我把进来的邀请还给你。"

两个宗教法官离开了。只剩下沉默寡言的科斯佳,他坐在小凳子上在把咖啡喝完。

"卫道士,"我气呼呼地说。"是不是你也认为他们是对的?"

科斯佳笑了起来:

"不,为什么呢? 他们活该。早就该打掉宗教法官的傲气……我感到遗憾的只是,做这件事的是格谢尔,而不是扎武隆。"

"格谢尔什么也没有做,"我固执地说。"他发过誓,你听到没有?"

科斯佳耸耸肩:

"无法想象,他是如何把一切都搞定的。不过这是他的阴谋诡计。扎武隆决定静观其变并不是无缘无故的。狡猾,老狐狸真狡猾……你知道什么事情让我觉得奇怪吗?"

"什么事?"我警觉地问。科斯佳的支持好像并没有鼓舞我。

"总的来说我们之间有什么差别呢? 我们在搞阴谋,把我们需要的人拉到我们这一边。你们好像也一样。格谢尔想让儿子成为光明力量的成员——他这么做了。好样的！我没有任何意见。"

科斯佳微笑着。

"你认为第二次世界大战中谁是正确的？"我问。

"你指什么？"此刻科斯佳警觉起来，他预料有圈套不是没有根据的。

"你倒是回答呀。"

"我们是正确的，"科斯佳怀着爱国心说道。"顺便说说，有几个吸血鬼和变形人参加过这场战争！其中两个甚至还获得了英雄金星勋章！"

"为什么正确的恰恰是我们？要知道，斯大林也不反对吞并欧洲。而且我们也轰炸过和平的城市，也抢过博物馆，也枪毙过逃兵……"

"正因为如此我们才是正确的！因此才正确！"

"那么现在正确的是我们。而我们——是光明力量。"

"就是说，你这么认为，"科斯佳补充说。"所以你不能忍受愤怒？"

我点点头。

"哼……"科斯佳轻蔑地说。"哪怕给一个合情合理的论据也好。"

"我们不喝血。"我说。

科斯佳把杯子放到地板上，站起来。

"谢谢你的款待。我把进来的邀请还给你。"

剩下我一个人——在很大的空房子里，独自面对几杯没喝完的咖啡、敞开门的微波炉和茶壶里冷却的水……

我干吗要把水放在微波炉里热呢？只要用一个小魔法——水就会直接在茶壶里自动沸腾……我拿出手机，拨了斯维特兰娜的号码。电话没人接。大概她和娜久什卡散步去了，手机又忘在房间里……

我心里绝对没有我企图表现出来的那么轻松。

我们究竟在什么方面有优势呢？搞阴谋，打仗还是欺骗。我需要得到答案，又一次需要。但我并不指望从聪明的格谢尔那里得到，他惯于胡编乱造。也不指望从自己这儿找到答案——对自己我已经不相信了。我需要从我信任的那个人那里得到答案。

我还应该弄明白,格谢尔是怎样欺骗宗教法庭的。

因为即使他对光明发誓,那也一定是撒谎……

那么我是为什么而战?

"但愿一切到此为止。"我刚一开口就打住了。不要发誓——在被激发后我最早学的就是这个。可是你看——几乎要失去控制了……

但愿一切到此为止。只不过是但愿。

这时门铃响了——好像有人猜到了,此刻我一个人闲着没事干。

"请进!"我隔着整个房间大声喊道,想起来门没有锁上。

房门稍稍打开了一点,拉斯的脑袋探了进来,我的这位邻居环顾了一下四周,问道:

"没关系吧,没有打扰你吧?"

"别大惊小怪,请进吧。"

拉斯推门而入,四处张望着,说:

"不,你这儿还凑合……只不过得装个抽水马桶……可以再让我洗一次澡吗?现在或者晚上……我挺喜欢的。"

我把手伸进口袋里,摸索着一串钥匙,想象着钥匙膨胀起来,裂成碎片……

我把一套新配的钥匙扔给拉斯。

"接着!"

"干吗?"拉斯仔细打量着钥匙,感兴趣起来。

"我要离开一下。你暂时在这里用吧。"

"瞧,只有正常人才搬进来住……"拉斯感到伤心。"真遗憾。你马上就走吗?"

"现在就走,"我说。我忽然意识到,我是多么想见到斯维塔和娜佳。"也许,还会回来。"

"也许不回来吧?"

我点点头。

"真遗憾,"拉斯又说了一遍,走过来,"我看到你有 MD 随身听……

拿着。"

我接过光盘。

"《打仗留下的义肢》,"拉斯解释说,"我的专辑。只不过别当着女人和孩子的面听。"

"我不会的。"我在手里摆弄着光盘,"谢谢。"

"你碰到什么难题了吗?"拉斯问,"对不起,要是你不嫌我多管闲事的话,不过你看起来非常沮丧……"

"不,没什么,"我振作起来。"思念女儿。我现在就走……妻子和她一起在别墅,可我在这里有工作……"

"神圣的工作,"拉斯称赞道。"无法分出一点精力来照顾孩子。不过母亲和她在一起——这是最重要的。"

我看了看拉斯。

"母亲对孩子总是最重要的,"拉斯像维戈茨基①、皮亚杰②或者其他儿童心理学家那样说道。"生物学上是这么规定的。我们男人总是要首先关心女人的嘛,而女人要关心孩子。"

铁木尔·鲍里索维奇的房子我没费口舌就获准进去了。保镖看起来完全是正常的,他们大概对不久前发生的事情没有丝毫印象了。

格谢尔跟自己失而复得的儿子正在书房里喝茶。很大的,甚至可以说"应有尽有"的书房里放着一只笨重的书桌,还有一大堆各种各样好玩的小摆设放在几只旧书橱的搁板上。真奇怪,怎么能把这些风格迥异的东西组合在一起呢。铁木尔·鲍里索维奇的书房跟他父亲的办公室惊人地相似。

"来吧,年轻人,"铁木尔·鲍里索维奇对我笑了笑说,"你看,一切都安排好了。"

他瞟了一眼格谢尔,补充一句:

---

① 维戈茨基(1896—1934),苏联心理学家。
② 皮亚杰(1896—1980),瑞士心理学家。

"还年轻,性子急……"

"说得对,"格谢尔点点头。"出什么事啦,安东?"

"谈话应该,"我说,"单独进行。"

格谢尔叹了一口气,看了儿子一眼。儿子站起来说:

"我去找我的那些员工了。不能让他们在那里把裤子坐破,总得给他们找点活儿干。"

铁木尔·鲍里索维奇出去了,我和格谢尔两人单独留了下来。

"喂,出什么事了,戈罗杰茨基?"格谢尔疲惫地问。

"我们可以自由交谈吗?"

"可以。"

"您不希望您的儿子成为黑暗使者,"我说,"对吗?"

"你会希望看到你的娜久什卡成为黑暗女魔法师吗?"格谢尔以问代答。

"可是铁木尔必然会成为黑暗力量的一员,"我继续说。"您需要得到权力再一次干涉他。为此黑暗力量,更准确地说——宗教法庭想必会惊慌失措,并对您儿子采取某些不法行动……"

"事情已经发生了,"格谢尔说。"就是这样,戈罗杰茨基。你想指责我什么?"

"不,我想弄明白。"

"你已经看到了,我对光明力量发过誓。以前我没有跟铁木尔见过面。我什么也没有向他许诺,没有寄过信。没有为了这些目的招来过任何人。"

不,格谢尔不坦白,也不是要哄骗我,他似乎只是在叙述这次任务的种种限制——然后满意地等待,他的学生会如何作答。

"维杰斯拉夫再提一个问题就足够了,"我说。"不过,看来这个问题对他来说过于人道了……"

格谢尔动了动眼皮,好像在排练点头似的。

"母亲。"我说。

"维杰斯拉夫很久以前杀害了他的母亲,"格谢尔解释说。"不是出于恶意。他那时还是个年轻的吸血鬼,无法控制自己。不过……打那以后他尽可能不再说出这个词。"

"谁是铁木尔的母亲?"

"档案里想必有她的名字。"

"那上面无论什么名字都可能有。会写着,铁木尔的母亲在战争结束时失踪了……不过我认识一个女的他者,从那时候起她就依附在鸟的体内。从人类的观点来看她是死了。"

格谢尔没有吱声。

"以前您真的是没办法找到他吗?"我问。

"我们确信季姆卡①已经死了,"格谢尔轻声说。"这件事奥莉加不甘心。她一恢复后就继续寻找……"

"她找到了儿子。向他许下了轻率的诺言。"我结束了讲话。

"女人嘛,可以允许她们释放多余的激情,"格谢尔干巴巴地说。"甚至聪明的女人也一样。而男人之所以存在,就是为了保护他的女人和孩子,合理而周密地安排一切。"

我点点头。

"你在指责我吗?"格谢尔好奇地问道。"安东?"

"我是什么人,有什么资格来指责您?"我问。"我有女儿——光明使者。我也不愿意让她投奔黑暗力量。"

"谢谢,安东。"格谢尔点点头,显然全身都放松下来了。"我很高兴,你能明白这一点。"

"很想知道,为了儿子和奥莉加您会走得多远,"我说。"您知道不知道斯维特兰娜预感到了什么? 我面临什么危险?"

格谢尔耸了耸肩:

"预感——是不可靠的东西。"

"要是我决定把真相告诉宗教法庭呢,"我继续说。"我要是决心离开巡查队,去投奔宗教法庭……那会怎么样呢?"

---

① 季姆卡是铁木尔的爱称。

"你不会离开的，"格谢尔说。"尽管维杰斯拉夫一直在暗示你。还有什么，安东？我觉得，你有新的问题没有说出来。"

"结果怎么会是这样，您的儿子居然是他者？"我问。"这就像是中了头彩。很少有哪个家庭里他者生出的孩子是他者。"

"安东，你要么去找维杰斯拉夫说出你的推测，"格谢尔轻声说，"要么做好准备就赶快去找斯维特兰娜。别再盘问我这件事了。"

"您别害怕，宗教法庭一切都会考虑到、弄清楚的，还有什么问题呢？"我问。

"我不害怕，三个小时以后维杰斯拉夫就会签署结束调查的文件。他们不会挑起事端。一大堆破事已经够他们忙的了。"

"对您来说成功就是再次干涉铁木尔。"我说。

我朝门口走去。

"你还有一星期假期，跟家里人一起去过吧！"格谢尔在我身后说。

起初我想自豪地说，我不需要施舍。

但我及时忍住了，没说出来。

见鬼了吗？

"还有两星期才对，"我说。"我有一个月的补假。"

格谢尔没吭声。

尾　声

　　等休假归来，我打算把宝马还掉。归根结底……

　　在新的道路上开车——以前这里坑坑洼洼，现在已用一段段公路连接起来了，不过偶尔也还会有几个地方坑坑洼洼——汽车以一百二十公里的时速轻松通过。

　　做他者真好。

　　我知道，我不会遇到堵车。我知道，不会有一个醉醺醺的司机开着一辆翻斗车迎面向我冲来。要是汽油用完了，我可以往油箱里灌水——把水变成燃料。

　　谁不希望亲生的孩子拥有这样的命运呢？

　　我有权指责格谢尔和奥莉加吗？

　　汽车音响是崭新的，有放 MD 的卡座。起初我想把《打仗留下的义肢》放进去，后来又拿定主意：我需要听一盘抒情一点的音乐。

　　于是我把"白卫军"乐团的歌放了进去。

　　　我不知道，你作了决定，
　　　我不知道，谁跟你在一起，
　　　天使用丝线把天空缝制，
　　　深蓝色和浅蓝色的丝线……
　　　我不记得失去的滋味，
　　　我无力抗拒恶的势力，
　　　每一次迈出家门，
　　　我都扑向你的怀里……

　　我的手机铃声响了，智能型的音响立刻放低了声音。

　　"斯维塔吗？"我问。

"你的电话老是打不通,安东。"

斯维特兰娜的声音非常平静,可见,一切正常。

这是最重要的。

"我也打不通你的电话。"我说。

"看来,是那个地方信号太差,"斯维特兰娜微笑了一下。"半小时前发生什么事了?"

"没什么特别的事,我在跟格谢尔谈话。"

"一切都正常吗?"

"是的。"

"我有一种预感,你走在路肩上。"

我点点头,眼睛瞧着路上。我的妻子是个聪明人,格谢尔。她的预感是可靠的。

"现在一切都正常了吗?"我补充说。

"现在一切都正常。"

"斯维塔……"我一只手按住方向盘,问道。"要是我不能确信自己的行为是否正确,那该怎么办呢?要是你被'对还是错'这个问题弄得很痛苦,你会怎么办?"

"投奔黑暗力量,"斯维特兰娜毫不犹豫地答道。"他们不痛苦。"

"这也算回答?"

"这是惟一的回答,也是光明力量和黑暗力量之间的全部区别。这种区别可以称之为良心,可以称之为道德感。实质是一样的。"

"这种感觉,"我抱怨说,"就是时间出现混乱,明白吗?而即将重新出现的……我不知道。不是黑暗力量的时间,不是光明力量的时间……甚至不是宗教法庭的时间……"

"这是无主的时间,安东,"斯维特兰娜说,"这只不过是无主的时间。你说得对,有一件事情将要来临。有一件事情将要在世上发生。不过还不是现在。"

"跟我说说吧,斯维塔,"我请求说。"我还有半个小时的车程。在这半个小时里跟我谈谈吧,好吗?"

"我手机卡里充的值不多了。"斯维特兰娜担心地说。

"我现在给你重新拨一个,"我建议说,"我有任务在身,我的手机是公家发的。让格谢尔去掏腰包好了。"

"你的良心不会受折磨?"斯维特兰娜笑了起来。

"为今天的事情我已经训练过良心了。"

"好吧,不要重新拨了,我对手机施一下魔法就行了,"斯维特兰娜说。不知是开玩笑,还是当真。我常常分不清她什么时候是在开玩笑。

"那你告诉我,"我说,"我来了后会发生什么事。娜久什卡会说什么。你会说什么,你的妈妈会说什么。我们会发生什么事。"

"一切都会好的,"斯维特兰娜说。"我高兴,娜佳高兴,我妈妈也会高兴的……"

我驾驶着汽车,不顾那些严格的交通规则,一只手把手机拿到耳朵旁。有几辆卡车一直在对面的道路上疾驶。

我听着斯维特兰娜的说话声。

在汽车行进中始终可以听到轻轻的女声独唱:

当你回来时,一切都将改变,
我们会彼此理解……
当你回来时,
我不是妻子,甚至不是女友。
当你回到我的身边,
那个从前如此疯狂地爱过你的人,
当你回来时
你会看到命运的骰子早就不像我们抛下它时那般……

第二部

无主的空间

序

在莫斯科郊外度假永远是两种人理所当然的选择，穷人和富人。中产阶级通常选择到土耳其饭店去度假，跟那种包吃包住的旅行团。还喜欢到西班牙去体验那里炎热的午休或者去克罗地亚干净的海滨享受日光浴。俄罗斯中部地带不是中产阶级度假喜欢去的地方。

不过，在俄罗斯中产阶级并不多。

生物学教师这个职业，即使是在有权威的莫斯科古典中学任教，无论如何也算不上中产阶级。要是教师是个女的，要是她的混蛋丈夫三年前就另有新欢，无论如何也不愿承担抚养两个孩子的义务，那么对于土耳其饭店就只能幻想了。

好在孩子们眼下还没有进入可怕的青少年时期，在旧别墅、小溪和从村外开始延伸的树林里玩耍也非常开心。

糟糕的是，大女儿已经过于认真地意识到自己在家中的大姐姐地位。十岁的姐姐已经可以很好地照看五岁的弟弟，去小溪里玩水的。但是无论如何也没有必要钻进密林深处去了解自然课课本中提到的知识。

不过十岁的克休莎眼下还没有料到他们会迷路。她紧紧地拉着弟弟的手，沿着勉强看得出的小道向前走，她讲述说：

"那么他又要挨松木桩的打了！一根打在脑门上，另一根打在肚子上！他从坟墓里站起来，说：反正你消灭不了我！我早就死了！我的名字叫……"

弟弟轻轻地呻吟着。

"行了，行了，我逗你玩的，"克休莎一本正经地说。"他倒下就死了。大家把他安葬起来，还为他举行了纪念活动。"

"太—太—太可怕了，"罗姆卡承认说。他结巴并不是因为害怕，他常常说话结巴。"你别—别再说—说了，好吗？"

"我不说了，"克休莎说着朝四处张望了一圈。身后还能看得见小路，但是前面的路完全被掉下来的针叶和腐烂的树叶遮住了。森林好像不知不觉变得昏暗和寒冷起来，根本不像村子里的那个林子，妈妈在那里租了别墅——一座废弃的老房子，应该趁时间还不晚赶紧往回走。克休莎是姐姐，懂得关心弟弟，她明白这一点。"我们回家去吧，要不妈妈会骂我们的。"

"小狗，"弟弟冷不防说道，"看，一只狗！"

克休莎转过身去。

身后当真站着一只狗。大大的，灰色的，长着大犬牙，狗张开血盆大口望着——仿佛在微笑。

"我想要一只这样的狗。"罗姆卡一点也不结巴地说，并自豪地看了看姐姐。

克休莎是在城里长大的姑娘，她只有在画上才见过狼。还有在动物园里，不过那里有的是一些罕见的苏门答腊狼……

可是现在她感到害怕了。

"走吧，走吧，"她轻声说，更加紧地拉住罗姆卡。"这是只陌生的狗，不能跟他玩耍……"

大概她的声音让弟弟感到害怕了，而且他害怕得不再抱怨，主动抓住姐姐的手，听话地跟着她走。

灰狗站了没多久，不慌不忙地跟在孩子们身后。

"他在跟着我们走，"罗姆卡说，环顾着四周。"克休莎，这——这是狼吧？"

"这是狗，"克休莎说。"只是不要跑，明白吗？狼专门咬逃跑的人！"

"咱们跑吧！"克休莎喊道。于是他们跑了起来——不顾一切地穿过林子，经过多刺的、有黏性的灌木，跑过大得出奇的有一个成年人那么高的食蚁熊，跑过一排排长了青苔的树墩——有人曾经在这里砍过十棵树，而且全都拖走了。

狗一会儿不见了，一会儿又出现了。从后面，从右面，从左面。并且不时发出既像咳嗽又像笑的声音。

"他在笑!"罗姆卡噙着眼泪说。

狗不见了,不知到哪里去了。克休莎停在一棵巨大的松树跟前,把罗姆卡搂在怀里。弟弟早就不喜欢这样的温情了,但是此刻他没有反对,把背更紧地贴着姐姐,害怕地用手蒙住眼睛,轻声重复说:

"我不怕,我不怕,谁也不怕,谁也没有。"

"谁也没有,"克休莎证实。"你不要呻吟呀! 狼……狗在这里有孩子。他是在把我们从小狗身边赶走。明白吗?"

"走吧,"罗姆卡高兴地同意了,从脸上拿掉了手。"哟,小狗!"

他刚一看到从灌木丛里跑出来几只小狗,心里的恐惧瞬间就消失了。小狗有三只——灰色的、大脑门的、眼睛傻里傻气的。

"小—狗……"罗姆卡兴奋地说。

克休莎慌忙向旁边躲去,可是他们身边的松树不允许——她的印花布连衣裙让松脂给粘住了。克休莎拼命挣脱,终于嘶啦一声,裙子脱离了松树。

这时,她看到了一只狼。它站在他们身后微笑着。

"我们应该爬到树上去……"克休莎小声说。

狼笑起来。

"它希望我们跟小狼玩吗?"罗姆卡充满希望地说。

狼摇晃着灰色的带有斑点的脑袋。仿佛在回答——不,不。我希望小狼玩弄一下你们。于是,克休莎喊了起来——喊得那么响亮,那么刺耳,甚至连狼都吓得后退了一步,满脸起皱。

"滚开,滚开!"克休莎叫了起来,忘记了她已经是一个勇敢的大姑娘了。

"别喊呀,"身后传来一个声音。"整个林子都要被你们吵醒了……"

两个孩子又产生了希望,转过身去。小狼旁边站着一位成年妇女——眉清目秀,一头乌发,穿着长长的麻布连衣裙,光着脚。

狼威胁地吼叫起来。

"别淘气，"那女人说。她俯下身子，抓住一只小狼的后脖颈——小狼悬在她手里，一副无奈的样子，好像睡着了似的。其余两只小狼也待在原地不动了。"是谁跑到我们这里来了？"

狼已经不再注意孩子们，闷闷不乐地朝那个女人爬过去。

狼群出没的密林，一片黑暗和恐怖，
你们骗不了我，

女人拖长声调说道。
狼停下脚步。

我看见了真理，看见了谎言，
你究竟跟谁相像？

女人说完了，眼睛瞧着狼。
狼咧开嘴笑了。
"哟，哟，哟……"女人说。"咱们怎么办？"
"走……吧……"狼吼着。"走……吧……女……巫……"
女人把手中的小狼扔到柔软的青苔上，小狼仿佛一下子缓过气来，惊慌地朝大狼扑去，在它的肚子底下窜来窜去。

三根小草，一张桦树皮，
欧亚瑞香从灌木丛里采摘，
一滴鲜血，一滴泪水，
一张羊皮，一绺发丝……
我将它们混合又搅拌，
我熬制迷魂汤以备不时之需……

大狼倒退了几步，小狼跟着他一起往后退。

从今往后你将失去力量，
魔法不再奏效！

女人喜气洋洋地说。

仿佛有四道灰色的闪电——一道大的，三道小的——从林中旷地
窜起，击中灌木丛。空中旋起了一团灰色的毛皮，发出刺鼻的狗味——
好像有一群狗雨后在这里晒太阳。

"阿姨，您是老巫婆吗？"罗姆卡轻声问道。

女人笑了起来，走到他们跟前，拉起他们的手。

"咱们走吧。"

她住的并不是童话中老巫婆住的那种搭在鸡脚上的小木屋①，这让
罗姆卡感到很扫兴。这是一座原木盖的最普通的小房子，有几扇小窗
和几个很窄的穿堂。

"你们这儿有洗澡间吗？"罗姆卡转动着脑袋问道。

"你要洗澡间干吗？"女人笑了起来。"你想洗澡吗？"

"您应该先把洗澡间烧暖，然后给我们吃东西，只有在这之后才能
吃掉我们。"罗姆卡一本正经地说。

克休莎拉了拉他的手。可是那女人没有生气，她笑了起来。

"你是不是把我跟民间故事中的老巫婆搞混了？ 我可以不把洗澡
间烧暖吗？ 我家里反正也没有洗澡间。我也不会吃掉你们。"

"可以。"罗姆卡高兴起来。

房子里面也无论如何不像傲慢的老巫婆住的地方。刷得雪白的墙
壁上挂着一只带摆锤的挂钟，发出滴答滴答的响声，天花板下面吊着一
只带天鹅绒穗子的漂亮枝形吊灯，不太稳的架子上放着一台飞利浦迷
你电视机。有俄式火炉，不过屋子里放了这么多破烂货，那就毫无疑
问——这里一定好久没有烤过年轻小伙子和小孩子了。也许只有放古

---

① 俄罗斯童话中的巫婆住的茅屋是搭建在两只鸡脚上的。

书的大书橱看起来有气派,够神秘。克休莎走近书橱,看了看书脊。妈妈常说,知识分子到别人家里去首先应该看看主人的书,然后才看其他东西。

可是书籍是破破烂烂的,书名勉强才能辨认出来,而那些可以拿来看的书,即使是俄文版的,也完全看不懂。妈妈也有这样的书:《蠕虫学》、《民族起源》……克休莎叹了一口气,离开了书橱。

罗姆卡已经坐在桌旁,老巫婆从白色电水壶里给他倒了杯茶。

"你想喝茶吗?"她和善地问。"味道很好,用林子里的花草泡的……"

"味道好,"罗姆卡证实,不过他吃醮上蜂蜜的面包圈比喝茶多。"坐下吧,克休莎。"

克休莎坐下,有礼貌地拿过茶碗。

茶真的是味道很好。老巫婆也喝了茶,面带微笑地瞧着孩子们。

"我们喝完茶不会变成小山羊吧?"罗姆卡冷不丁问道。

"为什么?"老巫婆莫名其妙。

"您对我们施了魔法呀,"罗姆卡解释说,"把我们变成小山羊,然后吃掉我们。"

看来,他对神秘的救命恩人并没有完全相信。

"可是我为什么要把你们变成臭烘烘的小山羊后再吃掉呢?"老巫婆怒气冲冲地说。"要是我想把你们吃掉,那就用不着把你们变成任何东西就直接吃掉好了。少看点罗乌,小家伙!"罗姆卡撅起了嘴,轻轻踹了克休莎一脚,用耳语问道:

"谁是罗乌?"

克休莎不知道,便发出嘘嘘声。

"喝茶,别说话! 大概是一个巫师……"

他们不会变成小山羊,茶味道很好,蜂蜜和面包更加美味。老巫婆详细询问克休莎在学校里的学习情况。她也认为四年级是最惨的一年,跟三年级截然不同。她责备罗姆卡,因为小家伙喝茶时发出咕噜咕噜的响声。她十分感兴趣地问克休莎,她弟弟怎么会结巴这么久。随后又告诉他们,她根本就不是什么老巫婆。她是一个植物学家,她到林子里来采集各种各样的野草,当然知道哪些草狼最害怕。

"为什么狼会说人话呢?"罗姆卡不相信地问。

"他压根儿就没说过话,"老巫婆植物学家打断他的话说。"他是在嗥叫,而你们觉得狼在说人话,对不对?"

克休莎想了想,断定事实的确如此。

"我送你们到林子边上去,"那女人说。"从那里可以看到村子。以后别再到林子里来了,要不会给狼吃掉的!"

罗姆卡想了想,提出帮助她采集野草。为了使狼不来害他们,应该给他一棵专门对付狼的野草。也可以以防万一,用来对付熊,还可以对付狮子。因为这里的森林完全同非洲一样。

"你们采不到任何野草!"女人严肃地说。"这都是一些罕见的草。'红皮书'里有记载,它们是不能顺便采的。"

"我知道什么是'红皮书'。"罗姆卡兴奋起来,"讲讲吧,劳驾……"

女人看了看钟,摇摇头。有教养的克休莎马上说,他们该回家了。

两个孩子每人得到一块路上吃的装有蜂蜜的蜂房,女人一直把他们送到林子边上——那里原来非常非常近,好像那些小路自己会跑到他们脚下来似的。

"别再到林子里来了!"女人又一次教训他们说,"别再到我身边来——狼会吃掉你们的。"

下了小山坡往林子走去的路上两个孩子还不时回头张望。

起初那女人站着,目送着他们,后来就看不见了。

"她毕竟是老巫婆,对不对,克休莎?"罗姆卡问。

"她是植物学家!"克休莎为那女人说话。她很奇怪:"你不结巴了!"

"结—巴—的!"罗姆卡逗笑说。"我以前也可以不结巴的,只不过是故意闹着玩的!"

Chapter 1

谁说刚挤出来的牛奶味道鲜美?

或许,这是一年级的时候听说的,大概是语文课本上有介绍刚挤出来的牛奶非常美味可口的文章。天真的城市里的孩子也就信以为真了。

其实,刚挤出来的牛奶味道相当特别,把它放在地下室冷却一整天——那就完全是另一种东西了。甚至那些缺乏必要的消化酶的胃病患者也能饮用。顺便说一句,这种人数量并不少。以大自然母亲的观点来看,成人不一定需要喝牛奶,孩子才需要喝。

但是人类很少听取大自然的意见。

他者就更不用说了。

我伸手去拿水罐,给自己又倒了一杯牛奶。冰凉的,上面浮着一层奶皮……为什么牛奶煮沸后上面浮着的奶皮这么可憎,而自制的牛奶中奶皮是味道最美的部分? 我猛地喝了一大口。行了,得给斯维特卡和娜久什卡留一些。整个村子里——不小的村子里有五十座房子,总共才一头牛! 好吧,就算一头……我非常怀疑,这只不事生育的褐色母牛多亏了斯维特兰娜才会有这么大的产奶量。萨莎大婶——四十岁的俄罗斯老大娘,母牛赖克、骗猪鲍里卡、山羊米什卡以及没有名字的小家禽的女主人没什么可自豪的。斯维特兰娜只不过是希望宝贝女儿喝到真正的牛奶。瞧,所有的疾病就都远离了母牛。就算萨莎大婶喂它吃锯屑——它也不会生病。

不,纯正的牛奶确实是很棒的。应该让广告明星来到农村,手里拿着袋装牛奶,眼睛里激情四射,嘴里重复说着"纯正的牛奶",他们应该这么来拍广告,一定会拿到不错的报酬。而对于那些早就彻底放弃饲养牲畜的农民来说更加简单,可以继续骂民主分子和"城里人",而不去放牛。

我挪开空杯子,摊开手脚懒洋洋地躺到树上挂着的吊床上。以当地居民的眼光来看,瞧,这不是资本家嘛!坐着豪华轿车来,给妻子带来洋货,整天捧着书闲躺在吊床上……在这里,你明白吗,人们整天到处闲逛,没事就喝点小酒来解宿醉……

"您好,安东·谢尔盖耶维奇,"当地的醉鬼科利亚好像看穿了我的心思,隔着栅栏跟我打招呼。他怎么会记住我的名字呢?"一路上还好吗?"

"你好,科利亚,"我摆出一副老爷派头跟他打招呼。甚至没有作从吊床上爬起来的尝试。反正他也不会对我提意见。我又不是为这个才到这儿来的。"谢谢,一切正常。"

"您需不需要帮什么忙,家务活或者比如说……"科利亚失望地问。"我来是想打听一下……"

我闭上眼睛——透过眼皮看到渐渐落下来的红彤彤的太阳。

我什么事也干不了,一丁点儿也干不了。只要能用六七级魔法干涉一下就足够了,就能让可怜的科利亚不再迷恋酒精,不再固执,还会产生想工作的愿望,而不是只知道喝伏特加、打老婆。

我甚至能够违背一切和约,悄悄地进行这种干涉。只要一只手轻轻一动……

接下去呢?村子里没有活儿干。在城里,以前的机械师科利亚又没有用武之地。而要自己创业,科利亚又没有资金。他甚至连一只小猪都买不起。

于是,他便会又去找家酿白酒喝,靠打零工勉强糊口,不时拿老婆出气,他老婆也是个酒鬼,被所有的事情弄得疲惫不堪。不是人应该得到救治,而是整个地球必须得到拯救。

或者说,是这地球上六分之一的大地,它有一个骄傲的名字——罗斯①。

"安东·谢尔盖耶维奇,我非常……"科利亚诚恳地说。

---

① 罗斯,俄罗斯的古国名。

在渐渐没落的乡村,谁还会需要曾经的酒鬼呢? 这里苏联式的集体农庄解散了,而惟一的农场主遭受了三次火灾,他到现在还不明白这暗示着什么吗?

"科利亚,"我说。"你有没有什么军事专长? 当过坦克手吗?"

我们国家有一些雇佣兵吧? 让他们到高加索去打仗也总比一年后因被淘汰而饿死好……

"我没有当过兵,"科利亚用忧郁的声音说。"没有被录取。那时候非常需要机械师,我的役期一直一延再延,后来我超龄了……安东·谢尔盖耶维奇,要是需要收拾谁的话——我本事大着哪! 不要怀疑! 我准把他砸个稀巴烂!"

"科利亚,"我请求说。"你不想看看我车上的发动机吗? 好像昨天被什么东西碰了一下……"

"让我看看!科利亚提起了精神。"是啊,我……"

"接着钥匙。"我扔给他一串东西。"我会给你一瓶酒。"

科利亚脸上露出幸福的笑容:

"要不要我再给您洗洗车子? 不然的话,昂贵的车子恐怕……在咱们的道路上……"

"谢谢,"我说。"我将非常感激。"

"不过我不要伏特加,"科利亚忽然说道,由于感到意外,我甚至哆嗦了一下。这是怎么啦,世界完全变样了? "伏特加一点味道也没有……要是能来一瓶家酿白酒……"

"咱们说定了,"我说。满怀幸福的科利亚打开栅栏门,到棚子里去了,昨天我把汽车停在那里。

从家里——我不是看见,是凭直觉知道——出来的是斯维特兰娜。这么说。娜久什卡已经在安安静静地享受甜蜜的午睡……斯维塔走过来,站在床头,迟疑了一下——然后把冰凉的手掌放在我的额头,问道:

"不舒服吗?"

"唔,"我嘟哝了一声。"斯维特卡,我什么事也干不了,一点也干不了。你是怎么在这里坚持下来的?"

"我小时候就来过这个村子，"斯维特兰娜说。"我记忆中的科利亚大叔还是个正常的人。年轻、开朗。开着拖拉机带我这个流鼻涕的小姑娘到处去兜风。不喝酒。常常唱歌。你能想象得到吗？"

"以前情况好一些吗？"我问。

"喝得少一些，"斯维特兰娜简短地回答。"安东，为什么你不对他进行干涉？我觉得你已经做好准备，在黄昏界里哆嗦了。这里没有任何巡查队员……除了你。"

"这种癞皮狗我能管得了他多久？"我粗鲁地说。"对不起……不该从科利亚大叔开始。"

"不从科利亚大叔开始，"斯维特兰娜同意说。"不过会改变双方权力结构的干涉是和约禁止的。人类归人类，他者归他者……"

我没有作声。的确，这是被禁止的。尽管干涉是把一大批人引向善或者恶的最简单、最可靠的方法。可是这样一来，平衡就会被破坏。历史上也常有可以被称为他者的国王和总统，可都是以战争收场……

"你在这里一点精神也没有，安东……"斯维特兰娜抚摩着我的头发说。"我们去城里吧。"

"可娜久什卡高兴呀，"我反对道。"再说，你也想再住一个星期，对不对？"

"让你受罪了……要不你先走？到了城里你会快活一些。"

"可见，你想把我打发走，"我嘟囔说。"你在这里有情人了吧？"

斯维特兰娜扑哧一下笑出声来：

"你哪怕说出一个人选让我听听呢？"

"没有，"我考虑了一下说。"除非是某个来别墅度假的人……"

"我们这儿是女人的世界，"斯维特兰娜反驳道。"或者是单身女人，或者是男人拼命干活，女人带着孩子来玩……顺便说说，安东，这里发生了一件怪事……"

"真的吗？"我警觉起来。既然斯维特兰娜说"怪事"……

"你记得吗？昨天安娜·维克托罗夫娜来找过我？"

"女教书匠吗？"我冷笑了一下。安娜·维克托罗夫娜是那种典型的"女教书匠",就是在老杂志上能看到的那种老师模样。"她好像是去找你妈妈的。"

"找妈妈,也找我。她有两个孩子——罗姆卡,小的,五岁,还有克休莎——她十岁。"

"不错嘛。"我称赞安娜·维克托罗夫娜。

"别耍嘴皮子。两天前那两个孩子在林子里迷了路。"

我顿时睡意全消,一骨碌从吊床上坐起来,一只手拉着树,看着斯维特兰娜:

"你干吗不早说呢? 和约归和约,不过……"

"别激动,他们迷了路,又找到了路,快到傍晚时他们自己回来的。"

"真是希罕事,"我忍不住说道。"两个孩子在林子里耽搁了两个小时! 难道他们喜欢草莓吗?"

"当他们受到妈妈的训斥后,他们便开始讲述,说他们是迷了路,"斯维特兰娜镇静地说。"他们遇到了狼。狼在林子里追赶他们——刚好赶到小狼那儿……"

"哦……"我咕哝道,觉得有什么东西堵在胸口,心神不定。

"总之,孩子们吓坏了。可是这时候来了一个女人,她对狼念了一首诗,狼就跑开了。那女人把孩子们带到她家里,请他们喝茶,然后把他们一直送到村口。她说,她是植物学家,她有让狼害怕的花草……"

"小孩子的胡思乱想,"我反驳说。"两个孩子没什么吧?"

"安然无恙。"

"我还以为出了多么糟糕的事,"我说着又躺回吊床上。"你用魔法检查过没有?"

"绝对干净,"斯维特兰娜说。"没有一点蛛丝马迹。"

"一定是幻觉吧,或者真的是给吓坏了……也许,是狼吧。把他们带出林子的是个什么样的女人呢? 孩子们算是走运,可是……"

"小的那个,罗姆卡,说话一直结巴,相当厉害。现在——他说话十分流利,说得像连珠炮似的,还能朗诵诗歌……"

我想了想,问道:

"结巴治愈了吗？用暗示疗法、催眠术……还能是什么？"

"这是无法治愈的。就像感冒一样。任何答应你用催眠术治好结巴的医生都是骗子。当然，如果这是某种神经官能症引起的，那就……"

"别跟我说术语，"我请求道。"你的意思是那治不好。那么民间土法呢？"

"你是指未被发现的他者吗？那你自己会治结巴吗？"

"我连遗尿也会治，"我嘟哝道。"还有大便失禁。斯维塔。可你没有感觉到魔法痕迹呀？"

"不过结巴治愈了。"

"这只有一种可能……"我不愿意说下去了。我叹了一口气，从吊床上爬起来。"斯维塔，这是最坏的结果。她是女巫，而且力量在你之上。你可是第一等级的呀！"

斯维特兰娜点点头。我很少提到她的力量超过我。这就是分开我们的……可能总有一天会分开的主要因素。

要知道斯维特兰娜是特意离开守夜人巡查队的！要不然……要不然她现在就是超级女魔法师了。

"不过孩子们什么事也没发生，"我继续说。"卑鄙的巫师没有在小姑娘身上乱摸，恶毒的老巫婆没有把小男孩拿去煮汤……不，可是如果这是老巫婆——她怎么可能做出如此的善举呢？"

"老巫婆们压根儿就不需要吃人或者进行性侵犯。"斯维特兰娜像在讲课一样振振有词地说道。"她们的一切行为都被界定为普通的利己主义。如果老巫婆肚子非常饿——她真的是会把人吃掉的。只不过这样的话，她就没有把自己当人看待。既然如此……为什么不帮帮孩子们呢？这对她来说毫不费力。这个女巫却把他们带出林子，并且把小男孩的结巴也带走了。要知道，她自己大概也有孩子。你不是也抚养过无家可归的小狼吗？"

"我不喜欢这种事，"我承认说。"老巫婆究竟是哪个力量的？他们不是很少达到第一等级的吗？"

"非常少。"斯维特兰娜用探询的目光看了看我。"安东，你能分得清女巫和女魔法师之间的区别吗?"

"我研究过,"我简短地答道。"我知道。"

可是斯维塔还是不肯罢休:

"女魔法师可以直接进入黄昏界,并从那里获取力量。女巫得利用充满魔力的辅助魔法器物。所有现存于世的魔法器物,都是女巫或者巫师制造的,这可以说是他们的'义肢'。仿制的魔法器物可以是物品或者角质化的人体器官——头发、长长的指甲……这就是为什么女巫是没有危险的,如果她的衣服被脱光、毛发被剃掉的话。而如果是女魔法师就还得封住她的嘴,捆住她的手。"

"你的嘴好像谁也封不住,"我冷笑了一声。"斯维塔,干吗给我上这么一课? 我不是伟大的魔法师,但我懂得起码的道理,不必提醒……"

"对不起,我并不想伤害你,"斯维特兰娜马上向我道歉。

我看了她一眼——发现了她眼里的痛苦。

我真不是个东西!

难道在自己心爱的女人身上就可以尽情发泄怨气吗?!

还不如那些黑暗使者……

"斯维特卡,对不起……"我小声说道,碰了一下她的手。"原谅我这个傻瓜吧。"

"我没事,"斯维特兰娜承认说。"说真的,何必要对你叨叨这些基本常识呢? 你在巡查队里每天都在应对女巫们……"

和睦又恢复了,我赶紧说:

"魔力这么强大的女巫吗? 好了,全莫斯科只有一个一级女巫,那个女巫早就辞职不干了……我们该怎么办,斯维塔?"

"目前还没有理由实施干涉,"斯维塔担心地说。"孩子们安然无恙,小男孩甚至变得更好了。不过剩下两个问题——把孩子们赶到小狼那儿去的是一只什么样的怪狼呢?"

"如果狼真的出现过的话。"我指出。

"如果出现过,"斯维特兰娜同意说。"不过孩子们叙述这一切好像非常连贯流畅……第二个问题——老巫婆有没有在当地注册过,她的档案里记的是……"

"马上就能知道。"我拿出手机说道。

五分钟以后我得到答覆,在守夜人巡查队的档案里,周围一带没有任何老巫婆,也不应该有。

十分钟后我出了门,带着妻子的指示和吩咐——没有当成的伟大女魔法师的兼职他者。经过棚子时我瞥了一眼敞开的大门——科利亚悬在敞开的车盖上,摊开的报纸上放着一些零件。哎呀,都怪我,随口说了句发动机被碰了一下!

科利亚大叔嘴里还在唱歌,小声地哼着:

我们不是木匠,不是司炉,
但我们从不懊悔和痛苦!

看来,他记忆里只保留了这句歌词,全神贯注地捣鼓着发动机:

我们不是木匠,不是司炉,
但我们从不懊悔和痛苦!

见到我,科利亚大叔高兴地大声喊道:

"喂,安托沙①,用半公升油也修不好!日本人真是彻底昏了头,把发动机搞成什么样子,看着都让人害怕!"

"这不是日本人造的,是德国货。"我纠正他。

"德国货?"科利亚大叔感到奇怪。"哦,这是宝马,我以前只修过斯巴鲁……怪不得,我纳闷了,怎么全都造得不一样了……没关系,我能修好!脑袋里嗡嗡直响,瘟神……"

"你到斯维塔那里去一趟吧,她会倒水给你喝。"对于躲避不了的人我只好容忍了。

---

①　安托沙是安东的小名。

"不。"科斯佳大叔摇摇头。"工作时无论如何也不行。我换一种方法给你修……我还是我们的第一任主席(愿他安息)教出来的呢——眼下我在摆弄铁家什,滴水不沾! 对了,你走吧,走吧。到傍晚前这儿的活儿够我干的了。"

我默默地跟汽车告了别,踏上了尘土飞扬的滚烫的街道。

小罗姆卡对我的到来别提有多高兴了。我去的时候正赶上安娜·彼得罗夫娜在忍受着失败的耻辱,她为了让儿子午睡,与其发生了冲突。罗姆卡是个瘦弱、黝黑的小男孩,他蹦到弹簧床上,兴奋地喊道:

"我不要靠墙睡! 膝盖会弯曲的!"

"真不知该拿他怎么办?"安娜·彼得罗夫娜对我的到来感到很高兴。"您好,安东。您倒是说说,你们的娜坚卡会这么不乖吗?"

"不会。"我撒谎说。

罗姆卡不再蹦跳,紧张起来。

"把他带到您身边去吧,"安娜·彼得罗夫娜吓唬说。"我怎么会生出这么个小淘气? 您管得严,您就帮我教育教育他吧。他可以照顾娜坚卡,为她洗东西,还能帮您擦地板、清理垃圾……"

说这些话时安娜·彼得罗夫娜使劲对我使眼色,好像我真的会接受她的建议,把小淘气带走似的。

"让我考虑一下,"我对她努力教育孩子的行动表示支持。"要是他不肯完全听话——我们要对他进行再教育。到了我们家,比他更淘气的孩子也会慢慢变得听话的!"

"那您就不要带我去嘛!"罗姆卡勇敢地说,但他不再蹦跳了,乖乖地坐在床上,把被子盖到腿上。"您干吗需要这种小淘气呢?"

"那就把你送到少教所去。"安娜·彼得罗夫娜威胁说。

"只有残忍的人才会把孩子送到少教所去,"罗姆卡显然重复着他听到的话。"可你是善良的人!"

"真不知该拿他怎么办?"安娜·彼得罗夫娜重复道。"要给您倒一杯凉的克瓦斯①吗?"

"我也要! 我也要!"罗姆卡尖叫着说,但看到母亲严厉的目光后便不吱声了。

"谢谢,"我点点头。"不过我,说实话,正是因为这个小淘气才上你们家来的……"

"他干了什么?"安娜·维克托罗夫娜对事情重视起来。

"斯维塔对我讲了他们的冒险故事……关于狼的故事。我是猎人,而这里发生了这样的事……"

一会儿工夫我就坐在了桌子旁,女主人给我倒了一杯清凉可口的克瓦斯,还拿出各种食物盛情款待。

"不,我自己是个教师,我什么都明白,"安娜·维克托罗夫娜说。"狼——是森林的卫生员……不过,这是无稽之谈,当然,狼咬死的不是有病的野兽,狼接连不断地咬死……反正是活的人或动物。狼并不是错在它是狼……可是这里偏偏离村子这么近,它就去追赶孩子们了!它是要把孩子们赶到小狼身边去,明白吗? 这意味这什么?"

我点点头。

"它要教小狼打猎。"安娜·维克托罗夫娜的眼中出现了也许是恐惧,也许是那种母亲才会有的狂怒,这种狂怒会让做母亲的奋不顾身地冲进狼窝和熊窝。"这是什么——吃人的狼吗?"

"不可能发生这种事,"我说。"在这里,狼没有机会扑向人。这里早就见不到狼的踪影了……见到的多半是变野的狗。不过我想调查一下。"

"调查吧,"安娜·维克托罗夫娜果断地说。"即使……甚至即使是狗。即使孩子们没有产生幻觉……"

我再次点点头。

"开枪打死他吧,"安娜·维克托罗夫娜请求说。并小声补充道:"我夜里老是睡不着,老是觉得……会出什么事。"

---

① 克瓦斯,一种用麦芽或黑麦面包等制成的清凉饮料。

"这是狗!"罗姆卡从床上发出声音。

"嘘!"安娜·维克托罗夫娜呵斥他。"好吧,到这里来,告诉叔叔事情的全部经过。"

不用多说罗姆卡便自动从床上爬下来了,他走过来,一本正经地爬到我的膝盖上,用威严的目光望着我的眼睛。

我抚摩了一下他那粗硬、干枯的头发。

"事情就是说,是这样的……"罗姆卡得意地开始说道。

安娜·维克托罗夫娜似乎非常忧郁地看着罗姆卡。我理解她。可是这两个孩子的父亲我是无法理解的。什么事都可能发生,离婚归离婚……可是离婚以后就可以把亲生的孩子从生活中一笔勾销,不再承担抚养的义务吗?

"我们走啊走,就是说,散步,"罗姆卡慢条斯理地说着,令人心焦。"我们在林子里散步、闲逛。这时克休莎开始讲奇怪的故事……"

我专心地听他讲述,也好,"奇怪的故事"——这是又一个证据,说明所有的故事都是虚构的。不过小家伙说得非常清楚,除了在他这个年纪常常喜欢重复一些语句外,其余没什么可挑剔的。

为了以防万一,我把小男孩身上的生物电场扫描了一遍。是人……是人。好人,我愿意相信他会成为一个好人。丝毫没有他者的潜在痕迹。也没有任何魔力的痕迹。

不过,要是斯维特兰娜没有发现……那我怎么能发现得了,我这个二级……

"这时狼一下子笑了起来!"罗姆卡高兴地挥着双手大声喊道。

"你没有被吓坏吗?"我问。

令我奇怪的是,罗姆卡犹豫了好长时间,然后说道:

"我吓坏了。我还小嘛,可狼那么大。我手里没有任何棍子,在林子里我到哪儿去找棍子呢? 后来就不觉得害怕了。"

"你现在还怕狼吗?"我进一步问。经历过这种奇遇连正常的孩子也会说话结巴的。可是罗姆卡却从此再也不结巴了!

"一点也不怕了,"小男孩说。"可是您把我说的打乱了! 我说到哪儿了？"

"说到狼笑了起来。"我笑着说。

"完全像人一样。"罗姆卡说。

可以理解。我好久没有跟变形人打交道了。而且是如此放肆无礼的变形人……竟然对孩子下手，在远离莫斯科几百公里的地方。他们想什么呢？指望乡下没有巡查队吗？地方办事处会对所有的人类失踪案件进行调查。干这件事的是一个尽管本领不大却很不错的魔法师。用常人的眼光来看，他干的是真正的骗人勾当——看照片，然后或者把它们扔在一边，或者打电话告诉警察机关的侦察员，惶恐不安地说："这里好像有……什么——不知道……"

为此我们会焦虑不安，去莫斯科郊外，仔细搜索林子，找到踪迹……结果可能是可怕的踪迹，但是我们早就习以为常。然后多半在逮捕的时候变形人进行了抵抗。某个人……可能——假设是我，就会挥动手。于是，发出响声的灰蒙蒙的蒸气就会穿过黄昏界慢慢掉下来……

这种家伙我们很少能够活捉，也不想。

"我还在想，"罗姆卡懂事地说，"那只狼好像说过什么话。我想啊，想啊……不过他没有说过话，我知道，狼是不会说话的，对吗？我只不过是做梦听见他在说话。"

"他说什么？"我小心地问。

"走—开，女—巫！"罗姆卡试图模仿嘶哑的低音，但是白费劲。

瞧，可以为搜捕发一个勋章。或者甚至请求莫斯科派来援助。

这是一个最真实的变形人。不过孩子们真幸运——身边出现了一个老巫婆。

厉害的老巫婆。

非常厉害。

她不仅赶走了变形人——而且把孩子们的记忆清洗得没有任何痕迹。只不过没有把他们深层的记忆彻底清洗干净。她没有料到农村会有警惕的巡查队员……在现实中小男孩什么也不记得，可在梦里——

还有印象。"走开,女巫!"

太有趣了!

"谢谢你,罗姆卡。"我握了握他的小手掌。"我去一趟林子,看看去。"

"您不害怕吗? 您有枪吗?"罗姆卡非常感兴趣。

"有的。"

"拿出来看看吧!"

"在家里,"安娜·维克托罗夫娜厉声说道。"再说枪可不是小孩子的玩具!"

罗姆卡叹了一口气,哀求说:

"不过您不要开枪打小狼,好吗? 最好您给我带一只小狼回来,我把他当小狗喂养! 或者带两只来,一只给我,一只给克休莎。"

"罗曼①!"安娜·维克托罗夫娜用铿锵有力的声音一字一顿地说道。

我是在池塘那儿找到克休莎的,她妈妈说得没错。一群姑娘和一群小子在一起晒太阳,双方就这么互相嘲弄起来。游泳者已经长大了,不再扯姑娘们的辫子,不过他们为什么要扯——还没有人弄得明白。

看到我,大家都不吭声了,好奇又小心翼翼地盯着我看。我在乡下还没有让人觉得脸熟。

"奥克萨纳②吗? 我问一个小姑娘,她很像我在街上看到的和罗姆卡在一起的那个。

身穿蓝色游泳衣的非常一本正经的小姑娘看了我一眼,点点头,彬彬有礼地说。

"你……您好。"

"你好。我叫安东,斯维特兰娜·纳扎罗娃的丈夫。你认识她吗?"

---

① 罗曼,罗姆卡的本名。

② 奥克萨纳,克休莎的本名。

我问。

"您的女儿叫什么名字?"奥克萨纳多疑地问道。

"娜佳。"

"我认识,"奥克萨纳点点头,从沙堆里站起来。"您想说关于狼的事情吧?"

我笑了起来:

"对。"

奥克萨纳瞟了一眼伙伴们而且——恰恰是男孩子们。

"啊哈,这是娜佳的爸爸,"一个满脸雀斑的男孩喊道,他身上不知为什么露出了农民出身的痕迹。"我爸爸现在在给您修汽车。"

他自豪地打量着伙伴们。

"我们可以在这里说说话,"我安慰孩子们。令人惊讶的是,孩子们在这样的年纪就养成了小心翼翼的习惯。

不过养成这种习惯很好。

"我们在林子里散步,"奥克萨纳开始讲,笔直地站在我面前。我想了想,坐到沙滩上——于是那丫头也坐下了。安娜·维克托罗夫娜毕竟是善于教育孩子的。"我们迷路全都怪我……"

乡下孩子中有人嘿嘿笑了起来,不过声音很轻。大概,讲完狼的故事后,奥克萨纳会成为低年级小学生当中名气最响的姑娘。

奥克萨纳讲给我听的基本上没有什么新内容。她身上也没有魔法的痕迹。只是听她提到"放古书的"架子时,我警觉起来了。

"你不记得书名了吗?"我问。

奥克萨纳摇摇头。

"试试看回忆一下,"我请求说。看了看脚下——有一条长长的不均匀的影子。

影子听话地升到了我的面前。

灰蒙蒙、冷冰冰的黄昏界接纳了我。

从黄昏界里看孩子总是十分令人愉快。在他们身上的生物电场里——甚至是最胆小、最不幸的人——还没有笼罩上成人的邪恶和冷酷。

我心里默默地对孩子们道了歉——我的行动毕竟是不受欢迎的。我在他们身上轻轻地、不易觉察地抚摩了一下。就这么着——把多少沾到他们身上的一点点邪恶去除掉。

随后，我摸了摸奥克萨纳的头，小声说：

"回想一下，小姑娘……"

不，我不能去掉神秘的老巫婆设置的网——如果她比我强大，或者哪怕跟我势均力敌也不行。不过，我很幸运，"有孩子的巫师也爱孩子"，老巫婆对他们的意识非常爱护。

我从黄昏界出来，一股似乎来自炉子的热气向我袭来。夏天还是这么炎热啊！

"我回想起来了！"奥克萨纳自豪地说。"有一本书名叫《阿里阿达·安萨加》。"

我皱起了眉头。

这是常用的药酒……我指的是老巫婆常用的药酒，这种药酒的特点是毒性特别强，甚至对蒲公英都会有害。

"还有一本叫《卡萨加尔·加尔萨拉》。"奥克萨纳说。

有个孩子嘿嘿一笑，但是笑得不自信。

"这书名怎么写？"我问。"拉丁文的？好像是英文的……对吗？《kassagar Garsarra》吗？"

何必要重复说呢？好像听起来发音不一样似的……

"不，是俄文的，"奥克萨纳说。"用那种很滑稽的旧体字母写的。"

我从来也没有听说过这种罕见的俄文译本，甚至对于黑暗力量来说那都是罕见的。手稿是不能翻印的，否则咒语就会失去魔力。只能抄写。只能用鲜血来抄写。根本就没必要用处女或者童男的血来写，这是后来才产生的误解，这种新玩意儿毫无用处。至今大家一直认为《卡萨加尔·加尔萨拉》只存在阿拉伯文、西班牙文、拉丁文和古日耳曼文的版本。至于血嘛，应该是从抄写书的巫师本人身上取来的。每抄一条咒语，就得单独扎一针抽血。可是书很厚……

力量也会随血而流失。

甚至应该为有这样的老巫婆而感到自豪！真有这样的狂热分子！

"完了吗?"我问。

"《富阿兰》。"

"没有这种书,这是杜撰……"我脱口而出。"什么?《富阿兰》?"

"是《富阿兰》,"奥克萨纳确认。

不,这本书里根本就没有什么恐怖的内容,只不过所有的图书索引里都说它是杜撰的。因为在这本书里有根据传说记载下来的条例——怎样把人类的孩子变成女巫或者巫师。条例十分详细,如同训练的指令。

可是要知道这是不可能的！

是吗,格谢尔?

"一些奇怪的书,"我说。

"这是植物学的书,对吗?"奥克萨纳问。

"唔,"我同意。"类似目录。《阿里阿达·安萨加》——如何寻找各种花草……等等。谢谢你,克休莎。"

咱们的林子里发生了多少有趣的事情啊！在离莫斯科非常近的密林深处……在某个密林——小树林里,生活着一个法力高强的老巫婆,还有一个藏有关于卑鄙勾当的罕见书籍的图书室。孩子们偶尔被她从愚蠢的变形人那里救出来。非常感谢她！不过这样的事应该引起特别重视——在两个巡查队和宗教法庭那里。他们那边的力量大得出奇,非常危险。

"我奖励你一块巧克力,"我对奥克萨纳说。"你全都讲得非常好。"

奥克萨纳没有扭捏,大方地说了声"谢谢"。她好像已经对谈话完全失去了信心。

看来,她作为大孩子,脑子被老巫婆清洗得干净些。不过被她看见的那些书老巫婆忘了清洗。

这一点稍稍让人放心一些。

Chapter 2

格谢尔相当专心地听了我的叙述,只有两次提出问题,想把事情弄清楚,然后他沉默、叹息、呻吟。我懒洋洋地躺在吊床上,手里拿着手机,把一切都详细地讲给他听……只是关于老巫婆拥有的《富阿兰》这本书我没有提及。

"干得不错,安东,"格谢尔最后断定。"好样的。很果断。"

"我现在该干什么?"我问。

"必须找到老巫婆,"格谢尔说。"她没有作恶,但务必注册。当然……通常的手续,你是知道的。"

"变形人呢?"我进一步问。

"多半是莫斯科临时跑去的,"格谢尔冷冰冰地评论说。"我下令检查所有带着三个以上变形人小孩的狼人家庭。"

"小狼总共是三只,"我提醒说。

"变形人只可能带较年长的孩子出去猎捕,"格谢尔解释说。"他们通常都有大家庭……村子里现在没有可疑的度假者吗? 有没有一个大人带着三个或者更多的孩子?"

"没有,"我遗憾地回答。"我和斯维塔也马上想到了……只有安娜·维克托罗夫娜带着两个孩子来度假,而其余的——有的没带孩子,有的带了一个。国内的出生率危机……"

"有关人口方面的情况我早就听说了,谢谢,"格谢尔嘲弄地打断我的话。"周边地区的人呢?"

"大家庭是有的,不过,那里的情况斯维特兰娜刚好知道得很清楚。单纯得很,都是普通人。"

"这么说,是外来的,"格谢尔断定。"据我所知,村子里没有人失踪。附近有没有寄宿公寓和疗养所之类的?"

"有的,"我清楚利落地回答。"河对岸……五公里远的地方有个少先队营地。或者现在它还有其他叫法……我已经查明——一切正常，孩子们全都在，再说也不允许他们到河对岸来——军事化的营地，一切都十分严格。解除警报，起床，五分钟就可以出发。别担心。"

格谢尔不满地哼哼着，问道：

"你需要帮助吗，安东？"

我沉思起来，这是最重要的问题，眼下我找不到答案。

"不知道。老巫婆好像比我强大。不过我可不是去杀她的……她应该觉察得到。"

在一个很远很远的地方，在莫斯科，格谢尔陷入了沉思。随后他宣布：

"让斯维特兰娜去检查一下这个事件未来可能的发展方向。要是对你来说危险性不大……那么，你就试试看自己去应付吧。要是危险性超过百分之十到二十……那么……"他犹豫不决，但相当精神地说完："那么就让伊利亚和谢苗来帮忙，或者丹尼拉和法丽特。三个人在一起你们就能够对付了。"

我笑了笑。你替别人着想，格谢尔。完全替别人着想。你指望如果发生不幸，斯维特兰娜会来保护我。随后，瞧着吧，她就会回到守夜人巡查队……

"再说你有斯维特兰娜，"格谢尔结束时说，"你自己什么都明白。所以你就干吧，必要时向我汇报。"

"遵命，将军，"我脱口而出。格谢尔吩咐汇报的声音确实是太像发布命令了……

"按军衔，我是中校，"格谢尔立刻反驳道，"我在部队里的军衔不会比大元帅低。完了，干吧。"

我收起手机，有一会儿完全陷入了他者法力等级与部队军衔如何对应的思索中。七级——列兵……六级——中士……五级——中尉……四级——大尉……三级——少校……二级——中校……一级——上校。

是啊，如果不管其他的，不管资历深浅，那我应该就是中校了，而将军是普通的超级魔法师。

不过格谢尔是不同寻常的魔法师。

柳德米拉·伊万诺夫娜拍了一下花园小门，走了进来，她是我的岳母。娜久什卡在她身边吵吵嚷嚷地晃来晃去。刚走进花园，她就尖叫着扑向吊床。

不错，我的女儿还没有被激发，但是她可以感应到父母。通常两岁的小姑娘做不到的许多事情她都会去做。比如说——她不怕任何动物，因此动物也非常喜欢她。狗呀，猫呀总是跟她很亲热……

就连蚊子也不咬她。

"爸爸，"娜佳扑到我身上告诉我。"我们去散步了。"

"您好，柳德米拉·伊万诺夫娜！"我向岳母问好。虽然早上已经问候过了，但还是再说了一次。

"你在休息吗?"岳母不大相信地问道。不，我跟她关系很好。这可不是瞎说。不过我有一种直觉，她一直在某个方面怀疑我。她怀疑我是他者……如果她知道他者的事情的话。

"休息了一会儿，"我精神地说。"娜佳，你们走了很久吗?"

"很久。"

"你累吗?"

"累的，"娜季卡说。"不过外婆更累!"

柳德米拉·伊万诺夫娜站了一会儿，似乎在考虑能不能把我的亲生女儿托付给像我这样的傻瓜。不过，看来，她决定冒一次险。她进屋去了。

"你到哪里去?"娜久什卡问，紧紧地抱住我的手。

"难道我说过要到哪里去吗?"我感到莫名其妙。

"没说过……"娜季卡承认，她用一只手把头发弄乱。"你要走吗?"

"要走，"我承认。

就是这样。要是孩子是潜在的他者，而且是有这样的资质的，那么他身上预见未来的才能一出生就会显露出来。一年前娜季卡哭闹个不停，实际上是因为一星期前她开始出牙了。

"啦—啦—啦……"娜佳看着栅栏唱起来。"栅栏应该油漆一下!"

"是外婆说的吗?"我想弄清楚。

"是她说的。要是家里有男子汉,他就会刷油漆,"娜久什卡竭力模仿外婆的话。"可是没有男子汉,那外婆就只好自己动手油漆了。"

我叹了一口气。

啊呀,这些度假的狂热分子可真够受的!为什么人上了年纪就一定要把激情释放出来,瞎折腾?是不是想试着习惯一下?

"外婆是在开玩笑,"我说,拍了一下胸脯。"这里有一个男子汉,他会油漆栅栏的!要是需要的话,他会把村子里的所有栅栏都油漆一遍。"

"男子汉,"娜季卡重复道,笑了起来。

我把脸埋在她的头发里,吹起了口哨。娜久什卡开始又是嘿嘿笑,又是双脚乱踹。我向从屋里出来的斯维特兰娜使了个眼色,把女儿放在地上:

"到妈妈那儿去吧。"

"不,还是到外婆那儿去好,"斯维特兰娜抢在娜佳前面说。"喝牛奶去。"

"我不要喝牛奶!"

"要喝,"斯维特兰娜斩钉截铁地说。

娜久什卡没有再争,乖乖地到厨房去了。甚至在人类的家里,母亲和孩子彼此之间都有着奇怪的不需要语言表达的默契。更不要说我们了。娜佳清楚地意识到什么时候可以耍脾气,什么时候不值得白费力气。

"格谢尔说什么了?"斯维特兰娜问,坐到我的身边。吊床摇晃起来。

"他让我选择。我可以独自去寻找老巫婆,也可以请求帮助。你能帮我作决定吗?"

"看看你的未来吧?"斯维特兰娜说。

"唔。"

斯维特兰娜闭上眼睛,身子向后仰,躺在吊床里。我把她的双脚放到我的膝盖上。看上去完全是一派田园牧歌的景象。吊床里躺着一个可爱的女人，她在休息。丈夫坐在她身边，调情似的抚摩着她的大腿……

观看未来我也会。不过跟斯维特兰娜相比差远了，这不是我的专业。我花的时间要多得多，而预测的结果却更加不可信……

斯维特兰娜睁开眼睛，看了看我。

"怎么？"我忍不住说道。

"你抚摩吧，抚摩吧，"她笑了。"你的一切未来都是光明的。我没有看到任何危险。"

看来，老巫婆厌倦了作恶，我得意地笑着。"好吧，我就给她个口头警告，提醒她赶快去注册。"

"她的藏书室让我感到不安，"斯维塔说。"她带着这些书待在密林深处吗？"

"也许，只不过是她不喜欢住在城里，"我说，"她需要树林、新鲜空气……"

"那么为什么要在莫斯科郊外？她可以去西伯利亚嘛，那里的生态环境更好，花草也更罕见。或者去远东。"

"她是本地的，"我笑了。"一个热爱自己家乡的人。"

"好像有点不对劲，"斯维特兰娜懊丧地说。"我还没有从格谢尔的事情中反应过来……可现在又出了个老巫婆！"

"跟格谢尔有什么关系？"我耸了耸肩。"他想把儿子变成光明使者。你要知道，我没法为这样的事责备他。你看，他在儿子面前有多大的负罪感……他以为小男孩死了……"

斯维特兰娜嘲讽地笑了起来：

"娜久什卡现在坐在凳子上，蹬着双脚吵着要揭去奶皮。"

"那又怎么样？"我不明白。

"我感觉得到，她在哪里，发生了什么事，"斯维特兰娜解释说。"因为她是我的女儿。还因为她是他者。而我还没有格谢尔或者奥莉加强大……"

"他们以为小男孩死了……"我小声嘀咕。

"这绝不可能!"斯维特兰娜果断地说。"格谢尔又不是没有知觉的木头疙瘩。他能感觉到小男孩还活着,明白吗? 奥莉加就更不用说了。这是她的亲骨肉……她不可能相信孩子死了! 既然他们知道他活着,那么事情就蹊跷了。格谢尔现在也好,五十年前也好,都有力量把整个国家翻个遍把自己的儿子找到。"

"那么,他们是故意不去找他的喽?"我问。斯维特兰娜没有吭声。"或者……"

"或者,"斯维特兰娜同意说。"或者小男孩真的是人类。那么一切都水落石出了。那么他们就有可能相信他死了。找到他完全是出乎意料。"

"《富阿兰》,"我说。"说不定老巫婆跟在'阿索'发生的事情有某种关系?"

"安东,我很想跟你一块儿去林子。找到这个善良的女植物学家,并且好好盘问盘问她……"

"可是你不能去,"我说。

"我不去。我已经发过誓,不再参加守夜人巡查队的行动。"

我什么都明白。斯维特兰娜对格谢尔的抱怨我能理解。在任何情况下我都认为最好不要把斯维特兰娜带在身边……这不是她的事情——到林子里转来转去找老巫婆。

不过两个人在一起工作要容易得多,轻松得多!

我叹了一口气,站起来说:

"好吧,我不耽搁了。天气不太热了,我该到林子里去了。"

"快到傍晚了,"斯维特兰娜说道。

"我去的地方不远。孩子们说了,小木屋就在附近。"

斯维特兰娜点点头:

"好吧。不过你再等一会儿吧,我给你做几个三明治带上,再灌一壶果汁。"

等斯维特兰娜时我谨慎地瞧着棚子,瞧得发了呆。除了科利亚大叔把已经拆了一半的发动机摊了一地在捣鼓,他旁边还有一个当地的酒鬼在摆弄发动机,也许是安德留哈,也许是谢廖扎。他们如此全神贯注地跟德国机器较量着,连富有同情心的斯维特兰娜送来的一什卡利克①酒也一直没人去碰。

我和朋友做搭档
一起干活在发动机旁……

科利亚大叔小声哼哼着。
我踮起脚离开了棚子。
去它的吧,汽车……

斯维特兰娜为我准备的东西太丰富了,好像我不是到林子边上去溜达,而是要去原始森林生活一段时间。

一包三明治,一壶糖煮水果,一把很好的小折刀,几盒火柴,一小盒盐,两个苹果,一个小手电筒。

她还检查了我的手机,看看有没有充好电。考虑到林子的面积不大,带上手机完全不多余。万不得已时可以爬到树上去——那就能同外界联系了。

而随身听是我自己带着的。现在,我从容不迫地缓步朝林子里走去,耳朵里听着《野兽过冬》。

中世纪之城在沉睡,疲惫的花岗岩在打颤,
面对死亡的威胁黑夜默默无言。
中世纪之城在沉睡,色彩单调而暗淡,
对你们反复强调不必当真——如同回声一般。
图书馆里书籍在睡大觉,粮仓被圆桶堆满,

---

① 什卡利克是旧俄酒的容量单位,1什卡利克约合0.06升。

守夜人巡查队里天才们疯疯癫癫，

黑暗当起了和事老：桥梁、水渠和房屋全都一个样，

卡庇托林①和监狱是相同的图案……

这天晚上我对见到老巫婆并没抱有特别的指望。说真的，应该早上出发，而且最好是带上一大帮人。不过这样不就成了是我本人想找到可疑的老巫婆了吗?!

我看了一眼《富阿兰》这本书。

在林子边上我站了一会儿，透过黄昏界观察世界。没什么异常。没有一点魔法的痕迹。只是远处，在我们住的房子上空出现了白色的闪光。远远的可以看到一级女魔法师的身影。

好吧，我们再往深处走下去。

我从地上拿起影子，步入黄昏界。

森林变成了朦胧的幻景，一片昏暗。只有一些最大的树木在黄昏界中还保有另一个自我。

孩子们是从哪里走出林子的呢?

他们的踪迹我相当快就找到了。经过两天时间一串淡淡的脚印应该已经消失了，可是现在这些脚印还能看得出。孩子们留下的是清晰的脚印，他们身上有很多力量。只有孕妇的脚印才是最容易察觉的。

任何"女植物学家"的踪迹都没有。那又怎么样呢，它们完全有可能消失。不过多半是这个老巫婆早就注意不留痕迹了。

可是孩子们的脚印没有清除! 为什么? 是疏忽大意? 俄罗斯式的侥幸? 还是故意所为?

好吧，我不想猜了。

我把孩子们的脚印记在心里，离开了黄昏界。我没有再看到脚印，但是感觉得出它们是朝哪个方向去的。可以上路了。

---

① 卡庇托林，罗马城发源地的七丘之一。上有卡庇托林圣殿，是元老院和民众聚会的场所。

不过一开始我竭力把自己伪装起来，当然，这不是格谢尔之前套在我身上的魔法躯壳，只要能让魔力低于我的巫师把我认作人类就行了。是不是我们对老巫婆的力量估计过高呢？

起初的半个小时我警惕地环顾四周，对每一个可疑的灌木丛都透过黄昏界观察，时而说一句简单的搜寻咒语。总之——按教科书上的规定行动，像一个正在进行搜捕的守纪律的他者。

后来我对这一切感到厌烦了。周围是林子——尽管不大，尽管对健康不太有利，但毕竟没有被旅行者破坏。也许它之所以没有被破坏，正是因为整个林子总共才五十平方公里？可是这里生活着各种各样的森林小动物，比如松鼠、兔子和狐狸。狼——真正的狼，而不是人变的——这里当然是没有的。我们也不需要狼。然而这里有很多牧草——有一次我蹲在野生马林果灌木丛旁，十分钟就采光了稍稍有点变干的甜浆果。然后我意外地发现了一大片白蘑菇住宅区。说住宅区远远不够——这是一个真正的蘑菇大都会！硕大的、没有受到过虫害的雪白的蘑菇，没有一点损坏，没有任何斑点和苔藓。我不知道离开村子两公里的地方能不能找到这样的宝藏！

我犹豫了一会儿。真想把所有这些雪白的宝贝都采集下来带回家去，倒在桌子上，让岳母大吃一惊，让斯维特兰娜欣喜若狂！娜季卡会高兴得叫起来，在邻居小孩面前夸耀自己幸运的爸爸！

随后我想，获得了这种丰收后（我并不想把蘑菇悄悄拖回去），整个村子里的人都会奔向林子采蘑菇。当地的酒鬼们会乐意在公路上卖掉蘑菇换钱买伏特加喝。那些把牧草当做主要生活来源的老婆婆们，当地所有的孩子们都会跑去采蘑菇。

而这里的某个地方，在林子里，有狼人们在嬉戏。

"他们不会相信的……"我伤感地说，眼睛瞧着长满蘑菇的草地。

真想吃煎蘑菇，我咽下一口唾沫，沿着脚印向前走去。

刚好过了五分钟，我来到一座原木盖的小房子跟前。

一切都像孩子们描述的那样。小小的房子，更小的窗户，没有任何栅栏，没有任何棚子，没有任何菜园。任何人任何时候都不会在林子里安置这样的小房子。即使这是最后剩下的护林房——那至少也该搭个柴棚嘛!

"哎,主人!"我喊道。"喂!"

没有人答应。

"小木屋—小木屋,"我嘟哝着。"背朝林子面朝我……"

小木屋没有动静,其实,它本来就面朝着我。我忽然意识到自己很英明,就像是笑话中的施蒂尔利茨。

行了,别再做傻事了。让我进屋去,等待女主人,要是她不在家里的话……

我走到门口,碰了一下生锈的铁拉手——与此同时,好像有人在等待这个动作,门一下打开了。

"你好,"一个三十岁上下的女人面带微笑说道。

非常美丽的一个女人……

不知为什么按照罗姆卡和克休莎的描述,我想象中的她年龄要大一些。再说,关于外貌他们丝毫也没有提到——我脑子里出现的只不过是个普通的中年女人的形象,真是太蠢了……这是可想而知的事情,对于这么小的孩子来说"美丽"这个词意味着"穿着鲜艳的连衣裙"。过一两年克休莎大概就会欣喜地赞叹:"阿姨多美啊!"并且说她长得像奥雷罗①或某个最新的少女偶像。

她穿着牛仔裤和朴素的格子衬衣,这种装束无论男人还是女人都适合。

她身材高挑——不过似乎只到一定的高度,不致让中等身材的男人感到自卑。她体态匀称——不过并不干瘪。双腿十分修长、均匀,让人看了忍不住想喊:"你干吗要把牛仔裤绷在腿上,傻瓜,赶快去换上超短裙!"胸脯……不,或许有的人喜欢看两个硅制的大西瓜,而有的人觉得像男孩子那样平坦的胸脯才赏心悦目。不过一个正常的男人碰到这种问题总是信奉中庸之道。手……我不知道什么样的手能称得上性

---

① 即娜塔利亚·奥雷罗(1977—   ),乌拉圭女歌唱家、女演员。

感。而她的手却正是如此。不知为什么我一下子产生了这么个念头：要是被这些纤纤玉指碰一下就没有遗憾了……

拥有这样的身材，又长着漂亮的脸蛋——并不一定都是绝顶美人。可她的确是美丽。黑头发乌黑锃亮，大眼睛笑吟吟，妩媚动人。五官十分端正，不过哪儿有那么一丁点儿不完美，肉眼是发现不了这种细微差别的，而这种差别却正好让人能把她当成一个活生生的女人来看，而不是当做一件艺术摆设来欣赏。

"您好，"我小声说。

我怎么啦？别人会以为我出生在无人岛，从来没见过女人呢！

那女人眉开眼笑地说：

"您是罗曼的爸爸，是吗？"

"什么？"我莫名其妙。

那女人有点发窘。

"对不起……前几天有个小男孩在林子里迷了路，我把他送到村口。他说话也结巴……有一点点。所以我就想……"

行了，到此为止吧。打住。

"通常我说话并不结巴，"我嘀咕说。"通常我总是胡说八道。可我没料到在林子里会遇见这么美丽的女人，一慌神就语无伦次了。"

"这么美丽的女人"笑了起来：

"啊呀，这些话也是胡说八道吗？或者是实话？"

"实话，"我承认。

"您进来吧。"她退到屋子里。"非常感谢。在这里难得能听到恭维话……"

"这里连人也难得碰到，"说着我进了屋，四处打量着。

没有任何魔法的痕迹。屋里的陈设不大像林子里的房子，不过什么事都有可能。放着许多旧的厚书的书橱的确有……不过在女主人身上找不到任何他者的痕迹。

"这里有两个村子紧挨着，"那女人解释说。"一个是我把孩子们送回家的村子，另一个更大一些。我常常到那儿去买东西，那里的商店一直营业。不过在那里也很少能听到恭维话。"

她又笑了起来：

"我叫阿琳娜。不是伊琳娜，正是阿琳娜。"

"我叫安东，"我自我介绍说，脑子里闪出一个一年级小学生才会有的念头："阿琳娜，跟普希金的奶妈同名吗？"

"正是，为了纪念她才起这个名字的，"那女人微笑着说。"我爸爸名叫亚历山大·谢尔盖耶维奇，妈妈自然就对普希金很着迷——可以说是崇拜者，所以我就有了这么个名字……"①

"为什么不叫安娜，纪念凯恩呢？也不叫娜塔丽亚，纪念冈察罗娃呢？"②

阿琳娜摇了摇头：

"瞧您说的……妈妈认为所有这些女人在普希金的一生中扮演的都是不幸的角色。当然，她们是他灵感的源泉，但是作为一个人，他却为情所苦……而奶妈……她毫无怨言，忘我地爱着萨沙③……"

"您是语文学家？"我试探地问。

"语文学家在这里干什么？"阿琳娜笑了起来。"您请坐，我给您沏一杯茶去，非常可口的花草茶。现在大家都热衷于喝巴拉圭茶，喝朗姆可乐，崇尚这些洋货。而对俄罗斯人来说，我对您说句实话，并不需要这种舶来品。用我们自己的花草就足够了。或者喝普通的茶，也就是红茶，我们不是中国人，不喝绿茶。或者是森林里的花草沏的茶。您尝尝吧……"

"您是植物学家，"我忧郁地说。

"说得对！"阿琳娜笑了起来。"听我说，您好像不是罗曼的爸爸吧？"

---

① 俄罗斯人名由名、父名和姓三部分组成，亚历山大是普希金的名字，谢尔盖耶维奇是他的父名。

② 安娜·彼得罗夫娜·凯恩是普希金的女友，娜塔丽亚·尼古拉耶夫娜·冈察罗娃是普希金的妻子。

③ 萨沙是亚历山大的小名。

"不，我……"我迟疑一下，说出了最得体的话："我是他妈妈的朋友。非常感谢您救了孩子们。"

"那可是一下子就救了他们，"阿琳娜笑了笑。她背对我站着，将干的花草撒进沏茶用的茶壶——一种花草的一点点碎屑，一丁点儿另一种花草，再加一小勺第三种花草……好像无意中我的目光停留在她身上那条穿旧了的牛仔裤的某个部位，她那结实的臀部的轮廓露了出来。不知为什么让人一目了然，她的臀部富有弹性，丝毫没有城里妇女的常见病——橘皮组织。"克休莎是个聪明的姑娘，他们自己也会走出林子的。"

"那么狼呢？"我问。

"什么狼啊，安东？"阿琳娜惊讶地望着我。"我不是已经跟他们解释过了嘛——这是野狗。这么小的林子哪来的狼呢？"

"变野的狗，而且还怀着小狗崽——也很危险，"我说。

"就算……可能您说得对。"阿琳娜叹了一口气。"不过我还是想，他不会扑向小孩的。狗很少向孩子进攻，完全发了疯的动物才会有胆量进攻孩子。人类要比动物危险得多。"

行了，你争不过她的……

"您在密林深处不感到寂寞吗？"我改变话题说。

"我并不是寸步不离地一直待在这里！"阿琳娜笑了起来。"我夏天才到这里来写论文：《俄罗斯中部地带某些十字花科植物的起源》。"

"副博士学位论文吗？"我略带忌妒地问道。不知为什么我至今感到惆怅，我自己的论文没有写完……没有写完是因为成了他者，因此所有这些科学的把戏都让我感到枯燥了。玩把戏是枯燥的，但我还是感到惆怅……

"博士论文，"阿琳娜怀着理所当然的自豪回答说。"我准备冬天进行答辩……"

"这是您随身带来的学术藏书？"我用头点了一下书橱，问道。

"是的，"阿琳娜点点头。"当然，这很蠢，所有的书都随身带来。不过，是一个……朋友帮我顺路捎来的。坐吉普车来的。所以我就充分利用了,把所有的藏书都搬来了。"

我试图想象吉普车能不能开到林子里来。好像小房子后面开了一条相当宽阔的小道……也许,吉普车能开进来……

我走到书橱跟前,专心地察看一本本书籍。

果不其然,这是植物学家丰富的藏书。有一些很老的,上个世纪初的大部头书,里面的序言为党和斯大林个人歌功颂德。还有更加古老的,十月革命前的书籍。还有许多二三十年前出版的普通的翻烂了的书。

"大多数都是没用的东西,"阿琳娜说道,没有转过身来。"只有藏书家才会把它们留在书架上。不过……懒得卖掉它们。"

我沮丧地点点头,眼睛透过黄昏界瞧着书橱。一切都是光明正大的,没有任何魔法的痕迹。植物学的老书。

或者是,如此高明地制造的魔法屏障,我没有力量战胜它。

"请坐,茶沏好了,"阿琳娜说。

我坐到嘎吱作响的维也纳式椅子上,接过一杯茶,闻了闻。

茶的味道令人陶醉。里面有一些普通的好茶的味道,也有一些柑橘的味道,还有薄荷味。不过我可以打赌说,这杯茶里没有一片茶叶、一块柑橘皮,也没有一点常用的薄荷。

"怎么样,"阿琳娜笑着问道。"您喝一口试试……"

她蹲在我面前,稍稍向前移动着。我的目光无意中落在她敞开的领子上,看到了露出的黝黑的乳房。很想知道,那位"开吉普车的朋友"是不是她的情人?或者只不过是植物学同行?啊哈,现在植物学家在吉普车上……

我怎么啦?人家还以为我刚从无人岛来,已经十年没见过女人了!

"太烫了,"我手里拿着茶杯,说道。"让它稍稍凉一下……"

阿琳娜点点头。

"要是有电茶壶就方便了,"我添上一句。"水开得快。您这里的电是从哪里来的,阿琳娜?我好像在房子里没有看到电线。"

阿琳娜的脸颤动了一下,她抱怨说:

"也许用的是地下电缆吧?"

"不对——吧,"我说,伸出拿着杯子的手,小心翼翼地把茶水倒在地板上。"回答不正确。再想一次。"

阿琳娜懊丧地摇摇头:

"这有什么大不了的? 这种鸡毛蒜皮的小事……"

"小事往往会酿出大祸,"我同情地说,站了起来。"我是莫斯科城守夜人巡查队的,我叫安东·戈罗杰茨基。要求您赶快卸下伪装!

阿琳娜一声不吭。

"您拒绝合作就将被视为违反和约,"我提醒说。

阿琳娜眨了眨眼睛就消失了。

真没想到,可见……

我盯着自己的影子,伸手去抓,凉爽的黄昏界拥抱了我。

小房子丝毫没有改变!

阿琳娜不在。

我集中注意力。这里光线太暗,灰蒙蒙的,很难看到自己的影子。不过我还是找到了它。于是我步入黄昏界的第二层。

灰蒙蒙的昏暗更加浓重了,周围的空间里充满了远远传来的拖长的嗡嗡声。皮肤上掠过一丝凉意。小房子变了——完全变了样:变成了一座小木屋。墙是用原木搭建的,上面长满了青苔,窗户上原来装玻璃的地方换上了半透明的云母片,不时闪烁着光芒。家具变粗糙了、旧了,我坐过的维也纳式椅子变成了一段树墩。只有珍贵的、令人肃然起敬的书橱没有变——一个漂亮的旧书橱。书橱里的书籍神速地改头换面,伪装的错误字母纷纷掉到地板上,仿皮制的书脊变成了真皮……

阿琳娜不在。只有一个暗淡的黑影出现在书橱旁边的某个地方,透明的快速移动的影子……老巫婆进入了黄昏界的第三层!

理论上我能够进入那里。

实际上——我从来也没试过。对于二级魔法师来说——这是能力的极限。

可是我现在对足智多谋的老巫婆恼怒至极。她企图迷惑我,对我施了魔法……老妖婆!

我站到光线暗淡的窗口,抓住透进黄昏界第二层的一丝光线。找到了或者以为找到了地板上的很淡很淡的影子……

最难的是发现它。随后影子就变得听话了——它向着我升起来,打开了一条通道。

于是我步入黄昏界的第三层。

像房子一样,缠绕的树枝和很粗的树干也发生了变化。

不再有书籍,家具也没有留下来。只有树枝搭成的窝。

阿琳娜站在我的对面。

她是多么衰老!

她没有像童话中的老妖婆那样佝偻着身子,她依然匀称而高挑,但是皮肤变得满是皱纹,如同树皮一般,眼睛深深地凹陷进去。麻袋布做的肮脏的袍子是她身上惟一的衣服,干瘪的乳房像空麻袋一样在她开得很低的领口里晃荡着。她还是个秃子——只有一绺头发从头顶上戳出来,活像印第安人头上的一撮毛。

"我是守夜人!"我重复道。这句话从我嘴里脱口而出,不大乐意,慢条斯理。"离开黄昏界! 这是最后一次警告!"

我能拿她怎么办呢,她如此轻松地进入了黄昏界的第三层? 我不知道。也许毫无办法……

不过,她没有再抵抗。向前走去——消失了。

我进入第二层显然是花了力气。通常进入这一层要容易些,不过进入第三层耗尽了我的力量,就像是一个初来乍到的入门者被抽去了身上的全部力量。

阿琳娜在第二层等候我,她已经恢复了以前的容貌。她向我点点头,继续前进,向着熟悉的、舒服的、安静的人类世界……

而我一身冷汗,两次试图拿起自己的影子,却没有成功,以前这是可以做到的。

Chapter 3

阿琳娜坐在椅子上温文尔雅地将双手放在膝盖上。说真的,她自动变得听话了。

"接下去我们不会再碰到什么花招了吧?"我进入现实世界,好奇地问。背上湿漉漉,双脚颤巍巍。

"我能够一直保持这样的面容吗,巡查队员?"阿琳娜轻声问道。

"为什么?"我忍不住说道,心里存着一点报复的念头。"我已经看到了您的真实面目。"

"在这个世界上谁能确定什么是真实?"阿琳娜若有所思地说,"这要取决于从哪方面看……您就把我的请求当做是女人的卖弄风情好了,光明使者。"

"企图诱惑我也是卖弄风情吗?"

阿琳娜瞟了我一眼,挑逗地说:

"是的! 我明白,我在黄昏界中的面容……不过在这里,现在我就是这个样! 对我来说没有什么人类的东西是陌生的,其中也包括渴望被别人喜欢。"

"很好,您就一直这样吧,"我嘟哝了一句。"我不会说我想看重复的表演……那么卸下其他的魔法屏障吧!"

"听您的,光明使者。"阿琳娜用手摸了一下头发,整了整发型。

小房子稍稍有些变化。

原先桌上放着的茶壶现在变成了一只桦木小桶,里面还在冒着热气。但是,电视机还在——不过后面连着的电线现在不是通向不存在的插座,而是插进了一个很大的褐色西红柿里。

"别出心裁,"我用头点了一下电视机,说道。"得经常更换蔬菜吧?"

"换西红柿,每天换,"老巫婆耸了耸肩说。"一棵圆白菜可以工作两三天。"

我从来也没有看到过用如此新奇的方法来获取电。不，理论上是可能的……可是实际上……

其实，我最感兴趣的是放书的书橱。我走过来，随手抽出一本很薄的软封面的书。

《山楂在家庭魔法中的实际应用》。

这本书是用类似小型胶印机的机器印刷的，一年前出版。甚至连印数都标着——200册。甚至连ISBN也印着！不过印刷厂没听说过："印刷"有限责任公司。

"说真的，植物学家……难道您是在印刷厂印您的书吗？"我赞叹地说。

"经常印，"老巫婆谦虚地说。"不是所有的东西都用手抄。"

"用手抄倒没什么，"我说。"还常有用血抄的……"

我从书橱里抽出《卡萨加尔·加尔萨拉》。

"是用自己的血，请注意，"阿琳娜干巴巴地说。"一点也不肮脏！"

"这本书内容本身就很肮脏，"我说。"喂，喂……瞧《教唆人们轻松防范彼此》。"

"您企图指控我什么？"阿琳娜恼怒地问道。"这里所有的书都是科学院的出版物。是文物。我没有指使任何人去做什么。"

"真的吗？"我翻着书问道。"《肾病的缓解，清除肾积水……》，假定……"

"您不去指责读萨德①的人，不去指责那种故意要折磨人的书？"阿琳娜气恼地顶撞说。"这是我们的历史。里面有各种各样的咒语，没有分哪些是破坏性的，哪些是正面的。"

我嘿嘿一笑。总的来说她是对的。至于这里集中了种类最多的魔法指南，那根本就不能构成犯罪。况且……还有《如何使产妇止痛并且

---

① 萨德(1740—1814)，法国贵族，人称萨德侯爵，性虐待文学的创立者，作品常赤裸裸地呈现人性丑恶的一面，尤其是对于性变态的描写，受到当时甚至现在社会的查禁。

不损害婴儿》这样的书。然而,旁边还有《堕胎对产妇没有害处》和《在产妇配合下堕胎》。

一切都像是黑暗力量通常所为。

但是尽管有所有这些害人的指南和不久前诱惑我的企图,阿琳娜身上还是有一些东西让人产生好感。首先是她对孩子们做的一切。不管怎么说,老奸巨猾的巫婆总是能找到对付他们的最惊人的办法。还有……还有她身上有一点忧愁和孤独——尽管她有那么大的法力,尽管她有宝贵的藏书和魅力十足的人类外貌。

"我究竟犯了哪条?"阿琳娜不肯善罢甘休。"喂,别磨蹭了,光明魔法师吗?"

"您注册过没有?"我问。

"我怎么,是吸血鬼还是变形人?"阿琳娜以问代答。"您想给我盖印……亏您想得出……"

"谁也没说要盖印,"我安慰她。"问题只在于,所有一级和超级魔法师都必须向地区中心通报自己居住的地方。为的是使他们的搬迁不至于被视为含有敌意的行为……"

"我不是女魔法师,我是女巫!"

"魔法师和与其力量相当的他者……"我疲惫地重复道。"您处于莫斯科巡查队的地域。您必须通知我们。"

"以前可没有这种规定,"老巫婆小声嘀咕说。"一级魔法制造者彼此会互通讯息,吸血鬼和变形人才需要登记……可对我们谁也不敢碰。"

有点儿奇怪……

"'以前'是什么时候?"我问。

"一九三一年,"老巫婆不情愿地说。

"您从一九三一年起就住在这儿了?"我不相信。"阿琳娜……"

"我在这儿生活了两年。在这之前……"她皱了皱眉头,"我在哪里并不重要。我没有听说过新的规定。"

也许,她没有撒谎。老的他者常有这种事,尤其是那些没有在巡查队工作过的他者。他们躲进了偏僻的地方,原始森林或者普通的林子,在那里一待就是几十年,直到忍受不了寂寞。

"两年前您决定搬迁到这里住?"我进一步问。

"下了决心。我又不是傻瓜,干嘛要往城里挤?"阿琳娜笑了起来,"待在这里可以看看电视,读读书,弥补一下荒废的东西。我找到一个老朋友,他替我把书从莫斯科捎来。"

"好吧,"我说,"那就履行一下通常的手续。能找到纸吗?"

"能。"

"把要说明的情况写下来。名字、家庭出身,生于哪一年,是否被激发过,有没有在巡查队待过,是哪个级别的力量……"

阿琳娜听话地拿出纸和铅笔。我皱了皱眉头,但又拿不出钢笔。哪怕用鹅毛笔写也随她去吧。

"您什么时候最后一次注册或者用另外的方法在巡查队正式机构申明自己的居住地……以后又去了什么地方。"

"我不写了。"阿琳娜放下笔。"您会让我出丑的……我在哪里晒我这把老骨头,与其他人有什么相干?"

"阿琳娜,别用这些村妇的词汇!"我请求说。"您刚才不是谈得很正常嘛!"

"我那是在装假,"阿琳娜不动声色地说。"不过,我可以听您的,只是您也别打官腔。"

她很快就用工整的笔迹密密麻麻写满了一张纸,递给我。

她的年龄比我以为的要小一些。小于两百岁。她母亲是农民,父亲不详,亲戚中没有他者。她还是十一岁的小姑娘时,黑暗巫师就激发了她,阿琳娜固执地把巫师称为"魔法制造者"。那个巫师来自国外,是个德国人,他趁机奸污了小姑娘,阿琳娜认为有必要写出这件事,并称他为"淫棍"。原来是这么回事!这个德国人把小姑娘当佣人,让她接受教育——在各方面。想必他不太聪明也不太温和——小姑娘快到十三岁时力量就很大,在一次正当的决斗中战胜了并消灭了教练。顺便说说,她成了四级魔法师。以后她就受到当时的巡查队的监视。不过以后再也没有刑事案件跟她沾边——要是她的说明可信的话。她不喜欢城里,一直住在乡下,以施展小魔法为生。十月革命后人们几次想没收她的财产……农民们知道,她是女巫,决定让契卡①来收拾她。毛瑟枪对魔法,竟然有这种事!魔法胜利了,但是不可能永远这样玩下去。一九三四年时阿琳娜……

我抬起眼睛看着老巫婆,问道:

"当真吗?"

"我在休眠,"阿琳娜心平气和地说。"我知道,红色倾向会长期存在。根据一连串的因素判断,我能选择休眠六年、十八年或者六十年。我们女巫有很多常规虚礼……六年和十八年——对于共产党人来说是太短了。于是我睡了六十年。"

她稍稍停顿了一下,但还是承认了:

"我就在这里睡的。小木屋尽可能防备起来,无论是人类还是他者都无法靠近……"

现在清楚了。岁月艰难,他者也像普通人一样频繁死亡,要销声匿迹并不难。

"您对任何人都没有说过您在这里睡觉吗?"我进一步问。"对女友们……"

阿琳娜冷冷一笑:

"要是我说了,你现在就不会跟我在一起谈话了。光明使者。"

"为什么?"

她用头点了点书橱:

"这是我所有的财富。不算少。"

我把她写的那张情况说明折起来,放进了口袋。说道:

"是不少。不过有一本罕见的书我在这里没找到。"

"哪一本?"老巫婆奇怪地问。

"《富阿兰》。"

---

① 一九一七至一九二二年全俄肃反委员会的地方机关。

阿琳娜扑哧一声笑了：

"真是个大孩子，居然相信童话……没有这样的书。"

"啊哈。难道是小姑娘自己想出了这个书名？"

"我没有把她的脑子清洗干净，"阿琳娜叹了一口气。"你说，以后还要做善事吗？"

"书在哪里？"我不客气地问。

"倒数第三格，左起第四本，"阿琳娜恼火地说。"眼珠子忘在家里了吗？"

我走到书橱跟前，弯下腰去。

"《富阿兰》！"

黑色封面上印着金光闪闪的大字。

我抽出书，得意扬扬地望着老巫婆。

阿琳娜在微笑。

我看了看封面上的字——富阿兰——谎言还是真理？"富阿兰"这个词字体很大，其他的词都是用小号铅字印的。

我瞧了一眼书脊……

没错，小号字母都磨掉了，撒落了。

"罕见的书，"阿琳娜承认说。"印了十三册，在圣彼得堡，一九一三年，在皇家印刷厂，是在新月之夜印的。我不知道这本书保存下来几本……"

会不会吓坏了的小姑娘记住的只是用大号铅字印刷的一个词呢？

有可能！

"现在我会发生什么事？"阿琳娜悲哀地问。"我有什么权利吗？"

我叹了一口气，坐到桌子旁，翻着假的《富阿兰》。一本有趣的书，毫无疑问……

"您什么事也不会有，"我坦白说。"您帮助了孩子们，守夜人巡查队对此很感谢。"

"干吗要无故欺负人类，"老巫婆咕哝说，"这只会害了自己……"

"考虑到这个事实，还有您一生的特殊情况……"我竭力回忆她交待的所有细节。"考虑到所有这一切，我们将不会对您进行惩罚。只有一个问题要问您……您的法力是哪个级别的？"

"我已经写了——'不知道'，"阿琳娜平静地答道。"难道你要用仪器来测试吗？"

"哪怕说说大致的级别呢？"

"当我休眠的时候——曾经是一级的，"老巫婆不无自豪地承认。"现在或许是超级的了。"

一切都合乎情理。怪不得我无法破解她设下的魔法屏障。

"您不打算在守日人巡查队工作吗？"

"我对他们还认不清楚吗？"阿琳娜气愤地说。"而且现在扎武隆已经升为头儿了，是吗？"

"是扎武隆，"我证实。"为什么您感到奇怪呢？难道您认为他不够强大吗？"

"对他来说力量是没有问题的，"阿琳娜皱起了眉头。"不过他动不动就跟自己人翻脸。他的女友……他没有跟一个人交往超过十年的，老是有什么事情发生……然而年轻的蠢女人照样对他投怀送抱。可他是多么讨厌乌克兰人和立陶宛人！如果得干卑鄙的事——他就从乌克兰诱骗一队人马过来，假他人之手解决麻烦事。如果得找个人当替死鬼——第一个选上的就是立陶宛人……我认为，有这些恶习他在这个位子上是待不长的。"阿琳娜忽然冷笑了一声。"不，看来，他已经学会了避开打击。好样的！"

"可不，"我愁眉苦脸地说。"好吧，要是您不打算在守日人巡查队工作，还想继续过世俗的生活，那么您有权获得进行某些魔法活动的权利……用于个人目的。每年——你有权使用七级魔法十二次，六级——六次，五级——三次，四级——一次。三级——每两年一次。二级——每四年一次。"

我住口了。

阿琳娜感兴趣起来：

"那么一级魔法呢？"

"那是开放给不任职的他者使用的最高力量等级。"我狡猾地说。"要是您以一个超级女巫的身份通过调查并注册,那么每十六年就能获得一次一级魔法的使用权。当然,还得要两方巡查队以及宗教法庭一致通过才行。一级魔法——这可是非同小可的事情。"

老巫婆冷笑了一声。这种冷笑十分怪异——完全是老太婆式的,出现在年轻、美丽的脸上让人看了不舒服。

"我不用一级魔法也还过得去。我知道,限制只涉及针对人类的魔法,对吗?"

"针对人类和他者,"我证实。"对自己和对非动物您能够做一切您愿意做的事情。"

"这也得谢谢了。"阿琳娜同意说。"好吧,对不起,光明使者,我企图诱惑你。你好像还不错嘛,跟我们差不多。"

听到这句可疑的恭维话,我不由得哆嗦了一下。

"还有一个问题,"我说。"那些变形人是谁?"

阿琳娜不吭声,过了一会儿问道:

"怎么,法律已经废除了吗?"

"什么法律?"我试图装傻。

"旧的法律。黑暗力量对黑暗力量不应该告发,光明力量对光明力量……"

"有这样的法律,"我承认。

"那你就自己去抓那些变形人好了。不管他们是傻瓜,还是嗜杀成性的人,我都不会把他们交出来。"

这句话说得斩钉截铁,信心十足。我对她无计可施。她没有帮助过变形人,恰恰相反。

"您在我身上施加的魔法……"我想了想。"好吧,我原谅您。"

"就这么着吗?"老巫婆进一步问。

"就这么着。我很高兴,我经受住了诱惑。"

老巫婆扑哧一声笑了:

"独自经受住了如此的……你的妻子是女魔法师,怎么,我瞎了眼,觉察不到吗？她对你施了魔法,不让其他女人勾引你。"

"你撒谎,"我平静地说。

"我是在撒谎,"老巫婆承认。"好样的。与魔法不相干,只不过是你爱她。请代我向你的妻子和女儿致意。你见到扎武隆就告诉他,他是输家,永远是输家。"

"非常乐意,"我答应说。好一个老巫婆,不怕扎武隆撒野报复!"那么对格谢尔你有什么话要转达吗?"

"我一点消息也不会告诉他,"阿琳娜轻蔑地说。"我们这些乡下傻瓜怎么会有话告诉伟大的藏族魔法师呢!"

我站着,看着这个奇怪的女人——以人的相貌出现时如此美丽,而真正的面目又是如此丑陋。老巫婆,强大的老巫婆。不过也不能说泼妇就一定会把一切都搅浑……

"你独自在这里不感到忧伤吗,老奶奶?"我问。

"你想侮辱我吗?"阿琳娜以问代答。

"没有,一点也没有。我毕竟学到了一些教训。"

阿琳娜点点头,但是没有吭声。

"你压根儿就不想引诱我,你身上全无性欲,"我继续说。"女巫这一点跟女魔法师不一样。你是老太婆,也觉得自己是老太婆,你对男人不屑一顾。另外,你可能还要继续做一千年老太婆。因此你勾引我只是心血来潮。"

一刹那工夫——阿琳娜变了,变成了一个爱整洁的老太婆,面色红润,稍稍有点驼背,有一双灵活的眼睛,稍稍掉了几颗牙的嘴巴,花白的但梳得很紧的发式。她问:

"这样好一些吗?"

"是的,好一些,"我略带忧伤地说。毕竟她以前的容貌非常可爱。

"我曾经是那样的……一百年以前,"老巫婆说。"也曾经有过刚见到你时的那个模样……曾经的某个时候。我十六岁时是怎样的一个人啊!唉,光明使者,我是多么快活、漂亮的一个姑娘啊!让我变成女巫……你知道,我们为什么,又是怎样变老的吗?"

"听到过一些，"我承认。

"这是为晋升等级所付出的代价。"她又一次使用了这个过时的词儿，最近几年这个词已经被电子游戏中的"级数"彻底取代了。"老巫婆也可以始终保持青春活力。只不过那样的话就只能一直停留在第三等级了。我们同大自然休戚相关，而大自然是不喜欢弄虚作假的。你明白吗？"

"明白，"我说。

阿琳娜点点头：

"行了，光明使者……高兴点吧，你的妻子是女魔法师。你对我很好，我没有瞎说。我可以送一个礼物给你吗？"

"不，"我摇摇头。"我是在干工作。再说女巫送的礼物……"

"我知道，我不是送给你的，是给你的妻子的。"

我不知所措。阿琳娜精力充沛地一瘸一拐朝着铁箱子走去（以前这个位置上放的是普通的抽屉柜），打开箱子，一只手伸到里面去。一会儿工夫她就回到我跟前，手里拿着小小的骨制梳子。

"拿着吧，巡查队员。我没有预谋，不图什么好处，也不是为了制造不幸和灾难。要是我撒谎，就让我化为影子在风中消失。"

"这是什么？"我问。

"稀罕的东西。"阿琳娜皱起了眉头。"它现在的名称是……法器！"

"是吗？"

"你的法力不足以让你看出来吗？"阿琳娜理解地问。"你妻子会明白的。为什么要对你解释呢，光明使者？我可是在撒谎——我拿的东西价钱不贵。我在撒谎，可你信以为真。你没有我强大，你自己知道。"

我没有吭声，咬着嘴唇。也好……毕竟我两次对她言语粗鲁。我得到了应有的回报。

"拿着，别怕，"阿琳娜又说了一遍。"老巫婆——即使她是凶恶的，可也会帮助善良的男人。"

我算什么样的男人呢，说实在的？

"你最好把狼人交出来，"我接过梳子，说道。"我只是作为中间人接受你的礼物,而且这个礼物不会把任何许诺强加在任何人身上。"

"过分世故的老狐狸,"阿琳娜哼了一声。"而狼……对不起。你们自己会抓到的,我知道。但是我不会交出去。顺便说一句,你可以把书拿走。暂时的。让你去检查。你不是有这样的权力吗?"

直到现在我才发觉,我左手一直拿着那本惹祸的《富阿兰——谎言还是真理?》。

"为了作鉴定,暂时借用一下,这在巡查队的权力范围之内,"我闷闷不乐地说。

这个女人在随心所欲地支配我! 若是她故意不说的话,我只有到了家里才会发现这本无意中拿走的书,那她就有充分的权利去巡查队控告我——偷窃了珍贵的"稀罕东西"。

当我走出这座房子时,发现外面已经漆黑一片。我面临的问题是至少得在林子里摸索两三小时。

可是我刚从台阶上走下来,就看到前方燃起了模糊的蓝盈盈的火焰。我叹了一口气,瞥了一眼小房子,那儿的窗户里亮着明晃晃的灯光。阿琳娜没有出来送我。火焰在空中翩翩起舞,十分诱人。

我跟着火焰向前走。

五分钟后我听到了狗的懒洋洋的汪汪声。

最遗憾的是在这段时间里我没有感觉出丝毫魔法的痕迹。

Chapter 4

棚子里的汽车已经恢复原状。然而我没有尝试在方向盘前坐下，检查一下俄罗斯机械师经手后的苦难深重的发动机能不能转动。我悄悄溜进屋子，侧耳倾听——岳母已经在她自己的小房间里躺下睡觉了，外面的房间里有一盏小灯发出微弱的光芒。

我打开门，进了屋。

"一切都顺利吗？"斯维特兰娜问。不过，她声音中的疑问语气只有一点点。她对一切事情都很敏感，不用多说。

"还算顺利，"我点点头。我看了看娜久什卡的床——女儿睡得很熟。"变形人没有找到。同老巫婆谈了话。"

"讲讲吧，"斯维特兰娜说。她只穿了一件睡衣坐在床上，身边放着一本大部头书《姆米矮子精》①。或许是念给娜佳听的——临睡前听什么她都无所谓，哪怕是材料力学的课本也行，只要是妈妈的声音就好。或许是她自己打算在临睡前拿一本好书翻翻，休息一下。

我脱掉鞋子，换下外衣，坐到她身边，开始讲述。当我复述老巫婆讲的"妻子施魔法"这句话时，斯维特兰娜甚至慌了神。

"绝对没有！"她无可奈何地喊道。"问问格谢尔……他明白我的任何咒语……我脑子里从来也没有这样的想法！"

"我知道，"我安慰她说。"老巫婆承认，她撒了谎。"

"不过也不对，想法是有的，"斯维特兰娜忽然冷笑了一声，"思想怎么回避得了……不过这是因为一时糊涂，不必当真。这是我跟奥莉加在议论男人时说的……在很久之前。"

"你惦记巡查队吗？"我忍不住问道。

----

① 《姆米矮子精》是芬兰女作家、儿童文学插图画家托薇·扬松（1914—2001）创作的系列童话。

"惦记，"斯维特兰娜承认。"咱们别说这个了……安东，你是好样的！黄昏界的第三层你进去了吗？"

我点点头。

"第一等级……"斯维特兰娜没有把握地说。

"超出自己力量的事情是做不到的，"我反驳说。"第二等级。正经的第二等级。我的极限。这个咱们也别说了，好吗？"

"咱们还是来谈谈老巫婆吧，"斯维特兰娜笑了起来。"这么说她休眠过？我听说过这种休眠，不过毕竟很少见。你可以写一篇文章了。"

"送到哪里去发表？《论据与事实》报吗？宣布找到了在莫斯科郊外的林子里休眠了六十年的老巫婆吗？"

"送到守夜人巡查队通讯员那儿去，"斯维特兰娜建议。"总之，我们应该出版自己的报纸。给人类看的应该是另一个文本……什么都无所谓，哪怕是专业性很强的东西也行。《俄罗斯水族馆通报》，比方说用这样的刊名。上面介绍怎样繁殖雀鲷鱼，并在室内装置水族馆设施。"

"你是从哪儿学到这些知识的？"我感到惊讶，打住话头。我回想起来，她的第一任丈夫，那个我从未见过的男人，是个养观赏鱼的爱好者。

"别大惊小怪，我只是回忆起来罢了，"斯维特兰娜皱了皱眉头。"无论是谁，哪怕是弱小的他者，都应该能看到报纸上真正的文字。"

"我已经想好了第一个小标题，"我说。"《为先进的魔法干杯》。还要故意拼错'先进'这个词的首字母。"

我们俩不约而同笑了起来。

"把那个法器拿出来吧，"斯维特兰娜请求说。

我伸手拿来衣服，取出包在手帕里的梳子。坦白说：

"我看不出这把梳子有什么魔法。"

斯维特兰娜把梳子拿在手里几分钟。

"怎么样？"我问。"应该怎么办？朝身后扔去，那里就会长出一片林子来吗？"

"你什么也不必看出，"斯维特兰娜微笑着说道。"问题不是在于力量，那是老巫婆取笑你。也许，甚至连格谢尔也什么都看不出……这不是给男人的东西。"

她把梳子拿到头发跟前，开始从容不迫地梳起头发来。她漫不经心地说道：

"想象一下……夏天，炎热，疲劳，夜里睡不着，整天工作……然后——在凉水中洗澡，有人给你按摩，你吃了美味的食品，喝下一杯优质葡萄酒。你觉得心旷神怡……"

"是可以改善自我感觉吗？"我明白了。"消除疲劳？"

"仅仅对女人而言，"斯维特兰娜笑了起来。"这梳子古老，大约有三百年了，至少。看来这是某个强大的魔法师送给自己心爱的女人的礼物。也许，还是个人类的女人……"

她看了看我——她的眼睛炯炯有神，温柔地说：

"它还应该可以让女人变得更有魅力，令人倾倒，难以抗拒。你觉得有效吗？"

我看了她一会儿——然后目光一扫，熄灭了小灯。一道魔法屏障消除了我们所有的声音，这是斯维特兰娜自己布下的。

我很早就醒来，还不到早上五点。不过，感觉好极了，完全是精神焕发——就像女主人用魔梳得意地梳过头似的。我想获得伟大的成就。还想饱饱地吃上一顿早餐。

我没有叫醒任何人，悄悄地在厨房里翻寻着，找到一个长面包，切下两片，发现一小袋切片灌肠。还倒了一大杯家酿克瓦斯——然后我带着所有这些东西出去了。

天已经亮了，但村子里还是静悄悄的。没有人赶着去挤晨奶——牛棚已经空了五年。总之，没有人赶着要去哪里……

我叹了一口气，坐到很久很久以前就荒芜的不结果的苹果树底下的草地上，吃了一个很大的自制三明治，喝了克瓦斯。为了好好享受一下，我从房间里拿来了那本《富阿兰》——用魔法从窗口里拿出来的。我指望岳母还在睡觉，没有发现有东西飞出去。

吃第二个三明治时我埋头在看书。

我告诉你们,看书非常有意思!

在作者写这本书的那个时代还没有那么多高深的词汇——没有任何"基因"、"突变"和其他生物学上的难题,现在人们试图用它们来论证他者的天性。而编这本书的全体女巫——作者有五名,按名字排列——使用"近巫性"、"改变天性"以及诸如此类的词语。

顺便说一句,作者中包括阿琳娜,这一点老巫婆昨天谦虚,没告诉我!

起初女巫学者长时间讨论他者的天性。她们得出这样的结论——每个人身上都有对"近巫性",这种"近巫性"的等级因人而异。一个人所能接受充盈天地间的魔法的自然级数,可以以点数来计。要是一个人的近巫性比高于周遭魔法世界的水准,那么他就是最普通的人!无法进入黄昏界,只能偶尔由于魔法的自然级数的某些变动,感觉到某些奇怪的东西。要是一个人身上的近巫性低于周围的魔法环境,那么他就能够利用黄昏界!

这话听起来十分令人费解。为自己着想我常常这么认为:他者是拥有较高魔法能力的人。而这里听到的观点却恰恰相反。

不过,可以举个例子进行有趣的类比:假定全世界的气温是三十六度半。那么大多数人的体温都高于这个水准,于是把自己的体温贡献出来,"让大自然变暖"。可是那些不知为什么体温低于三十六度半的少数人将会获得体温。一旦有不断增强的力量源源不断地流向他们,他们就会吸收利用,与此同时,体温较高的人们就会无意义地"让大自然变暖"……

有趣的理论。我知道几种关于我们的出身以及同人类的差别的说法。这种说法以前从未听说过。其中有一些令人难堪的东西……

其实有什么差别呢!结果没有改变!有人类,有他者……

我继续往下读。

第二章写的是:"魔法师和女魔法师"与"巫师和女巫"之间的差别。原来,那个时代"巫师"这个词不是用来称呼黑暗巫师的,而只是指"男性巫婆",他者是指那些喜欢使用法器者。文章很有意思,我觉得作者恰恰是阿琳娜。主要论点是，本质上的差别不存在。女魔法师直接利用黄昏界，从中汲取力量，完成各种魔法活动。女巫则要先创造某些"稀罕东西"，这些东西积聚了黄昏界的力量，能够在很长一段时间里独立工作。女魔法师和魔法师的优势是——他们不需要任何仪器、权杖和指环、书籍和护身符。女巫和巫师的优势是——成功地创造了法器之后，他们能够把相当多的力量积聚在里面，这种力量是一瞬间从黄昏界中获取的——极其困难。结论自然而然就得出了，这里仿佛有阿琳娜的旁白：一个明智的魔法师不会轻视法器，一个聪明的巫师总是努力学会直接借助黄昏界来工作。按作者的看法，"再过一百年我们就会看到：最伟大、最傲慢的魔法师不会鄙视使用护身符，而最正统的女巫不会认为进入黄昏界是自己吃亏"。

好啊，预测百分之百地应验了。守夜人巡查队里大部分工作人员都是魔法师。不过法器我们常常使用……

我去了一趟厨房，又为自己做了两个三明治，倒了克瓦斯。我看看手表——早上六点。不知从哪里开始传来狗吠声。可是村子里还是没有动静。

第三章涉及他者进行的大量尝试——把人类变成他者，通常对类似的他者活动往往是由爱情或者利益驱动的，还有人类的企图，通过各种方式了解了真相的人类被变成了他者。

书中详细分析了朱利·德·雷泽①的故事，他是圣女贞德的侍从。贞德是个非常弱小的黑暗使者，"七级女巫"，不过这并不妨碍她做出大部分可以谓之高尚的举动。书里还非常模糊地记述了贞德的死亡，甚至有暗示，她转移了宗教法官的注意力，从火堆中死里逃生。我断定这一点是可疑的：贞德违法了条约，用自己的魔法去干涉人类的生活，因此她被处决时我们的宗教法官也到场了。宗教法官的注意力是转移不

---

① 朱利·德·雷泽，法国贵族，任法军统帅时曾与圣女贞德并肩作战，后因被指控使用黑暗魔法诱拐并强暴虐杀数十上百们男童而被处死。他被视为史上第一个连环杀人犯，也是"蓝胡子"这个人物的原型。

了的……而可怜的朱利·德·雷泽的故事写得要详细得多。可能是因为爱情，可能是由于任性和莫名的冲动，贞德把有关他者的事情全都讲给他听了。于是这位被赋予了勇气和崇高理想的年轻勇士断定能够从普通人——年轻人和健康的人身上夺取魔力。为达到目的只要折磨他们，采取残暴的手段并求助于黑暗力量……总之，这个人决定成为黑暗使者。于是他就折磨了几百个妇女和孩子，他为此罪行（同时还为不纳税）最终走向了火堆。

文章中写得很清楚，甚至连女巫们对这样的行为也始终感到不满。她们对饶舌妇贞德进行了恶毒的攻击，还给她的那个精神失常的侍从起了个恰如其分的外号。不过结论是干巴巴的，脱离实际的——不能用任何方法利用人类的"近巫性"，来达到变成他者的目的。要知道他者与众不同，并不是提高了"近巫性"——像残暴和愚蠢的朱利·德·雷泽那样，而是降低"近巫性"！因此他那所有残酷的实验都只会把他变得越来越像人……

听起来让人信服。我挠了挠后脑勺。那么由此可见，我比酒鬼科利亚大叔的魔法能力要弱得多？仅仅是多亏了这一点我才能利用黄昏界？这才是关键所在。

而斯维特兰娜，可见，"近巫性"更弱？

娜久什卡理论上完全没有"近巫性"？所以黄昏界的法力一直源源不断地在流向她身上——由她取用？

好一个老巫婆，好一个老狐狸！

接下去一章里探讨的是，能不能提高大自然中力量的级数，使得大量的人类变成他者。结论是不能令人宽慰的——不能。因为使用力量的不仅是他者，他者原则上是不到时候不会使用力量的。青苔高兴地吞食着力量——它们是惟一已知生活在黄昏界第一层的植物。自然界中有更多的力量只会让黄昏界中的青苔长得更强壮……也许，在较深的几层里还有力量的其他需求者……这样力量的级数才会是个常数——我在古书里见到这个词后甚至暗自好笑。

接下去讲的，说实话，是《富阿兰》这本书的故事。这个书名来源于古代东方一个女巫的名字,她非常想使自己的女儿成为他者。女巫做了长时间的实验——起初沿着朱利·德·雷泽的道路,随后意识到错了,她开始尝试提高大自然中力量的级数……总之——沿着所有错误的方向走下来,最终她明白了,她应该"降低女儿的'近巫性'。"她进行了尝试,据说,在《富阿兰》中有记载。情况变得复杂是因为在那个年代"近巫性"的性质是个未知数——不过,在书籍出版的那一年也好,现在也好,情况丝毫也没有变化。但是女巫毕竟用尝试和犯错的方法获得了成就,把自己的女儿变成了他者!

对女巫来说不幸的是她伟大的发明使所有他者都十分感兴趣,无一例外。那时候还没有和约和巡查队,没有宗教法庭……总之——所有听说了这个奇迹的人都纷纷跑去拿这个魔法指南。有段时间富阿兰和她的女儿成功击退了袭击,可见,本来就强大的女巫不仅把女儿变成了强大的他者,而且也增强了自己的力量。伤心的他者联合组成了一支魔法师大军,不分黑暗力量和光明力量,大家行动一致地发起进攻,在可怕的战斗中消灭了女巫一家。在生命的最后一刻富阿兰绝望地拼死搏斗,甚至把自己的仆人变成了他者……那些人虽然获得了力量,但是过于慌张和笨拙。只有一个仆人,显然比其他人聪明,没有火中取栗,而是拿了书溜之大吉。获胜的魔法师发现女巫的"实验室日志"不见了,(实际上《富阿兰》只不过是女巫的实验室日志),逃跑者的踪迹已经消失。接下去他们长时间地寻找这本书,但是白费劲。后来有人声称他见过逃跑的仆人,此人已成了相当强大的他者,还说他见过和翻过这本书。一些伪造的书应运而生——其中一部分是女巫的狂热追随者创作的,一部分出自敢于冒险的他者之手。所有版本都被仔细地检查过,并有明文记载。

最后一章论述的主题是:"《富阿兰》虚构了什么?"女巫确实获得了成功,作者们并不怀疑,不过她们认为这本书无可奈何地遗失了,结论是伤感的——发明显然是如此偶然和不同寻常的,以至于无法猜出它的实质。

最让我感到惊奇的是简短的总结——要是《富阿兰》这本书直到今

天还存在,那么每个他者的义务就是立刻消灭它,"根据众所周知的原因,尽管有太多的诱惑,还有个人利益的驱使……"

啊呀,这些黑暗使者！他们是多么善于保存自己的实力啊！

合上书后我在院子里散步。我再次瞧了一眼棚子,还是没有听到汽车发动机发动的声音。

富阿兰和她的书存在过。老巫婆对此深信不疑。我不觉得其中有故弄玄虚的可能性,但内心深处我对她是不相信。

可见,从理论上说把人变成了他者是可能的——行了！

那么发生在"阿索"的事情就水落石出了。格谢尔和奥莉加的儿子是人——他者通常都会发生这样的事。因此伟大的宗教法官无法找到他。一旦找到——就把他变成他者,然后又导演了整出戏……他们甚至连宗教法庭也敢欺骗。

我躺到吊床上,拿出随身听,开启了随机播入,闭上眼睛。我想从人世间中摆脱出来,用某些无意义的东西把耳朵塞住……

可是我不走运。放出的是《野餐》。

> 不,不,我顾不上笑,
> 没有窗户,门被大水冲倒;
> 伟大的宗教法官本人,
> 亲自前来将我拷问。
> 宗教法官坐下来,
> 斟酌着诱供的方法;
> "你要是把你知道的一切全都交代,
> 你心里也会感到松快。"
> 他,也许想知道我的秘密,
> 仿佛要打开一只普通的箱子,
> 他只知道:即使是最空的空箱子里,
> 也会有两层箱底,也会有两层箱底。

我不喜欢这样的巧合！甚至最普通的人也可能对现实产生影响，他们只是不善于支配自己的力量罢了。这对每个人来说都是熟悉的——你等的公交车非常及时地驶近或者迟迟不肯露面；收音机里播放的音乐，恰好契合你的心境；电视里传出人的声音，你刚好在想他们……顺便说说，有一个理解的最简单的方法让你了解自己是否与他者接近。要是一连好几天你偶尔一瞥电子表，发现指针指向的都是11:11、22:22 或者 00:00 这些数字——那就意味着你同黄昏界的关系更加紧密了。在这些日子里千万别忽视你的预感和推测……

不过这全都是人类的琐事。在他者那里这种关系——正如在人类那里一样是无意识的——表现得要充分得多。我非常不喜欢的是，关于伟大的宗教法官的歌曲恰恰是现在播出……

> 要是还有一点力气，
> 我会对他说："亲爱的，
> 我不知道，我是谁，我在哪里，
> 是什么力量主宰着大地；
> 迷宫一般的漫漫长路，
> 把我的双脚束缚"……
> 宗教法官对我的话表示怀疑，
> 无可奈何空手而归。
> 他，也许，想知道我的秘密，
> 仿佛要打开一只普通的箱子，
> 他只知道：即使是最空的空箱子里，
> 也会有两层箱底，也会有两层箱底。

啊哈。我也想知道，是什么力量主宰着大地……

有人轻轻拍了拍我的肩膀。

"我没有睡着，斯维塔……"我说，睁开了眼睛。

宗教法官埃德加尔摇了摇头，冷冷地笑了笑。我读懂了他的唇语：

"对不起,安东,不过,我不是斯维塔。"尽管天气闷热,埃德加尔却穿了一身西服,系着领带,蹬着一双黑色漆皮鞋,上面一尘不染。他这身城里人的装束看起来并不显得怪诞。这就是波罗的海沿岸的血统!

"干吗?……"我从吊床里跌出来,大声呵斥。"埃德加尔?"

埃德加尔耐心地等待着。我从耳朵里摘下耳塞,喘了一口气,说:

"我在休假。根据条例,在非工作时间打扰守夜人巡查队的工作人员……"

"安东,我只是顺便来串门,"埃德加尔说。"您反对吗?"

我对埃德加尔并没有恶感。他永远也成不了光明力量,不过他投奔宗教法庭这件事使我对他产生了敬意。埃德加尔想要跟我说说话——我无论什么时候都可以同他见面。

不过不是在别墅,不是在斯维塔和娜久什卡的度假地!

"反对,"我态度生硬地说。"要是您没有公务命令的话,请离开我的领土!"

我还用十分怪诞的动作指着歪斜的木头栅栏。领土……嘿,这个词儿也蹦出来了。

埃德加尔叹了一口气。他慢腾腾地把手伸向上衣口袋里去。

我知道他想拿什么。但是要改变主意已经来不及了。

宗教法庭莫斯科分部的命令这样写着,"在公务调查允许的范围内我们吩咐莫斯科城守夜人巡查队工作人员、光明力量二级魔法师安东·戈罗杰茨基对三级宗教法官埃德加尔予以最大的协助"。宗教法庭真正的命令我从来也没有见过,现在不知为什么我注意到几个小的细节——宗教法官在继续使用过时的"级别"评估力量。毫不客气地使用"我们吩咐"之类的词语,而且甚至在正式文件中也互相之间直呼其名。

后来我发现了最主要的东西——下面有守夜人巡查队的印章和格谢尔的带花笔道的亲笔签字:"我了解,我同意。"

真没想到!

"要是我拒绝呢?"我问。"您要知道,我不喜欢别人'吩咐'我。"

埃德加尔皱了皱眉头,瞥了一眼那张公文,说:

"我们的女秘书已经年满三百了。不要感到委屈,安东。这只不过是古老的术语。就像'级别'一样。"

"互相之间直呼其名,不提姓也是老传统吗?"我进一步问。"真有意思。"

埃德加尔不解地瞧了一眼那张公文,又皱了一下眉头。他一开始拉长元音,然后恼火地说:

"真——是个母——夜叉……她把我的姓给忘了,自尊心又不允许她来问。"

"那么我就有理由把命令扔到垃圾堆里去了。"我用目光在这块地方搜寻垃圾堆,但是没找到。"或者扔到茅房去。命令中没有写到你的姓,可见它不合法。对吗?"

埃德加尔一声不吭。

"要是我拒绝协助会有什么后果?"我又问。

"没有什么可怕的后果,"埃德加尔愁眉苦脸地说。"即使我带来新的命令。向你的顶头上司投诉,让他来决定给你什么惩罚。"

"这样的话,严肃的公文不就成一张求助书了吗?"

"不错,"埃德加尔点点头。

我对局势很得意。可怕的宗教法庭,那个被新人们用来互相吓唬的机构,原来本身就如同一个掉了牙的母夜叉!

"发生什么事了?"我问。"我在休假,你明白吗? 跟妻子和女儿一起在休假。还有岳母。我现在不工作。"

"不过,这并没有妨碍您拜访阿琳娜,"埃德加尔不动声色地说。

我这是活该。谁叫我放松警惕的!

"这属于我直接负责的公事,"我反驳说。"保护人类,监督黑暗力量。随时随地。顺便问一句,宗教法庭怎么会知道阿琳娜的?"

轮到埃德加尔得意和摆架子了。

"格谢尔告诉我,"他终于开口说道。"您昨天打电话给他,向他汇报情况,对吗? 因为局势发生了变化,格谢尔认为他有责任提醒宗教法庭,以证明我们之间永远不变的友好关系。"

莫名其妙！

如果老巫婆跟格谢尔儿子的事情有一点牵连……看来,是没有牵连吧?

"我该打个电话给他,"我说,并抗议似的朝房子走去。埃德加尔顺从地留下来,站在吊床旁边。不过,他瞟了一眼塑料椅子,认为椅子不够干净。

我把手机拿到耳旁,等待着。

"喂,请说吧,安东。"

"埃德加尔到我这里来了……"

"是的,我知道,知道,"格谢尔心不在焉地说。"昨天你向我汇报后,我认为必须向宗教法庭报告老巫婆的情况。要是他想叫你帮忙——那就帮助他。要是不想的话——那就把他打发得越远越好。他的命令写得不正确,你发现了没有?"

"发现了,"我瞟着埃德加尔,说道。"头儿,那些变形人怎么样?"

"我们要调查一下,"格谢尔稍作停顿后回答说。"暂时还没有结果。"

"还有,关于那个老巫婆……"我瞟了瞟那本讨论《富阿兰》的书。"老巫婆那儿一本有趣的书被我征用了……《富阿兰——谎言还是真理?》。"

"看吧,看吧,"格谢尔温和地说,"要是你能找到真正的《富阿兰》——那你就得到无价之宝了。你说完了吗? 安东?"

"说完了,"我说。格谢尔关了机。

埃德加尔耐心地等待着。

我走到他跟前,装模作样地停顿了一下,问道:

"您进行侦查有什么目的? 有什么要求我做的?"

"您能不能协助我,安东?"埃德加尔由衷地高兴起来。"我的侦查涉及您发现的那个老巫婆阿琳娜。我要求您带我去找她。"

"宗教法庭要找老太婆干吗?"我感兴趣起来。"我没有发现任何犯罪的迹象。甚至守夜人巡查队那边也没有发现。"

埃德加尔踌躇起来。他想撒谎——与此同时他又明白,我能够觉察出谎言。在力量方面我们俩大致不相上下,即使他带着宗教法官的小道具也未必能显示出威力。

"她与一些老案子有关,"黑暗巫师承认,"从三十年代就开始了。"

我点点头。一开始我就被关于凶恶的内务人民委员会方面的侦查故事搅得心神不定。任何事情都可能发生,农民们会偷偷地尝试去惩罚老巫婆。这大有问题。低级他者的鬼把戏他们还能对付。但是对于这么强大的老巫婆就未必……

"好吧,咱们走吧,"我同意说。"您想吃早餐吗?埃德加尔?"

"好吧。"魔法师没有客气,"不过……您的夫人不会不同意吧?"

"我现在就向她请示,"我说。

早餐吃得很有意思,宗教法官老是觉得不自在,笨拙地试图开玩笑,对斯维特兰娜和柳德米拉·伊万诺夫娜说恭维话,模仿娜久什卡说话,对家常的煎蛋赞不绝口。

娜久什卡是个聪明孩子,聚精会神地看着"埃德加尔叔叔",摇摇头,说道:

"你是另外一种。"

然后她就一直待在母亲身边,再也不离开。

埃德加尔的来访让斯维特兰娜感到很有趣。她对埃德加尔提了一些无恶意的问题,她回想起了"镜子事件",总的来说,她举止大方,就像对待同事和好朋友那样。

然而,柳德米拉·伊万诺夫娜见到埃德加尔后欣喜万分。她欣赏他的穿着打扮、说话风度,甚至对他左手拿叉、右手拿刀的姿态赞叹不已。好像其他人吃东西都是用手抓似的。埃德加尔断然拒绝"喝一小杯酒开开胃",这件事使得教训的目光投到了我身上,好像早上我通常都会喝两杯伏特加似的。

我和埃德加尔吃得饱饱的上了路,不过我们都稍稍有点恼火。我恼火的是岳母的欣喜,他好像是对岳母的殷勤不高兴。

"您可以讲讲对老巫婆有什么不满吗?"我们走到林子边上时我问。

"我们不是同饮了结谊酒吗,"埃德加尔提醒说。"我们还是互相以'你'相称吧? 或者我的新工作……"

"不比在守夜人巡查队的工作差吧,"我冷笑了一声。"我们就以'你'相称吧。"

埃德加尔对此十分满意,没有再磨蹭。

"阿琳娜是一个强大的、受尊敬的女巫……在他们的小圈子里。你是知道的,安东,每个团体内部都有自己的等级。格谢尔可以随便地嘲笑维杰斯拉夫,可是在吸血鬼内部——他是最强大的。在女巫当中阿琳娜的地位也大致相当。她的地位是最高的。"

我点点头。我的新相识可真不简单哪,这还有什么可说的……

"守日人巡查队多次叫她去工作,"埃德加尔继续说。"态度非常坚决,就像您争取斯维特兰娜那样……不要感到懊恼,安东!"

其实我并没有感到懊恼。

"老巫婆断然拒绝。有什么办法呢,这是她的权利! 况且在某些情况下她同意暂时合作。不过上个世纪初,十月革命刚结束那会儿,发生了一件不愉快的事情……"

他沉默了一会儿,犹豫不决。我们进入了林子,我略带故意装出的信心,领着埃德加尔向前走。这位黑暗巫师的城里人装束此刻显得有点怪诞,他毫无畏惧地通过灌木和水沟,甚至连脖子上系着的领带也没有松开……

"守夜人和守日人巡查队当初为了争取社会实验的权利进行过斗争……"埃德加尔说。"共产主义,众所周知,是光明力量凭空虚构出来的……"

"那是黑暗力量肆意歪曲,"我忍不住说道。

"别争了,安东,"埃德加尔委屈地说。"我们什么也没有歪曲。人类自己会选择建设什么社会! 所以我们要求阿琳娜合作。她同意完成……某些任务。黑暗力量也好,光明力量也好,都有各自的利益,甚至老巫婆也有。每一方都同意完成……任务。每一方都认为自己胜券在握。宗教法庭监视着，但找不到借口插手。不管怎样，一切都是经双方巡查队达成协议后才进行的……"

有趣的新闻！这究竟算什么任务，黑暗力量和光明力量会一致同意？

"这个任务阿琳娜完成得十分漂亮，"埃德加尔继续说。"她甚至得到了巡查队的嘉奖……光明力量，如果我没有记错的话，给了她二级黑暗魔法的使用权。"

事关重大。我点点头，开始了解宗教法庭的情况。

"可是过了一段时间宗教法庭对阿琳娜行动的合法性产生了怀疑，"埃德加尔冷冰冰地说，"他们起了疑心，怀疑她的工作是受一方的影响，她的行动是为了这一方的利益。"

"这一方是谁？"

"光明力量，"埃德加尔闷闷不乐地说。"老巫婆帮助光明力量——这不可思议，对不对？正因为如此，她才好长时间都没有被怀疑，不过背叛的间接迹象真是太多了……宗教法庭把阿琳娜叫去……要跟她谈谈。她一下子就失踪了。寻找了一段时间，但是在那个年代，你知道……"

"她干出什么事了？"我问，并不指望一定会得到答复。

可是埃德加尔叹了一口气，回答说：

"干涉了人类的意识……进行道德重整。"

我嘿嘿一笑。黑暗力量在这件事上会有什么好处？

"你觉得奇怪？"埃德加尔嘟哝说。"你想象得到道德重整是怎么回事吗？"

"我甚至都实施过，对我自己。"

埃德加尔不知所措地看了我一会儿，随后点点头说：

"是啊，那还用说。那么解释起来就不难了。道德重整——是相对的过程，而不是绝对的。世界上无论如何都是没有道德标准的。因此道德重整迫使人做事情要绝对合乎道德，不过只是基本的道德。说得无礼一点，食人族巴布亚人并不认为吃掉敌人是犯罪，他们完全心安理得地继续着自己的吃人行径。而道德不允许他们做的事情,他们当真从此不再做。"

"我知道,"我说。

"因此,这个道德重整并不完全是相对的。人类……有很多你想必已经听说过了,不过名称对事情并不重要,他们的意识中给灌输进了共产主义思想体系。"

"共产主义建设者的道德准则,"我嘿嘿一笑。

"当时这个准则还没有被虚构出来,"埃德加尔非常一本正经地说。"不过是某个类似的东西,假定是这样。这些人的行为完全符合标准——共产主义道德宣扬的标准。"

"我能够明白,守夜人巡查队在这件事上会有什么好处,"我说。"共产主义的行为准则是非常具有吸引力的……那么黑暗力量的好处呢?"

"黑暗力量想证实,强加在人家头上的没有生命力的道德标准不会带来任何好的结果。实验的牺牲品或者发疯,或者死亡,或者开始跟道德重整背道而驰。"

我点点头。好一个实验!这哪能跟残害人体的纳粹医生相比!这里躺在手术刀下的是人的灵魂。

"你对光明力量的行为感到愤怒吗?"埃德加尔诌媚地说。

"不。"我摇摇头。"我相信,这些人没有恶意,并且希望这样的实验会有助于建设一个新的幸福的社会。"

"你不是苏联共产党员吧?"

"我只是少先队员。好了,我现在明白了实验的实质。可是为什么做实验恰恰要老巫婆来参加呢?"

"在这种情况下用巫术要比用魔法经济得多,"埃德加尔解释说。"上千个人成了实验对象——各种年龄、各种社会地位的都有。你知道,把魔法聚集起来需要多少力量啊!而老巫婆善于通过灌迷魂汤来解决所有事情……"

"掺在水管里吗?"

"掺在面包里。她被安排在面包厂工作。"埃德加尔冷笑道。"她建议采用新的工艺来烘烤面包——掺进各种花草。甚至还因此而得到了奖金。"

"清楚了。可是阿琳娜得到了什么好处呢?"

埃德加尔扑哧一笑,他灵活地跳过一棵砍倒的树,瞧着我的眼睛,说道:

"你怎么啦,安东?谁不想用这种力量的魔法来解解闷,而且这件事是巡查队和宗教法庭都同意的!"

"假定是这样……"我嘟哝道。"这么说,实验……结果呢?"

"果然不出所料,"埃德加尔说,他的眼睛里露出了嘲讽的神情。"有些人发了疯,成了酒鬼,自杀了。另外一些人被镇压了——因为过于信仰理想。还有一些人找到了规避道德重整的办法。"

"黑暗力量的观点占了上风吗?"我大吃一惊,甚至停住了脚步。"不过与此同时宗教法庭认为老巫婆歪曲了咒语——按光明力量的指示行动吗?"

埃德加尔点点头。

"胡说,"我说,继续向前走。"完全是胡说八道!黑暗力量实际上只是维护自己的观点。可是您却说——光明力量错了!"

"不是所有的光明力量,"埃德加尔不动声色地说。"有一个……可能是小团体。为什么——我不知道。不过宗教法庭不满意。实验的清白被玷污了,力量的平衡动摇了,一个蓄谋已久、莫名其妙的阴谋开始了……"

"啊哈,"我点点头,"既然有阴谋——我们就把一切都归咎于格谢尔。"

"我没有说出任何名字,"埃德加尔连忙说。"我不知道他们的名字!我能够提醒的是,尊敬的格谢尔当时在中亚工作,因此,要他对一切负责是可笑的……"

他叹了一口气——也许是回想起了不久以前发生在"阿索"的事情吧?

"可是您想弄清楚真相吧?"我问。

"一定要弄清!"埃德加尔斩钉截铁地说。"强迫一千个人加入光明力量的阵营——对守日人巡查队而言,这是犯罪。所有这些人都在遭受折磨——对守夜人巡查队而言,也是犯罪。宗教法庭允许的社会实验被破坏了——这同样是犯罪。"

"明白了,"我打断他的话。"好啊,我也非常不喜欢这个故事……"

"你会帮助我弄清真相吗?"埃德加尔问,笑了一笑。

"对,"我毫不犹豫地说。"这是犯罪。"

埃德加尔伸出一只手,我们互相握了手。

"还要走多远?"宗教法官问。

我环顾四周——兴奋地认出了熟悉的一块空地的轮廓,昨天就是在这里发现了一大片蘑菇。

然而,今天什么蘑菇也没有剩下。

"已经很近了,"我安慰黑暗巫师。"但愿女主人在家……"

Chapter 5

老巫婆阿琳娜在熬迷魂汤——一个勤快的女巫在自己的林中小屋里干的就该是这样的事。她拿着炉叉站在俄罗斯火炉边上,炉叉夹着的铁锅里正在熬着一团团发青的东西。她嘴里喃喃自语:

白色的染料木和卫矛植物,
从悬崖边捧来的一把沙土,
帚石南、苍头燕雀的骨架,
脓包中的脓液向外涌出……

我和埃德加尔走进屋子,站在门旁——老巫婆似乎没有看见我们,背对着我们站着,抖动着锅子,一边抖一边唱:

再加一点染料木和卫矛,
三枝羽笔用的是老鹰羽毛……

她咳嗽了一下,接着唱:

丙酮、酸牛奶、镶木地板,
两根树条有点短?

阿琳娜在原地跳了起来,大喊一声:
"哟,妈呀,我的老天爷!"
这句话说得一点也不做作……可是不知为什么我清楚地知道老巫婆在等我们。
"你好,阿琳娜,"埃德加尔干巴巴地说。"我是宗教法庭派来的。

请您别再施巫术了。"

阿琳娜利索地把锅子往炉子里一塞,这才转过身来。现在她看起来有四十来岁——一个结实、粗壮、标致的农妇。她非常恼火,双手叉腰,像吵架似的嚷道:

"您好,宗教法官先生!干吗要妨碍我施巫术?存心要让我再去捉苍头燕雀,再从老鹰身上拔毛吗?"

"您的歪诗——只不过是为了要记住成分和顺序的方法,"埃德加尔镇静地说。"迷魂汤您已经熬好,我的话无论如何也不会妨碍您。请坐吧,阿琳娜……俗话说'脚里没有真理',何苦站着呢,对不对?"

"脚里是没有,可脚上面也不会有,"阿琳娜愁眉苦脸地一边回答一边走到桌子旁。她坐下来,在印有矢车菊和除虫菊鲜艳图案的围裙上擦了擦双手,瞟了我一眼。

"你好,阿琳娜,"我说。"埃德加尔先生请求我当向导。您不会有意见吧?"

"我要是有意见的话,你们就会进入沼泽地!"阿琳娜略带委屈地回答。"听您的,宗教法官先生埃德加尔。有何吩咐?"

埃德加尔在阿琳娜对面坐下,一只手伸到上衣下摆底下,拿出一个小的皮文件夹。他的衣服里怎么藏得下这么个东西?

"我们已经向您发出了传票,阿琳娜,"宗教法官温和地说。"您收到了没有?"阿琳娜陷入了沉思。埃德加尔打开自己的信笺夹,向阿琳娜展示一些黄颜色的小纸条。

"一九三一年!"老巫婆惊叫一声。"哟,多么遥远……不,我没有收到。我已经向守夜人巡查队的先生解释过了——我在休眠。契卡诬告我……"

"契卡可不是他者生活中最可怕的东西,"埃德加尔说。"压根儿就不是最可怕的……那么,您是收到传票的……"

"我没有收到,"阿琳娜连忙说。

"没有收到,"埃德加尔改口说。"好吧,假定是这样。信使没有返回……的确,在寒冷的莫斯科森林里编外工作人员什么事都可能发生。”

阿琳娜保持沉默。

我站在门旁,观察着。我觉得十分有意思。宗教法官的工作跟任何巡查队的工作都相似,但是在具体情况中又是各有各的特殊性。黑暗巫师盘问黑暗女巫,而且是比他强大得多的女巫,埃德加尔对此不可能不知道。

但是他身后有宗教法庭撑腰。在这种情况下,要指望"自己的"巡查队来支援已经没有可能。

"我们假设现在您已经收到了传票,"埃德加尔继续说。"我受委托在您接受最后审判之前预先跟您谈一次话……所以……"

他又拿出一张小纸,眼睛瞧着纸,问道:

"一九三一年三月您在莫斯科第一面包联合工厂工作过吗?"

"工作过,"阿琳娜点点头。

"什么目的?"

阿琳娜看了看我。

"他知道,"埃德加尔说。"请回答。"

"莫斯科的守夜人和守日人巡查队领导都来找过我,"阿琳娜叹着气说道。"他者想检查严格地按照共产主义理想生活的人类的举止行为。既然双方巡查队的目的一致,而宗教法庭又支持他们的请求,我就答应了。我从来就不喜欢城里,那里总是……"

"不要转移话题,"埃德加尔请求说。

"我完成了任务,"阿琳娜一下子结束了讲话。"我熬了迷魂汤,在两个星期里把它掺和到筛过的面粉烤的面包中,就这些!得到了巡查队的感谢,我辞去了面包联合工厂的工作,回到了自己的家乡,可是这里的契卡完全……"

"关于您和国家安全的复杂关系您可以写一本回忆录了!"埃德加尔冷不丁大喊一声。"我想知道的是,你为什么不按处方配制?"

阿琳娜慢腾腾地站起来。眼睛里燃烧着怒火,嗓音很响,仿佛站在小木屋里的不是一个女人,而是电影《金刚》中的雌性动物。

"请记住,年轻人! 阿琳娜永远不会搞错处方! 永远!"

这对埃德加尔没有起任何作用。

"我并没有说,您搞错了。您是故意不按处方配制。结果……"他停顿了一下。

"结果怎么样?"阿琳娜恼羞成怒。"制成的迷魂汤是被检查过的!效果与要求一致!"

"结果迷魂汤瞬间就起了作用,"埃德加尔说。"守夜人巡查队从来就不是理想主义的傻瓜的大本营。光明力量明白,所有这一万个实验的对象瞬间就转而信奉共产主义道德观了,他们将难免一死。迷魂汤本该渐渐发挥作用,使道德重整在经过十年时间之后,到一九四一年春天才完全发挥效力。"

"不错,"阿琳娜通情达理地说。"这样就算完成了。"

"迷魂汤确实是瞬间发挥效力的,"埃德加尔说。"我们立刻察觉所发生的事情,不过一年以后实验对象的数量减少了一半,到一九四一年活下来的人只有不到一百个了。那些挺过了道德重整的人……精神上的活力实在令人佩服。"

"哟,真倒霉,"阿琳娜表示惋惜地轻轻拍了一下手。"哟,被剥夺了自由……可怜的人儿……"她坐下来,瞟了我一眼。问道:"怎么,光明魔法师,你也认为我要了黑暗力量?"

要是她在撒谎——那是非常令人信服的。我耸了耸肩。

"一切都做得准确无误,"阿琳娜固执地说。"主要成分都揉进了面粉……你们要知道,在那个年代搞破坏活动有多难?迷魂汤的阻化剂用普通砂糖来充当……"她忽然轻轻拍了一下手,兴高采烈地盯着埃德加尔,说:"就是这么回事! 那一年是荒年,面包联合工厂的工人们偷走了砂糖……所以就提前发挥了效力……"

"有意思的说法,"埃德加尔说,拿走了小纸条。

"这件事我没有错,"阿琳娜果断地说。"实验计划是得到批准了的。要是巡查队的高人连这么简单的事情都没有想到的话——那错的是谁呢?"

"真要是这样就好了，"埃德加尔说，他举起一张纸条。"这是您对面包联合工厂的工人进行的第一次实验，这就是您的报告，还认得吗？从那以后他们就没法再偷'可爱的砂糖'了，因此只剩下一种说法——您是故意把实验搞砸的。"

"我们再来看看有没有其他说法呢？"阿琳娜抱怨地说。"比如说……"

"比如说——您的女友路易莎告密，"埃德加尔提出，"她说，在实验的日子里她偶然看到您跟身份不明的光明魔法师来往——在赛马场的看台边上。她说，你们争论了好长时间，讨价还价，然后光明魔法师交给您一包东西，您点点头——然后互相击掌言和。路易莎甚至听到一句'我一定完成，不消一年……'我提醒您，进行实验的时候您是禁止同他者接触的，您跟他们接触过吗？"

"是的，"阿琳娜说，垂下了头。"路易莎还活着吗？"

"唉，她已经不在了，"埃德加尔说。"不过她的供词被记录下来了……"

"真可惜……"阿琳娜嘟哝着说。这句"真可惜"究竟指的是什么，她没有明说。不过可以猜到，指的是路易莎还算走运。

"您能不能解释一下，您是跟哪个光明魔法师接触的，您答应他做什么事，您从他手里拿到的是什么东西吗？"

阿琳娜抬起头，对着我苦笑了一下，说道：

"太不如意了……我老是碰到不如意的事……都是一些鸡毛蒜皮的小事情。"

"阿琳娜，我不得不进一步审问您，"埃德加尔说。"以宗教法庭的名义……"

"你试试看，二级巫师，"阿琳娜嘲弄地说。

说完她就消失了。

"她去黄昏界了！"我喊了一声，离开墙边，用目光搜寻自己的影子。可是埃德加尔还是稍等了一下：他在检查老巫婆是不是在转移我们的注意力。

第一层我们几乎是同时到达的。我有点提心吊胆地看了一眼埃德加尔——黄昏界把他变成什么样了?

没有,还好。他几乎没有什么变化。只是头发稀疏了。

"到深一层去!"我有力地挥了挥手,埃德加尔转转头,举起一只手放到脸上——手掌仿佛整个儿把脸吸住了。

样子十分动人。宗教法庭的把戏。

在第二层,小房子变成了原木盖的小木屋,我们停下来,互相看看。阿琳娜当然不在这里。

"她去了第三层……"埃德加尔小声说。他的头发完全消失了,脑壳拉长了,像个鸭蛋似的。不过这样还没有什么,他的脸几乎保持着人的模样。

"你能进去吗?"我问。

"进去一次没问题,"埃德加尔老实地说。我们呼吸时吐出了热气,似乎不太冷,不过周围笼罩着严寒……

"我也能进去一次,"我坦白道。

我们犹豫不决,就像充满自信的游泳健将突然意识到,他们面前的这条河水流太急,水温太凉。谁也下不了决心迈出第一步。

"安东……你能帮忙吗?"埃德加尔终于问道。

我点点头。可是我干吗还要去黄昏界呢?

"走吧……"宗教法官说道,眼睛盯着自己的脚下。

过了一会儿,我们步入第三层——这里只有一级魔法师才能顺利进入。

老巫婆不在。

"好一个……老狐狸……"埃德加尔小声说,四处打量。窝棚房子真的让人人印象深刻。"安东……她自己动手造了房子,她在这里待了好长时间。"

我慢慢地——周围的空间用猛烈的动作阻挠着——我靠近了"墙壁",拨开树枝,向外察看。

这完全不像人类的世界。

天上飘浮着闪闪发光的云彩——仿佛甘油里悬浮着银灰色的粉末。看不到太阳,取而代之的是在某个地方高高地飘散着的一团火红色的滚烫的云——灰蒙蒙的海市蜃楼幻境上惟一的彩色斑点。周围,一直到天边,绵亘着许多七扭八歪的矮树,老巫婆正是用这些树来盖房子的。不过——这是不是树呢? 没有一片树叶,盘枝错节的枯枝……

"安东,她进入了更深一层。安东,她是超级女巫,"埃德加尔在我背后说。我转过身去,看了看他这个巫师。他的皮肤——深灰色,拉长的脑壳光秃秃的,眼睛凹陷……不过,是人的眼睛。"我看起来怎么样?"埃德加尔咧着嘴笑。这也改变不了他的形象,他的牙齿是锥形的,尖尖的,活像鲨鱼的牙齿。

"不太好,"我坦白说。"大概,我也不比你好吧?"

"这只是表面现象,"埃德加尔漫不经心地答道。"你挺得住吗?"

我挺住了。黄昏界深处的第二个潜入层对付起来容易些。

"应该到第四层去!"埃德加尔说,他的眼睛,还算是像人的眼睛,不过里面燃烧着狂热的火焰。

"你是超级魔法师?"我以问代答。"埃德加尔,我连回去都困难!"

"我们可以把力量联合起来,巡查队员!"

"你说什么?"我有些不知失措。黑暗力量也好,光明力量也好,都有自己的"力量圈"的概念。不过这东西很危险,为此至少需要两三个他者……再说……如何把光明力量和黑暗力量联合起来呢?

"这是我的问题!"埃德加尔使劲晃起脑袋来。"安东,她离开了!去第四层了! 相信我吧!"

"相信黑暗力量?"

"相信宗教法官!"魔法师大声喊道。"我是宗教法官,你明白吗?安东,相信我吧,我命……"埃德加尔住了口,然后又换一种语气补充说:"我请求你!"

我不知道,是什么东西对我起了作用。是狂热的兴致? 是终究要抓住害了几千人的老巫婆的愿望? 还是宗教法官的请求?

也许,只不过是想看看第四层的愿望? 黄昏界的最隐秘的深处,连格谢尔也难得去一次,斯维特兰娜从来也没有去过的地方。

"我该怎么做?"我问。

埃德加尔的脸上堆满了笑容。他伸出一只手——手指上长着不锋利的、像钩子一样弯的爪子,说道:

"以巡查队的名义,维持平衡的名义……召唤光明力量和黑暗力量……请求力量……以黑暗力量的名义!"

在他执著的目光下,我也伸出一只手,说道:

"以光明力量的名义……"

这在某种程度上像黑暗力量和光明力量缔结和约、相互宣誓的场面。不过只是在某种程度上。我的手里没有冒出一瓣火苗,埃德加尔的手掌间没有出现一团黑暗。一切变化都发生在外面——包围着我们的灰蒙蒙的、模糊的世界猛然间变得清晰了。不,没有出现颜色,我们依然处在黄昏界中。出现了阴影,仿佛在银幕上放着电视,那里的色彩被抹得一干二净,忽然增添了亮度和反差。

"我们的权力被认可了……"埃德加尔小声说,环顾四周。他的脸上真的是洋溢着幸福。"我们的权力被认可了,安东!"

"要是没有被认可呢?"我警觉起来。

埃德加尔皱了皱眉头,说:

"什么事都可能……不过毕竟是认可了,不是吗? 走吧!"

在这个崭新的"高对比度"的黄昏界里前进要容易得多。我轻而易举就拿起了自己的影子,就像在普通的世界里一样。

于是我就到达了只允许超级魔法师进入的地方。

树木——要是这真的是树的话——消失了。周围的世界变得均匀、平坦,仿佛是靠三根柱子支撑着的地球上的中世纪的发面煎饼,没有一点起伏——一望无际的沙丘平原……我弯下身子,抓了一把沙子在手指间过滤。沙子是灰色的,黄昏界中的一切都应该是这个颜色。不过在这千篇一律的灰色中可以揣测到其中孕育着的颜色——暗灰色的珍珠母、彩色的火花、金灿灿的麦粒……

"她离开了……"埃德加尔对着我的耳朵说。他伸出一只手——突然变得又长又细的手。

我看了一下那个方向,发现——远处,只有在平原上才能够看得那么远,神速地出现了一个灰色的影子。老巫婆大步跳着疾驰而过,她在空中飞翔,在十来米的大地上空飞奔,张开双手,滑稽地交替蹬脚——像个快活的小孩子连蹦带跳地在春天的草地上奔跑……

"她喝了自己熬的迷魂汤吧?"我猜测。我找不出任何其他原因来说明这种跳跃。

"不错。她没有白熬这些汤,"埃德加尔说。他抡起手来——把一样东西扔到了阿琳娜身后。

一排小小的火球追着老巫婆飞去。仿佛是一团火流星,这是巡查队员通常使用的战斗咒语,但他用的是宗教法官的特殊咒语。

有几发子弹爆炸了,没有击中老巫婆。一发子弹猛然加快速度,终于追到了老巫婆,咬住了她的背,爆炸开来,火焰把老巫婆团团围住。可是火焰瞬间就熄灭,而老巫婆没有转身,把一样东西抛到身后——那里就出现了一片亮闪闪的银白色的液体流成的水洼。飞过水洼上面时剩下的子弹速度变慢了,高度也降下来了,旋即落入水中——无影无踪。

"老巫婆的鬼把戏……"埃德加尔厌恶地说。"安东!"

"啊?干吗?"我问,目光还紧盯着消失在远处的阿琳娜。

"我们该走了。赐给我们的力量只是用来抓老巫婆的。追捕结束了。我们追不上她。"

我看了看上面。黄昏界上一层闪闪发亮的火红色的云彩不见了。整个天空均匀地闪烁着白里透红的光芒。

太奇怪了。这时出现了颜色……

"埃德加尔,还有其他层吗?"我问。

"一定还有。"埃德加尔显然开始不安起来。"咱们走吧,安东!走吧,我们耽搁的时间太久了!"

周围的世界真的失去了反差,笼罩在灰蒙蒙的烟雾中,但是颜色依旧不变——珍珠母色的沙子和浅粉红色的天空……

我跟着埃德加尔,已经感觉出皮肤上有黄昏界的冷冰冰的刺痛,我回到了第三层。世界似乎等到了这一刻后,完全褪了色,变得灰蒙蒙,寒冷的狂风在肆虐。我们互相拉着手——不是为了交流力量,这几乎是不可能的,而是为了站稳脚跟,我们好几次试图回到第二层去。周围勉强能听到树折断的声音,老巫婆的窝棚倾斜了,我们一直在寻找自己的影子。我甚至不记得黄昏界在我面前展开的那一刻,我落到了第二层——几乎是熟悉的,完全不可怕的……

……我们坐在干净的,蹭过的地上,喘着粗气。我们俩此刻同样糟糕,无论是黑暗力量的宗教法官,还是光明力量的巡查队员。

"给你。"埃德加尔笨拙地伸手到上衣口袋里,从里面掏出一块"近卫军"巧克力。"你吃吧……"

"那你呢?"我剥开包装纸,问道。

"我还有……"埃德加尔在口袋里翻寻了好久,最后终于又找到了巧克力。这一次掏出的是"灵感"。他开始剥开一根又一根巧克力棒。

我们狼吞虎咽地吃了一会儿。黄昏界把我们身上的力量全都榨光了——不仅是施魔法的力量,而且连血液中的葡萄糖含量都低于正常值了。这就是用现代科学方法成功地查明黄昏界所付出的一点代价。剩下的一切——依然是个谜。

"埃德加尔,黄昏界有几层呢?"我问。

埃德加尔嚼着又一根巧克力棒,答道:

"我知道有五层。到第四层是第一次去。"

"那里有什么,第五层?"

"我只知道它存在,巡查队员。我甚至对第四层也一无所知。"

"那里会出现色彩,"我说。"它……它完全是另一种颜色,对吗?"

"嗯,"埃德加尔嘟哝着说。"另一种颜色。这不是我们能够弄明白的事,安东。也不是我们力所能及的事。自豪吧,你到过第四层了,甚至一级魔法师也不是全都能去那里的。"

“那你们呢，这么说，你们能够去？”

“只有在执勤时才可以，”埃德加尔承认。“加入宗教法庭的人不一定是最强大的他者。我们也需要可以对抗发疯的超级魔法师的手段，对吗？”

“要是格谢尔和扎武隆发了疯——您就怎么也抵抗不了他们了。”我说。“甚至跟老巫婆较量结果也不会……”

埃德加尔想了想，承认，要抵抗格谢尔或者扎武隆，宗教法庭莫斯科分部的力量不太够。除非他们双方同时违反了和约。那样的话……格谢尔将乐意帮助扎武隆保持中立，扎武隆也乐意帮助格谢尔保持中立。这就是宗教法庭的立足之地。

“现在我们拿老巫婆怎么办呢？”我问。

“我们要继续寻找，”埃德加尔一本正经地说。“我已经跟自己人联系过了，他们会包围附近这一带。将来我还能期望你再伸出援手吗？”

我考虑了一下。

“不，埃德加尔。阿琳娜是黑暗女巫。要是她七十多年前真的是干了什么……要是光明力量利用了她……”

“那你就继续站在你自己那一边吧，”埃德加尔厌恶地说。“安东，难道你不明白吗？在清醒的状态下就会发现既没有光明力量，也没有黑暗力量。你们双方的巡查队就像是美国的民主党和共和党。白天老是吵架、辩论，可是到了晚上——双方一起参加鸡尾酒会。”

“还没到晚上呢。”

“晚上总是会到的，”埃德加尔忧心忡忡地说。“相信我吧，我是个奉公守法的黑暗巫师。在受到迫害之前……在没有投奔宗教法庭之前。你知道，我现在在想些什么？”

“说吧。”

“光明力量，黑暗力量——全都是一样的破烂货。我在扎武隆和格谢尔之间没有发现更多的差别。我喜欢你……按人类的方式。你到宗教法庭来吧……我将很高兴和你一起工作。”

我嘿嘿一笑：

"你在招兵买马?"

"不错。任何巡查队员都可以加盟宗教法庭。谁也无权扣留你。甚至无权劝阻你。"

"谢谢,不过用不着劝阻我。我不打算去宗教法庭。"

埃德加尔唉声叹气地从地上站起来,拍打了一下上衣——其实他的衣服上本来就既没有一点灰尘,也没有一丝皱褶。

"衣服被施了魔法吧,"我说。

"只不过是穿得当心罢了。再说,料子也不错。"埃德加尔走到书橱跟前,抽出一本书,翻了翻。然后抽了第二本、第三本……羡慕地说:"多好的藏书室! 专业性很强的书,不过……"

"我想,这里连《富阿兰》也有,"我说。

埃德加尔只是笑了笑。

"这个小木屋我们拿它怎么办呢?"我问。

"你看——你这样考虑问题就像是我的同盟军了!"埃德加尔立刻说道。"我施保护和警戒咒语,还有……两三个小时后会有鉴定人来,要仔细检查一切。咱们走吧?"

"你不想亲自翻寻一下?"我问。

埃德加尔仔细打量了一下,说,不想翻。房子里可能有很多老巫婆留下的令人不快的意外。在超级女巫的家具中翻寻——对身体有害……让那些公务在身不得不来翻寻的人去做这件事吧。

当埃德加尔在小木屋四周施警戒咒语时,我在一旁等着——他不需要帮忙。随后我们动身去居住区。

返回的路程显得长得多,帮助我们去找老巫婆房子的难以捉摸的魔法仿佛消失了。然而,埃德加尔变得比先前爱说话多了——或许,我的帮助使他变得坦率了?

他讲了他接受的教育——他们教他运用的不仅是黑暗力量,而且还有光明力量。讲了宗教法庭其他学员的情况——其中有两个乌克兰的光明女魔法师、一个匈牙利狼人、一个荷兰魔法师,还有许多各种各样的他者。还讲到,有关宗教法庭贵重物品专门保存处的魔法法器存量过多的传闻是言过其实的:那里的法器虽然很多,但大部分早已失去魔力,毫无用处。另外又讲到一些晚会和酒会,学员们休息时总是愿意去……

这一切都十分有趣,但是我很清楚,埃德加尔的用意何在。正因为如此他才津津有味地回忆自己的学习生活、在守夜人巡查队的各种趣事以及谢苗讲的历史小故事……

埃德加尔叹了一口气,岔开了话题。而我们已经来到居住区,埃德加尔在林子边上停下了脚步。

"我要等自己人,"他说。"他们很快就会来的,甚至连维杰斯拉夫也推迟启程,答应来看一下。"

我根本就不想邀请宗教法官们到家里去做客。况且其中还有高级吸血鬼。我点点头,出于好奇忍不住问道:

"你预测,接下去会怎么样?"

"我及时报了警,老巫婆不可能离开这个地区,"埃德加尔沉着地说。"追捕者马上就会行动,我们会检查一切,会逮捕阿琳娜的。我们将对她进行审判。要是我们需要你——会把你叫去当证人的。"

我对埃德加尔的乐观主义态度不能完全认同,不过我点了点头。毕竟他对宗教法庭能够做到什么知道得更清楚。

"那么狼身变形人呢?"

"这是守夜人巡查队的职责,对吗?"埃德加尔以问代答。"要是遇上他们——我们会告诉你,但我们不会特意在林子里搜寻。不过你凭什么说它们还在这里呢。通常城里的外来者都会去乡村地区猎捕。看守被保护者必须更仔细一点,安东。"

"不知为什么我觉得他们还在这里,"我小声嘀咕。我确实有这种预感,不过我无法解释自己这种感觉的来由。在乡下——一切都看得清楚……而变形人很少能以狼的形体游荡超过一昼夜。

"检查一下隔壁几个村子,"埃德加尔建议说。"即使是那个老巫婆常去购物的村子也要检查。不过有可能白费力气。猎捕没有收获的话,他们会立刻夹着尾巴躲藏起来。我了解他们这种家伙。"

我点点头——听了他的所有解释，我觉得他的建议是不错的。我应该立刻到周围地区去，而不是抓捕善意的老巫婆。当侦探……《富阿兰》这本书引起了他们的注意……应该对普通的、乏味的工作多加注意。预防犯罪——苏维埃时代的这句口号完全正确。

"祝你成功，埃德加尔，"我说。

"也祝你成功，安东。"埃德加尔想了想又补充一句："是的，顺便说说。局势变得十分有意思，有关老巫婆的事情把双方巡查队都牵连进去了。你好像是代表守夜人巡查队的利益的。不过我认为，扎武隆也会派某个人来……在局势允许时。"

我叹了一口气。情况变得渐渐复杂了。

"我甚至能猜到他会派谁来，"我说。"对我要伤天害理的小把戏会给扎武隆带来快感。"

"你应该庆幸他没有打算对你做伤天害理的大事，"埃德加尔忧心忡忡地说。"小把戏嘛——你就忍一忍吧，谁也没有能力改变一个人的本性，你的朋友是黑暗使者——他至死都属于黑暗力量。"

"科斯佳已经死了，而且他不是人，是吸血鬼，是黑暗使者。"

"这有什么区别？"埃德加尔忧郁地说。他把手伸到裤子口袋里——这条昂贵的裤子穿在他身上显得很华丽，拱肩缩背，瞧着落到地平线上的红太阳。"在这个世界上一切都是一样的，巡查队员……"

不，在宗教法庭的工作奇异地影响着他者！使他对生活产生了虚无主义的观点。巴扎罗夫主义者①……

"祝你成功，"我再次说，开始从山坡上下来。而埃德加尔躺到草地上，凝望着天空，身上的上衣都给揉皱了。

---

① 巴扎罗夫，俄国作家屠格涅夫的小说《父与子》中子辈的代表人物，一个虚无主义者。

Chapter 6

回家的路上我遇见了克休莎和罗姆卡——两个孩子手拉着手，一本正经地在尘土飞扬的街上走着。我向他们挥挥手——克休莎立刻喊道：

"您的娜久什卡和老婆婆去河边散步了！"

我暗自一笑。毕竟柳德米拉·伊万诺夫娜不是常常听到有人叫她"老婆婆"的——任何一个五十岁的莫斯科妇女都讨厌这个称呼。

"好啊，让她们散步去吧，"我说。

"您已经找到狼了吗？"罗姆卡喊道。

"没有，你说的狼逃跑了，"我说。

或许，从心理治疗的目的出发应该说，我抓到了狼，把他们送到动物园去了？不过没有迹象表明，小男孩见过变形人以后老是提心吊胆。阿琳娜出了大力。

跟为数不多的居民打过招呼后，我来到自己家门口，斯维特兰娜侵占了我的吊床——手里拿着一瓶啤酒和一本书《富阿兰——谎言还是真理？》。已经翻到最后几页。

"有趣吗？"我问。

"嗯，"斯维特兰娜点点头。她喝啤酒完全不拘小节，直接对着瓶口喝。"比托薇·扬松的《姆米爸爸出海去》好看。我现在才明白，为什么以前没有让关于"姆米矮子精"的系列童话全都出版。这些东西根本就不能算儿童读物。托薇·扬松写这些东西时显然十分沮丧。"

"作家也有权利沮丧，"我说。

"要是她写的是儿童读物——那就没有权利沮丧！"斯维特兰娜严肃地回答。"儿童读物应该是善意的。否则就像一个拖拉机手，他耕地歪歪扭扭，还说：'我心情沮丧，我觉得兜风更有意思'。或者像一个医生，他给病人开泻药时加上安眠药，还解释说：'心情不好，打算去散散心'。"

勉强够到桌子后,她把假的《富阿兰》放了上去。

"嘿,你可真够严的,孩子她妈。"我摇摇头。

"是孩子她妈所以要严,"斯维特兰娜用同样的腔调说,脸上带着微笑。"开个玩笑。不管怎么说这本书非常神奇,只不过最后几页有些沉闷。"

"娜久什卡和妈妈去河边散步了。"我说。

"你遇到她们啦?"

"没有,奥克萨纳说的。她是这么说的,'您的娜佳和老婆婆去散步了'……"

斯维特兰娜忍不住扑哧一笑,并且扮了个鬼脸。

"当着妈妈的面别再说了! 她会难过的。"

"我难道是二战中的日本敢死队员吗?"

"最好说说,您的远征是以什么告终的。"

"老巫婆溜走了,"我说,"我们跟踪她一直追到了黄昏界的第四层,但她还是跑了……"

"追到第四层?"斯维特兰娜的眼睛一亮。"你说的是当真吗?"

我坐到她身边,吊床提出抗议摇晃起来,树木发出嘎吱声,但还是经受住了压力。我简要地叙述了我们的冒险经历。

"可我还没有去过第四层呢……"斯维特兰娜若有所思地说。"真有意思……又出现颜色了吗?"

"我觉得,甚至有一种气味。"

斯维特兰娜心不在焉地点点头:

"没错,有这样的传说……有意思。"

我沉默了一会儿,然后说道:

"斯维特兰娜,你应该回到巡查队去。"

斯维特兰娜一反常态,默不作声。我来了劲,继续说:

"生活不能使一半劲。你早晚……"

"我们不谈这个,安东。我不想成为伟大的女魔法师,"斯维特兰娜轻蔑地笑了笑。"在日常生活中使些小小的魔法——这就是我所要的一切。"

栅栏门敲响了——柳德米拉·伊万诺夫娜回来了,我匆匆一瞥,移开目光——再次盯着她看,感到莫名其妙。

我的岳母喜气洋洋,好像她刚刚得意地责骂了粗暴无礼的售货员,在街上拾到一百卢布并且跟自己爱戴的雅库博维奇①握手问了好似的。

她甚至走路也不同寻常——步态轻盈、腰杆挺直,下巴高高地抬起。就连微笑也十分亲切。嘴里还哼着:

"我们生来就是为了把童话变成现实……"

我甚至摇了摇头。岳母热情地对着我们笑,挥了挥手——两步一跨就进了屋。

"妈妈!"斯维特兰娜跳起来,喝住她,"妈妈!"

岳母停下来,看了看她——脸上依然挂着怡然自得的微笑。

"你没什么吧,妈妈?"斯维特兰娜问。

"我很好,"柳德米拉·伊万诺夫娜亲切地说。

"妈妈,娜久什卡呢?"斯维特兰娜稍稍提高了嗓门说道。

"跟一个女友散步去了,"岳母平静地回答。

我哆嗦了一下,斯维特兰娜大吼一声:

"你干吗,妈妈? 已经是晚上了……让两个孩子单独去散步……跟哪个女友?"

"跟我的女友,"岳母没有停止微笑,解释说。"别担心。我难道是傻瓜吗,会把小孩子一个人放出去?"

"你的哪个女友?"斯维特兰娜喊道。"妈妈! 你怎么啦? 娜佳跟谁在一起?"

岳母脸上的笑容开始慢慢消失,出现了没有把握的神情。

"和那个……这个……"她皱起了眉头。"和阿琳娜在一起。我的女友……阿琳娜……能算女友吗?"

----

① 即列昂尼德·阿尔卡季耶维奇·雅库博维奇(1945—),莫斯科电视台"奇迹天地"节目的著名主持人,深受观众喜爱。

我来不及看斯维特兰娜究竟干了什么——只感到一丝来自黄昏界的凉意掠过肌肤。斯维特兰娜几乎支持不住，向她母亲身上倒去，而岳母张着嘴呆住了，吞下了几小口空气。

　　看出人的心思相当困难，迫使他们讲出来要容易得多。但是从近亲那里能够获取信息，好像我们这么做是为了加快彼此间的了解。

　　然而这个信息我并不需要。

　　她不说，我也全都明白。

　　我甚至没有感到害怕——白费心思。仿佛周围的整个世界忽然冻僵了，停顿了。

　　"睡觉去!"斯维特兰娜对着母亲大声喊道。柳德米拉·伊万诺夫娜转过身子，像被施了魔法一般缓过来，迈着步子回屋去了。

　　斯维特兰娜看看我，她脸上的表情十分平静——这极大地妨碍了我作出决定。毕竟当妻子被吓坏时，男子汉大丈夫总是觉得自己要坚强得多。

　　"她走过去，吹了一口气，抓住娜坚卡的手，带着她进了林子，"斯维特兰娜不假思索地说道。"而她……还又散了一个小时步，十足的蠢货!"

　　这下我明白了，斯维特兰娜几乎要疯了。

　　能够作出决定的只有我自己了。

　　"她怎么能够跟老巫婆作对呢?"我扶住斯维特兰娜的肩膀，摇晃着。"你的母亲只不过是个人类!"

　　斯维特兰娜的眼睛里闪着泪花——但随即就消失了。她冷不防轻轻地推了我一把。说：

　　"走开，安东，要不然我会牵连……你本来就是勉强坚持着……"

　　我没有争辩。自从我跟埃德加尔经历了冒险后，谁的助手我也当不了。我身上的力量几乎全部耗尽，没有什么可以分给斯维特兰娜了。

　　我跑开几步，抱住活到自己生命最后一刻的干枯的苹果树的树干。闭上了眼睛。

　　周围的世界震颤了一下。

我觉得仿佛黄昏界在微微活动起来。

斯维特兰娜没有把周围的力量聚集起来,要是换了我,我会这么做的。她自身充满力量——都是被她坚决抗拒的、没有利用过的力量了。据说女性他者生过孩子之后会感到精力旺盛,而当时我在斯维特兰娜身上什么变化也没有发现。一切都消失了,躲藏起来了,储存起来了……就像是为了以备不时之需。

世界褪了色。我知道已经陷入了黄昏界的第一层:法力如此强烈,任何有魔力的东西,在人类的现实世界中都是坚持不下去的。我穿过木板桌子陷进去,重重地撞在地上放着的《富阿兰——谎言还是真理?》这本书上。在远方的某个地方,三座房子后面,有一个屋顶上冒出一团青苔,瞬间又燃烧了起来,它们是黄昏界的寄生虫。

白色的光辉裹住了斯维特兰娜。她快速摆动着双手,仿佛在织一张看不见的网。过了一会儿"网"开始看得见了——十分精巧,仿佛一张蜘蛛网,线挣脱了她的手,飘走了,被不存在的风驱散了。斯维特兰娜周围暴风雪肆虐起来——当上千根闪光的线四处飘散时,暴风雪停息下来。

"怎么啦?"我喊着。"斯维塔!"

我知道她刚刚用过的咒语。甚至我自己也能施这个"雪网"咒——或许没有迅速和有效,不过……

斯维特兰娜没有回答。她举起双手伸向天空——仿佛在做祈祷。可是我们既不信众神,也不信上帝。我们本人就是自己的神祇和魔鬼。

一个彩虹色的球,超级肥皂泡,离开斯维特兰娜的手掌,庄严地飘向天空。泡泡膨胀开来,慢慢地围着轴心旋转。透明的、彩虹色的外层上的暗红斑点让人想起了木星。当它在旋转一圈的过程中红色斑点处于我的对面时,我体验到一种冷冰冰的刺痛感,仿佛吹来一阵凛冽的寒风。

斯维特兰娜创造了"魔法之眼",做得极好……而且是在刚施完"雪网"咒后做的!

第三个咒语下得非常迅速,难以听清,我顿时明白了——它很久很久以前就保存在斯维特兰娜那里准备着的,就是等着这样的机会。斯维特兰娜从手掌中放出一群幻想中的淡白色的鸟。它们可以称作鸽子——只不过幻想中的鸟的嘴巴显得过于大和尖,凶相毕露。

这个咒语我从未见过。

斯维特兰娜垂下了双手。黄昏界安静下来,开始往回缓缓地向我们移动,用有所收敛的凶恶的寒气触碰我们的皮肤。

我进入了普通世界。

紧跟着——斯维特兰娜也来了。

这里什么变化也没有发生,扔在地上的书的封面受到撞击后还没来得及关上。

整个村子里只听到狗在狂吠乱叫。

"斯维塔,怎么啦?"我朝她奔去,问道。

她向我转过身子——眼睛被弄得模糊不清,她刚发送出去的无形的魔法使者还来不及消失,此刻正在离开我们数十、上百公里的地方现形,发送最后一批报告。

我知道是什么报告。

"空荡荡……"斯维特兰娜小声说。"到处空荡荡。既看不到娜久什卡……也看不到老巫婆……"

她的眼睛重新恢复了神采。这意味着——魔网完全腐烂了,落到地上,白色的鸟儿也消失了,彩虹色的球在空中胀破了。

"到处空荡荡,"斯维特兰娜重复说。"安东……应该放下心来。"

"她不会走得很远,"我说。"她不会对娜佳干什么坏事的,相信我。"

"把娜佳当人质吗?"斯维特兰娜问。从她的脸上我看到了希望。

"宗教法庭包围了附近地区。他们有自己的办法,甚至阿琳娜也逃不出他们设置的保护屏障。"

"是这样……"斯维特兰娜小声说。"明白了。"

"她要逃跑的话,需要有人从旁协助,"我说,也许是想说服斯维塔,也许是想说服自己。"靠行善她是得不到帮助的。所以她就决定威胁我们。"

"我们能够满足她的要求吗?"斯维特兰娜一下子就击中要害。她还没有确定我们要不要满足……不过我们有什么办法呢? 一切要求都得满足……只要我们做得到。

"我们应该等待她提出要求。"

斯维特兰娜点点头。

"是的……要等待。不过,究竟要等什么,电话吗?"

她随即举起一只手,看了看卧室的窗户。

一刹那工夫,玻璃窗被打碎,从卧室飞进来一把阿琳娜送的梳子。斯维特兰娜把它拿在手中——产生了厌恶之感,仿佛那是一只讨厌的虱子。她对着梳子看了一会儿——然后皱了皱眉头,用梳子梳起头发来。

传来轻轻的和善的笑声。她脑袋里的某个地方发出了阿琳娜的声音:

"喂,你好,亲爱的。我们这就算认识了。礼物有用吗?"

"记住,老畜生……"斯维特兰娜把梳子拿到自己面前,说道。

"我知道,我知道,亲爱的。我全都知道和记着。只要娜坚卡头上有一根头发掉下来——你就会一直找到天涯海角,从第五层黄昏界里把我拖出来,把我折磨得半死,再切成小段拿去喂猪。我全都知道,你想说什么。我相信——你会这么做。"

阿琳娜的声音是认真的。她没有嘲弄,完全是认真地在解释我们该怎么对待她。斯维特兰娜不说话,没有放开手中的梳子。只有当老巫婆住口了,她才说道:

"好吧。那我们就不要白白浪费时间了。我要跟娜久什卡说话。"

"娜坚卡,跟妈妈说声'你好',"阿琳娜说。

我们听到了非常愉快的声音:

"你好!"

"娜久莎①,你一切都好吗?"斯维特兰娜谨慎地问道。

_____

① 娜久莎,娜杰日达的小名。

"嗯……"娜佳说。

这时阿琳娜说道：

"女魔法师，我不会伤害你的女儿。只要你自己不干蠢事。我有些事情需要你们做——把我送出封锁线，你们的女儿就能失而复得。"

"阿琳娜，"我拉着斯维特兰娜的手说，"附近地区已经被宗教法庭包围了。你明白这个情况吗？"

"要不然我也不会求你们了，"阿琳娜冷冰冰地回答。"考虑一下吧，魔法制造者！每一个栅栏上都能找到烂木板，每一张网里都有漏洞。把我送出去——我就还你们女儿。"

"要是送不出去呢？"

"那我倒不会有什么损失，"阿琳娜漫不经心地说。"我会奋力拼搏，突出包围，可你们的小姑娘嘛，请多包涵，就会被我杀掉。"

"为什么？"我非常镇静地问道。"这对你有什么好处？"

"什么叫'什么好处'？"阿琳娜感到奇怪。"要是我突破了包围，那么下一次任何人都会明白——我不是开玩笑。还有……我知道有人喜欢借别人之手干卑鄙勾当。他会因为我杀了你们的女儿好好报答我的。"

"我们试试看吧，"斯维特兰娜说，紧紧地握住我的手。"听到了吗，老巫婆？别碰孩子，我们会救你！"

"那我们就这么说定了，"阿琳娜仿佛高兴起来。"那就考虑一下，怎么把我送出去。给你们的期限是——三小时。你先想一想，女魔法师，然后再重新拿起梳子梳头发。"

"只是不要碰娜久什卡！"斯维特兰娜用颤抖的声音说。

她当即用左手轻轻地施了一下魔法。

梳子被一层冰盖住。斯维特兰娜把它扔到桌子上。嘴里咕哝着："真是个老畜生……不是吗，安东？"

我们互相对视了一会儿，好像是主动发一个球给对方。

我先开口说：

"斯维塔，要冒的风险很大，如果公开较量，她战胜不了我们。因此,要是放了娜佳,对她来说就意味着陷入困境。"

"我们能给她找到出去的通道……出路……"妻子小声说。"就让她突出包围,留下娜坚卡。我立刻就能再找到她。即使她跑到其他城市去,把娜佳也带到那里去! 我会打开通道……我知道怎么做。我办得到! 我一分钟后就去那儿。"

"对,"我点点头。"一分钟后。接下去呢? 老巫婆来不及走得很远。一旦娜佳跟我们在一起了,你就会想要找到阿琳娜,让她现原形。"

斯维特兰娜点点头。

"把她撕碎,而不是让她现原形……对于老巫婆来说利用我们的帮助是正确的做法,不过娜佳反正都会被害死。安东,那么我们怎么办? 去叫格谢尔来帮忙吗?"

"要是她感觉得到呢?"我以问代答。

"打电话呢?"斯维塔建议。

我想了想,点点头。阿琳娜毕竟与时代脱节太久。她能猜到我们跟格谢尔联系不是用魔法,而是用普通的手机吗?

斯维特兰娜的手机留在家里。她像对梳子那样漫不经心地施了魔法,就把手机拿来了。她又看了我一下——我点点头。

该是请求帮助的时候。该是要求帮助的时候。要求守夜人巡查队莫斯科分部的所有力量来帮忙。最后,格谢尔一定会在娜坚卡身上下一个我们都不知道的赌注。

"等一下!"栅栏门那儿传来一个声音叫住我们。

我们转过身去,大概,过于猛烈地举起手的动作让我们看上去像一副战斗的架势。世界对于我们来说已经不是普通的、人类的世界了。我们现在生活在他者的世界,危险的世界,在这个世界里一切都由咒语的力量和反应的速度决定。

不过不必交战。

栅栏门旁站着一个年轻人,他身后有三个孩子,两个男孩和一个女孩,男人也好,小孩也好,全都穿着灰绿色仿军装,活像打了败仗的部队士兵。男人二十五岁上下,小孩不到十岁。他不可能是他们的父亲,也绝对不是他们的哥哥——彼此的五官长得太不像了。

只有一样东西是相同的——乌黑的生物电场,粗野的、乱蓬蓬的,跟他们可爱的脸蛋和整齐的短发一点儿也不相符。

"瞧,我们要找的变形人光临了,"我嘟哝说。

那个男人迅速垂下头,断定我说得有理。

我真是个蠢货!

要寻找带三个孩子的大人,却没有想到去检查少先队夏令营!

"你们来投降吗?"斯维特兰娜冷冰冰地问。"来得不是时候!"

不管他们是多么弱小的他者,力量想必应该捉得住不久前的旋风。还有从斯维特兰娜身上飘过来的力量,这种力量没有给变形人、吸血鬼和其余施魔法的废物留下任何机会。斯维塔现在能够手一挥就把他们齐脖子埋进土里。

"请等一等!"那男人快速地说道。"请听我们说! 我叫伊戈尔。我……我是注册过的六级黑暗使者。"

"城里的吗?"

"谢尔吉耶夫镇的。"

"孩子呢?"她继续盘问。

"彼佳来自兹韦尼哥罗德,安东来自莫斯科,加利娅来自科洛姆纳……"

"你们都注册过了?"斯维特兰娜进一步问。她显然想听到"不"的回答——然后伊戈尔的命运就决定了。

两个男孩默默地撩起了衬衣。小女孩稍稍有点犹豫,不过也解开了衣服上面的扣子。

大家都有心事。

"这帮不了你大忙,"斯维特兰娜嘟哝着说。"到棚子里去吧,你们将会在那里等到守夜人巡查队的作战队员。你要向法官解释,为什么派小狼去猎捕人类。"

可是伊戈尔又晃起脑袋来,他的脸上露出了真诚的激动,而且不是为自己,这可真令人惊讶!

"等一下！求你们了！这非常重要！你们是不是有个女儿？他者小女孩,光明力量的,两三岁？"

"我们看到她被带到哪里去了,"我的小同名人轻声说。

我推开斯维特兰娜,朝前面走去。问道：

"你们想干什么?!"

我们明白,变形人想干什么。变形人也知道,我们什么都明白。最伤心的是——他们很清楚,我们会同意做交易。

不过总是有一些值得讨论的细节。

"就当是我们无心的小疏忽。"伊戈尔快速说道。"散步的时候我们偶然被孩子们撞见,便吓唬了他们。"

"你猎捕他们了,畜生!"斯维特兰娜忍不住说道。"你带着小狼去猎捕人类的孩子!"

"不对!"伊戈尔晃着脑袋说。"小家伙淘气,打算跟人类的孩子玩耍。我走过去,把他们拖走了。我错了,没有看好他们。"

他对一切都估计得很正确。我不能对发生的事完全置之不理,即使希望这样。事实也摆在那儿。问题在于如何给发生的事情定性。杀人的企图——这几乎可以肯定会让伊戈尔被打入黄昏界,小狼也会要接受最严格的看管。而如果只是小疏忽,就只用做个记录,罚点款,并对他以后的行为进行"特别监督"就可以了。

"好吧,"我说得很匆忙,不让斯维特兰娜抢在我前面说,"要是你们帮忙——你们就只会有'小疏忽'的罪名。"

但愿由我来承担说这些话的后果。

伊戈尔松了口气。大概他以为讨价还价的时间会更长些。

"加利娅,讲一下,"他吩咐道,然后又补充说："是她看见的……加尔卡①是我们这儿的淘气孩子,她老是坐不住……"

斯维特兰娜走到小姑娘眼前,我做了个手势示意伊戈尔到一边去。他又紧张起来,但还是顺从地紧跟着走了。

---

① 加尔卡,加利娅的爱称。

"有几个问题，"我解释说。"我劝你老老实实回答。"

伊戈尔点点头。

"你怎么会得到权利激发这三个别人的孩子的?"我问，咽下了非常想找茬的词儿"畜生"。

"他们全都命中注定会死，"伊戈尔回答说。"我学过医，曾经到儿童肿瘤病房去实习过，他们三个都患白血病，奄奄一息。那里还有一个他者医生。光明力量的。是他建议我这么做的……我就咬了他们三个，将他们变成变形人后他们就痊愈了。而他得到的报偿是获得了治愈其他几个孩子的权利。"

我哑口无言，回想起了一年以前发生的这件事，一件荒唐的、绝对行不通的事:黑暗力量和光明力量公开达成协议，双方巡查队都认为最好把不愉快的事情悄悄压下去。光明力量利用这个难得的机会抢救了二十个孩子，累得筋疲力尽。黑暗力量则得到了三个变形人。是笔不小的交易。皆大欢喜，包括孩子们以及他们的父母。为避免将来发生类似的事件，还修改了和约，双方巡查队都觉得这个先例最好快一点忘掉……

"你要谴责我吗?"伊戈尔问。

"不是我要谴责你，"我小声嘀咕。"好吧，不过你的动机是什么……就这样吧。第二个问题。你为什么要强拉他们去狩猎? 不要撒谎，现在不要撒谎! 你就是在盗猎! 你打算扰乱巡查队!"

"你太冲动了，"伊戈尔镇静地说。"我干吗要撒谎。我是把小狼带出去散步的，还特意挑选最偏僻的地方。谁知道偏偏撞上了这些孩子……活蹦乱跳的。浑身散发出香喷喷的气味。我心动了，发了野性。而这些小狼……他们今年只在抓住一只兔子时尝过鲜血的滋味。"

他笑了笑——面带愧色，一脸窘态，非常真诚。他解释说:

"变成野兽时大脑就完全按另一种样子运转了。下一次我会小心些。"

"很好，"我说。

我还能说什么呢? 此刻，娜久什卡的生命危在旦夕，即使他撒谎——我也不会追问。

"安东!"斯维特兰娜叫住我。"抓住他们!"

我看了看她——脑袋里交替旋转着一个个形象。

……一个漂亮的女人,穿着长长的老太婆裙子,系着色彩鲜艳的巴甫洛夫头巾……

她身边有一个小女孩在跟着她走……小女孩落在后面……那女人拉住她的手……

……沿着河岸走……

……青草……高高的青草……怎么会有这么高的青草——高出人头……

……我跳过小溪——用四个爪子,把鼻子伸到地上,用嗅觉捕捉到了她们的足迹。

稀疏的小树林蜿蜒在崎岖不平的田野上……壕沟,水沟……

……气味……一种奇怪的气味从这块土地上飘来……令人不安……不得不夹起了尾巴。

……女人手拉着小姑娘朝深沟里走下去……

……往后……往后……这正是那个老巫婆,就是她……这是她的气味……

"这是怎么回事?"斯维特兰娜问。"要是离得不远的话,为什么我找不到她们?"

"战场,"我小声说,把变成小女孩的小狼所看到的形象从头脑中赶走。"这里曾经是前线,斯维塔。那里所有的大地都被鲜血染红了。应该有目的地寻找,至少要找到一点东西。这就像是用魔法来探查莫斯科。"

伊戈尔走过来,柔弱地咳嗽起来,他问:

"这样可以吗?也许我们可以在夏令营里等调查员过来?或者我们先不要着慌,等一个星期之后夏令营结束了,我亲自去守夜人巡查队解释……"

我思索着,试图把我看到的同尽力回忆起来的地区的地图作个比较。二十来公里……啊呀,老巫婆不会步行带着娜久什卡的。抄近路——老巫婆有这个能力。我们就算开车也追不上她,而且我没有吉普车,再说,整个村子里既没有尼瓦汽车,也没有一辆乌阿斯,难道让拖拉机走这样的路……

不过,可以进入黄昏界。

最好加快速度。

"斯维塔。"我看了看她的眼睛。"你留在这里。"

"什么?"她听到这句话甚至慌了神。

"老巫婆不是傻瓜。她不会给我们三小时去考虑,她会提前跟我们联系。也就是跟你联系——她不指望我会做出什么壮举。你留下来,等老巫婆来找你时——你就跟她对话。告诉她,我去准备突围的通道了……胡诌几句嘛。我会召唤你,并分散她的注意力。"

"你对付不了,"斯维特兰娜说。"安东,你抓不住她的!而我不知道,怎样才能迅速打开通道。我甚至不知道,有没有这个能力!我可没有试过,我只是在书上看到过! 安东!"

"我将不是孤军作战,"我说,"对不对,伊戈尔?"

他脸色变得煞白,摇晃着脑袋说:

"哎,巡查队员……我们可没这么说定呀!"

"我们说定了,你帮忙,"我提醒他说。"只不过帮什么忙我们尚未确定。对吗?"

伊戈尔瞟了一眼他的那些被监护人,皱了皱眉头,一口气说道:

"你是坏蛋,巡查队员……对我来说,对付魔法师比对付老巫婆容易!她拥有的所有的魔法都来自地底下!会一下子活活剥掉我的皮……"

"没关系,我们在一起,"我说。"五个在一起。"

小狗崽们——我迫使自己只把他们看作小狗崽——互相使了个眼色。加利娅用拳头砸了一下彼佳的一侧,小声嘀咕着什么。

"你要他们去派什么用场?"伊戈尔提高嗓门说。"巡查队员! 他们可是孩子哪!"

"会变形的小狼，"我纠正他的话。"差一点吃掉孩子的狼。你想赎罪吗？想用几句责备的话就搪塞过去吗？那就别再瞎扯了！"

"伊戈尔叔叔，我们不害怕，"名叫彼佳的小男孩忽然说道。

我的同名人声援他说：

"我跟你在一起！"

他们平静地看着我，没有抱怨。看来，他们并不指望别的结果。

"他们还什么都不会呢……"伊戈尔说。"巡查队员……"

"没关系，他们能把老巫婆引开——那就谢谢了。变吧！"

斯维特兰娜转过身去。但她什么话也没说。

变形人默默地开始脱衣服。只有那个小女孩害羞地四处张望——她钻进了醋栗灌木丛，其他几个都不怕难为情。

我用眼角一扫，发现公路上有一个农村大婶拖着一个装满土豆的木桶在行走。大概是刚从集体农庄的庄稼地里挖来的。看见栅栏后面发生的事情后，她稍稍停了一下，但是我立刻就不去管她了。我本来就状态不佳，不可能把精力花在偶尔目睹超自然现象的证人身上。我得学会奔跑，非常迅速地奔跑，以免掉在小狼后面。

"让我来帮你，"斯维特兰娜说。她伸出一只手掌，在空中一挥——我立刻感觉到，身上非常舒服地酸痛起来，腿上的肌肉充满了力量。一下子就觉得很热，仿佛进入了一个烧得很热的桑拿浴室。"通道"——咒语十分简单，但运用它得格外小心，如果伤到心肌，可能会引起心肌梗塞。

伊戈尔在我旁边嘶哑地呻吟着，把身体弯成了拱形——双手和双脚着地，脊椎仿佛是折成了两半，朝着天空。所有那些关于必须越过腐烂的树墩的故事就是由此而来的……他的肤色变深了，上面覆盖着一层鲜红色的疹子———一绺绺湿漉漉的、迅速蔓延的绒毛膨胀起来。

"快一点！"我大喝一声。嘴里呼出的空气是热腾腾、潮乎乎的，甚至觉得我自己呼出的气是白雾，仿佛站在严寒中一样。站着让人难过得无法忍受——身体渴望活动。

只有一点让人感到安慰——变形人也在忍受着同样的痛苦。

大狼咧开嘴笑了,最后一刻不知为什么他的牙齿换掉了,狼的嘴里长着人的牙看起来滑稽可笑,同时也相当可怕。我脑子里忽然闪出一个奇怪的念头:变形人一定不能做假牙或戴牙套。

　　然而,他们的体格要比人类的体格强壮得多,变形人不会患龋齿。

　　"走吧……"狼嚎道,舌前音发不准。"热得受不了啦。"

　　三只小狼朝大狼跑过去——尖叫了几声,他们也浑身湿漉漉的,好像被汗水浸透了一般。一只小狼的眼睛依然是人的眼睛,但是我甚至弄不明白,这是小男孩变的还是小女孩变的。

　　"咱们跑吧。"我说。

　　随即就冲了出去,没有回头看一眼斯维特兰娜,没有考虑——人家是否会看见我们。以后我再去弄清楚吧。或许斯维特兰娜会把脚印清除掉。

　　不过街上空荡荡的,甚至连拖木桶的大婶也不见了。莫非斯维特兰娜把人全都驱赶回家了? 很好,要是这样的话。这是一个很奇特的场面——人跑得比大自然赋予的快,四只狼紧跟在边上。

　　两只脚仿佛自动抬着我向前跑,童话中的魔靴,闵希豪生男爵①的飞毛腿仆人——都是反映在人类神话故事中的小魔法。只不过童话中没有讲述,脚底敲打在柏油路上是多么痛……

　　一会儿工夫我们已经拐到河边,在柔软的地上跑觉得舒服些。我同狼站在一起,仿佛是柔弱的伊万王子②,不愿让自己的灰色朋友感到疲劳。小狼稍稍落后些——这种速度对他们来说有些困难。变形人非常强大,但是魔法无法帮他们提升速度。

　　"你……拿定……什么主意了?"狼嚎道。"你……准备……怎么做?"

　　要是我知道答案那就好了!

─────────────

　　①　闵希豪生男爵,十三世纪德国旅行探险家、吹牛大王,传说他有四位天赋异禀的仆人:飞毛腿、大力士、千里眼和顺风耳。
　　②　伊万王子是俄罗斯童话《火鸟》中人物,伊万王子奉父命出国调查火鸟偷金苹果一案,途中救了灰狼,灰狼此后成了王子的助手。

他者之间的战斗——是靠力量使的花招,这种力量在黄昏界中瓦解了。我是二级的——这不算小了。阿琳娜总的来说超越了等级的束缚。可是阿琳娜是老巫婆,这是长处,同时也是短处。她不可能随身带着吉祥物和辟邪符咒,迷魂汤和护身符……除非是最小的。然而她能够直接从大自然中汲取力量。在城里她的才能减弱了,到了这里——又增加了。为了正儿八经地施展魔法,她得带着某种护身符,但这要额外花时间……然而蓄积在护身符中的能量可能会厉害得出奇。

我不知道。变数太多了。甚至阿琳娜和格谢尔较量的结局我都不敢去想象。多半是伟大的魔法师获胜,不过这并不简单。

我能用什么去跟老巫婆抗衡?

速度?

她会进入黄昏界,在那里她要自信得多,每深入一层黄昏界,我的速度就会慢一些,越来越慢。

出其不意?

胜算不大。但我指望着阿琳娜没有料到我会出现。

普通的体力? 用石块狠狠地敲她脑袋……

不过为此得更加靠近她。

根据所有的情况来看,我有必要尽可能靠她近一些。一旦老巫婆要离开,就对她进行袭击。用粗暴、简单的方法袭击她。

"听着!"我对狼喊道。"等我们靠近她后我就进入黄昏界,赶上去悄悄接近老巫婆。你们公开露面好了,当她跟你们谈话时,她的注意力就转移开了——我趁机向她发动进攻,到时候你们帮一下忙。"

"好——吧,"狼吼了几声,没有表达他对计划的看法。

Chapter 7

这块地方在第二次世界大战的地图上有没有保留下来？

或许，这个历史学家们耳熟能详、书本里不断歌颂的登陆地，曾经发生过两国军队的流血冲突，彼此紧紧咬住对方的喉咙不放——而战车在闪电战之后晕头转向，迅速撤离。

也许，这里是一个我们不为人知的耻辱之地，德国精英分子在此侮辱了迎面碰上的肚子瘪、装备差的民兵？因此它的名字只能保存在国防部的档案馆里？

我对历史不熟悉。多半是第二个原因吧。这里实在是太空旷、太凄凉、太寂静。就连集体农庄都不会对这片堆垃圾的废弃地感兴趣。

我们国家不喜欢在失败的地方建立纪念碑。

也许正因为如此，胜利可不是始终都唾手可得的。

我站在小河岸边望着这块荒凉的场地。不太大：林子和小河之间的土地有一公里宽，十公里长。牺牲在这里的人并非那么多，与其说几千个，不如说几百个。

然而，难道可以说，这个数目少吗？

战场完全荒无人烟，用普通人的眼力我谁也看不见，透过黄昏界看也无济于事。

于是，我抓住自己的影子——落日照在背上。我进入了黄昏界。

第一层长满了青苔，但是不太密。常见的稀疏的一块块，贪婪地吞噬着残余的人类情绪。

但还是有些迹象引起了我的警觉。青苔仿佛一圈圈地环绕着某个点。我知道青苔善于爬行——慢慢地，但是坚忍不拔地靠近养料。

在这里青苔只有一个理由打转。

我穿过雾腾腾、灰蒙蒙的空间，周围隐约现出人类的世界，仿佛是一张被水冲模糊的、曝光不足的黑白照片。我觉得又冷又不舒服——

在这里我每时每刻都在耗费能量,但这也有好处。就连阿琳娜也不可能长期待在黄昏界。她能够从普通世界里瞧一眼黄昏界的第一层,这也需要耗费力量。

此刻她不在这一层,为的是避免动用多年来积聚的力量。

第一层的地形几乎跟地面上的差不多,这里也有脚下踩着的泥土,也有洼地和小山冈。但是在这里还能发现一些东西。我看到,确切地说,是猜到泥土里埋着老式武器。当然,不是所有的武器,只是那些曾经杀死过人的。几乎腐烂的冲锋枪的枪管,保存得稍稍好一些的步枪……步枪多一些。

离阿琳娜一百米左右时我蹲下来并开始蹲着跑起来。斯维特兰娜下的咒语还真管用,要不然我很快就会精疲力竭了。离她五十米时——我趴下来,爬行。地上潮乎乎的,我一下子就弄得满身是污垢。还好,这种污垢在离开黄昏界时会自行脱落。青苔在微微摆动,不知道该下什么决心——也许是靠近我,也许是爬着离开灾难。糟糕,阿琳娜会明白青苔为什么不安……

这时,在非常靠近老巫的地方,五公尺左右,慢慢地开始升起一个黑头发的脑袋。让人觉得阿琳娜是突然从地里直接钻出来的。战壕太窄,覆盖的东西太多……

我愣住了。

不过阿琳娜没有朝我这个方向看。她慢慢地、慢慢地挺直身子——此前她似乎是坐在旧壕沟的底部。她姿态优美地举起手掌伸向前额搭起凉棚。我明白,她在透过黄昏界观察。

幸好她没有看我。

我强行招募来的新帮手靠近了。

他们跑的姿态十分优美!甚至从黄昏界看起来他们的步伐也很快,只不过在跳跃时悬空的时间太久了。前面是上了年纪的英明的领头狼,他身后跟着三只小狼。

人看到准会吓坏的。

阿琳娜笑了起来。她站起来双手叉腰,活脱脱一个小俄罗斯的健壮的少妇。仿佛在看着一个醉眼蒙眬的男人带着几个酒友渐渐向她走来。她开口说话——低沉、洪亮的声音在空中荡漾起来。她并不急于进入黄昏界。

我也回来到人类世界。

"……吹牛大王！"一个声音传到我耳边。"是不是我对你招待不周？"

众狼放慢了脚步，在二十米处停了下来。

领头狼向前跨出一步，嗥道：

"老巫婆！说吧……该谈谈了！"

"你说呀，大灰狼，"阿琳娜和善地说。

伊戈尔不可能长时间转移老巫婆的注意力，这一点我明白。老巫婆随时都会进入黄昏界，好好观察四周。

娜久什卡究竟在哪里？

"把小女孩……交出来……"狼嗥叫着。"光明力量……很野蛮……把小女孩交出来……否则决没有好下场……"

"你好像想威胁我吧？"阿琳娜感到奇怪。"你们全都失去理智了。谁会把孩子交给狼呢？你们还是趁早滚开吧！"

奇怪——她好像在故意磨蹭。

"活着吗……孩子？"狼用稍稍清晰的嗓音说。

"娜坚卡，你还活着吗？"阿琳娜眼睛看着下面的某个地方，问道。她稍稍弯下身子——把小女孩从战壕里拉起来放到地面上。

我喘不过气来了。娜久什卡一点也不像是受了惊吓或者疲惫不堪的样子。好像她对发生的事情甚至很喜欢——这要比跟外婆一起散步走的路多得多。

不过她靠近，太靠近老巫婆了！

"小狼，"娜佳说，眼睛看着会变的狼，向他伸出一只手，高兴地笑了起来。

会变的狼摇起了尾巴！

然而，这总共才持续了几秒钟。伊戈尔紧张起来，毛发直竖——我们面前又出现了野兽，而不是温驯的小狗。毕竟这一时刻有过——会变的狼在两岁小姑娘面前奉承拍马，没有被激发的他者小姑娘。

"是小狼，"阿琳娜同意说。"娜坚卡，你看，这里还有谁？睁开眼睛看看。照我教你的那么做。"

娜久什卡乐意地用手掌蒙住眼睛，开始朝我这边转过身来。

她居然激发了娜久什卡！

万一娜久什卡真的是学会了透过黄昏界观看……

女儿转向我，笑了笑。

"爸爸……"

紧接着的一瞬间我一下子明白了两件事。

第一——阿琳娜很清楚我在边上！老巫婆在跟我玩游戏。

第二——娜久什卡没有透过黄昏界观看！她分开手指，从指缝里偷看。

于是我进入了黄昏界，由于神经高度紧张，我一下子跌进了第二层——万籁俱寂的绵软空间和浅灰色的暗处。

阿琳娜身上的生物电场发出橙黄色和碧绿色的光，娜久什卡周围有一圈洁白的生物电场闪闪发亮——仿佛是空旷地带中的一个灯塔：潜藏的他者！光明力量！巨大的力量！

奔跑起来的会变形的狼——成了一团团大红色和暗红色的生物电场，这是狂怒和恼恨，饥饿和恐惧的颜色……

"斯维特兰娜！"我喊道，一跃而起，奔向灰蒙蒙的空间、寂静的绵软空间。

我轻而易举地瞄准了隧道的入口——仿佛是拽着一条火链，用纯粹的法力把降落的通道扔进了黄昏界。从自己这边扔向阿琳娜。

与此同时我奔跑起来，跑得很快，不让娜久什卡遮挡我看阿琳娜的视线，从指尖抛出老一套咒语。

"速冻术"——时间局部停顿。

"鸦片"——昏昏欲睡。

"三刃刀"——最粗鲁、最简单的力的咒语。

"死亡本能"——死亡。

不过我没有在任何一个咒语上抱有希望，只有在面对最弱小者时，这些咒语才能奏效。在力量上占优势的他者不管是在黄昏界还是人类世界，都会进行反击。

我要做的只是把老巫婆的注意力引开，逮捕她。消耗她的防御物和护身符组成的防护。所有这一连串咒语都不过是为了找到她防御上的缺口。

"速冻术"不知所终。

令人昏昏欲睡的鸦片咒语弹回到天空。我希望我们头上没有飞机。

"三刃刀"没有糊弄我——明晃晃的刀刃刺中老巫婆。只不过她对三刃刀不屑一顾。

能够召唤死亡的咒语结局最糟糕！我不喜欢这个魔法并非平白无故，它非常危险地接近黑暗力量的咒语。阿琳娜尽管待在普通世界里，但还是从容不迫地伸出手，这团足以毁掉跳动的心脏致人于死地的灰蒙蒙的雾霭立即凝聚在一起，听话地躺在了她的手掌中。

阿琳娜透过黄昏界看着我，微笑着。她的手掌耷拉在娜久什卡的脑袋上，灰蒙蒙的一团东西慢慢地从指缝中滴落。

我朝她们跳过去——没有进攻，只是自投罗网……

可是阿琳娜已经到了黄昏界的第二层，神速的、惊人美丽的阿琳娜。她手指一动，就把我的咒语揉成一团——随即漫不经心地扔向了众狼。

"别着急……"老巫婆用悦耳的声音说。在寂静的第二层里她的声音震耳欲聋——于是，我的两条腿背叛了我。在离阿琳娜和娜久什卡一步之遥的地方我跌了一跤，跪在地上。

"别动！"我喊道。

"我已经求过你了……"老巫婆轻声说。"帮我离开吧……一个老巫婆对你有什么用呢？"

"我不相信你！"

阿琳娜点点头，疲惫而伤心地说：

"你不相信是对的……可我怎么办呢，魔法制造者？"

她的手顺着裙子滑下来，从腰带上扯下一串干的浆果，扔进熊熊燃烧的白色火焰中，马上就窜起一团黑烟——隧道的入口消失了。

斯维特兰娜来不及抵达！

"你没有给我留下选择的余地，光明使者……"阿琳娜做了个鬼脸。"明白吗？我不得不杀掉你，你的女儿也没有必要活下去了。你从第二层还能逃到哪里去？"

这时候阿琳娜的背部被明晃晃的白色刀刃击中，刹那间就从胸部戳出，然后听命于一只无形的手的指挥，往后退去。

"啊-啊-啊-啊……"老巫婆哼哼着，不由自主地向前倒去。

燃烧的刀刃在黑暗中移动。

随后，灰蒙蒙的雾霭散去，斯维特兰娜出现了。

老巫婆似乎在受到袭击后已经恢复了元气，她蹦跳着向后倒退，眼睛一直盯着斯维特兰娜不放。裙子上被烧穿的洞冒起了黑烟，但是血没有流出来。她的目光里与其说充满了憎恨，不如说洋溢着叹服。

"嘿，真有你的……伟大的女魔法师……"阿琳娜发出呱呱的笑声。"我失算了吗？"

斯维特兰娜没有回答。我甚至无法想象她目光中会射出这样的憎恨——只要看一眼她的眼睛，人就会被吓死。她的右手攥着白晃晃的剑，左手的手指拨弄着空气——仿佛在摆弄无形的魔方。

黄昏界暗淡下来，娜久什卡周围突然出现了彩虹。斯维特兰娜接下去施的魔法轮到了我的头上——我的身体恢复了活动能力。我一跃而起，开始绕到老巫婆背后。在这场战斗中我扮演的是双重角色。

"你从第几层过来的，淘气鬼？"老巫婆几乎是和善地说道。"难道是从第四层？第三层我看过了……"

我觉得——她非常非常想知道答案。

"从第五层，"斯维特兰娜冷不丁开口说道。

"情况好像不妙……"老巫婆小声说。"瞧瞧，这就是母亲的狂怒……"她用眼角扫了我一眼，又盯住斯维特兰娜。"别说废话了，不管你看到什么……"

"别在圣人面前卖斯文，"斯维特兰娜点点头。

老巫婆也点点头，麻利地卷起袖子，从头上拔下几根头发。我不知道斯维特兰娜对此有没有预料到——我把这看成是跳开的好机会。不出所料——一场黑色的暴风雪围着老巫婆飞舞起来，仿佛她头上的每一根头发都变成了黑钢打成的薄薄的锋利的刀刃。老巫婆开始向斯维特兰娜逼近。斯维特兰娜朝老巫婆扔过去一把白晃晃的剑，那些刀刃把它劈碎、毁掉，这时斯维特兰娜面前出现了一块透明的自行飘浮的防护罩。

好像这叫"卢仁的防护"①。

刀刃无声地、几乎瞬间就撞在挡板上碎裂了。"哎呀妈呀……"阿琳娜抱怨道。奇怪的是——我毫不怀疑，她说的是真话。与此同时——又是装模作样的，似乎在表演给别人看。

也就是表演给我看。

"投降吧，畜生，"斯维特兰娜说。"现在我建议你——投降！"

"要是……要是那样……"阿琳娜忽然开口说道。"啊？"

这一次她没有去拿护身符。只是用悦耳的声音唱起她自己写的歪诗：

尘埃纷纷聚拢成堆，
感觉到拥有了力量，
做个仆人，做个支柱，
要不然我马上就会粉身碎骨！

不管我对阿琳娜的预料是什么，反正决不会是这个。甚至连黑暗力量也难得碰上真正的招魂卜卦者。

---

① 典出俄裔美籍作家纳博科夫的小说《卢仁的防护》，指为了生存的意义而防护。

从地底下慢慢升起了一些死人。

第二次世界大战中的德国士兵重新投入了战斗！

四个穿得破烂不堪的骨头架子——骨头之间塞满了泥土，肉体早就没剩下了，围着阿琳娜打转。一个骨头架子盲目地朝我慢慢走来，用没有指甲的双手瞎挥舞——手指的指骨完全腐烂了。每走一步，样子怪诞的死人身上就会掉下几块骨头。三个这样不幸的怪人朝斯维特兰娜移动过来。其中一个甚至手握掉了弹仓的冲锋枪。

"你能够把红军唤醒吗？"阿琳娜挑衅地喊道。

她这是白费力气——斯维特兰娜待在原地。她咬牙切齿地说：

"我的爷爷曾与德军作战。你还想骚扰亡者……"

她干了什么——我不知道。如果是我，我会使用对抗不死物的"单调的祷告"，可是她用的是高级的、我达不到的级别的魔法。死人瞬间灰飞烟灭。

而斯维特兰娜和阿琳娜默默地互相盯着对方。

玩笑结束了。

女魔法师和老巫婆进行了直接的力量交锋。

我也利用短暂的喘息机会储备了一些能量。要是斯维特兰娜忽然哆嗦一下——我就出击……

阿琳娜哆嗦了一下。

起初她身上的裙子被扯了下来，大概这对男人能起作用，能使他们想入非非。

随后老巫婆迅速变老。蓬松秀美的乌发变成了少得可怜的一绺白发。两只乳房耷拉下来，手脚干瘪。不知是童话中的金格玛，还是成人故事中的哈古拉。

昔日的美貌荡然无存。

"你的名字！"斯维特兰娜喊道。

阿琳娜犹豫了没多久。

掉了牙的嘴巴颤抖着喃喃说道：

"阿琳娜……我听凭你处置，女魔法师……"

到了这时斯维特兰娜才全身放松下来——仿佛垂头丧气了。绕过认输的阿琳娜时,我扶住了妻子。

"没关系……我撑得住,"斯维特兰娜笑了。"成功了。"

老太婆——称她阿琳娜叫不出口——悲哀地看着我们。

"你允许她变回到原先的模样吗?"我问。

"怎么,原先的模样可爱吗?"斯维特兰娜甚至试图开了个玩笑。

"她会因为衰老而随时面临死亡,"我说。"她已经两百多岁了……"

"就让她喘一口气吧……"斯维特兰娜小声说,皱着眉头看了一眼阿琳娜。"老巫婆!我允许你变得年轻些!"

阿琳娜的身体迅速挺直,充满了活力。老巫婆贪婪地吸着空气。她瞧了我一眼,说:

"谢谢你,魔法制造者……"

"我们出去吧,"斯维特兰娜命令说。"别做蠢事……我只赋予你离开黄昏界的权利!"

现在老巫婆的所有力量——那个没有跟随被扯下的衣服和护身符一起消失的东西——完全处于斯维特兰娜的控制下,形象地说,她把手放在闸刀开关上。

"魔法制造者……"阿琳娜说道,她的视线没有离开我,"先把你女儿身上的防护罩卸下来。她脚下是拔掉保险销的手榴弹。眼看就要爆炸了。"

斯维特兰娜大喊一声。

我扑向彩虹球,穿过球体到达另一面,球的下面还有两块防护罩——我猛地拽下它们,只用了一点点力气。

从第二层什么也看不见。

寻找自己的影子时,我坠入了第一层,这里很干净,没有任何青苔的痕迹——激烈的战斗把它们烧得干干净净。

我几乎是一下子看到了老式的柠檬型炸弹躺在娜久什卡的脚下。阿琳娜放了它之后就钻进了黄昏界寻求保护,这个坏蛋。

保险销被拔掉了,炸弹内部的导火线令人难受地慢慢燃烧着,而在人类世界已经过了三四秒钟……

爆炸的半径——两百米。

如果炸弹在防护罩内爆炸,那娜久什卡身上剩下的就只可能是一摊血肉模糊的碎屑……

我弯下腰,捡起炸弹。身处黄昏界,要使用现实生活中的东西是很吃力的。好在炸弹有个一模一样的黄昏界双生子——它表面有棱角,蒙上了一层尘土和铁锈……

扔出去吗?

不可以。

它在人类世界飞不太远。而把它丢入黄昏界——它马上就会爆炸。

我没有找到比把炸弹劈成两半更好的办法——就像是从油梨中抠出果核。并把它劈成好几块……我从铁器和炸药中找出了减速器腐烂的小管子,用充满光明力量的虚幻的刀刃切断了炸弹,好像切一只熟的西红柿。

最后我终于找到了它——已经爬向导火线的极小的火苗,用手指将它熄灭。

我坠入人类世界,浑身大汗淋漓,颤抖的双脚勉强支撑着,双手不住地晃动,灼伤的手指隐隐作痛。

"男人只配捣鼓铁家伙,"阿琳娜刻薄地说,出现在我身后。"你把它关在防护罩里面让它爆炸不就行了吗! 或者把冷空气扔过去,让它在明天早上之前冻僵……"

"爸爸,教我怎么隐身吧,"娜久什卡若无其事地说。看到阿琳娜——她大声发起怒来:"阿姨,你是傻瓜吗?不能光着身子走路!"

"我对你说了多少回了,不许这么跟大人说话!"斯维特兰娜大喝一声,并且马上拉住娜久什卡的双手,开始吻她。

多么非同寻常的一家子……

要是岳母到这里来,那可够她说的……

我坐到战壕边缘。我想抽烟。还想喝酒。还想吃东西。睡觉。或者哪怕只抽抽烟。

"我再也不这样了，"娜佳习惯性地嘟哝着。"小狼生病了！"

直到此刻我才想起了变形人，转过身去。

大狼躺在地上轻轻地搓动着爪子，周围有三只小狼在转来转去。

"真是对不起，魔法制造者，"阿琳娜说。"我把你的咒语朝变形人身上扔了。没有时间思考。"

我看了一眼斯维特兰娜。"死亡本能"不一定导致永恒的死亡。咒语还可以解除。

"我一点力量也没有了，"斯维特兰娜轻声说。"我全用光了。"

"要是你们愿意的话——我就把坏蛋救出来。"阿琳娜说。"对我来说毫不费力。"

我们互相使了个眼色。

"你为什么要告诉我们炸弹的事？"我问。

"要是孩子死了，对我有什么好处呢？"阿琳娜冷漠地说。

"她将会成为一位伟大的光明使者，"斯维特兰娜说。"最伟大的！"

"让她去成为好了。"阿琳娜笑了笑。"也许，她会想起阿琳娜阿姨，她跟她一起谈论过草药和鲜花……别担心，谁也不会把她变成黑暗使者。这不是一个普通的孩子，没有极高的法力是办不到的……对大狼该怎么办呢？"

"救他，"斯维特兰娜随口说道。

阿琳娜点点头。她忽然冲着我说：

"那边，在战壕里，有一个包……里面有烟和食物。这些东西我早就准备好了，以防万一。"

老巫婆跟伊戈尔周旋了十分钟。起初她把发威吼叫的小狼赶走：那些狼跑到一边去了，企图在那里变成孩子，没有成功，便在灌木丛里躺了下来。然后她开始窃窃私语，一刻不停地一会儿扯下一根草，一会儿又扯下一根。老巫婆对着小狼吆喝——他们四处乱跑，回来时牙齿里叼着一些小树枝和小草根。

我和斯维特兰娜互相看了看——一句话也没说便什么都明白了。我抽完了第二支烟,把第三支拿在手里揉搓着,还从黑色布包里取出一块巧克力。除了烟、巧克力和几包英镑——老巫婆真有先见之明!——包里什么东西也没有。

可我不知为什么至今还指望找到《富阿兰》……

"老巫婆!"斯维特兰娜喊道,这时候变形人还在微微颤抖着站起来。"到这里来!"

阿琳娜姿态优美地扭着胯,丝毫也没有为自己赤身裸体而感到害羞,她朝我们转过身来。变形人也躺得靠近些。他喘着粗气,小狼们聚在周围,开始舔他。斯维特兰娜看着这个场面皱起了眉头,随后把目光投向阿琳娜。

"他们起诉你什么?"

"按照尚未查明的光明力量的指使,我破坏了迷魂汤的配方。这就破坏了宗教法庭、守夜人巡查队和守日人巡查队共同进行的实验。"

"有过这回事吗?"斯维特兰娜进一步问。

"有过,"阿琳娜随口承认说。

"为什么?"

"十月革命一开始我就想害红军。"

"别撒谎。"斯维特兰娜皱了皱眉头。"你才不在乎红军、白军还是蓝军呢。干吗要冒险?"

"这对你有什么区别,女魔法师?"阿琳娜叹了一口气。

"有区别。首先对你有区别。"

老巫婆猛一抬头,看了看我,看了看斯维特兰娜。她的眼皮在颤抖。

"阿琳娜阿姨,你感到悲伤吗?"娜久什卡问。她瞟了一眼妈妈,自己用手掌捂住了嘴。

"悲伤,"老巫婆回答。

阿琳娜非常非常不愿意落入宗教法庭的手中。

"所有他者都支持实验,"阿琳娜说。"黑暗力量认为,某个国家领导人上了台,面包厂的产品首先运送到克里姆林宫和人民委员会,但上千个共产党员的坚定信念丝毫也没有改变,相反,这在所有其他世界里唤起了对苏维埃的仇视。光明力量认为,与德国人进行的艰苦卓绝但大获全胜的战争结束后——战争的可能性当时就被有识之士清楚地觉察出来——苏联有能力成为真正的令人向往的社会。有这样一个内部报道……总之——人们要到八十年代时才有可能建成共产主义……"

"再把外国的玉米变成我国的主流饮食,"斯维特兰娜扑哧一声笑了。

"别瞎扯了,女魔法师,"老巫婆平静地打断斯维特兰娜的话。"玉米这事我不记得了。而月球城想必在七十年代就已经建成了。飞到火星去,还能怎么样……整个欧洲大概会成为共产主义的天下。而且,不是被迫的。那么地球上就会有一个很大的苏联,很大的美国……仿佛把大不列颠、加拿大和澳大利亚都包括进去了……只有中国独自留了下来。"

"这么说,光明力量失算了?"我问。

"不。"阿琳娜摇摇头。"没有失算。当然,血流成河了。不过得到的结果相当不错。比现在的所有制度都好得多。不过光明力量没有算到另一件事!如果当时全都算好了的话,大概在我们这个时代人类就会了解他者的存在了。"

"明白了,"斯维特兰娜说。娜久什卡在她膝盖上坐立不安——她讨厌坐下来,她想去"找小狼"。

"因此那个……光明使者……"阿琳娜笑了起来,"那个预测未来比其他人准确的人来找了我。我们见了几次面,讨论了局势,糟糕的是安排实验的不单单是高级魔法师,那些能够看出我们他者的秘密被人类知道的危险的人,还有大量一二级魔法师……甚至有一部分是三四级的。计划相当著名……要正式取消,得昭告几千名他者。这在当时实在无法做到。"

"我明白,"斯维特兰娜说。

可我什么也不明白!

我们向人类隐瞒我们的存在,因为我们害怕。我们毕竟数量太少,要是我们开始新一轮"猎捕老巫婆"行动的话,任何魔法也无法保证我们安然无恙。但是在这美好的未来中,照阿琳娜的话来说,可能已经实现了的未来,难道我们会有危险吗?

　　"所以我们决定暗中破坏实验,"阿琳娜继续说。"这个决定使第二次世界大战中牺牲者的数量增加了,但是也使得因为把革命输出到欧洲和北美去而造成的牺牲者的数量减少了。大概是一半对一半……当然,俄罗斯的生活现在不像想象中的那么丰衣足食、祥和快乐。不过,谁能说幸福是以肚子的饥饱程度来衡量的呢?"

　　"没错,"我忍不住说道。"任何伏尔加河流域的教师或者乌克兰的矿工都会同意你的观点。"

　　"幸福应该在精神富足中去寻找!"阿琳娜反驳说。"而不是到浸满肥皂泡的澡盆或者温暖的茅房里去寻找。况且现在人类确实还不知道他者的事。"

　　我一声不吭。坐在我们对面的女人不仅仅是有罪——带她去受审应该用绳子系着拖去,一路上用石头砸她!这么说,月球城?好吧,我们这儿没有月球城,也不需要。可是普通的城市奄奄一息,因为至今全世界还提心吊胆地看着我们……

　　"真可怜,"斯维特兰娜说。"你难过吗?"

　　起初我觉得,她在挖苦阿琳娜。

　　老巫婆也这么想。

　　"你是同情我还是嘲笑我?"她问。

　　"同情你,"斯维特兰娜回答。

　　"我不同情人类,不要有奢望,"老巫婆含含糊糊地说。"但我同情我们的国家,无论怎样,这是我的国家!只是最好有好的结果。我们要活下去——不要死亡。人类繁衍新的人类,建设城市,耕种田地。"

　　"你不是为了躲避契卡才休眠的吧,"斯维特兰娜冷不防说道。"甚至也不是躲避宗教法庭。我感觉到你是在逃避……你不想看到在你破坏了实验之后,俄罗斯会变成什么样。"

阿琳娜一声不吭。

而斯维特兰娜看了看我,问道:

"现在我们该怎么办呢?"

"你自己决定吧,"我说,似乎没有完全理解她的问题。

"你打算逃到哪里去?"斯维特兰娜问。

"西伯利亚,"阿琳娜平静地答道。"在俄罗斯这是常规嘛——或者流放到西伯利亚,或者自己逃过去。我要挑一个干净一点的小村子,独自定居下来。我自己谋生……找个男人。"她面带微笑用一只手抚摩了一下隆起的胸部。"等个二十来年,我倒要看看,会发生什么变化。顺便考虑一下我要是被抓住了,在宗教法庭上我要怎么说。"

"你自己无法突出包围,"斯维特兰娜小声嘀咕。"我们也未必能把你带出去。"

"我……把你藏起来……"变形人嘶哑着嗓子咳嗽着说。"轮到我了……该还还你的情了……"

阿琳娜眯缝起眼睛,问道:

"因为我治好了你吗?"

"不……不是因为这个……"变形人含糊地说。"我把你带出去……穿过林子……到夏令营……把你藏在那儿……随后……你自己离开好了。"

"谁也不许到任何地方去……"我说。但是斯维特兰娜的手掌温柔地碰了一下我的嘴唇——仿佛在安慰娜久什卡。

"安东,那样更好。阿琳娜最好离开这里。她可没有伤害娜坚卡,对不对?"

我摇了摇头。胡说八道,梦话,头脑发昏!难道老巫婆真的变得狡猾了,让她服从于她的意志了?

"那样更好!"斯维特兰娜口气坚决地说。

她朝阿琳娜转过身去,说:

"老巫婆! 发个誓,永远也不再夺取人类或他者的生命!"

"我不能发这个誓,"阿琳娜摇了摇头。

"发誓,在一百年之内你不夺取人类或他者的生命,除非对方威胁到你的生命……而且你也没有其他办法自卫,"斯维特兰娜稍等了一会儿说道。

"这就是另一回事了!"阿琳娜笑了笑。"马上能感觉到伟大的女魔法师成熟了……我这把年纪已经苟延残喘——活着其实也没什么乐趣。但我还是屈服于你。让黑暗力量来为我作证吧!"

她举起一只手——一团黑暗刹那间出现在她掌上。变形人——大狼也好,小狼也好,都轻声哀号起来。

"我把你的力量还给你,"斯维特兰娜说,我没有来得及阻止她。

阿琳娜不见了。

我一跃而起,站到平静地坐着的斯维特兰娜旁边。我身上还剩下一点力量……还能出击两次,瞧刚才这些袭击让老巫婆……

阿琳娜又出现在我们面前。已经穿好衣服,好像甚至还梳了头发。她满脸微笑。

"要知道,我不用杀人也能害你!"她挖苦地说。"让你瘫痪或者让你成为丑八怪。"

"你能做到,"斯维特兰娜承认。"毫无疑问。不过这对你有什么好处呢?"

一瞬间阿琳娜的眼睛里出现了令人心酸的忧伤,我心里感到十分难过。

"不为什么,女魔法师。好吧,再见吧。我不会记住别人对我的好处,不过也不吝于说声谢谢……谢谢伟大的女魔法师。你的处境将来会很难……现在也难……"

"我知道,"斯维特兰娜轻声说。

阿琳娜的目光停留在我身上,她娇媚地微笑着说:

"也跟你再见了,魔法制造者。你不要可怜我,我不喜欢这样。唉……可惜你爱自己的妻子……"

她跪下来,把一只手伸向娜久什卡。

斯维特兰娜没有阻止她!

"再见，小姑娘！"老巫婆愉快地说。"我是个凶恶的阿姨，但我希望你得到幸福。预测你命运的人不是傻瓜……哎呀不是傻瓜……大概，你能得到我们得不到的东西吧？你也把我送的小礼物拿去吧……"她瞟了一眼斯维特兰娜。

斯维特兰娜点点头！

阿琳娜拉住娜久什卡的一个细嫩的手指，嘟哝说：

"你想获得力量吗？你本来就有很多力量了。全都给你吧……全都给你吧……你喜欢花，对吗？收下我这份礼物吧——花和草会有用的，这对光明的女魔法师也有用。"

"再见，阿琳娜阿姨，"娜久什卡轻声说。"谢谢你。"

老巫婆再次看了看我——我呆若木鸡，不知所措，什么也不明白，朝会变的狼转过身去。

"好吧，带路吧，大灰狼！"她喊道。

小狼跟着老巫婆和他们的领头狼跑去，一个小坏蛋甚至停下来，抬起爪子，抓住灌木，示威地瞧着我们，显得生机勃勃。娜久什卡哈哈大笑起来。

"斯维特兰娜……"我小声说。"他们走了……"

"让他们走吧，"她说。"让他们去。"

她转向我。

"发生什么事了？"我看着她的眼睛，问道。"什么事，什么时候发生的？"

"我们回家吧，"斯维特兰娜说。"我们……我们应该谈谈了，安东。认真谈一谈。"

我是多么讨厌听到这些话！

这几个字之后从来就不会有什么好结果！

尾　声

岳母围着娜久什卡唠唠叨叨,安排她躺下睡觉:

"你真是个爱幻想的小姑娘,小幻想家……"

"我跟阿姨一起在散步……"女儿睡眼蒙眬地说。

"散步,散步……"岳母高兴地证实。

斯维特兰娜病态地皱了皱眉头。所有的他者早晚都不得不跟自己亲人的记忆力开玩笑。

这件事没有任何愉快可言。

当然,我们可以选择,可以揭开真相——或者一部分真相——对至亲的人。

不过,这也不会带来什么好结果。

"晚安,乖女儿,"斯维特兰娜说。

"走吧——走吧,"岳母气呼呼地说,"你们把我的妞妞,我的心肝累坏了……"

我们走出房间,斯维特兰娜紧紧地关上了门。周围变得很安静,只有墙上挂着的带钟摆的旧挂钟发出滴答滴答的声响。

"老是有意见,"我说,"不能这么对孩子……"

"对女孩是可以的,"斯维特兰娜回避说。"况且是三岁的女孩。安东……咱们到花园里去吧。"

"去花园,好吧——去花园,"我愉快地同意了。"走吧。"

我们不约而同地走到了吊床边,并排坐下——我预感到斯维特兰娜打算回避,不过在吊床上要这么做十分困难。

"从一开始讲起。"我提议说。

"从开始讲……"斯维特兰娜叹了一口气。"从开始讲讲不好。一切都搞得太乱了。"

"那就解释一下,为什么你要放走老巫婆?"

"她知道的事情太多了,安东。要是把她送上法庭……要是这一切全都公诸于世……"

"可她是罪犯!"

"阿琳娜可没对我们做过什么坏事呀,"斯维特兰娜轻声说道,仿佛是在劝自己。"我想,她不是真正的嗜杀成性的恶魔。大多数老巫婆都很凶恶,但是也有她这样的……"

"我投降!"我举起双手。"连变形人也给她镇住了,她也没有欺负娜佳。还真是个阿琳娜·罗季昂诺夫娜①。那失败的实验怎么说呢?"

"她已经解释过了。"

"解释什么? 白白浪费将近一百年的俄罗斯历史? 本来应该正常的社会,却变成了一个官僚主义的专制社会……伴随着所有因此而引起的后果?"

"你已经听说了——最终人类总是会知道关于我们的事!"

我深深地叹了一口气,试图集中思想。

"斯维塔……你有什么话好说呢? 五年前你自己也是人类! 我们本来可以一直做人类的……只不过我们比较先进一点。我想,这是进化的新阶段。就算人类了解了这些,也没什么可怕的!"

"我们没有比较先进。"斯维特兰娜摇摇头说。"安东,当你呼唤我的时候……我就已经猜到老巫婆会透过黄昏界监视我们。我一下子就跳到第五层。我想,除了格谢尔和奥莉加,我们的人没有一个去过那里……"

她不吭声了。我明白——接下去就是斯维特兰娜想说的话。真正有点可怕的事情。

"那里怎么样,斯维塔?"我小声说。

"我在那里待了相当久,"斯维特兰娜继续说。"总的来说……我明白了一些事情。究竟是什么事情,现在已经不重要了。"

---

① 阿琳娜·罗季昂诺夫娜,普希金的奶妈的名与父名。俄语中对长者敬称时连称名与父名。

"真的吗?"

"在那本老巫婆的书里一切都写得很正确。安东。我们不是真正的魔法师。我们并不比人类拥有更大的才能。我们跟第一层的青苔没什么两样。你还记得老巫婆的书里写到的关于体温和周围的生活环境的例子吗?你看,所有的人的体温是三十三点六度。那些非常幸运或者非常不幸的人会害冷热病,他们的体温高一些。要常常用这些能量、这些力量去使世界变暖。我们的体温低于标准额,于是捕捉别人的力量,并且使用这些力量。我们是寄生虫。某个弱小的他者,比如伊戈尔,他的体温是三十四度。你,打个比方,二十度。我——十度。"

我马上做了回答。我已经考虑过这个问题,刚刚读完那本书的时候。

"怎么啦,斯维塔?那又怎么样?人类不可能利用自己的力量。我们——能够。这有什么区别?"

"区别在于,人类永远也不会容忍这个。甚至最好的、最善良的人也会始终心怀忌妒地看着那些成就更高的人,看着运动员,看着俊男美女,看着天才和能人。这没什么可抱怨的……只能怪命运和机会。现在想象一下,你是个普通人。最普通的人。突然了解到,某人活了几百年,能够预测未来、治愈疾病,一切都是当真,一切都千真万确!可是这一切——靠的全都是你!我们是寄生虫,安东。跟吸血鬼一个样。跟青苔一个样。要是这件事暴露出来了,要是有人发明出能够区分人类和他者的仪器,我们就会被猎捕,我们就会被消灭。如果我们散居于人类中间,就会一个一个地被捕获。如果我们选择群居,建立自己的国家,人类就会对我们投掷原子弹。"

"区分和保护……"我小声说着守夜人巡查队的重要口号。

"不错。区分和保护。不是把人类和黑暗力量区分开来,而是总的来说把人类同他者区分开来。"

我笑了起来。我看着夜空,笑了——回想起了自己的往事,稍稍年轻一些的时候,沿着昏暗的街道迎向吸血鬼。心里紧张,双手干净,头脑冷静，一片空白……

"我们讨论过多次，我们同黑暗力量的区别在哪里。"斯维特兰娜轻声说。"我还找到了一种说法。我们是善良的牧人。我们爱护羊群，光是这样区别就已经不小了。只不过不应该自欺欺人。人类永远也不可能全都成为他者，我们永远也不会在他们面前开诚布公。我们永远也不可能允许人类建设更让人满意的社会。资本主义，共产主义……问题不在这里。只有世界能够造就我们，在这个世界里人类关心的只是牲口槽的大小和干草的质量。一旦牲口从牲口槽里伸出脑袋，四处张望并看见我们时——我们的末日就要来临了。"

我看着天空——拍着坐在我腿上的斯维特兰娜的手哄她，只是一只手，温暖的，优柔寡断的……前不久刚刚用雷电袭击害人的老巫婆的那只手……

伟大的女魔法师的手软弱无力，其魔力还不及我的一半。

"我们别无选择，"斯维特兰娜小声说。"巡查队不会把人从牲畜栏里放出来。在美国，有很大的食物充足的牲口槽，牲口都不想把头抬起来。在乌拉圭，山坡上青草很少，牲口根本就没有闲工夫抬头看天空。我们能做到的一切——就是挑选一个可爱一点的牲畜栏，把它油漆成鲜艳夺目的颜色。"

"要是把这些讲给他者听呢？"

"黑暗使者听了不会感到难过。光明使者会屈服。我了解了我并不想了解的真相，安东，所以就屈服了。大概我不配对你说这些吧？不过这样就不诚实了。好像你也是羊群的一分子似的。"

"斯维塔……"我看了一眼窗子里小灯的微弱灯光。"斯维塔，娜久什卡的魔法体温是多少？"

回答之前她稍停顿了一下。

"零度。"

"伟大的……之中最伟大的……"我说。

"完全没有法力的……"斯维特兰娜应声说。

"现在我们怎么办？"

"活下去，"斯维特兰娜随口说道。"我是他者……说出我的无辜已经迟了。我在人类那里获取了力量，从黄昏界中取出来——反正这是别人的力量，可是在这件事上我没有罪过。"

"斯维塔，我要去找格谢尔。现在就直接去。我要离开巡查队。"

"我知道，你去吧。"

我站起来，轻轻扶住晃动的吊床。天色很暗，我无法看清楚斯维特兰娜的脸。

"去吧，安东，"她又说了一遍。"我们要彼此对视将会很难。需要时间来慢慢习惯。"

"那里怎么样，在第五层？"我问。

"你最好不要知道。"

"好吧，我去问格谢尔。"

"让他去回答吧……要是他愿意的话。"

我俯下身子，碰到了她的嘴唇——因为滴到眼泪而湿漉漉的。

"讨厌……"她小声说。"讨厌……做寄生虫。"

"坚持住……"

"我是在坚持。"

当我走进车棚，关上门时，斯维特兰娜进了屋。我没开灯，坐进了车子，砰的一声关上了车门。

科利亚大叔在这里捣鼓了些什么？汽车能不能发动得起来？

汽车一下子就发动起来了，发动机发出非常轻柔的声音。

打开近光灯后我开着车子出了车棚。

隐蔽工作的规则呢？

管它呢。牧羊人何必要躲着羊呢！

我没有下车，略施法术就打开了大门。车子开上了街——立刻加大了油门。村子里显得空空荡荡、冷冷清清。羊群好像都吃了掺有安眠药的饲料……

汽车冲上了乡间小路。关掉近光灯打开远光灯后，我踩了一脚油门。狂风扑打着打开的车窗玻璃。

在方向盘上摸到遥控器后,我打开了随身听。

我走进这个多风的城市,没披斗篷,
它缠住我的脖子,如同常春藤。
蛇一般的链环把我的灵魂束缚。
我看到了黑太阳,但我一滴眼泪未流。
我失去身份,我蛮横无理,做了错事。
被蟒蛇吞下的兔子,还能有什么指望?
蛇一般的链环只不过起初很紧,
我看到了黑太阳和太阳的梦境。
即使置我于死地,我也无法分辨恶习和美德,
好像有人要干掉证人,把我们变成毒蛇。
我愿意在任何掩饰下苟且偷生,
我心甘情愿像蛇一样在地上爬行,
甚至在呕吐时卡着喉咙歌唱爱情,
只要我的祖国需要我这样。

前面,在上道的入口处出现了一点亮光。我眯缝起眼睛,透过黄昏界观察。路上横着一个小型警用路障,旁边有两个人和两个他者在等待。

黑暗使者。

我笑了一下,放慢了车速。

我的大脑是一个蜂房,那儿没有蜂蜜,只有蚂蚁,
子弹的核心朝着有目标的爱情移来移去。
可是蛇一段的链环似铠甲将我束缚,
我看到了黑太阳。太阳对我恨之入骨。
我可以不战而降,投进魔鬼的嘴里,
但我却站着赴死——链环不让我倒地。

蛇一般的链环是我的支架和腰带,

我看到了黑太阳。这对眼睛有害。

在路障旁停下车后,我等待着,直到交通警按着胸前的冲锋枪走过来。宗教法庭的人办事一向无所顾忌,引起了周围群众的围观。

我把驾驶证和行驶证递给交通警,调低了音乐声。

我看了一眼这些他者。

第一个是我不认识的宗教法官——上了年纪的干瘪亚洲人。我也可以说,这个人的力量是二三级的,但宗教法官的法力很难判断得准。

第二个是莫斯科守日人巡查队的黑暗力量普通成员。吸血鬼科斯佳。

“我们在找老巫婆,”宗教法官说。交通警丝毫也没有注意他们,因为他们看不见。

“这里没有阿琳娜,”我回答说。“是埃德加尔指挥搜捕行动的吗?”

宗教法官点点头。

“我的事你问问他就行了。我是安东·戈罗杰茨基,守夜人巡查队员。”

“我认识他,”科斯佳小声嘟哝道,转身面对宗教法官。“一切正常。奉公守法的光明力量……”

“过去吧,”交通警把证件还给我说,

“您可以继续行驶,”宗教法官点点头。“接下去还有几个哨卡。”

我点点头,开车上了路。

科斯佳站着,目送我的背影。

我又打开了音响。

我不赞成也不反对。我不是善也不是恶。

你和我在一起,我的祖国,总是好运连连!

你那蛇一般的链环——是我的家,我的陷阱。

我将在太阳下面蜿蜒向前，
在这个令人讨厌的太阳下面，
从这里到那里，从这里到那里，
从此时到最后审判日。

第三部

无主的力量

序

他难得做梦。

现在他甚至睡不着。但这毕竟几乎是一场梦,是苏醒之前的一瞬间里的梦境。

轻松的、纯洁的、几乎是孩童般的梦境。

"吹气……拉长……启动按钮发射……"

火箭的银白色柱子出现在薄雾中。

喷嘴下面喷出火焰。

每个孩子都幻想成为宇航员,这样的问题他听到别人问了不下十次:"你想成为什么人,宇航员吗?"

而一旦变成他者以后,他对宇宙就不再抱有幻想了。

黄昏界比陌生的星球更有意思。显示出的力量——比宇航员的荣誉更诱人。

不过此刻他重又梦见了火箭——老式的、样子难看的、正在飞向太空的火箭。

大地,在脚下移动,或者在头上飘浮。

舷窗上厚厚的石英玻璃。

对于他者来说,这难道不是最奇特的梦吗?

大地……朦胧的云彩……城市的灯光……人类。

几百万人,数十亿人。

他——从火箭运行的轨道上瞧着他们。

宇宙中的他者……还有什么比这更可笑? 除非他者反对外星人。有一天他看了科幻影片——突然想到,现在对勇敢的里普利①来说正是

---

① 里普利,美国派拉蒙影片公司一九九九年出品的惊悚片《天才里普利先生》中的主人公。

进入黄昏界的时刻……打呀，打呀，猛打那些迟钝的、束手无策的坏蛋。

他想到这里，立刻笑了起来。

外星人是不存在的。

而宇宙是存在的。只不过以前的人不明白为什么要有宇宙。

现在他明白了。

他闭着眼睛站着。幻想着小小的、慢慢地在脚下旋转的地球。

每个孩子都幻想成为伟人——直到他开始思考为什么会这样。

现在他一切都明白了。

难猜的谜语有了一部分答案。

还有他的他者的使命。

还有他对宇宙的荒谬的幻想。

薄薄的一本书，装订上人皮的封面，满是工整的手写连体字。

他拿起直接放在木头地板上的书。

打开第一页。

字母没有褪色——轻微而有效的魔法保护了它们。

这种语言地球上早就不存在了。印度学家会觉得它像梵文，但是很少有人会明白，这是中古印度普拉克里特语的一种。

不过他者甚至能懂死的语言。

是时而向上时而朝下摇晃着脑袋的象头神①保护了你们，仿佛是在心里摇摆不定的湿婆②！象头神将使我满怀智慧的甜蜜水分！

我的名字叫——富阿兰，我是来自光荣之城金城的女人。

愿望的实现者，雪山女神③的丈夫，在我年轻的时候慷慨地奖赏我，赐予我在幻想的世界中行走的能力。我们这个世界上花瓣在风中旋转着从开花的树上掉下来的那一瞬，那个世界就过去了一天——它的本

---

① 象头神，印度教所信奉的智慧神。
② 湿婆，婆罗门教和印度教主神之一，即毁灭之神、苦行之神、舞蹈之神。
③ 雪山女神，亦称"喜马拉雅山女神"，湿婆的第一个妻子。

质就是如此。那个世界蕴藏着伟大的力量。

他合上《富阿兰》。

心口怦怦直跳。

伟大的力量!

从老巫婆手中丢失的力量,几乎失踪了两千年的老巫婆。

没有主人的、无依无靠的,连他者都不知道的力量。

无主的力量。

Chapter 1

我是在第二天早上八点多赶到守夜人巡查队大楼的。最安静的时候——两班之间的间歇。夜里在街头执勤的民警作过汇报后就各自回家去了。总部的工作人员照莫斯科习惯作息,九点以前不会来上班。

警卫室也在换班,准备下班的警卫人员把值班情况记录下来,来接班的浏览一下值班日志。我同大家一一握了握手,他们没有对我进行应有的检查就让我进去了。实际上是有疏忽的……不过这个警卫室首先是为人类服务的。

三楼的警卫已经换好班,在这儿执勤的是加里科,他对我毫不留情——透过黄昏界进行检查,点点头示意我摸一下护身符:用金灿灿的铁丝做成的奇特的公鸡像。我们叫它"向多东①问好"——从理论上来说,它在被黑暗力量碰到后发出啼叫声。不过有些爱说俏皮话的人有把握地说,感应到黑暗力量之后,公鸡会用人的嗓音尖叫"讨厌!"

只是在这一切都结束后加里科才非常和蔼可亲地微笑着握了握我的手。

"格谢尔在他办公室吗?"我问。

"谁知道他?"加里科以问代答。

的确,要碰运气了,有什么好问的! 高级魔法师能去的地方多着哪。

"你好像在休假吧……"加里科似乎对奇怪的问话警觉起来,问道。

"休息得腻烦了。星期一,正如常言所说,是开始……"

"你也疲倦到极点了吧……"魔法师继续说。警惕性越来越高。"喂,再来摸一下公鸡!"

我又一次转达了对多东的问候,随后一动不动地站了一会儿,直到

---

① 多东,俄罗斯童话中的俄国沙皇。

加里科检查完我的生物电场,他是借助于用彩色玻璃做的别出心裁的魔法棒检查的。

"对不起,"收起魔法棒时加里科说,并有点不好意思地补充道:"你心神不定。"

"跟斯韦特卡一起在乡下休假,那里出现了一个老巫婆,"我解释说。"还有一群变形人在捣乱。不得不去追赶变形人,追赶老巫婆⋯⋯"我挥了挥手。"经过这种休假以后应该休病假了。"

"原来如此,"加里科立刻安慰我说。"你写个申请交上去,我们这里好像还有恢复力量休假的额度。"

我哆嗦了一下,摇摇头。"我自己解决。谢谢你。"

跟加里科告别后我登上四楼,在格谢尔的会客室门口站了一会儿,随后敲了敲门。

没有反应,我自己闯了进去。

秘书当然不在,通往格谢尔办公室的门关得严严实实。不过自动咖啡机上的指示灯愉快地闪烁着,电脑已经打开,甚至电视里的新闻频道也在发出轻微的声音。播音员说沙漠风暴再次光临,使得又一批维和部队的美国军团受损,几辆坦克被吹翻,甚至还有两架直升机失踪。

"士兵挨了嘴巴,还有几个被俘虏,"我不由自主地补充说。

"某些他者养成的看电视的习惯究竟是怎么回事?要么看荒谬的'肥皂剧',要么看胡说八道的新闻。一句话——人类⋯⋯"

或者用"牲口"这个词更合适?

他们没有错。他们弱小、孤独。他们是——人类,而不是牲口!

牲口是——我们。

而人类是——青草。

我站着,背靠秘书的桌子,眼睛望着窗外飘浮在城市上空的云彩。为什么莫斯科的天空这么低?任何地方都没有看到过这么低的天空⋯⋯难道莫斯科的冬天来临了⋯⋯

"青草可以修剪,"我身后响起一个声音。"可以连根拔掉。你更喜欢哪一种?"

"早上好,头儿,"我说,随即转过身去。"我以为您还没来呢。"

格谢尔打了个哈欠。他穿着长袍和拖鞋,长袍里面露出睡衣。

我从来也不会想到,伟大的格谢尔会穿着满是迪斯尼卡通图案的睡衣!从米老鼠和唐老鸭,到星际宝贝全都有。生活了几千年,轻易就能猜透别人思想的伟大的魔法师不可能穿这样的睡衣!

"我在睡觉,"格谢尔愁眉苦脸地说。"我稍稍睡了一会儿,早上五点钟才躺下。"

"对不起,头儿,"我说。不知为什么,除了头儿,脑子里想不出别的词儿。"夜里工作很多吗?"

"我在看书,很有趣的书,"格谢尔打开咖啡机龙头,说道。"我喝加糖不加奶的咖啡,你喝加奶不加糖的咖啡……"

"有关法术的书吗?"我感兴趣地问。

"不,他妈的,是戈洛瓦乔夫①写的!"格谢尔嘟哝道。"等我退休后就去请他跟我一起合作出书!拿着咖啡。"

我拿起杯子跟着格谢尔进了他的办公室。

这里和平时一样,放了些不同寻常的东西。有一个柜子里有很多小老鼠的模型——玻璃的、锡的、木头的,还放着几个陶瓷碗和钢刀。柜子后壁上面靠着一本全苏支援陆海空志愿军协会的旧的小册子,封面上画着裁判员,他们在对降落伞进行评定。边上放着一幅粗糙的石版画,画上是一大片郁郁葱葱的森林。

不知为什么——我不明白什么原因——所有这一切让我想起了小学一年级的教室。

天花板下还挂着一顶曲棍球帽,跟一个秃头惊人的相似。帽子里戳着几根飞镖游戏的镖杆。

我用怀疑的目光看着所有这些东西,在一个给来访者坐的圈椅上坐下来,这些东西可能意味着什么非常重要的事情,也可能毫无意义。我发现,在镂空的杂物筐里扔着一本封面色彩鲜艳的书。难道格谢尔

---

① 戈洛瓦乔夫(1948—),俄罗斯科幻作家。

真的是在读戈洛瓦乔夫的书？但仔细一看，我马上断定，弄错了——书名是《世界幻想作品精选》。

"喝咖啡吧，早晨要把脑子洗一洗，"格谢尔依然用那种不满意的语气嘀咕道。他自己喝咖啡发出很大的响声，咕噜咕噜，看来——要是给他一个茶碟和一些砂糖，他会就着碟子喝起来。

"我要得到答复，头儿，"我说。"对许多问题的答复。"

"你会得到的，"格谢尔点点头。

"在魔法方面他者比人类差得多……"

格谢尔皱了皱眉头。

"胡说八道。似是而非的矛盾说法。"

"不过，人类的魔法力量……"

格谢尔伸出一个手指吓唬我。

"住口。不要把潜能跟动能混淆起来！"

轮到我沉默了。而格谢尔拿着杯子在房间里踱来踱去，慢条斯理地说：

"首先……的确，一切生物都能显示魔力。一切生物——不仅仅是人类！甚至野兽，甚至青草。这种力量有没有物理上的基础，能不能用科学仪器进行测量，我不知道。可能任何人任何时候都无法支配自己的力量。它弥漫在空中，被黄昏界慢慢吞噬，一部分给青苔吸收去了，一部分给了他者。明白吗？有两个过程：释放自己的力量和吸收别人的力量。第一个过程是不自觉的，结果会导致深陷黄昏界。第二个过程，无论哪种程度，也是大家所共有的——人类也好，他者也好。生病的孩子要找妈妈——坐在我身边，摸摸我的肚子！妈妈抚摩孩子的肚子，肚子就不痛了。母亲想帮助自己的孩子，她的部分力量会化为目的性很强的行动。这就是通常所说的特异功能，也就是人类所具有的他者的不完整的、被阉割了的能力，这种能力不仅能够影响至亲的人，不仅能引起情绪的变化，而且能够医治或者诅咒其他人。从他身上流出的力量比较正规。不是蒸汽，也没有结成冰——是一滴水。另外……我们是他者，我们在平衡力量的吸收和释放时比较偏重于吸收这一边。"

"什么?"我喊道。

"你以为,一切都像吸血鬼吸血那么简单吗?"格谢尔愉快地笑起来。"你以为,他者只是索取,丝毫也不会用奉献来回报吗? 不,我们大家都会把力量奉献出来。不过如果说普通人的吸收—释放过程是建立在动态平衡的基础上,只是偶尔由于内心的激动,平衡受到一些破坏的话,那么在我们身上一切都不是这样。我们自古以来就失去平衡,我们从周围世界中吸收的东西多于奉献的东西。"

"而且我们还能利用别人剩余的能量,"我说。"是吗?"

"我们利用不同的潜能。"格谢尔伸出手指威胁我。"你的魔法体温是多少并不重要……这个术语以前老巫婆就用过。你确实可以得到非常多的力量,不错,这种力量释放的速度将会呈几何级数增加。有这样一些他者……他们会把全身的力量都奉献出来,甚至比人类奉献得还要多,但他们吸收力量也十分积极。他们操纵着潜能的这种差异。"

格谢尔沉默片刻后又自我批评地补充说:

"不过这种事情难得发生,我承认。在显示魔力的能力上他者往往比人类逊色,然而在吸收魔力的能力上他们与人类不相上下或者超过人类。安东,像医院里的平均体温之类的东西是不存在的。我们不是普通的吸血鬼。我们还是捐血者。"

"为什么不教教大家这个?"我问。"为什么?"

"那是因为在一般的认知中——我们毕竟要消耗掉别人的力量!"格谢尔大声喊道。"就看看你吧,干吗一大早跑来? 来对我进行愤怒的演说吗! 为什么我们要吞噬人类的力量! 要知道你直截了当地吸取人类的力量,这跟吸血鬼一般无二! 理所当然——不必有顾虑。你穿着一身白衣,高贵的前额上带着忧愁! 身后有几个孩子在哭泣!"

他当然是对的。部分对。

不过我在巡查队里工作的时间够长了,完全能够弄明白:部分真理也是谎言。

"老师……"我声音不大地说,格谢尔哆嗦了一下。

从人类那儿夺去力量的那一天起我就不再是他的学生。

"我在听着,学生,"他看着我说。

"问题并不在于我们消耗了多少力量,而在于我们献出了多少力量,"我说。"老师,守夜人巡查队的目的是——区分和保护?"

格谢尔点点头。

"区分和保护,直到人类变好,新的他者将只投奔光明力量?"

格谢尔又点点头。

"所有的人都会变成他者吗?"

"胡说八道。"格谢尔摇了摇头。"谁对你说的这种荒唐话?难道在巡查队的文件上或伟大的和约上有这样的语句?"

我闭上眼睛,见到几行顺从地冒出来的字。

"我们是——他者……"

"不,这种话任何地方都听不到,"我承认。"不过所有的教育,所有我们的行动……都在引导我们产生这样的感觉。

"这种感觉是假的。"

"不错,但是这种自欺得到了奖励!"

格谢尔沉重地叹了一口气。他看着我的眼睛,问道:

"安东,大家都需要人生目标。崇高的目标。人类也好,他者也好。即使这个目标是虚幻的。"

"可这是死胡同……"我小声说。"老师,这是死胡同。要是我们战胜了黑暗力量……"

"那么我们就战胜了邪恶:利己、自私、冷漠。"

"可是我们自己的存在本身也是利己和自私的!"

"这是你的假设吗?"格谢尔感兴趣起来,态度很客气。

我没有吭声。

"你对巡查队的作战行动有没有反对意见?对监督黑暗力量呢?对帮助人类,试图改善社会制度呢?"

这下我找到了报复的根据。

"老师,一九三一年您转交给阿琳娜的究竟是什么东西?你跟她是什么时候在赛马场见面的？”

“一块丝绸料子，”格谢尔不慌不忙地回答。“女人嘛，毕竟，她喜欢漂亮衣服……可那是个艰苦的年代，我的朋友从满洲里给我捎来的，我放着也没什么用……你在指责我吗？”

我点点头。

“安东，我一开始就反对对人类普遍进行实验，”格谢尔带着明显的厌恶情绪说。“愚蠢的观点，从十九世纪开始人们就渐渐接受它了。黑暗力量之所以会答应，是因为这不会带来任何实质性的变化。还是会出现流血、战争、饥饿、镇压……”

他沉默了。声音很响地打开桌子抽屉。取出雪茄。

“不过俄罗斯现在是个吉祥的国家，”我说。

“吉—吉—吉……”格谢尔小声嘀咕。“不是俄罗斯，而是欧亚联盟。富裕的社会民主强国。它与以中国为首的亚洲联盟以及以美国为首的英语国家联盟不和。在第三世界的领土上，每年要发生五六起地区性的核冲突……能源之争，军备竞赛还会比当今的……更可怕。”

我被击倒，被摧毁，彻底完蛋，但是还企图进行垂死挣扎，哆嗦着说：

“阿琳娜说过……月球城……”

“不错，说得对，”格谢尔点点头。“月球上可能会有城市，就在核导弹基地周围。你看过科幻小说吗？”

我耸了耸肩，瞟了一眼杂物筐里的书。

“美国作家在五十年代所写的事情其实有可能发生，”格谢尔解释说。“不错，可以用原子动力推动宇宙飞船……军用的。明白吗，安东，俄罗斯的共产主义有三条道路。第一条——发展成为美好的、神奇的社会。但是这违背人的天性。第二条——衰落和消亡，情况正是如此。第三条——成为斯堪的纳维亚型的社会主义民主国家，征服大部分欧洲和北非。唉，这条道路的结果是——把世界划分成三个敌对的联盟，迟早会发生全球性的战争。不过在此之前人类就会得知我们的存在，消灭或者征服他者。对不起，安东，但是我断定，在八十年代之前，为了月球城也好，为了一百种灌肠也好，都不值得我们冒险。"

"不过现在美国……"

"你需要这个美国，"格谢尔皱了皱眉头。"等到二零零六年吧，到那时我们再来谈谈。"

我不吭声了。甚至没问格谢尔，他预见已经不远的二零零六年会发生什么……

"你内心的痛苦我理解，"格谢尔说，他伸手去拿打火机。"我现在抽烟不会太失礼吧？"

"哪怕喝伏特加也行，老师，"我粗鲁地回答。

"早上我不喝伏特加。"格谢尔喘着粗气抽起烟来。"你的痛苦……你的……困惑我完全理解。我也不认为现在的局势是合理的。不过要是我们大家都郁郁寡欢，不再工作，那会发生什么事呢？我告诉你会发生什么事！黑暗力量会高兴地承担起责任，扮演管理人类的牧人的角色！他们不会感到不好意思。他们会为他们的幸运而高兴一阵……做决定吧。"

"做什么决定？"

"你不是来辞职的吗？！"格谢尔提高嗓门说。"那就做决定吧，留在巡查队，或者我们的目标对你来说不够崇高。"

"有黑色在，灰色也会被认为是白的，"我回答说。

格谢尔扑哧一笑，稍稍平静了些，问道：

"阿琳娜怎么啦，离开了吗？"

"离开了。把娜久什卡带去当人质了，向我们提出要求，让斯维特兰娜帮助她离开。"

格谢尔脸上的肌肉纹丝不动。

"安东，老巫婆有她自己的原则。她能够随心所欲地虚张声势，不过对孩子——她决不会伤害。相信我，我了解她。"

"要是她神经出了毛病呢？"我回想起了经受过的恐惧，问道。"再说，她根本就不理会巡查队和宗教法庭！她甚至连扎武隆也不怕。"

"不怕扎武隆——这有可能……"格谢尔冷笑了一下。"我向宗教法庭报告了老巫婆的情况,但跟阿琳娜也联系过。完全是公务上的联系,顺便说一句。一切都记录下来了。因为你家人的事老巫婆已经受到了警告。专门警告。"

这才是新闻。

我望着格谢尔平静的脸,不知道再说什么。

"我跟阿琳娜的关系已经很久了,我们互相尊重,"格谢尔解释说。

"怎么会这样?"我问。

"你指的是什么?"格谢尔奇怪起来。"互相尊重的关系吗? 你明白吗……"

"每当我确信您是一个卑鄙的阴谋家时,您总是在十分钟之内证明我错了。我们是人类的寄生虫吗? 原来这对于他们来说是幸福。国家崩溃了吗? 原来还可能更糟。我的女儿处于危险中吗? 不,处于安全中,就像小萨沙·普希金跟老奶妈在一起……"

格谢尔的目光变得温和了。

"安东,很久很久以前我也曾是个瘦弱的流鼻涕的男孩……"他若有所思地盯着我看。"不错,瘦弱的、流鼻涕的。同自己的老师们吵架时我坚信——他们是卑鄙的阴谋家,他们的名字你一点也不会知道。后来他们让我相信了相反的事实。一个世纪过去了,我也有了自己的学生……"

吐出一团烟雾后他不吭声了。报告接下去还能说什么呢?

一个世纪? 哈! 几千年——要学会击退属下的任何攻击,这个期限足够了。那些人来的时候愤怒至极,离开时充满了对头儿的爱戴和尊敬。经验——是巨大的力量。比魔鬼更可怕。

"我很想看见不戴面具的您,头儿,"我说。

格谢尔温和地笑了。

"哪怕只是告诉我,您的儿子是不是他者?"我问。"或者是您把他变成他者的? 我什么都明白,不能暴露这个秘密,让大家都去以为……"

格谢尔的拳头轰的一声砸在桌子上。而格谢尔本人欠起身体,探过桌子。

"你还要在这个话题上纠缠多久!"格谢尔大声呵斥。"不错,我和奥莉加费了很多心思,才说服宗教法庭,得到了对铁木尔进行道德重整的权利!他本来应该成为黑暗力量的一员,可是对这件事我并不满意!明白吗?你愿意的话——可以去向宗教法庭投诉!不过不许你再胡言乱语了!"

有一刹那我感到很恐惧。而格谢尔又开始在办公室里踱来踱去,常常掉落拖鞋,起劲地做着手势:

"不可能把人变成他者!不可能!无论如何不可能!你想知道的话,我就告诉你关于你妻子和女儿的真相好吗?奥莉加干预了斯维特兰娜的命运!她这是在干预你妻子的下半生命运,但却无法把你未出生的女儿变成他者,要是她自己不是生来就是他者的话!我们只是使她变得强大些,给予她绝对的力量!"

"我知道,"我点点头。

"从哪里知道的?"格谢尔大吃一惊。

"阿琳娜暗示过。"

"真聪明,"格谢尔点点头,随即又提高嗓门:"行了!现在你了解了一切涉及这个话题的事情!人类不可能成为他者。使用最强大的法器,有可能在最初阶段或者提前使人变得强一些或者弱一些,促使他投奔光明力量或者黑暗力量……在非常短的期限内,安东!要是小男孩叶戈尔不是一生出来就是中立的——我们也不会不让他被黑暗力量激发。要是你的女儿不是命中注定要成为伟大的女魔法师,我们也不会把她变成最伟大的女魔法师!为了用光明力量或者黑暗力量把容器灌满,首先应该存在这个容器!取决于我们的是灌进去的是什么,可是这个容器我们没有能力制造!我们能使上力的,只是微不足道的小事情!可是你却认为可以把人类变成他者!"

"鲍利斯·伊格纳季耶维奇,"我自己也莫名其妙怎么会称呼格谢尔的俄罗斯姓名,"要是我在胡说的话,那我向您道歉。但是我弄不明白——为什么您从前找不到铁木尔?他可是您和奥莉加的儿子啊!您就没有感觉到他的存在?即使你们之间隔开一些距离?"

这时格谢尔出乎意料地泄了气,他的脸上出现了一种歉意,同时又带着一点慌张。

"安东,虽说我是只老狐狸……"他沉默了一下。"可难道你以为我会允许自己的亲生儿子在孤儿院长大吗?你以为我不愿意享受到一点温暖的亲情吗?不愿意感觉自己是个人吗?不愿意跟孩子一起玩耍,带孩子去踢足球,教小伙子刮脸,然后吸收他参加巡查队吗?不,你能说出哪怕一个使我允许儿子远离我生活和长大的理由吗?我是个坏父亲,冷酷的老家伙吗?就算是吧。那么,我为什么决定把他变成他者呢?我干吗要惹出这些麻烦来呢?"

"可是你为什么以前找不到他?"我喊道。

"那是因为他生来就是个最普通的孩子!丝毫没有他者的潜力!"

"有可能,"我没有把握地说。

格谢尔点点头:

"你不相信吗?连我也不相信……我应该在铁木尔身上感觉到力量的天赋!可是却没有……"

他两手一摊,坐下来,小声嘟哝说:

"所以不必把过多的功劳归在我名下,我没有能力使人类成为他者。"格谢尔沉默片刻后忽然亲切地补充说:"不过你是对的。我以前就应该感应到他!唉,人类在上了年纪时才被发现是他者也是常有的事。可是亲生儿子呢?那个你曾经抱在怀里哄,幻想把他当做他者的人呢?我不知道。可见,天赋过于弱……或者是我头脑发昏了。"

"有一种可能,"我没有把握地说。

格谢尔皱着眉头看了我一眼,耸了耸肩膀:

"可能性总是不止一种。你想说哪一种?"

"某人有能力把人类变成他者。这个人找到铁木尔,把他变成潜在的他者。在这之后你感觉到了他……"

"奥莉加感觉到的,"格谢尔嘀咕说。

"很好,奥莉加。接下去是您开始采取行动了。你打算欺骗宗教法庭和黑暗力量,可是受骗的却是您自己。"

格谢尔哼了一声。

"那么假设一下,哪怕是一瞬间,人类能够变成他者!"我恳求道。

"为什么这件事能够成功呢?"格谢尔问。"我愿意相信一切,只不过你要告诉我原因。让我和奥莉加陷入困境吗?好像不是。一切都进行得一帆风顺。"

"我不知道,"我老实说,并且站起来,报复般地补充道:"不过我要是处在您的位置是不会轻敌的,头儿。您已经习惯认为您要的阴谋总是最缜密的。但要知道,事情的可能性总是不止一种。"

"聪明人……"格谢尔皱起了眉头。"你回到斯维塔那儿去吧……等一下。"

他把手伸进长袍口袋里,掏出手机。手机铃声没有响,只是神经质地振动着。

"等等,我马上就好……"格谢尔朝我点点头,对着话筒完全用另一种声音说:"是!"

我知趣地朝柜子走去,开始打量那些有吸引力的小玩意儿。行啊,怪物的塑像可以用来召唤怪人。那这根鞭子是派什么用场的?是一种类似"火龙鞭"的东西吗?

"我们现在就去,"格谢尔简短地说,吧嗒一声关上翻盖手机,"安东!"

当我转身面对格谢尔时,他刚好换好了衣服:双手顺着身体抚摩了一遍,长袍和睡衣给弄皱了,颜色和料子都变了,变成了大方的灰色西装,他的手最后挥一下,就在脖子上系好了领带,打了一个大方的温莎结,这一切都不是表演魔术——格谢尔确实把睡衣变成了西装。

"安东,我们不得不进行一次不小的旅行……到恶毒的老巫婆住的小房子去一趟。"

"去抓她吗?"我问,试图把自己的感情理出个头绪来。我朝格谢尔走去。

"不,情况更糟。昨天晚上在搜查过程中在阿琳娜住处发现了一个密室。"格谢尔手一挥——空中立刻展开了一个隧道口。他含含糊糊地补充说:"那里已经……聚了不少人。咱们走吧。"

"密室里有什么?"我大喊一声。

可是格谢尔的手已经把我推进了闪闪发亮的白色隧道里。

"去会合吧,"我身后传来最后一声吩咐。

穿过隧道的路程要占去一段时间——几秒钟,几分钟,有时候甚至是几小时。这不是取决于距离的长短,而是由瞄准的准确性决定的。我不知道是谁在阿琳娜的小房子里标定隧道口,也不知道我在这个乳白色的空间里得悬多久。

密室设在阿琳娜的家里,那又怎么样?任何他者都会在自己房子里建一个密室放魔法工具的。

有什么东西会让格谢尔吓成这样……我相信,头儿被吓坏了,六神无主,他的脸变得太僵硬,太没有表情了!

不知为什么我预感到一些恐惧,比如说:地下室里躺着几具孩子的尸体。那就给格谢尔的惊恐找到了理由,因为他坚信,阿琳娜不会伤害娜久什卡!

不,不可能……

带着这样的念头我从隧道坠落下来——直接落到那间小小的密室中央。

这里确实有很多人。

"闪到一边去!"科斯佳喊道,并抓住我的手。我刚跨出一步——就看见格谢尔从隧道里出来了。

"欢迎您,伟大的魔法师,"扎武隆说道,他客气得有点异乎寻常,不像平时那么刻薄。

我环顾四周。这里有六个宗教法官——披着雨衣、带风帽的斗篷遮住脸,和平时的装束一样。埃德加尔、扎武隆和科斯佳——也都是理所当然。斯维特兰娜! 我战战兢兢地看着她——可是斯维特兰娜马上摇摇头安慰我。这么说,娜佳安然无恙。

"谁带领你们去搜捕的?"格谢尔问。

"三方联盟,"埃德加尔简短地答道。"我是宗教法庭方面的,扎武隆是黑暗力量的,还有……"他看了看斯维特兰娜,"还有,您自己解释吧。"

"我来吧,"格谢尔点点头。"斯维特兰娜,谢谢你。我是个知道感恩的人。"

不需要任何解释。不管这里发生了什么事情,斯维特兰娜首先是来自光明力量——而且的确是以守夜人的名义。

可以说——她重返工作岗位了。

"要向您介绍情况吗?"埃德加尔问。

格谢尔点点头。

"戈罗杰茨基呢?"埃德加尔进一步问。

"和我一起。"

"这是您的权利。"埃德加尔朝我点点头。"总之,我们这里发生了一件异乎寻常的事……"

为什么他要说这些话呢?

我打算从斯维特兰娜那儿打听情况,心里很想到她身边去。

于是我靠在一堵没有门窗的墙上。

宗教法庭把这一带全都封锁了,怪不得他们打电话给格谢尔,而不是在想象中跟他联系。不管这里发生了什么事,都必须保密。

埃德加尔接下去的一句话证实了我的想法。

"既然发生的事应该绝对保密,"埃德加尔说,"我请所有在场者拿掉防御物,准备好接受惩罚之火的印记。"

我瞟了一眼格谢尔——他已经解开衬衣。扎武隆、斯维特兰娜、科斯佳,甚至埃德加尔本人——大家全都脱下了衣服!

我也屈服了,脱掉了高领毛衣。惩罚之火,可见……

"我们,参加者,发誓,除了宗教法庭的最高法官以外,在任何时候在任何地方对任何人都不会泄露我们的调查过程及结果,"埃德加尔说,"我发誓!"

"我发誓,"斯维特兰娜说,并抓起我的一只手。

"我发誓,"我小声说。

"我发誓,我发誓,我发誓……"到处都传来这个声音。

"要是我泄露了这个秘密——那就让惩罚之火毁了我的手!"埃德加尔结束了宣誓。

他的手指发出了刺眼的红光。空中仿佛悬着五人小组的急切的身影,一层层裂开,十二个闪亮的手掌开始向我飘过来。非常缓慢——这种从容不迫比什么都可怕。

惩罚之火的印记首先落在埃德加尔身上。宗教法官脸部扭曲,皮肤上瞬间渗出几个同样的红印。

看来,这很痛……

格谢尔和扎武隆经受住了坚忍不拔印记的碰撞,要是我没有看错的话,他们身上的这些印记已经融合成粗的连体字了。

一个宗教法官尖叫一声。

看来,这非常痛……

诅咒落到了我身上,我明白,我错了。这不是非常痛,这是无法忍受! 看来,打在我身上的是烧红的烙印,不仅仅是打上——而是把我的身体全都烧穿了。

当血红色的悬浮物在我眼前消失后,我惊奇地意识到,我还能站得起来——与两个宗教法官不同。

"大家都说,生孩子痛……"斯维特兰娜小声说,一边把衬衣纽扣扣好。"哈……"

"我想提醒你们……要是印记发挥作用——那就要痛得多了……"埃德加尔小声说。他这个黑暗力量的成员眼睛里泪汪汪的。"这是为了共同的幸福。"

"别这么多愁善感!"扎武隆打断他的话。"既然当了负责人,举止就应该符合身份。"

说真的,维杰斯拉夫哪儿去了?

他还是飞到布拉格去了吗?

"请跟在我后面,"埃德加尔依然皱着眉头说,并向墙那边走去。

建造密室的方法有很多种,从最一般化的——神奇地隐藏在墙里的保险柜——到被强大的诅咒包围着藏在黄昏界中的密室。

这个密室相当别出心裁。当埃德加尔进入墙里后——他面前瞬间就出现了一条狭窄的、仿佛无法通过的缝隙,我一下子就想起了一种巧妙复杂的方法:把幻觉术和位移法融合在一起。从某个有限的空间,比如从房间里分出一块空间——比如顺着墙的一条窄窄的空间——神奇地组成一个储藏室。这个玩意儿很复杂也相当危险,但是埃德加尔平安无事地进入了密室。

"我们不要全都钻进去,"格谢尔小声说,并瞟了一眼那些宗教法官。"你们已经到那里去过了,我说得对吗?你们就在这里等着吧。"

我担心他也把我撇下,赶紧向前跨上一步——墙听话地在我面前展开了。保护的咒语已经被毁掉。

原来储藏室并不是那么小,至少有三平方米。里面甚至有一扇窗——好像是从其他窗户上"割"一块下来装在这儿似的,窗口的景色光怪陆离:一条林子,半棵树,一块天,一切都显得杂乱无章。

不过储藏室里还有更加引人注目的东西。

用密实的灰色衣料做成的优质西装,考究的衬衣——白色的,丝绸的,领子和袖口镶着花边,文雅的领带——银灰色底子红色小圆点,一双豪华的黑皮鞋,里面露出白袜子。所有这些东西都放在储藏室中央的地上。西装里面,我相信,一定有丝绸的内衣,上面有手工绣制的花体字。

然而,我丝毫也不愿意在高级吸血鬼维杰斯拉夫的衣服堆里翻寻。覆满了衣服的均匀的灰色骨灰撒落在周围——这就是来自宗教法庭欧洲分部的督察员留下的一切。

斯维特兰娜紧跟着我进入储藏室,她只是叹着气,拉着我的手。格谢尔闷闷不乐地发出咳嗽声。扎武隆叹了一口气——看上去甚至是发自内心的。

最后进来的是科斯佳,他一言不发,像中了魔似的站着,眼睛望着自己同伴的可怜的遗骸。

"先生们,你们是怎么想的,"埃德加尔声音不大地说,"发生的事就本身而言是离奇的,高级吸血鬼被害,谋杀进行得迅速而没有留下任何搏斗的痕迹,我认为,即使是在场的各位尊敬的最高魔法师也不见得能办到。"

"在场的最高魔法师不会迟钝到攻击宗教法庭的工作人员,"格谢尔沉痛地慢慢说道。"不过,要是宗教法庭坚持要检查的话……"

埃德加尔摇摇头说:

"不。我叫您到这里来正是因为没有什么可怀疑的。在向欧洲分部通报情况之前,我觉得请教一下您是合情合理的。毕竟这是莫斯科巡查队的地盘。"

扎武隆蹲在遗骸旁边,抓起一些骨灰,放在手里揉搓,闻了闻,好像甚至——用舌头去舔了一下。他叹着气站起来,小声说道:

"维杰斯拉夫……我想象不出谁会毁了他。我会……"他踌躇了片刻,"我会考虑再三,在同他交战之前。您呢?同行?"

他看了看格谢尔。格谢尔不急于回答,他以年轻自然科学家的热情打量着骨灰。

"格谢尔,您呢?"扎武隆又说了一遍。

"是的,是的……"格谢尔点点头。"我可能会这么做。实话说,我们可能会……有一些意见分歧。这件事出手这么迅速……又这么干净……"格谢尔两手一摊。"不,我做不到。唉。甚至有些令人嫉妒。"

"印记,"我小心翼翼地提醒说。"吸血鬼进行临时注册时要打上印记……"

埃德加尔看了看我,仿佛我说了一句蠢话:

"不过不是宗教法庭的工作人员。"

"也不是高级吸血鬼!"科斯佳挑衅地说。"给打上印记的是小窝囊废,那些初出茅庐的无法自我控制的吸血鬼和变形人。"

"实际上,我早就打算提议进行讨论,取消这些不平等的限制,"扎武隆插进来说。"没必要从二级开始给吸血鬼和变形人打上印记,最好是从三级开始……"

"最好再废除掉互相在居住地登记的规定,"格谢尔嘲弄地说。

"别再争下去了!"埃德加尔带着出人意料的权威说道。"戈罗杰茨基的无知——不足以成为辩论的理由! 再说……吸血鬼维杰斯拉夫生命的终止——并不是最可怕的事。"

"还有什么会比轻松干掉高级魔法师的他者更可怕呢?"扎武隆问。

"《富阿兰》,"埃德加尔随口答道。"《富阿兰》这本书,正是因为这本书他才遭到杀身之祸的。"

Chapter 2

扎武隆冷笑着，显然，埃德加尔的话他丝毫也不相信。

而格谢尔好像是恼火了。毫不奇怪。起初是我对他提起《富阿兰》，现在宗教法官又老调重弹。

"尊敬的……欧洲督察员。"停顿了片刻后头儿还是找到了恰当的刻薄称呼。"我对神话的入迷程度并不亚于您。在女巫当中关于《富阿兰》的故事非常普及，但是我们很清楚——这只是她们企图使自己的……种姓更加光彩的方法。好像变形人、吸血鬼，还有其他在社会中扮演次要角色的他者也都会有这么做的动机。但是在我们面临现实问题时，要是也相信这些古老的迷信……"

埃德加尔打断他的话：

"我明白您的观点，格谢尔。但是问题在于两小时之前维杰斯拉夫跟我联系过，给我打过手机。他检查了阿琳娜的东西，发现了密室。总之……维杰斯拉夫非常激动。他说，密室里放着《富阿兰》这本书。而且是真本。我……应该承认，我对这件事抱有怀疑态度。维杰斯拉夫——性格反复无常。"

格谢尔表示怀疑地摇摇头。

"我没有马上赶到这里，"埃德加尔继续说。"况且维杰斯拉夫说，他会找负责封锁的宗教法庭的工作人员帮忙。"

"他害怕什么吗？"扎武隆生硬地问道。

"维杰斯拉夫吗？我不认为他害怕什么具体的东西。不过这是发现这种力量的法器时的例行程序。我结束查岗后正好在跟科斯佳聊天，这时我们的同事报告说，他们已经把房子包围起来，但他们没有感觉到维杰斯拉夫在场。我吩咐他们进屋去看看，他们报告说，屋子里一个人也没有。这时我……"埃德加尔中断话头，"有点不知所措。维杰斯拉夫躲着同事目的何在呢？我就带上科斯佳，尽可能迅速地赶到这里。这用去了将近四十分钟。我们不愿意穿过黄昏界前进,因为这样有可能会消耗掉我们身上的所有力量。而要同事准确地标定隧道口他们又做不到,因为这里有太多的魔法法器。"

"明白了,"格谢尔说。"说下去。"

"房子被封锁了,两名同事在里面值班,我们和他们一起进入密室,于是发现了维杰斯拉夫的遗骸。"

"维杰斯拉夫在没有保护的情况下单独待了多久?"格谢尔问。他的语气还是透着不相信,但已经表现出明显的兴趣。

"一小时左右。"

"宗教法官还在他的尸体旁守护了四十分钟时间。他们共有六个人,四级和三级力量的。"格谢尔皱起了眉头。"可能有强大的魔法师来过。"

"未必吧。"埃德加尔摇摇头。"他们都是三四级的,只有罗曼——算他二级还有点勉强,不过他们配有我们的警戒护身符。甚至连伟大的魔法师都无法从旁边过去。"

"这么说,凶手是在他们出现之前到这儿来的?"

"很可能,"埃德加尔证实。

"魔法师相当强大,迅速杀掉了高级吸血鬼……"格谢尔摇摇头。"我认为只有一个人有可能。"

"老巫婆,"扎武隆小声说。"要是她手里真的有《富阿兰》,那么她有可能回来拿这本书。"

"起初扔掉,后来又回来拿吗?"斯维特兰娜大声说。我知道,她想保护阿琳娜。"这不合逻辑!"

"我和安东跟踪过她,"埃德加尔老实地说。"她仓皇逃窜。看来,她并没有像我们推测的那样一下子就跑掉,而是在附近躲起来了。当维杰斯拉夫找到那本书时——她感觉到了,于是就慌了手脚。"

格谢尔忧心忡忡地望着我和斯维特兰娜,但什么话也没说。

"也许,维杰斯拉夫是自然死亡吧?"斯维特兰娜没有让步。"他找到了书,试图从书中弄出个把咒语……于是就死了。这种事情是发生过的！"

"是啊，"扎武隆挖苦说。"同时这本书突然长出了两只脚，溜掉了。"

"不能排除这种可能。"现在是格谢尔出来为斯维特兰娜辩护了。"有可能长两只脚，有可能溜掉。"

大家安静下来，在安静中扎武隆的笑声显得格外响亮：

"真没想到！我们相信《富阿兰》吗？"

"我相信，某个人轻而易举就杀死了高级吸血鬼，"格谢尔说。"这个人不怕巡查队，也不怕宗教法庭。这个事实要求我们迅速、有效地进行调查。你不这么认为吗，同行？"

扎武隆不乐意地点点头。

"如果假设这里真的有过《富阿兰》……"格谢尔摇摇头。"如果所有关于这本书的传闻都是真的……"

扎武隆又点点头。

两个伟大的魔法师目瞪口呆，面面相觑。也许只不过是在玩瞪眼珠游戏，也许是不顾这里所有的魔法屏障，怎么也要利用法术进行一场对谈。

我走到吸血鬼的遗骸旁边，蹲下来。

不讨人喜欢的模样。甚至连吸血鬼都不会喜欢。

但毕竟是他们那一边的。

是他者。埃德加尔在我的身后嘀咕，必须再吸收点新鲜能量，抓住阿琳娜现在变得十分必要。老巫婆真是不走运。破坏和约的是一回事，虽然规模很大，毕竟是很久以前的事了。而杀害宗教法官——是另一回事。

所有的事实都对她不利。还有谁会这么强大，能够使高级吸血鬼倒下？

不知为什么，维杰斯拉夫的遗骸没有引起我一丝一毫的厌恶。大概他身上已经不剩下任何人的东西了。灰色的骨灰活像潮乎乎的香烟留下的烟灰，保留着骨灰原来的形态，但是结构跟烟灰完全相同。我碰了一下骨灰,隐隐约约可以感觉得到这是握紧的拳头——看到骨灰散落,揉成一团的白纸条松开时,我一点也不感到惊奇。

"字条,"我说。

死一般的寂静开始了。既然没有不同意见,我就拿起纸条展开读了起来。在这之后我才看了一眼魔法师。

大家的脸色都是那么紧张,仿佛他们期待听到:"维杰斯拉夫临死前写下了凶手的名字……凶手正是你们!"

"这不是维杰斯拉夫写的,"我说。"这是阿琳娜的笔迹,她给我写过情况说明……"

"读一下吧,"埃德加尔请求说。

"宗教法官先生们!"我大声读道。"要是你们看到了这张条子,那就意味着你们没有忘记往事,天下没有太平。我建议用和平的方式来解决问题。你们会得到你们寻找的那本书。而我会得到宽恕。"

"这么说你们寻找过?"格谢尔非常平静地问道。

"宗教法庭在寻找所有的法器,"埃德加尔平静地答道。"其中包括那些传说中的书。"

"她能不能得到宽恕?"斯维特兰娜冷不防问道。

埃德加尔不满地看了她一眼,但还是回答说:

"要是这里有《富阿兰》呢?我不是在下结论,但也许是有的。要是这是真的《富阿兰》,她就能得到宽恕。"

"现在我倾向于认为,这是真的……"格谢尔轻声说。"埃德加尔,我想跟我的同事们商量一下。"

埃德加尔只是两手一摊。大概他不太愿意跟扎武隆和科斯佳单独待在一起,但是他这个宗教法官的脸上还是保持着镇静。

我和斯维特兰娜跟着格谢尔走出了密室。

宗教法官对我们投来非常怀疑的目光,仿佛在怀疑我们就是凶手。但格谢尔并没有因此感到不安。

"我们要单独开个会,"朝门口走去时,他漫不经心地说。宗教法官们互相交换了一下眼色,但没有争论——只有一个朝密室走去。而我们已经走出了老巫婆的小房子。

这里是密林深处,好像早晨还没有来临。四周充满了神秘的昏暗,仿佛是在最早的黎明时刻。我奇怪地看了看上面——发现天空的确灰得不同寻常,仿佛是透过墨镜看到的天色。想必这就是宗教法官设置的魔法屏障。

"大事不妙……"格谢尔小声说。"一切都不顺利……"

他的目光从我身上扫到斯维特兰娜身上——然后再扫回来。好像他无法决定,我们两个人当中谁是他此刻所需要的。

"那里真的有《富阿兰》吗?"斯维特兰娜问。

"想必,是有的。想必,书是存在的。"格谢尔做了个鬼脸。"太不顺了……太糟了……"

"必须找到老巫婆,"斯维特兰娜说。"要是您愿意……"

格谢尔摇摇头:

"不,我不愿意。阿琳娜应该离开。"

"我明白了。"我拉起斯维特兰娜的手。"要是阿琳娜被抓住,她会供出,谁是那个光明力量的成员……"

"阿琳娜不知道谁是那个光明力量的成员,"格谢尔打断我的话。"那个光明力量成员去找她时戴着假面具。她可能有过怀疑,猜测,也可能很确信——但是她没有任何证据。问题在于……"

这时我什么都明白了。

"《富阿兰》吗?"

格谢尔点点头:

"是的,所以我才请你们……"

他没有说完话——我赶紧说:

"我们不知道阿琳娜在哪里。对不对,斯维塔?"

斯维特兰娜皱了皱眉头,但又点点头。

"谢谢,"格谢尔说。"这是第一件事。现在说第二件。我们必须找到《富阿兰》这本书,不惜一切代价。也许要组织一支搜查队,我希望我们这边由安东去参加。"

“我比他行，”斯维特兰娜轻声说。

“这已经没有意义了。”格谢尔摇摇头。“没有任何意义。斯维特兰娜，我需要你在这里。”

“为什么？”斯维特兰娜警觉起来。

格谢尔犹豫了片刻，随后说：

“为的是迫不得已时激发娜佳。”

“你疯了吧，”斯维特兰娜用冷冰冰的声调说道，“以她的法力，在她这样的年龄是不可能成为他者的！”

“但可能会发生的事情是我们将走投无路，”格谢尔说。“斯维特兰娜，你自己决定吧。我只是请求你留下来跟孩子待在一起。”

“放心吧，”斯维特兰娜斩钉截铁地说。“我会目不转睛地看着她的。”

“那就好。”格谢尔笑了起来，并往回迈步朝门口走去。“来吧，现在我们的菲利会议①要开始了。”

门刚在他身后关上，斯维特兰娜就转过身来面对我，威严地问：

“你明白了吗？”

我点点头。

“格谢尔无法找到他的儿子。他确实只不过是个凡人！不久以前刚成为他者。”

“阿琳娜吗？”

“好像是。她从休眠中醒来，已经弄清楚，谁是主要人物，他现在在哪里……”

“她利用《富阿兰》悄悄给格谢尔送了礼物吗？把他的儿子变成了他者？”斯维特兰娜耸耸肩。“这不可能。她这么做是为了什么呢？难道他们这么友好？”

---

① 菲利位于莫斯科郊外。一八一二年拿破仑入侵俄罗斯，攻入莫斯科之前，俄军主帅库图佐夫在菲利召开军事会议，决定将军队撤离莫斯科以保存实力。库图佐夫在会中作了著名的总结：失去莫斯科无妨，失去军队俄罗斯就灭亡了。此处的“菲利会议”指在危急关头召开的重要会议。

"什么为什么？现在格谢尔竭尽全力不让阿琳娜被找到。她受到了保护，明白吗？"

斯维特兰娜眯缝起眼睛，点点头说：

"听我说，守日人巡查队怎么会……"

"我们怎么知道她对扎武隆又做了什么？"我耸了耸肩。"不知为什么，我觉得就连守日人巡查队也对寻找老巫婆一事不太起劲。"

"真是个狡猾的老妖婆，"斯维特兰娜不带恶意地说。"我不该对老巫婆的力量估计不足。而关于娜佳的事你明白了吗？"

我摇摇头。

格谢尔说的确实是一派胡言。有时候要他者孩童在五六岁就被激发，但无论如何也不能早于这个年纪。获得了他者的能力但却无法好好控制它们，这样的孩子——是移动的炸弹，更何况像娜久什卡这么强大的他者。要是小姑娘淘气起来，并开始运用自己的力量的话，即使格谢尔本人也无法阻止她。

不，格谢尔的话完全不可思议！

"我会拔出他的腿装到他的手上。"斯维特兰娜若无其事地允诺。"哪怕只要他再提到一次娜佳应该被激发的事。怎么样，咱们走吧？"

手拉着手——现在我们非常想互相亲近——我们回了家。

负责看守密室的宗教法官们再次被派去包围房子，而我们六个人围坐在桌子边上。

格谢尔喝了茶。他亲自动手沏茶，不仅使用了茶壶，还用了老巫婆大量储藏的花草。我也拿起了杯子，茶飘着薄荷和刺柏的香味，味道又苦又浓，但能提神。此外就再没有其他人被茶激起食欲——斯维特兰娜出于礼貌品尝了一口，随即就把杯子挪开了。

字条放在桌上。

"二十二至二十三点以前，"扎武隆眼睛看着纸条说道。"在你们访问前她写了字条，宗教法官。"

埃德加尔点点头。不乐意地添上一句：

"有可能……甚至有可能……在我们做客的时候。在黄昏界深处我们很难追捕她,她完全有时间做好准备,写下字条。"

"那我们就没有理由怀疑老巫婆了,"扎武隆小声说。"她留下书是为了赎身。回来拿书和杀害宗教法官对阿琳娜来说是毫无理由的。"

"我赞同,"格谢尔迟疑了一下,点点头。

"黑暗力量和光明力量的观点竟然会惊人地一致……"埃德加尔说。"你们吓到我了,先生们。"

"现在不是闹矛盾的时候,"扎武隆说。"必须找到凶手和书。"

毫无疑问,他要保护阿琳娜有他自己的理由。

"好吧,"埃德加尔点点头。"我们回到一开始。维杰斯拉夫打电话给我,报告了有关《富阿兰》的事情。谈话内容没有任何人听见。"

"通过手机进行的所有谈话都可能被听到和记录下来……"我插进一句。

"安东,你是怎么想的?"埃德加尔嘲讽地望着我说。"人类的特工机关在对他者进行研究吗? 听说了这本书以后,立即派间谍到这儿来了? 这个间谍杀害了高级吸血鬼?"

"安东的观点不见得不对。"格谢尔站出来为我辩护,"你们都知道,埃德加尔,每年我们都不得不阻止人类旨在揭露我们的行动。你也知道他们的情报单位有个机要处……"

"那里有我们的人,"埃德加尔反驳说。"即使假定他们在再次寻找他者,即使情报泄露了,维杰斯拉夫的死也永远是个谜。就连詹姆斯·邦德都不可能神不知鬼不觉地来到他身边。"

"谁是詹姆斯·邦德?"扎武隆感兴趣起来。

"神话中的人物,"格谢尔冷冷一笑。"现代神话。先生们,我们别白白浪费时间了。事情完全明朗了——维杰斯拉夫是被他者杀害的。强大的他者。很有可能就是那个宗教法官相信的人。"

"他谁也不相信,甚至是我,"埃德加尔小声说。"吸血鬼的血液里都是猜疑……对不起,我说的是双关语。"

谁也没有笑。科斯佳板着脸瞟了埃德加尔一眼,但是没说话。

"你希望所有在场者都去检测一下记忆吗?"格谢尔客气地进一步问。

"你们同意吗?"埃德加尔感兴趣起来。

"不,"格谢尔一口回绝。"我尊重宗教法庭的工作,不过凡事都有限度!"

"那我们就无路可走了。"埃德加尔两手一摊。"先生们,要是你们不肯合作的话……"

斯维特兰娜礼貌地咳嗽了一声,问道:

"我可以发表意见吗?"

"可以,可以,那还用说。"埃德加尔客气地点点头。

"我觉得,我们采取的方法错了,"斯维特兰娜说。"你们断定应该找到凶手——那样我们就能找到书。一切都做得对,可是我们不知道凶手是谁。让我们来试着先找到书好吗? 通过《富阿兰》我们就能找到凶手。"

"你打算怎么找书呢,光明女魔法师?"扎武隆嘲讽地问道。"去叫詹姆斯·邦德吗?"

斯维特兰娜伸出一只手,小心翼翼地碰了一下阿琳娜的字条。

"你们瞧……据我所知,老巫婆把字条放在书上。或者甚至夹在书页中。某一段时间里这两样东西是放在一起的,而这本书充满了魔力和强大的威力。如果造一个复制品……你们知道吗。像教刚入门的魔法师那样……"

在高级魔法师们的注视下她感到不好意思起来,开始前言不搭后语。不过扎武隆也好,格谢尔也好,都用赞许的目光望着斯维特兰娜。

"的确,是有这样的魔法,"格谢尔小声说。"可不是吗,我记得……有一次有人来偷马,只剩下了辔头……"

他不吭声了,瞟了扎武隆一眼,然后十分友好地提议:

"我请求您,黑暗巫师,造一个复制品吧!"

"我认为最好还是由您来造,"扎武隆同样彬彬有礼地说。"以免别人怀疑我们虚伪。"

好像有点不对头！不过是什么……

"好吧，那么就像人们常言所说，'告密者首先挨鞭笞'！"格谢尔愉快地说。"斯维特兰娜，你的建议被采纳了。干起来吧。"

斯维特兰娜不好意思地看了看格谢尔：

"鲍利斯·伊格纳季耶维奇……对不起，这是非常简单的行动……我早就不做了。或许，应该请低级魔法师们来做？"

原来是这么回事……教刚入门的他者的基本知识，对于伟大的魔法师来说是力不胜任的。他们不知所措——不知所措，正如你要那些科学院院士把一排数字连乘，或者用漂亮、均匀的笔画在格子里填字一样，他们会不知所措！

"让我来吧，"我说。没有等到答复，我就把一只手伸向了字条。我眯缝起眼睛，让睫毛的影子落在眼睛上，透过黄昏界观看灰色的纸。想象这是一本书——用人皮做封面的一本厚书，受到人类和他者诅咒的老巫婆的日记……

书的外形开始慢慢地出现了。书几乎跟我想象的一模一样，只不过封面的四角包上了金灿灿的金属三角护套。看来是后来添加上去的，《富阿兰》的一个主人爱护书。

"太棒了！"格谢尔兴致勃勃地说。"像真的一样，像真的一样……"

魔法师们都欠起了身子，俯在桌子上，打量着只有他者才看得见的书的外形。纸在桌上稍稍颤抖了一下，仿佛被一阵穿堂风吹过了似的。

"不能打开它吗？"科斯佳问。

"不，这只是外形，它没有书的内在的实质……"格谢尔友好地说。"来吧，安东。集中注意力……再用想象做出一个追踪器。"

画下书的外形我毫不费力就完成了。而做一个追踪器我根本就办不到。最后我就集中精力研究罗盘的怪诞的复制品——巨大的，像一个盘子那么大，有一根围着轴旋转的指针。指针的一头发出的光比较亮——它想必能指明《富阿兰》的所在地。

"增加能量，"格谢尔要求。"让它工作哪怕一星期……没关系。"

我增加了能量。

我感到精疲力竭,但是心满意足,浑身瘫软下来。

我们望着悬在黄昏界中的"罗盘"。指针直指扎武隆。

"这是开玩笑吧,戈罗杰茨基?"扎武隆询问。他站起来,走到一边去。

指针一动不动。

"很好,"格谢尔满意地说道。"埃德加尔,让你的所有同事都回来吧。"

埃德加尔迅速朝门口走去,招呼大家,然后回到桌子边上。

宗教法官接二连三走进屋子。

指针一动不动,仿佛指向虚无。

"这就是需要证明的事情,"埃德加尔平静地说。"在场的任何人都与盗书案无关。"

"它在抖动,"扎武隆瞧着罗盘说道。"指针在抖动。既然我们没有发现书长了脚……"

他不怀好意地狞笑了一下,拍了拍埃德加尔的肩膀,问道:

"怎么样,老同志?需要我们帮你逮住小窃贼吗?"

埃德加尔也全神贯注地观察着罗盘,随后问道:

"安东,这个仪器的精确度怎么样?"

"恐怕不太高,"我承认。"毕竟书的痕迹十分微弱。"

"精确度!"埃德加尔又重复一遍。

"一百来米,"我说。"也许,五十米。据我了解,靠近信号时力量会增大,指针就会乱转。对不起。"

"别担心,安东,你做得完全正确,"格谢尔夸奖我。"用这么微弱的线索谁也不可能干得更出色。一百米——就一百米……与目的物之间的距离你能确定吗?"

"大概能,根据光的亮度判断有一百一十到一百二十公里。"

格谢尔皱起了眉头:

"书在莫斯科。我们在浪费时间,先生们。埃德加尔!"

宗教法官把手伸进口袋,取出一个白里透黄的象牙小球。从外表看——就像一个玩美式台球时用的普通台球,只是稍稍小一些,表面乱七八糟刻着一些莫名其妙的图画文字。埃德加尔把小球握在手里,用力握。

过了一会儿我感觉到好像有什么东西发生了变化。好像在这之前空中悬着看不见却感觉得到的幕布——可是现在幕布消失了,收拢了,陷入了象牙小球中……

"我不知道,宗教法庭还保留着米诺斯文化①的氛围,"格谢尔说。

"任何解释都不需要。"埃德加尔笑着说,他对结果十分满意。"行了,障碍清除了。标定隧道,伟大的魔法师们!"

不用说,不用任何定位仪就标出笔直的隧道——这对高级魔法师来说是小菜一碟。埃德加尔要不是没有这个能力,就是想保存实力……

格谢尔瞟了扎武隆一眼,问道:

"您相信我吗?"

扎武隆默默地挥了一下手——空中立刻展现出黑洞洞的隧道,扎武隆带头朝里面走去,格谢尔对我们做了个跟着前进的手势后尾随他而去。我拿着阿琳娜的珍贵的字条和无形的魔法罗盘——跟在斯维特兰娜后面进去。

尽管隧道外貌不同,但里面看上去一模一样。乳白色的迷雾,快速转动的感觉,完全丧失了时间的概念。我试图集中注意力——现在我们是同罪犯,同杀害高级吸血鬼的凶手并肩而行。当然我们由格谢尔和扎武隆率领,斯维特兰娜虽然经验不及他们,但力量绝不比他们逊色;科斯佳虽然年纪轻,但毕竟是高级魔法师;还有埃德加尔带着他那一帮人及满满几袋子宗教法官的法器。可是这场战斗仍然可能有致命的危险。

但接下去的一瞬间我明白了,战斗不会发生。

至少不会马上发生。

我们站在喀山火车站的月台上,我们身边一个人也没有——当附

---

① 米诺斯文化,古希腊克里特岛的青铜时代文化,约公元前 3000 年—1100 年。

近出现隧道时，人类会感觉到并不由自主地躲到一边去。瞧，周围一片混乱，这种混乱即使在莫斯科也只有夏天在火车站才能遇上。人们朝电气列车走去，人们从列车上下来，拖着行李，人们在电子显示屏旁抽烟等车，直到广播里宣布他们要乘的车到站，人们在喝啤酒和柠檬汽水，吃车站供应的大得出奇的馅饼和没有让人少怀疑的阿拉伯小吃。大概，在一百米的半径内现在至少有两三千人。

我看了看虚幻的"罗盘"——指针懒洋洋地旋转着。

"现在急需灰姑娘出现，"格谢尔说，环顾着四周。"必须在谷袋里找出一颗罂粟籽。"

宗教法官——出现在我们身边。埃德加尔一脸紧张，对残酷的战斗做好了准备，现在变得不知所措。

"他企图躲起来，"扎武隆说。"太好了，太好了……"

他的脸上也没有露出特别的喜悦。

一个慌慌张张的妇女朝我们这群人走来，她推着的小推车上放着几个条纹漆布旅行袋。在她汗淋淋、红彤彤的脸上可以看到只有俄罗斯妇女才有的果断，那种靠跑单帮养活窝囊废丈夫和三四个孩子的女人特有的表情。

"开往乌里扬诺夫斯克的车还没有广播，对不对?"她询问道。

斯维特兰娜刹那间闭上了眼睛，回答说："六分钟后车会到达第一月台，离站时间推迟三分钟。"

"谢谢。"那女人丝毫也没有对准确的回答感到奇怪，朝第一站台走去。

"这一切都非常不够，斯维特兰娜，"格谢尔小声说，"关于寻找书还有什么建议吗?"

斯维特兰娜只是无奈地两手一摊。

咖啡馆非常舒适和干净，车站附设的咖啡馆能有这样的环境确实是达到了极限。或许是因为它的位置奇特——设在地下层，旁边是行李寄存处。大量逗留在车站的流浪汉没有挤到这里来，显然——他们在店主的帮助下戒了酒。中年俄罗斯大婶站在柜台后面收钱，沉默而彬彬有礼的高加索人从厨房里把食物送出来。

一个奇怪的地方。

我给自己和斯维特兰娜各倒了一杯干红，这种三公升包装的葡萄酒非常便宜，而且更令人惊奇的是——味道相当好。我回到我们坐的角落里的小桌子旁。

"还是在这里，"斯维特兰娜说，朝阿琳娜的字条点了点头。"罗盘"的指针懒洋洋地旋转着。

"书有没有可能被藏在行李寄存处呢？"我提出。

斯维特兰娜喝了一口酒，点点头，也许是赞同我的猜测，也许是对克拉斯达尔出的墨尔乐红葡萄酒表示满意。

"有什么事让你困惑不解？"我小心翼翼地问道。

"为什么要到火车站来？"斯维特兰娜以问代答。

"因为打算离开，躲起来。偷盗者应该想到会有人来追捕。"

"为什么不去机场乘飞机。任何一个航班都行，"斯维特兰娜喝了一小口酒，简短地答道。

我两手一摊。

这确实令人奇怪。他者叛徒，不管他是谁，拿了《富阿兰》，有可能或者企图躲藏起来，或者出逃。他选择了第二种方式。可是为什么要乘火车呢？在二十一世纪，还把火车当做逃跑的工具？

"说不定他害怕乘飞机呢？"斯维塔指出。

我只是扑哧一笑。当然，遇到空难的话，甚至连他者活下来的可能性也不大。不过提前三四个小时察看一下现实线，确定飞机是否会面临空难的危险，这连最弱小的他者也能做到。

而杀害维杰斯拉夫的凶手不是弱小者。

"他需要找一个飞机不到的地方，"我说。

"至少可以飞离莫斯科，远离追捕。"

"不，"我自信地纠正斯维特兰娜的话。"这不能说明任何问题。我们有可能大致确定他所在的方位，知道偷盗者是乘哪一班飞机飞走的，会盘问乘客,从机场调阅监视资料——他的身份就真相大白了。然后格谢尔或者扎武隆就会打开隧道……不管他跑到哪里去,隧道都会在那里打开。一切都会回到现在的局势中,只不过我们最好能认出他的脸。"

斯维特兰娜点点头。她看看表,摇了摇头、刹那间闭上眼睛,安心地笑了。

这么说,娜久什卡安然无恙。

"总的来说他干吗要逃跑呢……"斯维特兰娜若有所思地说。"《富阿兰》中所描述的仪式未必需要很多时间。要知道当老巫婆受到攻击时,她就把大量女仆变成了他者。凶手利用这本书成为伟大的魔法师……最伟大的魔法师要容易得多。接下去或者跟我们展开搏斗,或者毁掉《富阿兰》后躲藏起来。要是他变得比我们强大,那我们根本就无法找到他。"

"也许,他确实变得强大了,"我说。"既然格谢尔提到了要激发娜佳……"

斯维特兰娜点点头。

"前途不容乐观。万一《富阿兰》给埃德加尔本人利用了呢? 他现在在演戏。演一出搜寻的戏。他跟维杰斯拉夫的关系很复杂,他心里……会不会一直想着要成为世界上最强大的他者……"

"那他要书干什么呢?"我大声喊道。"把它留在原处不就行了! 我们甚至不会知道维杰斯拉夫已经被害,把一切都归罪于吸血鬼没有发现的防护咒语。"

"这也有可能,"斯维特兰娜同意说。"不,凶手需要的不是力量,或者说不仅仅是力量,他还需要书。"

我猛然间想起了谢苗,点点头。

"凶手想把某个人变成他者! 他知道,他没有太多的机会用到书,所以就杀害了维杰斯拉夫……现在事实究竟如何已经不重要了。他照书上的方式变成了强大的他者。他把书藏起来……藏在这里的某个地方,火车站。现在又想把书运走。"

斯维特兰娜伸给我一只手,我们在桌上庄严地握了手。

"不过他怎么运走书呢?"斯维特兰娜进一步问。"这里现在有莫斯科最强大的两个魔法师在……"

"三个,"我纠正她的话。

斯维特兰娜皱了皱眉头,说:

"那就是四个。科斯佳毕竟是高级的……"

"他是个毛孩子,尽管是高级的……"我小声说。不知怎么我没有想到小伙子几年时间里杀害了十个人这件事。

更可恶的是,是我们给他开的许可证……

斯维特兰娜明白,我在考虑什么,她抚摩了一下我的手掌。轻声说:

"别难过了。他无法违背自己的天性。你能够做什么呢?难道要杀了他……"

我点点头。

当然,我做不到。

但是我甚至不愿意对自己承认这一点。

门被轻轻打开了——走进咖啡馆的有格谢尔、扎武隆、埃德加尔、科斯佳……还有奥莉加。看来他们已经聚在一起讨论过了,奥莉加已经了解了情况。

"埃德加尔同意调来后备部队……"斯维特兰娜轻声说。"事情不妙。"

魔法师们朝我们的桌子走过来,我发现他们的目光迅速扫了一下"罗盘"。科斯佳走向柜台,要了一杯红葡萄酒。女服务员笑了起来——或者是他的步态具有一点点吸血鬼的魅力,或者是她干脆喜欢上了他。哎,大婶……千万不要对这个小伙子笑,他在你身上唤起的不知是母爱,还是纯粹的女人的爱情。这个小伙子的吻会让你脸上永远失去笑容……

"科斯佳和宗教法官们搜遍了所有的行李寄存处,"格谢尔说。"一无所获。"

"我们把整个火车站全都搜查了一遍,"扎武隆温和地笑了笑。"有六个他者,显然都毫不相干。"

"还有一个没有被激发的小姑娘……"奥莉加补充说,脸上也带着微笑。"是的,是的,我看见了,她将会得到照顾。"

扎武隆笑得更响亮——这是一次完整的微笑交流。

"对不起,伟大的女魔法师。她现在已经得到了照顾。"

在通常情况下这只是谈话的开始。

"够了,伟大的魔法师们!"埃德加尔大声呵斥。"现在要谈论的不是一个潜在的他者。现在要谈的是我们的生存问题!"

"这么说也没错!"扎武隆赞同道。"您不帮一下忙,鲍利斯·伊格纳季耶维奇?"

他们又把一位和格谢尔一起调到我们这个桌子来。科斯佳默默地拖来一把椅子,这下所有的人都在旁边坐下了。通常——人们去休假或者出差,都会在车站咖啡馆消磨时间。

"或者他不在这里。或者他善于伪装,甚至瞒过了我们,"斯维特兰娜说。"无论如何我都要请求允许我离开这里。我必须这么做——有需要时再呼唤我吧。"

"你女儿安然无恙,"扎武隆尖声说。"我保证。"

"我们可能会需要你,"格谢尔附和道。

斯维特兰娜叹了一口气。

"格谢尔,其实你们还是放了斯维特兰娜吧,"我替她求情说。"你明明知道——我们现在并不需要力量。"

"那需要什么呢?"格谢尔好奇地问。

"手腕和耐心。前者您和扎武隆绰绰有余,后者您永远也不要指望从焦虑的母亲那里得到。"

格谢尔摇摇头。他瞟了一眼奥莉加——奥莉加勉强可以觉察出地点点头。

"去找女儿吧,斯维塔,"格谢尔说。"你是对的。一旦有需要,我再呼唤你并给你打开隧道。"

"我走了，"斯维特兰娜瞬间朝我俯下身子，用嘴唇碰了碰我的面颊——随即消失在空中。隧道是那么小，我甚至都没有发现它。

咖啡馆里的人们甚至没有发现斯维特兰娜失踪了。他们看不见我们，他们不想看见我们。

"真厉害，"扎武隆说。他把一只手伸向科斯佳，从他那里拿过没喝完的酒，一饮而尽。"喂，你有远见，格谢尔……接下去该怎么办，宗教法官先生？"

"我们等着吧，"埃德加尔简短地回答。"他会来拿书的。"

"或者是她，"扎武隆纠正他的话。"或者是她……"

我们没有建立作战司令部，就这么一直坐在咖啡馆里，吃点东西，喝点东西。科斯佳要了鞑靼风味的肉——女服务员感到奇怪，但马上就跑进了厨房。片刻工夫后从那儿跑出一个年轻小伙子，急匆匆地赶着去什么地方弄肉了。

格谢尔要了基辅风味的肉饼，其他人用葡萄酒、啤酒和各种下酒小菜，如鱿鱼干和无花果干填肚子。

我坐着，看着科斯佳吃几乎是生的肉，考虑着神秘的罪犯的行为。"去寻找动机!"——歇洛克·福尔摩斯是这样教我们的。找到了犯罪动机——我们就能找到罪犯。他的目的并非是想成为最强大的他者，他已经是他者，或者随时都能成为他者。那么目的是什么呢？讹诈？愚蠢。他无法迫使所有巡查队和宗教法庭按他的意志办事，重蹈富阿兰的覆辙……也许，罪犯想创建他自己的他者实验组织吧？"野蛮黑暗力量"今年春天在圣彼得堡组织被摧毁了……费了很大力气。坏样总是容易学，任何人都会禁不住诱惑。最糟糕的是，光明使者也有可能被诱惑。创建新的守夜人巡查队。超级巡查队。制伏宗教法庭，把一部分光明使者吸收过去，彻底消灭黑暗力量……

糟糕。要是这样的话就糟糕透了。黑暗力量不会不战而降。在当今世界，滥用大规模杀伤性武器，建立化工厂、原子能发电站，其威力足以毁掉整个世界。一段时间后，力量占上风的一方有可能获胜。不过这样的时刻也许永远不会到来。

"指针，"埃德加尔说。"你们看！"

我的"罗盘"不再只是风扇，指针放慢了旋转速度，指针不动了，颤抖了一下——慢慢转过身来，指着方向。

"Yes！"科斯佳喊道，欠起身子。"终于有结果了！"

有那么一瞬间，我又看到了那个小吸血鬼，他尚未尝过人血并深信——任何时候都不必为了力量而付出代价……

"我们该走啦，先生们。"埃德加尔一跃而起。他看了一眼指针，随后注视着前方，目光停留在墙上，信心十足地说："去乘火车！"

Chapter 3

通常火车站的场面——几个人在站台上走来走去,试图弄清楚他们要乘的列车从哪里出发——如果不是已经开走了的话。不知为什么这种迟到者的角色多半是由背着中国制造的条纹漆布袋的跑单帮的妇女来扮演的,或者相反,由只拎新秀丽公文箱和皮包的知识分子来扮演。

我们属于有外国情调的第二种人,只是根本就没带行李,而外貌大部分都十分奇特,但却令人尊敬。

在站台上指针再次开始旋转——我们在向书靠近。

"他企图逃走,"扎武隆庄重地宣布。"那么,现在快要真相大白了,哪几班列车要出发?"

黑暗巫师的目光忧郁起来——他预见到了未来,知道哪一班列车要最先离开站台。

我看了一眼挂在我们头上的信息显示屏,说道:

"现在莫斯科—阿拉木图的列车马上就要离站,五分钟后从第二站台发车。"

扎武隆从自己预见的旅行中回来,通报说:

"开往哈萨克斯坦的列车从第二站台出发。五分钟以后发车。"

他看起来非常得意。

科斯佳悄声扑哧一笑。

格谢尔故作姿态地看了看信息显示屏,点点头:

"不错,你说得对,扎武隆……下一班列车要过半个小时才开。"

"我们让列车停下来,把各个车厢都搜查一遍。"埃德加尔立刻建议说。"行吗?"

"你手下那些人能够找到他者吗?"格谢尔问。"要是他伪装起来了呢? 要是他是超级魔法师呢?"

埃德加尔当即就生气了。摇晃起脑袋来。

"是呀,"格谢尔点点头。"书在火车站。凶手也在火车站。我们既找不到《富阿兰》,也抓不住罪犯。你凭什么断定,在列车上干这一切会容易些呢?"

"要是他在列车上,那最简单的办法就是炸毁列车,"扎武隆说。"这样一切就都解决了。"

所有人都沉默不语。

格谢尔摇摇头。

"我明白,这个决定令人不快,"扎武隆赞同说。"我也不满意这个决定。白白断送一千条生命……可是我们有什么选择呢?"

"你有什么建议吗,伟大的魔法师?"埃德加尔问。

"要是,"扎武隆强调说,"《富阿兰》这本书真的是在列车上,那我们就应该等待时机,等列车行驶到没有人的地方再动手。哈萨克大草原完全合适。接下去……就按照宗教法庭在类似情况采取的方法行事。"

埃德加尔神经质地摇了摇头——像通常激动时那样,他露出了一些波罗的海沿岸的口音。

"这不是个好决定,伟大的魔法师。我不能擅自做主,必须经法庭核准。"

扎武隆耸耸肩,摆出一副他只是出出主意而已的样子。

"无论如何得确定书是不是在列车上,"格谢尔说。"我命令……"他看了看我,微微地点点头。"我命令安东——代表守夜人巡查队,科斯佳——代表守日人,和某个来自宗教法庭的人一起乘上列车。进行搜查。这里不需要大队人马。我们……我们明天早上也会抵达。再决定下一步该怎么干。"

"出发吧,科斯佳,"扎武隆温柔地说,拍了拍年轻吸血鬼的肩膀。"不错的搭档,遥远的路程,有趣的任务——相信你会喜欢的。"

朝我这边投来的嘲弄目光几乎没有人察觉到。

"这是……给我们时间,"埃德加尔同意说。"我亲自去。带上自己人。所有的人。"

"只剩一分钟了，"奥莉加小声说。"既然决定了——那就出发吧。"

埃德加尔朝自己那帮人挥挥手，我们向列车跑去。在第一节车厢旁边埃德加尔对列车员说了些什么。这是一个留小胡子的哈萨克青年，他脸上萎靡不振，昏昏欲睡，同时又露出高兴的神情，他闪到一旁，给我们让出一条道。我们拥入车厢过道，我朝下面一瞧——扎武隆、格谢尔和奥莉加站在站台上，目送着我们。奥莉加正小声说着什么。

"这次我将出任总指挥，"埃德加尔宣称。"没有不同意见吧?"

我瞟了一眼那六个宗教法官，他们站在埃德加尔身后，一声不吭。可是科斯佳忍不住说道：

"那要看你发布的是什么命令了。我只服从守日人巡查队的命令。"

"我重申一遍——行动由我指挥，"埃德加尔冷冰冰地说道。"要是你们不同意，那我就只好请你们离开了。"

科斯佳只犹豫了一会儿——随后就低下了头：

"对不起，宗教法官。我开了个不恰当的玩笑。当然，由您指挥。不过万不得已时我要跟我的上司联系。"

"你得先提出来，然后征得同意。"埃德加尔还是决定把该说的都说出来。

"行啊，"科斯佳点点头。"对不起，宗教法官。"

刚刚露出来的一点反抗火苗就这样熄灭了。埃德加尔点点头，从车厢过道探出身子，招呼列车员过来。

"什么时候开车?"

"马上!"列车员回答，像一条忠实的走狗那样欣喜地望着宗教法官。"马上开，得进去了!"

"那就进去吧，"埃德加尔让到一边。

列车员依然带着那种乐意服从的表情进入车厢过道，列车立刻启动了。列车员摇摇晃晃地站在敞开的车门旁。

"你叫什么名字?"埃德加尔问。

"阿斯哈特。阿斯哈特·库尔曼加利耶夫。"

"把门关上,按常规去工作吧。"埃德加尔皱了皱眉头。"我们是你的好朋友。我们是你的客人。你应该在车上为我们安排位子,明白吗?"

车门哐啷哐啷地响着,列车员把门锁上,又笔直地站在埃德加尔面前:

"明白了。应该去找列车长。我这儿位子少,只有四个空位子。"

"我们去找列车长吧,"埃德加尔同意说。"安东,罗盘怎么样了?"

我拿起字条,看了一下黄昏界的"罗盘"。

指针懒洋洋地旋转着。

"好像书是在列车上。"

"还要等到有把握了再说,"埃德加尔决定。

列车载着我们离开火车站足足行驶了一公里,但是指针仍然在继续旋转。偷盗者,不管他是谁,和我们乘的是同一班车。

"他在车上,坏蛋,"埃德加尔断定。"你们在这里等着,我到列车长那儿去一趟,我们得找个地方安顿下来。"

他们和满意地微笑着的列车员一起进入走廊。另一个列车员看到搭档,操着哈萨克语迅速说了句什么,一边还气愤地挥动着双手,但是跟埃德加尔的目光一碰上,他立刻就不吭声了。

"说真的,胸前挂一块'我们是他者'的牌子还要更简单些。"科斯佳说。"他在搞什么? 要是车上真的有高级他者——立刻就能感应到他施的魔法……"

科斯佳说得对。花点钱事情就能办好的,它对人类的作用不比魔法小。埃德加尔大概太紧张了……

"可你——感应到魔法了吗?"一个年轻的宗教法官冷不丁问道。

科斯佳不知所措地转身面对他,摇了摇头。

"谁也不会感应到。埃德加尔有个让人不由自主地服从于他的法器。不过只有对人类才会发挥作用。"

"宗教法官的小玩意儿……"科斯佳小声说,一脸受到了侮辱的表情。"反正,最好不要太张扬,对不对,安东?"

我不情愿地点点头。

十分钟后埃德加尔回来了。他是如何跟列车长周旋的——塞钱给他，或者多半是再次使用了神秘的法器——我没问。埃德加尔的脸色满意而平静。

"我们分成两组。"他立刻发号施令。"你们，"他用头点了一下那几个宗教法官，"留在这个车厢，就待在列车员包厢和一号乘客包厢，正好有六个床位。阿斯哈特会把你们安顿好的……总之，你们有什么事就去找他帮忙，不必客气。不要主动采取行动，不要扮演侦探爱好者。把自己当做……当做人类。每隔三小时或者必要时向我汇报一次情况。我们要到七号车厢去。"

宗教法官们默默地从车厢过道探出身子，跟着笑眯眯的列车员去了。埃德加尔转身面对我和科斯佳说：

"我们住七号车厢的四号包厢，我们要把这里当做我们的临时作战基地。走吧。"

"有什么计划吗，头儿?"科斯佳不知是带着嘲弄还是真的感兴趣。

埃德加尔看了他一会儿——看来，他也在寻思科斯佳的回答中哪一种成分多一些——感兴趣还是不必理睬的挑衅，但他还是回答说：

"要是我有计划的话，一定会让你们知道的。在恰当的时候。眼下我想喝咖啡，想睡两三个小时。就按这样的顺序吧。"

我和科斯佳跟着埃德加尔走了，吸血鬼冷笑了一下，我不满地对他使了个眼色作为回应。共同所处的从属地位毕竟使我们团结了起来……不管我对科斯佳有什么看法。

列车长待着的那节车厢——是整列火车中首屈一指的地方。这里空调一直开着，饮水机里一直有开水，而列车员那里——只有现成的茶水。还有，这里环境干净——甚至在从亚洲开来的列车上，床上的卧具是放在密封的塑料袋里发放的——它们在上一班车次的乘客使用后确实洗过。两个厕所都开放，不用穿胶靴就能放心大胆地进去。

为了满足旅客的正常需求——工作车厢的一头挂着一节餐车，另一头是卧铺车厢，要是列车中有这种车厢的话。

在莫斯科-阿拉木图的列车上有卧铺车厢。我们穿过这节车厢，好奇地打量着这里的乘客。这里的乘客基本上是有权有势、白白胖胖的哈萨克斯坦人——几乎人人都提着公文包，即使到走廊去也随身带着。有的旅客已经在用印花茶杯喝茶，另一些人在桌上切好一片片熟肉，摆上酒瓶，把卤鸡撕开。不过大多数人眼下都站在走廊里，望着眼前掠过的莫斯科郊区。

真想知道，他们这些如今独立的国家的公民望着自己从前的首都心里是什么感受？难道真的会为独立而感到满意吗？或者毕竟有点怀念故土？

不知道。我不问，即使问了——也不可能得到实事求是的回答。而追根究底，迫使他们说真话——我们又无能为力。

最好还是让他们高兴和自豪去吧——为自己的独立，为自己国家的体制，为自己的贪污腐败。就像圣彼得堡不久前庆祝了建城三百周年，当地人声称：即使让一切都被偷走，可那也是我们的人偷的，而不是莫斯科人偷的——怎么见得哈萨克人、乌兹别克人、乌克兰人和塔吉克人没有同样的感受呢？要是一个统一的国家内部划分成几个共和国和城市，那么对从前合住公寓的邻居还能抱怨什么呢？几间窗户对着波罗的海的小房间独立了，高傲的格鲁吉亚人和拥有世界上惟一的高山海军舰队的吉尔吉斯人也独立了，皆大欢喜。只剩下一个大厨房——俄罗斯，在这里老百姓们曾经被放在一个帝国主义的锅子里煮，好吧，让它去吧。反正我们的住房里有煤气设备！你们呢？

让他们去高兴吧！让大家都高兴吧。让参加周年庆祝活动的所有在彼得堡生活过的人去高兴吧——一次周年庆典，众所周知，要花费一个世纪的人力、物力。让首先建立自己共和国的哈萨克人和吉尔吉斯人……去高兴吧，不过，他们当然会举出大量证明自己国家历史悠久的证据。让那些受老大哥压迫的斯拉夫兄弟们去高兴吧。让我们这些来自外省的蔑视莫斯科，来自莫斯科的蔑视外省的俄罗斯人去高兴吧。

某一刻，我完全出乎意料地产生了厌恶感，不，不是对这些哈萨克乘客,也不是对跟我们同一国籍的俄罗斯人。是对人类。对所有世上的人类。我们,守夜人巡查队在干些什么啊?区分和保护吗?胡说八道!没有一个黑暗使者,没有一个守日人巡查队员给人类带来的灾难会比他们给自己造成的更多。跟十分普通的躁狂症患者相比,跟在电梯里强奸、杀害少女的人相比,因挨饿而吸血的吸血鬼又算得了什么?跟为了自由而发射高精尖火箭的仁慈的总统相比,为了钱而施魔的无情的老巫婆又算得了什么?

愿瘟神降临在你们的两个人类的家里⋯⋯

我在车厢过道站了一会儿,给往前走的科斯佳让了路,我盯着弄脏的地板——那里已经堆起了至少十个难闻的烟头,愣住了。

我怎么啦?

这是我的想法吗?

不,不该装假。是我的,不是别人的。谁也没有硬把这些念头塞到我脑子里去,甚至连高级他者也无法神不知鬼不觉地做到这一切。

这是我——该怎么样,就怎么样。

过时的人。

疲惫不堪,世上到处都是灰心丧气的光明使者。

他们就是这么投奔宗教法庭的。那时候你就不再分辨光明力量和黑暗力量之间的差别。那时候人类对于你来说变成了甚至不是一群,而是罐子里的一把蜘蛛。那时候你就不再相信进步,你一心想要的只有一切都维持原状,而且是为了自己,为了那些为数不多的,比你更尊贵的人类。

“我不愿意,”我说,好像在念咒语似的,好像摆出了一个无形的盾牌来抵挡敌人——抵挡自己。“我不愿意!你⋯⋯无权⋯⋯支配我⋯⋯安东·戈罗杰茨基!”

科斯佳在两扇门和四扇厚玻璃之间打了一个来回,困惑不解地看了我一眼。他听到了吗?或者只不过感到莫名其妙,我干吗站在这里?

我勉强笑了笑后打开门,走进了车厢连接处的闹哄哄的褶棚里。

公务车厢确实是个行窃的好地方。干净的地毯;畅通的走廊;洁白的窗帘;柔软的褥垫,完全不像黑人吉姆睡的铺满了玉米穗的床垫。

"谁睡下铺，谁睡上铺呢？"埃德加尔一本正经地说。

"我无所谓，"科斯佳说。

"我最好睡上铺，"我说。

"我也是，"埃德加尔点点头，"咱们说定了。"

门口传来了礼貌的敲门声。

"来啦！"宗教法官甚至头也没回就喊道。

是列车长来了——手里拿着一个托盘，上面有一个装满开水的镀镍茶壶，一个沏茶用的茶壶、几个茶杯、一些华夫饼干，甚至还有一小盒炼乳。一个一本正经的男人——身材魁梧，留着蓬松的小胡子，身上的制服是崭新的。

而他的那张脸——实在是太难看了，活像刚生出来的小狗。

"请随便用吧，尊贵的客人们！"

显然，还是法器在起作用，埃德加尔毕竟属于黑暗力量的事实，在他的行事风格上留下了痕迹。

"谢谢。告诉我们所有在莫斯科上车，但是半路上要下去的旅客的名单吧，亲爱的，"埃德加尔接过盘子说道。"尤其要告诉我们那些不是在他应该到的站下车，而是提前下车的人。"

"遵命，大人！"列车长点点头。

科斯佳嘿嘿一笑。

我等到那个可怜的人走出去后才问：

"为什么叫你'大人'？"

"我怎么知道呢？"埃德加尔耸了耸肩。"法器使得人类服从命令。至于他们在这件事中把我看成什么人：严肃的检查员，受爱戴的老大爷，尊敬的演员或者最高统帅斯大林——那是他们的事情。这一位，看来，读了好多阿库宁①的作品。或者是老电影看得太多了。"

科斯佳又扑哧一笑。

---

① 鲍里斯·阿库宁(1956—2001)，原名格里戈里·沙尔沃维奇·奇哈尔季什维利，格鲁吉亚文艺学家、翻译家、侦探小说作家。

"这没有什么可乐的，"埃德加尔一下子发起火来。"也没有什么可怕的。这是对人类的心理伤害最小的方法。有人用车送雅库博维奇，或者让戈尔巴乔夫不排队就通过，这一类的故事中有一半都是这种法术的结果。"

"我又不是笑这个，"科斯佳解释说。"我在想要是您穿上自卫军军官的制服……头儿。您就会令人尊敬了。"

"笑吧，笑吧……"埃德加尔一边给自己倒咖啡一边说道。"罗盘怎么样了？"

我默默地把字条放在桌上。模糊的形象悬挂在空中——罗盘像个大圆盘，指针懒洋洋地旋转着。

我倒了一杯茶，喝了一口，味道很好。诚心诚意沏出来的茶，就像是真的泡给"大人"喝的。

"火车里，有坏蛋……"埃德加尔叹了一口气说。"先生们，必须要做的抉择我不瞒你们，要么我们抓住罪犯，要么火车将被毁掉。包括所有乘客。"

"怎么干？"科斯佳一本正经地问。

"有几个方案。天然气管道同整列火车一起爆炸，从战斗机上突然发射一枚导弹……万不得已时——用上核弹头。"

"埃德加尔！"我很想相信，他是故意夸大事实。"这里起码有五百个乘客。"

"还要多一点，"宗教法官纠正说。

"不能这么干！"

"不能把书放走。不能容许不讲道义的他者组织自己的军队随心所欲地改变世界。"

"可是我们并不知道，他想干什么！"

"我们知道，他毫不犹豫地杀害了宗教法官。我们知道，他非常强大，追求着某个我们不知道的目标。他把什么忘在中亚了，戈罗杰茨基？"

我耸耸肩。

"那里有一系列古老的力量中心……"埃德加尔小声说。"有一些失踪的法器,一些治理得不太好的领土……还有什么?"

"十亿中国人,"科斯佳冷不防说道。

黑暗巫师互相盯着看。

"你可真是完全疯了……"埃德加尔没有把握地说。

"十亿多,"科斯佳嘲笑地补充说。"要是他打算经过哈萨克斯坦到中国去,怎么办? 这就需要动用军队了! 十亿他者! 还有印度……"

"你这个大笨蛋,"埃德加尔挥挥手。"甚至连白痴也不会干这种傻事。要是三分之一居民变成了他者,那力量从何而来呢?"

"万一他——真的是白痴呢?"科斯佳不肯罢休。

"正因为如此,我们才要采取非常措施,"埃德加尔斩钉截铁地说。

他们说得一本正经,毫不动摇——能不能杀掉这些被施过魔法的列车员、面颊肥胖的出差人员和坐在硬卧里的贫民。应该——可见是应该的。农场主杀掉患了口蹄疫的牲口也会感到难过。

好像不想喝茶了,我站起来,走出包房。埃德加尔理解地目送着我,但他的目光中没有一点同情。

车厢里已经安静下来,大家准备就寝,有几个包厢的门还开着,有人在车厢过道里受着罪,等待厕所空出来,不知从哪里传来杯子的丁当声,但是大多数乘客都在莫斯科弄得太疲劳了。

我无精打采地想着,按照情节剧的所有惯例,现在走廊里应该有长着天真脸蛋的天使般的孩子在奔跑,那样的话,我就能完全看清埃德加尔想出的计划是多么荒诞离奇。

没有出现孩子。却从一个包房里探出了一个胖男人的身子,他穿着褪了色的针织内衣和走了形的针织背心。红红的、满是汗水的脸已经因为酒精的作用而浮肿起来。那男人懒洋洋地盯着我看,一边打着嗝——然后就躲回去了。

两只手不由自主地去拿随身听。我把扬声器的耳塞塞进耳朵里,随便嵌进一张盘,身子紧靠在玻璃上。什么也没有看见,什么也没有听见。显然——什么也没有说。

响起了轻柔的抒情旋律，还有尖细的歌喉：

当你被人用短枪打死，
你没有时间奔向灌木丛。
世上没有一件事
比戒除毒瘾更加美……

这是拉斯，我在"阿索"的熟人。那张盘是他送我的礼物。我微微
一笑，把声音开大了。这正是我此刻所需要的……

一张张稚气的脸回到了星世界，
用我们的鲜血炼成了铁，
世上没有一件事
比戒除毒瘾更加美……

嘿，你呀，完了……朋克中的朋克。这甚至不是什努尔[1]在嘻嘻哈
哈地说粗话……

谁的手碰了一下我的肩膀。

"埃德加尔，每个人都在按自己的方式放松，"我小声说。

我的肋骨下面被轻轻地推了一下。

我转过身去。惊得目瞪口呆。

我面前站着拉斯，他得意地晃悠着，合着音乐的节拍踏着碎步——
毕竟我把音乐开得太响了。

"唉呀，太开心了！"我刚摘下耳机，他就热情地喊道。"我在车厢里
闲晃，没打扰任何人，忽然大家听到了我自己的歌！你在这儿干什么，
安东？"

---

① 即谢尔盖·弗拉基米罗维奇·什努罗夫（1973—   ），俄罗斯摇滚歌手、作曲家、
演员。爱骂娘，是个酒鬼。

"去……"我只能这么吞吞吐吐，一边关上了随身听。

"真的吗?"拉斯欣喜若狂。"从来也没有想到! 你去哪里?"

"去阿拉-木图。"

"应该说'阿拉木图'才对!"①拉斯用教训的口吻说道。"好吧,我们继续谈话。干吗不乘飞机?"

"你干吗不乘呢?"我终于意识到发生的事很像是在审讯。

"我有恐高症,"拉斯得意地说。"不,要是非常必要的话。那一升威士忌就能帮助我相信空气动力学的作用。不过只有在万不得已时,比如去日本或者去美国……那里不通火车。"

"去办事吗?"

"去休假,"拉斯咧开嘴笑了。"不要去土耳其,也不要去加纳利群岛,对不对? 你去办事吗?"

"嗯,"我点点头。"打算先在莫斯科做一点马乳酒和骆驼奶酒生意。"

"什么叫骆驼奶酒?"拉斯感兴趣起来。

"就是……骆驼奶做成的酸奶。"

"祝你成功!"拉斯同意地说。"你一个人干?"

"跟朋友们一起干。"

"到我那儿去吗? 包厢里空着呢。骆驼奶酒我那儿没有,但马乳酒是有的。"

圈套吗?

我透过黄昏界看了一下拉斯,尽可能仔细地观察。

没有一点他者的特征。

或者是人类……或者是非同寻常的他者,能够在黄昏界的所有层面都伪装得很好。

难道是我交上了好运? 难道站在我面前的他,就是《富阿兰》的神秘偷盗者?

---

① 前者是苏联时期的名称,后者是苏联解体至今的名称。

"马上去,我要带上一些东西。"我笑着说。

"我那儿什么都有啊!"拉斯反对说。"你把你的朋友也带上吧。我在隔壁车厢,二号包厢。"

"他们已经躺下睡了……"我笨嘴笨舌地撒了个谎。"马上,一会儿就来……"

好在拉斯侧身站着,看不到谁在包房里。我稍稍打开一点门,一下子钻进包房——这肯定会让拉斯产生这样的感觉:门背后藏着一个没有完全穿好衣服的少女。

"出什么事了?"埃德加尔仔细打量着我。

"车上有一个'阿索'来的男人,"我快速说道,"他是音乐家,记得吗,他曾经被我们怀疑过,不过好像不是他者……他叫我去他包厢喝几杯。"

埃德加尔的脸上出现了激动的神情。科斯佳兴奋得甚至跳起来,大喊一声:

"动手吗? 现在他跑不出我们的掌心……"

"别忙。"埃德加尔摇摇头。"我们不必着急……什么事都可能发生。安东,拿着。"

我拿到一个小玻璃瓶,上面缠着不知是黄铜线还是青铜线。看上去样子非常古老。瓶子里深棕色的饮料发出哗啦哗啦的响声。

"这是什么?"

"最普通的二十世纪阿马尼亚烧酒。而瓶子结构复杂,只有他者能够打开它。"埃德加尔嘿嘿一笑。"总的来说是一个小摆设。某个古代的魔法师对自己所有的瓶子都施了魔法,以防仆人偷走。要是你的朋友能够打开瓶子——那他就是他者。"

"我没有感觉到任何魔法……"我手里转动着瓶子说道。

"所以说嘛,"埃德加尔得意地说。"这是简单而可靠的检验方法。"

"这只不过是小菜一碟。"埃德加尔从外套内侧袋里掏出一个三角面包。"好了,行动吧。等一下! 哪个包厢?"

"卧车二号包厢。"

"我们会去查看的，"埃德加尔许诺。他欠起身子，关上包房的灯。随后发布命令："科斯佳，躺到毯子底下去，我们马上要睡了！"

就这样，两分钟后，我拿着瓶子来到走廊，我的同伴真的安安静静地躺在了毯子底下。

不过，拉斯出于礼貌没有往稍稍打开的门里瞧一眼——看来，他真的是搞错了我的朋友们的性别。

"白兰地吗?"拉斯瞧了一眼我手中的瓶子，问道。

"更好，二十世纪阿马尼亚烧酒。"

"我喜欢，"拉斯承认。"而其他人连这个词儿都没听说过。"

"他者①吗?"我重复了一遍，跟着拉斯走向隔壁车厢。

"嗯。好像是严肃的人，掌握着几百万，可是除了白马牌和拿破仑牌以外，对酒一无所知。我常常为政治经济精英的孤陋寡闻而感到震惊。可是为什么我们成功的象征就是奔驰六百？你明明在跟一个严肃的、聪明的人交谈，对方却忽然自豪地插进一句：'我的奔驰坏了，只好一星期都开五百！'他的眼睛里既流露出降低身份开奔驰五百的苦行僧式的谦卑，又有作为奔驰六百的拥有者的自豪！我以前考虑过，在新俄罗斯人还没有换上适合他们的宾利和捷豹之前，国内就不会有什么好事。要知道，即使换了——也丝毫不会有什么变化！红色的外套里面还是会衬着范思哲的衬衣。一个道理……顺便说一句，这些人找到了崇拜的服装设计师……"

我跟着拉斯走进了卧车舒适的包厢。这里总共只有两个铺位，有一个靠角落的小桌，桌布下面藏着一个三角形洗手池，一把小折叠椅。

"说实在的，这里的空间比普通包厢小，"我说。

"嗯。不过开着空调。还有洗手池……日常生活必备的……"

拉斯从铺位底下拖出一只铝合金箱子，开始在里面翻寻起来，一会儿工夫桌上就出现了一个一升装的塑料瓶，我拿起瓶子，看了看上面的商标，果真是马乳酒。

----

① 俄语里"他者"一词有"其他人、别人"之意。

"你以为我在开玩笑吗?"我的"邻居"得意地笑了笑。"质量非常可靠的饮料。你打算做这个生意吗?"

"不错,正是这种,"我贸然说道。

"这种酒你弄不到的,这是吉尔吉斯出产的。你应该到乌法去弄。路程又近,海关那儿又不会有麻烦。当地人既生产马乳酒,又生产布扎①。你喝过布扎吗? 这是马乳酒和燕麦羹的混合物。好难喝啊——真可怕! 不过醉酒后很快会醒过来。"

这时候,桌上出现了灌肠、烤里脊肉、切片面包、一瓶我不熟悉的波利尼亚克牌一升装法国白兰地、一瓶法国依云矿泉水。

我狼吞虎咽地吃起来,把自己带来的小礼物也放到食物中,说:

"让我们先来尝尝阿马尼亚克烧酒吧。"

"来吧,"拉斯赞同说,拿出塑料杯倒水,另外两个白铜高脚杯倒酒。

"打开吧。"

"你的阿马尼亚克,你自己打开吧,"拉斯漫不经心地说。

"还是你来吧,"我说。"我倒酒总是倒不均匀。"

拉斯像看一个白痴似的看了看我,说道:

"你做事太认真。常常是倒三个人的酒吧?"

不过他还是拿起了酒瓶,开始拧瓶盖。

我等着。

拉斯费了很大的劲儿也没拧开,皱起了眉头。他不再拧,而是仔细地察看起盖子来。小声说:

"粘住了,好像是……"

好一个伪装的他者!

"给我,"我说。

"不,等一下,"拉斯火了。"这玩意儿含糖量很高吧? 马上好……"

他撩起 T 恤下摆,包住瓶盖,用尽力气又拧了一次。激动地喊道:

"动了——动了!"

---

① 布扎,克里米亚、高加索等地用黍、荞麦等酿制的一种略含酒性的酸味饮料。

传出了咯咯的响声。

"动起来了……"拉斯没有把握地继续说。"哟……"

他不好意思地朝我伸出双手,一只手里是玻璃瓶,另一只手里是瓶盖——紧紧地贴在折断的瓶颈上。

"对不起……他妈的……"

过了一会儿拉斯的目光里流露出一种类似自豪的东西:

"我力气可真大!从来也没有想到……"

我一声不吭,想象着失去了有用的法器以后埃德加尔的脸部表情。

"是贵重的东西吧?"拉斯面带愧色地问。"是古董酒瓶吧?"

"瞎扯,"我小声说。"可惜的是阿马尼亚克。里面掉进玻璃了。"

"这没关系,"拉斯精力充沛地说,他把弄坏的瓶子放在桌子上,手又伸到箱子里去,从那儿拿出一块手帕,故作姿态地揭去上面的商标,说:"干净的。一次也没洗过。不是中国货,是捷克货,所以不必害怕会染上非典!"

他把手帕一折为二,绕在瓶颈上,镇静地把阿马尼亚克倒入酒杯,然后举起自己的酒杯,说:

"为旅行干杯!"

"为旅行干杯,"我赞同地说。

阿马尼亚克温和、芳香,有点儿甜,好像温的葡萄汁一样。喝起来很轻松,不会让人想到要下酒菜,下了肚之后酒力才发作——人道而高明,任何美国导弹都赶不上它的威力。

"太棒了!"拉斯赞同说,嘴里喘着气。"不过我要说——含糖量太高!比较起来我更喜欢亚美尼亚出的白兰地——他们的酒含糖量控制在最低限度,不过味道还是不错的……再来一杯吧。"

第二杯倒进了高脚酒杯。拉斯期待地看了看我。

"为健康干杯吗?"我没有把握地建议。

"为健康干杯,"拉斯同意说。他一饮而尽,闻了闻手帕。看了看车窗外后,他哆嗦了一下,小声说:"没什么……吓我一跳。"

"什么东西?"

"你不会相信的——好像,车厢外有一只蝙蝠在飞!"拉斯惊叫一声。"非常大,像牧羊犬那么大。咦……"

我大声跟他开玩笑说:

"那不是老鼠,可能是松鼠。"

"会飞的松鼠,"拉斯发起愁来。"大家都在它底下走……不,说实话,是一只巨大的蝙蝠!"[①]

"只不过他飞得离车窗玻璃非常近,"我推测。"而你匆匆一瞥无法估计出我们离蝙蝠的距离——你把他想象得比他实际上大。"

"嗯,有可能……"拉斯若有所思地说。"他在这儿干什么?为什么他和火车并肩飞行?"

"这很简单,"我拿起酒瓶倒了第三杯,说道。"内燃机车在高速前进时会在自己面前形成空气保护层。他会把蚊子、蝴蝶以及其他各种会飞的生物都震晕,并且把他们抛到四面包围着火车的涡流中,因此蝙蝠夜里喜欢跟着前进的火车飞,吃一些昏迷的苍蝇。"

拉斯思索了一下,问:

"那为什么白天在前进的火车周围看不到有鸟在飞呢?"

"道理也很简单!"我把高脚杯递给他说。"鸟类——他们的感觉要比哺乳动物迟钝得多。因此当蝙蝠已经想到如何利用火车来谋生时,鸟类还没有想到这一点!一二百年之后——鸟类也会懂得如何利用火车的。"

"我自己怎么就想不明白呢?"拉斯感到纳闷。"实际上一切都十分简单!喂,来吧,为悟性干杯!"

我们一饮而尽。

"动物——这是一个奇怪的现象,"拉斯沉思说。"不是因为有了达尔文才聪明的。瞧我家里生活着……"

谁生活在他家里——狗、猫、老鼠或者是观赏鱼,我没来得及听清。拉斯又瞧了一眼车窗外,脸色一下子变得铁青。

---

① 俄语中"蝙蝠"这个词的字面意思是"会飞的老鼠"。

"那里又飞来……一只蝙蝠！"

"来捉蚊子！"我提醒拉斯说。

"什么蚊子！他在绕着柱子飞，好像听从命令似的！我告诉你——像大的牧羊犬那么大！"

拉斯站起来，毅然决然把窗帘往下拉，果断地说：

"瞧，我明白了，临睡前不能看书……这种老鼠大得很！像翼龙！他要捉的是猫头鹰和雕，而不是蚊子！"

科斯佳可真是个怪物！我明白，以野兽面貌出现的吸血鬼像变形人一样会变得越来越傻，自控力也会变差。大概，他喜欢围着夜行的火车奔跑，瞧一瞧车窗，在路灯杆上休息一下。可是怎么也该保持最起码的谨慎吧！

"这是突变种，"这时拉斯在思索。"因为核试验、原子反应堆泄露、电磁波、移动电话……而我们还一直在嘲笑科幻小说——还说低级小报在不断说假话。不管我去对谁说——他们都会断定——我是因为喝醉了才产生错觉，要不就是在撒谎！"

他果断地打开自己的白兰地，问：

"你对神秘主义持什么看法？"

"我相信它，"我庄严地回答。

"我也是，"拉斯承认说。"现在才相信。以前无论如何也不信……"他提心吊胆地看了一眼关闭着的车窗。"你这么生活着，生活着，然后在普斯科夫泥炭沼泽的什么地方遇到了一个活的喜马拉雅山雪人——你就从小冰丘上滑下来！或者看到一米长的大老鼠。或者……"他挥了挥手，往两个杯子里斟酒。"万一——真的是在我们附近的某个地方生活着老巫婆、吸血鬼、变形人呢？要知道没有比把自己的形象融入大众文化的传媒中更有效的伪装了。用艺术的形式来描绘，在电影里展示不再是可怕和神秘的了。真正的恐怖故事需要口述，需要老爷爷坐在土台上黑夜里这样来吓唬孙儿孙女们：'后来主人出现在他面前说："我不会放你走，我把你扣留下来，捆起来，你会消失在被暴风折断的树木里！"'这样，人们在反常的现象出现时才真正感到害怕！顺便说一句,孩子们对此是感觉得到的,他们不是无缘无故喜欢听关于黑手和有轮子的棺材这些故事的。而现代文学,尤其是电影,使这些本能的恐惧淡化了。如果德拉库尔①已经被杀了无数次,他怎么还会让人们感到害怕呢?我们始终把外星人描写得平淡无奇,人们又怎么会害怕它们呢?不,好莱坞是人类警惕性的伟大的麻痹者!来吧——为好莱坞的灭亡干杯,它使我们面对未知事物时不再感到恐惧!"

"为这个干杯——永远!"我动情地说。"拉斯,你到哈萨克斯坦去打算干什么?难道是去那里度过愉快的假期?"

拉斯耸耸肩,说:

"我自己也不知道。我想马上感受到异国情调——挤奶桶里有马乳酒,骑着骆驼飞奔,好斗的绵羊在斗殴,铜盘子里有羊肉泡馍,五官姣好的美女随处可见,城里的街心花园里种着像树一样的印度大麻……"

"什么样?"我听不明白。"什么样的大麻?"

"像树一样。它是树,只不过人们从来也不让它长大,"拉斯解释说,脸上一本正经的样子,就像我讲关于蝙蝠和燕子的故事时一样。"我无所谓,我并不想因为抽烟而损坏了健康,只不过是想感受一下异国情调……"

他掏出一包白海香烟,抽了起来。

"列车员马上会过来,"我提醒道。

"他不会过来,我把避孕套套在了烟雾传感器上。"拉斯朝上面点了一下头。从墙上突出来的传感器上真的给套上了一个稍稍鼓起的避孕套。带有塑料小刺的淡粉红玩意儿。

"我还是觉得你对哈萨克斯坦的异国情调的想象不正确。"我说。

"现在这么想已经晚了,旅行就是旅行,"拉斯小声说。"一清早忽然心血来潮——我要不要去一趟哈萨克斯坦?于是就扔下事务,对助手交代了一下——便乘上了火车。"

---

① 即泰佩什(? —1476),原姓德拉库尔,泰佩什是他的绰号,原意为木桩。瓦拉几亚君主。为争取中央集权而同大贵族作斗争,成功地抗击土耳其军队,被大贵族杀害。

我警觉起来。

"这么干脆就打定主意来了吗？告诉我，你总是说干就干吗？"

拉斯沉思起来。摇摇头说：

"不是经常这样。不过这次好像被什么东西推了一下……算了，无关紧要，我们再来干最后一杯……"

他开始斟酒，我又透过黄昏界看了他一眼。

甚至明知在寻找，我还是费了好大的劲儿才感觉到一点痕迹——那个神秘的他者优雅的已经降下温来、几乎冷却的痕迹。

简单的暗示，最弱小的他者也能做到。只不过一切都做得有条不紊！

"干了最后一杯，"我同意说。"我眼睛也睁不开了……以后还会有时间聊个够的。"

不过要在这几个小时里睡觉，无论如何也没有希望。马上要跟埃德加尔谈话，可能——还要跟格谢尔谈。

Chapter 4

埃德加尔悲伤地看着瓶子的碎片。唉，他的模样现在已经不是在假装悲伤——色彩鲜艳的宽松短裤，松松垮垮的针织背心，从短裤和背心之间露出来的小肚腩。他不太注意自己作为宗教法官形象，大概认为法力强大才是最重要的。

"你又不是在布拉格，"我试图安慰他。"这是俄罗斯。在我们这儿要是打不开瓶盖的话，常常就是把它毁了。"

"现在得写个说明了，"埃德加尔愁眉苦脸地说。"捷克的官僚主义并不亚于俄罗斯。"

"可是我们弄清楚了，拉斯不是他者。"

"我们什么也没弄清楚，"宗教法官恼火地嘟哝说。"如果有好的结果那倒也算了，要是坏的结果呢……好吧，假设，他是非常强大的他者，感觉到中了圈套，于是就开了个玩笑……正好他心情不错。"

我没有做声，这种可能性确实也不能排除。

"他不像他者，"科斯佳轻声说。他只穿着一条裤衩坐在铺位上，浑身汗淋淋，喘着粗气。看来，他当蝙蝠玩闹得太久了。"我在'阿索'就查过他。竭尽全力。现在也是……不像。"

"有个问题要问你，"埃德加尔打断他的话。"你为什么要在窗子边上奔跑？"

"观赏风景呗。"

"不能停在车厢顶上垂下脑袋观赏吗？"

"在时速一百公里的状态下吗？我虽然是他者，但要违背体力的规律也做不到。力不从心！"

"这么说，以每小时一百公里的速度飞行，你的体力是允许的喽？而坐在车厢顶上——你就做不到？"

科斯佳沉下脸来，不吭声了。他把手伸进上衣里，坦然地从那儿拿出一个小酒壶。喝了一口——一种厚厚的、深红色的、几乎像黑色的液体。

埃德加尔皱了皱眉头：

"你多久需要……吃东西？"

"要是不变形的话——可以坚持到明天傍晚。"科斯佳在半空中摇晃着瓶子，里面的液体发出沉重的声音。"到明天还够。"

"我可能……由于特殊情况……"埃德加尔瞟了我一眼，"发给你许可证。"

"不，"我赶紧说。"这会破坏程序。"

"康斯坦丁现在担任宗教法官的职务，"埃德加尔提醒说。"光明力量也会得到补偿。"

"不，"我又说。

"他必须吃东西。而火车里的人多半难免一死，无一例外。"

科斯佳一声不吭，看着我。没有笑容，严肃地看着……

"那我就离开火车，"我说。"你们可以随心所欲地去干你们想干的事。"

"我了解守夜人巡查队，"科斯佳小声说道。"你想洗手不干了吗？你们老是这样。你们自己把人类交给我们——对我们做的事却瞧不起、不赞成。"

"住口！"埃德加尔大声呵斥，他欠起身子，站到我们中间来。"两个人都给我住口！现在不是吵架的时候！科斯佳，你必须要许可证吗？或者你还能坚持一段时间？"

科斯佳摇摇头。

"我不需要许可证。在坦波夫的某个地方我们这班列车会停站，我出去捉两只猫回来就行了。"

"为什么一定要捉猫呢？"埃德加尔感兴趣地问。"为什么……唉……不是狗，比方说？"

"我不忍心杀掉狗。"科斯佳解释说。"猫也不忍心……可是在坦波夫我到哪里去捉牛或者羊呢？列车在小站停靠的时间不会长。"

"你在坦波夫可以得到绵羊,"埃德加尔许诺。"用不着……搞得神秘兮兮。一切就从这里开始——人们找到一堆动物苍白的尸体,小报上会报道说……"

他掏出手机,在电话簿里选择了一个号码,等了一会儿——很久,直到安静地睡着的人拿起话筒。

"德米特里吗?别叽叽喳喳了,没时间睡觉了。故乡在召唤……"埃德加尔瞟了我一眼,吐字清楚地说:"所罗门向你问候,有签名和手印。"

埃德加尔沉默了一会儿,不知是让对方有时间回忆起来,还是在听那人的答话。

"没错,是埃德加尔。想起来了吗?的确如此,"埃德加尔说。"我们没有忘记你。我们也需要你。四个小时后莫斯科-阿拉-木图列车将要停靠坦波夫。我们需要一只绵羊。行吗?"

埃德加尔从脸上拿开了一会儿手机,遮住话筒,激动地说:

"真是蠢驴,这些雇来的助手!"

"蠢驴也可以给我派用场,"科斯佳冷笑了一下。

埃德加尔又对着手机说:

"不,不是说你。我们需要的是绵羊。寻常的动物。或者山羊,或者母牛。做这件事我心安理得。四个小时以后你要带着动物站在火车站附近。不,狗不行!就是不行!不,谁也不会吃狗。肉和皮你可以拿走。就这样吧,等我们到了后,我再打电话给你。"

埃德加尔放好手机后解释说:

"在坦波夫我们……人员非常有限。目前那里没有一个他者,只有从人类中雇来的助手。"

"哎呀,"我只能这么喊了一声。巡查队里从来就没有人类。

"会有的,"埃德加尔含混地说。"没关系,能对付。都不是白吃饭的。你会得到一只绵羊,科斯佳。"

"谢谢,"科斯佳温和地说。"最好当然是山羊。不过绵羊也行。"

"你们讨论完美食话题了吗?"我忍不住问道。

埃德加尔用教训的口气说：

"我们的战斗力——也是重要的问题……那么，你确定……这个拉斯……受到了魔法的影响吗？"

"正是如此。今天早上。他心血来潮想乘火车去阿拉-木图。"

"有意思，"埃德加尔同意道。"要不是你发现了这个线索，我们真的会对这个人采取措施。浪费很多力气和时间。不过这意味着……"

"罪犯对巡查队的情况非常熟悉，"我点点头。"他了解我们在'阿索'的调查情况，知道我们当中谁受到过怀疑。换句话说……"

"某个领导阶层的人，"埃德加尔同意说。"守夜人巡查队有五六个，守日人巡查队也有这么多。好吧，假定有二十个……毕竟还是很小的范围。"

"或者是某个宗教法庭的人，"科斯佳说。

"喂，名字，老弟，说他的名字呀。"埃德加尔冷冷一笑。"是谁？"

"维杰斯拉夫。"科斯佳沉默了一会儿明确地说，"比方说。"

有一会儿工夫我觉得通常沉着冷静的黑暗巫师要骂起粗话来。而且必定带着波罗的海口音。可是埃德加尔却沉住气说道：

"你是不是因为变形而太累了，康斯坦丁？大概，你该去睡觉觉了吧？"

"埃德加尔，我比你年轻，但是我们俩——在维杰斯拉夫面前都太嫩了，"科斯佳镇静地说。"我们看到了什么？衣服，里面塞满了骨灰。我们亲自查验过这些骨灰吗？"

埃德加尔不吭声了。

"我不相信，光凭吸血鬼的遗骸可以得出什么结论……"我插进去说。

"为什么会是维杰斯拉夫……"埃德加尔说。

"权力，"科斯佳简短地说。

"和权力有什么关系？要是他决定偷书——为什么要说出找到它了呢？悄悄地拿走——躲藏起来不就行了嘛。他找到书的时候只有他一个人！明白吗？一个人！"

"我可能一下子弄不明白,到底是怎么一回事,"科斯佳反驳道。"或者无法一下子确定罪犯是谁。但是,制造自己死亡的假象,然后带着书溜掉,直到我们抓住杀害他的凶手——这是非常棒的一着!"

埃德加尔频繁地喘着气,点点头:

"好吧。我请求查验。我现在就跟……跟莫斯科的高级魔法师联系,请他们查验骨灰。"

"为了万无一失,请格谢尔和扎武隆都查验一下遗骸。"

"不要对大人指手画脚……"埃德加尔嘟哝说。"把自己的位子坐得稳当些——就能超脱了。"

的确,格谢尔和扎武隆今天夜里也别想睡安稳觉了……

我打了个哈欠,说:

"先生们,不管你们想干什么……我要——睡觉了。"

埃德加尔没有答理——他在想象中跟某个伟大的魔法师交谈。科斯佳点点头,也钻到了毯子底下。

我爬到上铺,脱掉衣服,把牛仔裤和衬衣塞到行李架上,解下手表,放在身边——我不喜欢戴手表睡觉。科斯佳在下面关上了夜灯,车厢里安静下来。

埃德加尔一动不动地坐着,车轮发出悦耳的铿锵声。听说在美国,铁路上使用的是超长整铸钢轨,里面的锯口是特制的——模拟轨缝,于是就产生了这种最悦耳动听的车轮敲击声……

我睡不着。

有人杀害了高级吸血鬼。或者是吸血鬼本人制造了自己被害的假象。这都不重要。不管怎么说,这个人拥有不可思议的力量。

他为什么逃跑?躲在火车里——有危险,整列火车会被炸毁,或者,比方说,上百个高级魔法师把火车包围起来进行全面搜查呢?真蠢,没有必要。太冒险了。成了最强大的他者——早晚都会掌握大权的。一百年后,两百年后——那时候大家都忘了老巫婆阿琳娜和充满传奇色彩的书。别人可以不明白,可维杰斯拉夫应该明白这一点。

这……这似乎太像是人类干的事情。荒唐而不合逻辑。无论如何也不像是一个英明、强大的他者所为。

不过，只有这样的他者才有能力杀害维杰斯拉夫。

又是一切都找不到答案……

埃德加尔在下面轻轻动了一下，叹了一口气，沙沙响着脱去衣服，爬上了铺位。

我闭上眼睛，尽可能放松身体。

我想象着，列车后面延伸着钢轨……经过大大小小的车站，驶过大大小小的城市，到达莫斯科，从车站向四面八方伸展出一条条道路，在环线之外因为坑坑洼洼而路面不平，一百公里以外变成了轧坏的破公路，延伸到荒芜的小村庄，延伸到古老的原木盖的房子……

"斯维特兰娜吗？"

"我等着你，安东。你们那儿怎么样了？"

"我们在乘火车，发生了一件可怕的事……"

我尽最大的可能对她说出实情……不过也许是几乎尽最大的可能。理清楚自己的记忆，就像把一匹布放在裁剪师的工作台上。火车，宗教法官，跟拉斯的谈话，跟埃德加尔和科斯佳的谈话……

"真可怕，"斯维特兰娜短暂地停顿了一下，说道。"太可怕了。我有一种感觉，有人在跟你们玩游戏。我不喜欢这种游戏，安东。"

"我也不喜欢。娜佳怎么样？"

"早就睡了。"

在这种只有他者能听懂的对话里没有语音语调。但毕竟还是有什么东西替代了它们——我感觉到了斯维特兰娜稍稍有些缺乏信心。

"你不在家里？"

"不。我……在一个老太太家里做客。"

"斯维特兰娜！"

"正是在做客，别担心！我决定跟她讨论一下局势……并且了解有关书的一些情况。"

是啊，我应该一下子就明白，让斯维特兰娜离开我们的原因不仅仅是为女儿担心。

"你弄清楚了什么情况？"

"真的就是《富阿兰》这本书。真正的那本。还有……关于格谢尔的儿子的事情我们猜对了。老太太由衷地感到高兴……所以恢复了正面的接触。"

"后来牺牲了书？"

"没错。她自信地把书留下了：密室很快就会被发现——对她的寻找就会停止。"

"她对发生的事有什么想法？"我尽可能避免提到名字，好像这样的谈话会被人偷听去似的。

"我觉得，她陷入了恐慌，尽管她在逞强。"

"斯维特兰娜，《富阿兰》怎么会这么快就把人变成他者呢？"

"几乎是一瞬间。只需要十分钟，就能念出所有的咒语，然后需要一些成分……或者，可以说，一个……十二个人的鲜血。虽然是每人一滴血，但必须是来自十二个不同的人身上的血。"

"为什么？"

"这得去问富阿兰本人了。她相信，各种液体都能代替鲜血派上用场，可是老巫婆念的咒语只要鲜血……总之——十分钟的准备，十二滴鲜血——你就能把一个人或者一群人变成他者。只要他们所有人都处在你的视野范围内。"

"他们的力量怎么样？"

"各不相同，不过力量弱小的可以靠下一个咒语被提高到比较高级的水平。从理论上讲可以把任何人变成高级魔法师。"

这里有什么东西，她的话里。有什么重要的讯息。不过眼下我还无法找到线索……

"斯维塔，老太太……怕什么？"

"人类大量变成了他者。"

"她不打算负荆请罪吗？"

"不。她打算立刻逃走。我了解她。"

我叹了一口气。毕竟有必要让阿琳娜承担责任……有必要，宗教法庭只能不起诉她暗中对抗。还有……格谢尔……

"斯维塔,问问她……问问,偷盗者为什么有可能前往东方?如果是去那个写《富阿兰》的地方,这本书会获得更大的力量吗?"

停顿。真遗憾,这不是移动电话,无法直接跟老巫婆通话。唉,直接的谈话只有在亲近的人们之间才有可能进行。哪怕是观点一致的外人都不行。

"不……她非常惊奇。她说《富阿兰》跟那个地方什么联系也没有。不管是在喜马拉雅山,还是在南极洲,或者在象牙海岸,书都将同样发挥作用。"

"那……那么你问问她,维杰斯拉夫有没有可能利用它?毕竟他是吸血鬼、低级他者……"

又是停顿。

"有可能。不管是吸血鬼,还是变形人。不管是黑暗力量,还是光明力量。没有什么区别。只有人类无法使用这本书。"

"这很清楚……其他没有什么了吗?"

"没有了,安东。我指望她会给我们一条线索——但是我错了。"

"好吧。谢谢你。我爱你。"

"我也爱你。休息吧。我相信,明天早晨一切都会水落石出……"

连接在我们之间的细细的带子断了。我翻来覆去,睡不踏实,后来忍不住看了看桌子。

"罗盘"的指针依旧在旋转。《富阿兰》在列车里。

半夜里我醒过来两次。一次是——一个宗教法官来找埃德加尔,向他汇报说一切正常。另一次是——列车停靠在坦波夫站,科斯佳蹑手蹑脚地出了包厢。

我起床时,已经过了十点。

埃德加尔在喝茶。科斯佳面色红润,精力旺盛,在嚼香肠面包。指针在旋转。一切照旧。

我在铺位上穿好衣服,跳下来,在行李中找到一块很小的肥皂,能让我维持个人卫生的只有这个。

"拿去吧，"科斯佳嘟哝说，把一个塑料袋放到我跟前。"我已经拿了一些，在坦波夫……"

塑料袋里有一包一次性剃刀、一小瓶吉列剃须膏、一把牙刷和一支新珍珠牙膏。

"香水忘拿了，"科斯佳添上一句。"没有想到。"

他忘了带香水没什么可奇怪的——吸血鬼跟变形人一样，不太喜欢刺鼻的气味。大概，大蒜的效力对于吸血鬼来说其实是完全无害的，只不过会妨碍他们寻找猎物吧？

"谢谢，"我说。"我要给你多少钱？"

科斯佳没有答理。

"我已经发给他了，"埃德加尔说。"顺便说一句，你也有差旅费，一天五十美元，包括伙食——按发票报销。"

"宗教法庭日子过得不错嘛，"我挖苦说。"有什么新闻吗？"

"格谢尔和扎武隆试图检验维杰斯拉夫的遗骸。"他就是这么说的，"遗骸"，意味深长、一本正经地说。"很难弄清楚什么，你是知道的：吸血鬼年龄越大，他死后剩下的遗骸就越少……"

科斯佳聚精会神地嚼着面包。

"的确如此，"我同意说。"我去洗脸了。"

车厢里几乎所有的人都醒了，只有两个包厢还关着门，那里走来走去的人很多。我排了一小会儿队就挤进了兵营式的厕所。温暖的水懒洋洋地从龙头里流出来，抛光钢板代替的镜子早就不可救药地被肥皂沫弄脏了。用硬邦邦的中国制牙刷刷牙时，我想起夜里跟斯维塔的谈话。

她的话里有什么重要的东西。肯定有——但一直弄不明白，斯维特兰娜也好，我也好。

我应该意识到这一点。

我回包厢时虽然没有基本弄清事实，但却带着一个在我看来是很好的主意。旅伴们全都吃完了早饭，我关上包厢门，一下就切入正题：

"埃德加尔，我有一个主意。在长长的列车区间里你的伙伴们可以动手拆车厢，一节一节地拆，为了不让列车停下，他们当中的某个人应该去稳住司机。我们监视罗盘，只要装书的车厢一被摘下——指针就会指向那个车厢。"

"然后呢?"埃德加尔不以为然地问。

"我们缩小了书所在的范畴，具体到在哪一节车厢。然后可以包围这节车厢，让每个乘客带着行李一个个站到边上去。只要一发现凶手——指针就会指向他。就这样! 没有任何必要毁掉列车!"

"我也这么考虑过，"埃德加尔不乐意地说。"这个做法，有一个很重要的不妥之处，罪犯会知道发生了什么事。他可能会先发制人。"

"让格谢尔、扎武隆、斯维特兰娜、奥莉加……都来……黑暗力量还有强大的魔法师吗?"我看了看科斯佳。

"能找到，"科斯佳模棱两可地说。"力量够吗?"

"对付一个他者吗?"

"不仅仅是他者，"埃德加尔提醒说。"据说，为了消灭富阿兰，至少动用了几百个魔法师。"

"我们也能找到这么多人。守夜人巡查队里差不多有两百个队员，守日人巡查队也差不多，还有几百个后备力量。每一方都可以派出至少一千名他者。"

"大多是——弱小的，六七级的。三级以上的真正的魔法师，能够集合起来的不会超过一百个。"埃德加尔说得如此有把握，毫无疑问——他真的是考虑过力量对峙这个问题。"这个方案可以采纳的前提是——用宗教法官来充实黑暗力量和光明力量，再利用法器把两方的力量联合起来。不过有可能力量还是不够。那么最强大的战士就会牺牲，而凶手会获得自由。你没有想过，也许他希望的正是这个方案?"

我摇摇头。

"我考虑的就是这个问题，"埃德加尔得意但闷闷不乐地说。"凶手有可能把火车看作是一个陷阱，俄罗斯所有强大的魔法师都会聚集过来，他可能用咒语包围整列火车，而我们对此是发现不了的。"

"那我们大家还费什么力气?"我问。"我们干吗到这儿来? 发射一颗核弹——问题就解决了嘛!"

埃德加尔点点头:

"不错。正是要用核弹,它可以击穿黄昏界的所有层面。不过事先有必要确定,在最后一刻目标不会偏离。"

"你站在扎武隆的那边吗?"我进一步问。

埃德加尔叹了一口气:

"我站在清醒和理智这一边。动用大量力量对列车进行全面检查可能会引起魔法大战。顺便说一句,人类还是会丧命。毁掉列车……是啊,会牺牲人类。但是我们就能因此而避免全球大动荡。"

"可是,要是还有机会……"我说。

"有的。因此我提议继续寻找,"埃德加尔同意说。"我和科斯佳要去帮助我的伙伴们搜索列车——从车头和车尾同时进行。我们将会利用法器,遇到可疑的情况——我们会尝试透过黄昏界检查可疑者。你再去跟拉斯谈谈。毕竟他是我们的怀疑对象嘛。"

我耸了耸肩。这一切让人想起了模拟搜寻,令人不寒而栗。在内心深处埃德加尔已经认输了。

"'未知时间'是什么时候?"我问。

"明天傍晚,"埃德加尔回答。"我们将经过塞米巴拉金斯克①附近的无人区。反正那里已经有炸弹被引爆过……一枚战术核弹足够了——损伤不会太大。"

"祝你们猎捕成功,"说着,我走出了包厢。

这一切都是亵渎。这一切只是埃德加尔已经着手写的总结中的几行。"不惜代价控制凶手和找到《富阿兰》……"

有时候我脑子里会闪过这样的念头,宗教法庭——是另一种形式的巡查队。我们在干什么呀?区分人类和他者,监视他者,尽可能不让他者的行动殃及人类。不错,这实际上是不可能的,一部分他者生来就

---

① 塞米巴拉金斯克位于哈萨克斯坦东部,是世界上最大的核试验基地。一九九一年八月被关闭。

是寄生虫。不错,光明力量和黑暗力量之间的矛盾已经深到不可避免发生冲突的地步。

不过还有凌驾于巡查队之上的宗教法庭,它也维持着平衡,它是第三方力量,结构更为高级严谨,他能够纠正巡查队的错误……

其实一切并非如此。没有任何第三方力量。现在没有,从来也没有。

宗教法庭——是区分黑暗力量和光明力量的工具。仅此而已。它监视着和约的遵守情况,但根本不是为了人类的利益,只是为了他者的利益。宗教法官是那些知道我们都是寄生虫的人,知道光明魔法师一点也不比吸血鬼好的人。

去宗教法庭工作——这意味着妥协。这意味着——完全成熟了,幼稚的、年轻人的极端主义被健全的、成年人的犬儒主义所代替。表示承认——有人类存在,有他者存在,两者毫无共性可言。

我愿意承认这一点吗?

是的,大概愿意。

但不知为什么,我不愿意投奔宗教法庭。

最好是在守夜人巡查队里找个苦差事干。干谁也不需要的工作,保护谁也不需要的人。

顺便说一句,为什么我不去检查一下惟一的嫌犯呢? 眼下还有时间。

拉斯已经醒了,他坐在自己的包房里,闷闷不乐地看着窗外单调的景色。小桌被稍稍抬了起来,洗手池里,在细细的水流下面,一瓶马乳酒慢慢冷却下来。

"没有冰箱,"他愁眉苦脸地。"甚至在最好的车厢——也不能指望包厢里有冰箱。你要喝马乳酒吗?"

"我已经喝过了。"

"那就不喝啦?"

"好吧,再喝一点点……"我答应说。

拉斯真的是一滴一滴地倒白兰地，只能沾湿嘴唇。我们喝下了酒，拉斯若有所思地说：

"我昨天是怎么搞的，啊？你倒是说说，一个有理智的人何必要乘火车到哈萨克斯坦去休假呢？你看，可以去西班牙，去土耳其，或者去北京，要是希望旅行带有刺激的话，还可以参加接吻狂欢晚会。去哈萨克斯坦干什么呢？"

我耸耸肩。

"这是意识的可怕的变异反应，"拉斯说。"我想了想……"

"你决定下车，"我推测。

"对。然后重新乘上车。返程车。"

"这是正确的决定，"我真诚地说。首先——我们摆脱了一个可疑的人。其次——一个好人得救了。

"两个小时以后列车将停靠萨拉托夫站，"拉斯大声说道。"我就在那里下车。现在我要给一个同事打电话，请他过来跟我见一次面。很好的城市——萨拉托夫。"

"它好在哪里？"我感兴趣起来。

"这个嘛……"拉斯又把酒杯斟满，现在稍稍大方一些了。"在萨拉托夫地区自古以来就生活着人类。凭这一点它就比极北地区和跟它一样的地区占有优势。在沙皇时代那里曾经是一个省城，但是十分落后，难怪恰茨基①要说：'去荒漠，去萨拉托夫！'如今那里是当地的工业和文化中心，大型铁路枢纽站。"

"行了，"我小心翼翼地说。我不明白他说的是真话还是只不过在信口开河，在他的话里"萨拉托夫"这个词可以随便换成"科斯特罗马"、"罗斯托夫"或者其他哪个城市。

"最重要的是——大型铁路枢纽站，"拉斯解释说。"找个麦当劳饱餐一顿，然后踏上归程。那里还有一个古老的教堂，一定要去看看。我

---

① 恰茨基，俄国作家亚·谢·格里鲍耶陀夫（1795—1829）的喜剧《智慧的痛苦》中的主人公。

不能白跑一趟吧?"

的确,我们的神秘对手还是太小心谨慎了。暗示过于微弱,一昼夜时间就被抛到九霄云外去了。

"听我说,你究竟为什么要去哈萨克斯坦?"我小心地问道。

"我告诉你——没什么原因,"拉斯叹了一口气。

"完完全全没有吗?"

"嗯……我坐着,谁也没去打扰,在更换吉他上面的弦。突然电话铃响了,是按错了号码,对方在找一个哈萨克人……连名字都没记住。我放下话筒,开始寻思,莫斯科住着多少哈萨克人。我的吉他上刚好有两根弦,像冬不拉一样。我绷好弦,开始弹奏起来。可笑的是,竟然弹出了某个旋律……萦绕不去的富有魅力的旋律。于是我就想——何不去一趟哈萨克斯坦呢!"

"旋律?"我进一步问。

"啊哈。非常动听,有吸引力。让人想起草原,马乳酒,等等。"

难道还是维杰斯拉夫?魔法通常是不会让普通人发现的。不过吸血鬼的魔法——是介于货真价实的魔法与成功的催眠术之间的东西。它需要目光、声音、接触——这是吸血鬼和人类最常见的接触。它会留下痕迹——目光、声音、接触的感觉……

老吸血鬼骗了我们大家吗?

"安东,"拉斯若有所思地说。"你不是卖牛奶的。"

我没吭声。

"要是我身上有什么让安全局感兴趣的东西,我准会给吓出尿来的,"拉斯继续说。"不过我觉得,有时安全局也会有害怕的事情。"

"咱们别再研究这个问题了好吗?"我提议。"那样会比较好。"

"嗯,"拉斯爽快地同意了。"说得对。那么,我要在萨拉托夫下车吗?"

"下车并赶紧回家,"我一边点头,一边站起来。"谢谢你的白兰地。"

"遵命,"拉斯说。"随时乐意帮助您。"

他是不是在灌迷汤——我不知道。大概有些人喜欢这么说话,这只不过是一种无意识的行为。

跟拉斯适度庄重地互相握了手之后,我来到走廊,朝我们的车厢走去。

那么——维杰斯拉夫呢?好一个聪明人……好一个宗教法庭的可靠的工作人员!

我非常激动。显然,维杰斯拉夫已经强大到不可思议的地步,他能够伪装成任何人。可以伪装成这个出生才两年的流鼻涕的小孩,他正警觉地从自己包厢里向外张望。可以伪装成这个带着两个俗气的金色大耳环的胖姑娘。可以伪装成这个讨好埃德加尔的列车员——为什么不可能呢?

甚至伪装成埃德加尔本人或者科斯佳……

我停下来,瞧着宗教法官和吸血鬼,他们面对我们的包厢站在走廊里。如果真的是……

不,打住。这太疯狂了。一切都有可能,但并非一切都会发生。我是我,埃德加尔是埃德加尔,维杰斯拉夫是维杰斯拉夫。不然就无法开展工作。

"有个情况,"我说,站到科斯佳和埃德加尔中间。

"怎么?"埃德加尔点点头。

"拉斯受到一个吸血鬼的影响,他回想起来了……有一种类似音乐的东西召唤他踏上旅程。"

"多么富有诗意,"埃德加尔扑哧一声,但是没笑出来,而是赞同地点点头:"音乐吗?非常像吸血……对不起。科斯佳。像吸血鬼。"

"你可以换一种说法嘛:'像血红蛋白依赖者'。"科斯佳撇嘴笑了笑。

"血红蛋白毫不相干,你自己明白,"埃德加尔打断他的话。"好吧,这是一条线索。"他突然笑了起来,并拍了拍我的肩膀:"可你是个死心眼儿。好吧,在列车上有机会。你们在这里等我。"

埃德加尔在走廊里快速地向前走,我以为他是去找自己的战友,可是却看到他走进列车长的包厢，并关上了门。

"他打算干什么?"科斯佳问。

"我怎么知道?"我瞟了一眼小伙子。"大概有一些特殊的咒语是为让吸血鬼现身而准备的吧?"

"不，"科斯佳打断我的话。"一切都跟其他他者一样。要是维杰斯拉夫藏在人类中——任何咒语也无法让他现身。真是一派胡言……"

他心神不定起来——我理解他。被列为最受鄙视的他者世界的少数派——还要猎捕自己的同类，毕竟很痛苦。正如有一天他对我……一个年轻、幼稚、勇敢的吸血鬼猎人说的那样:"我们数量很少，什么时候有谁离开，我们马上就能感觉到。"

"科斯佳，你感觉到维杰斯拉夫的死亡了吗?"

"你说什么呀，安东?"

"你曾经说过，你们能够感觉到死亡……自己人的死亡。"

"我们能够感觉到只有那些有许可证的吸血鬼。当注册的图章被毁掉时——周围所有的人都会有感觉。维杰斯拉夫身上没有印记。"

"不过，埃德加尔显然琢磨出什么来了，"我小声说。"是一些宗教法官的把戏吧?"

"大概吧。"科斯佳皱起了眉头。"为什么会这样，安东? 为什么我们仅有的几个人常常会受到迫害……甚至是被自己人所害? 黑暗巫师也会杀人!"

他突然像从前那样跟我说起话来。那时候他还是一个天真无邪的小吸血鬼……不过吸血鬼怎么可能天真无邪呢?

这十分可怕，令人作呕——棘手的问题，该死的假定，但是已经取决于超越界限的人，开始猎捕和杀戮的人……

"你们杀戮……为了饮食，"我说。

"为了权力，为了金钱，为了消遣就更高尚吗?"科斯佳伤心地问。他转过身来面对着我，瞥了一眼我的眼睛:

"为什么你要这么跟我说话……厌恶吗? 我们曾经是朋友。发生什么变化了?"

"你成了高级吸血鬼。"

"那又怎么样?"

"我知道吸血鬼是怎么晋级的,科斯佳。"

他盯着我的眼睛看了一会儿,随后开始微笑。就是那种吸血鬼特有的微笑——好像嘴里没有任何獠牙,可你已经感觉到它们卡在喉咙里。

"哎,对啦! 必须饮处女和儿童的鲜血,必须杀害他们⋯⋯这是古老的经典处方,维杰斯拉夫老人家就是这么成为高级吸血鬼的⋯⋯你想说从来也没有看过我的档案吧?"

"没有。"我回答。

他甚至垂头丧气了,微笑也变得可怜巴巴,惘然若失。

"真的是从来没有看过吗?"

"没有。"我回答,我已经意识到自己在某个时候某件事上弄错了什么。

科斯佳尴尬地两手一摊,只用感叹词和代词说道:

"唉⋯⋯这个⋯⋯嗯⋯⋯你⋯⋯我嘛⋯⋯是啊⋯⋯你⋯⋯"

"我不想看朋友的档案。"我说,并尴尬地添上一句。"哪怕是过去的朋友。"

"可是我以为你是看过的,"科斯佳说。"当然,现在已经是二十一世纪了,安东,瞧⋯⋯"他把手伸进上衣口袋里,掏出他那个酒壶。"浓缩物⋯⋯捐血者的血提炼的。在有了十二个人献出的血以后,就不用杀人了。当然,血红蛋白毫无意义! 感情重要得多,也就是献出血时人的感受。可是你想象不到,有多少人尽管害怕得要死,但他们还是勇敢去医生那里为亲人献出了自己的鲜血。我的私人秘方⋯⋯是'绍什金的处方',不过它通常被称为'绍什金鸡尾酒'。档案里大概有记录。"

他得意地望着我——大概,无论如何也弄不明白,究竟为什么我不笑。为什么我不愧疚地说:"科斯佳,对不起,我把你当成了坏蛋和凶手⋯⋯而你是正直的吸血鬼,善良的吸血鬼,现代化的吸血鬼⋯⋯"

不错,他的确是这样的。正直、善良、现代化。他在血液科研所的工作没有白干。

不过为什么他要讲关于鸡尾酒，关于十二个人的血的事情呢？

当然，原因是不言而喻的。我怎么知道《富阿兰》的内容？我怎么知道这个咒语恰恰需要十二个人的血呢？

维杰斯拉夫手头没有十二个人。他无法用《富阿兰》里的咒语来提高自己的力量。

而科斯佳有那个酒壶。

"安东，你怎么啦？"科斯佳问。"你干吗不说话？"

埃德加尔从列车员包厢里出来，嘴里说着什么，跟列车长握了握手，朝我们走来——脸上还是带着满意的微笑。

我看了科斯佳一眼。从他的眼睛里明白了一切。

他知道，我全都明白了。

"你把书藏在哪里？"我问。"快点。这是你最后的机会了。惟一的机会。别毁了自己……"

这时候他发起了进攻。没有使用任何魔法——要是吸血鬼的非人的力量不能算魔法的话。世界爆炸了，发出一片白色的闪光，嘴里响起牙齿的格格声，颌骨也仿佛不听使唤。我撞到走廊的尽头，碰到一个乘客后停下来，他走出来透气可真不是时候。或许他还得说声谢谢呢，因为我没有失去知觉——不然他就完了。

科斯佳站着，摩拳擦掌，他的身体也在颤动，瞬间进入黄昏界，刹那间又从那儿出来，在两个世界中往返穿梭。吸血鬼的特性也曾这么使我惊讶过。根纳季，科斯佳的父亲，穿过院子朝我走来，科斯佳的母亲波林娜拥着少年的吸血鬼肩膀……我们是奉公守法的……我们谁也不杀害……真倒霉——跟光明力量的魔法师做了邻居。

"科斯佳呢？！"埃德加尔大喝一声，停下脚步。

科斯佳慢慢朝他转过头去。我没有看见——我感觉得到，他在龇牙咧嘴地笑。

埃德加尔双手往前一挥——一堵灰墙把走廊隔开了，那堵墙像是一层水晶。也许他还没弄明白是怎么一回事，但是宗教法官的本能在起作用。

科斯佳发出低沉的号叫声，用手掌推墙。墙被他撑住了。列车在铁轨接缝处轻轻颠簸着，我身后开始传来一个女人的尖叫声，慢条斯理，不慌不忙。科斯佳站立不稳，企图破解埃德加尔的防御物。

我举起一只手，给科斯佳发去"灰色的祈祷"，对付妖魔鬼怪的古老的咒语。任何从坟墓里爬出来的尸体，任何没有知觉，只受控于老巫婆的意愿的生物，它们一遇到"灰色的祈祷"便会分解成碎片。吸血鬼的力量削弱了，被迫放慢了速度。

细细的灰线在黄昏界中包围住科斯佳，这时他转过身朝我走来，浑身一抖——咒语就在我眼前破解了。我从没见过如此粗鲁却有效的招数。

"别妨碍我！"科斯佳大声喊道。他的脸变尖了，獠牙真的露了出来。"我不想……不想杀害你……"

我还能稍稍欠起身子，从被推倒的乘客身上爬回包厢。上铺的几个大块头男人开始发出尖叫声——丝毫也不比那个站在厕所门口吼叫的女人逊色。我身下有几个杯子和瓶子在地上滚来滚去。

科斯佳一跳就到了门口，他只对那些男人扫了一眼——他们就不叫了。

"投降吧……"我小声说，坐到小桌边的地上。颌骨有点奇怪——好像没有脱臼，但是一动就痛。

科斯佳笑了起来：

"我能够把你们所有的人都变成……只要我愿意。跟我一起走，安东。走吧！我不想作恶！这个宗教法庭跟你有何相干？巡查队跟你有何相干？我们能改变一切。"

他说得非常诚恳，甚至带着央求的口气。

为什么要成为最强大的他者，非要表现得这么弱小呢？

"回心转意吧……"我小声说。

"你是傻瓜！傻瓜！"科斯佳朝我走近一步，吼道。他伸出一只手——手指的末端已经长出了爪子。"你……"

打开的大使牌伏特加缓缓流出，流到了我的手上。

"咱们该喝一杯结谊酒了，"我说。

他赶紧闪开，但水珠还是溅到了他的脸上。科斯佳号哭起来，头向后仰着。即使你是最高级的吸血鬼，酒精对于你来说也是毒药。

我站起来，从桌上拿起没喝完酒的杯子，举起手，喊道：

"我是守夜人！你被捕了！手放在脑袋后面，獠牙收起来！"

三个宗教法官几乎同时从门口挤进来。是埃德加尔把他们叫来的，还是他们自己感觉到出事了才赶来的？他们冲向正按着伤痕累累、血迹斑斑的脸的科斯佳。一个宗教法官试图把一个灰色的金属光盘——这玩意儿看起来充满魔法能量——压在科斯佳的脖子上。

接下去的一刹那科斯佳显示了他的本领。

他脚一抬，踢掉了我手中的杯子，我的背立刻撞到窗户上。窗框发出咯吱咯吱的响声。科斯佳待的地方刮起了一股灰色的旋风——手脚以不可思议的，只有电影明星才能够达到的速度飞舞。四面八方血肉横飞，好像有人在用绞肉机把一块鲜肉绞碎似的。

随后科斯佳跳到走廊里，四处打量了一下——一头朝窗口扎去，仿佛没有感觉到厚厚的双层车窗玻璃。

玻璃也没有感觉到他。

科斯佳再次闪到窗子外面，在斜坡上摔了一跤——列车开走了。

我从吸血鬼的兵工厂里听说过这种特技，一直以为这是无聊的杜撰，况且在参考书里，"穿越现实世界中的墙壁和玻璃"下面标明的也是羞答答的"未经证实"。

包房里横七竖八躺着两个宗教法官——他们伤得太厉害了，已经用不着去关心还有没有脉搏了。

第三个是幸运的——他坐在铺位上，捂住肚子上的伤口。

脚下吧嗒吧嗒淌着鲜血。

在上铺的几个乘客没有发出叫喊声——一个人用枕头蒙住脑袋，另一个眼睛呆呆地看着下面，小声地嘻嘻笑着。

我从桌子上爬下来，用无法弯曲的两条腿走到了走廊里。

Chapter 5

正如一个古老的恶意的笑话中的主人公所说的——"生活上了轨道!"

公务车厢的乘客都坐在自己的包厢里,用呆滞的目光瞪着窗户看。经过车厢的人们不知为什么都加快了脚步,而且目不旁视。在一个关着门的包厢里,有个受了伤的宗教法官躺在两具装在黑色塑料袋中的尸体旁边,他的同事为他念医治咒语已经将近一刻钟了。还有两个宗教法官站在我们包厢门口担任警卫。

"你怎么看?"埃德加尔问。

在他帮完一个受伤的同事之后,我的颌骨三分钟就被他治好了。我没有去问那人到底伤得怎么样——一点点碰伤、裂开还是骨折。我的伤给他稍微治了一下——就好了。只是两个门牙给打掉了,牙齿碰到那里感觉不舒服。

"我想起了关于《富阿兰》的一些事……"我说。在科斯佳逃跑后刚开始的一片混乱中我有时间想到一些事情。"老巫婆……哦,阿琳娜……她说过,根据传说《富阿兰》中的咒语只有在得到十二个人的鲜血后才会生效。尽管只要一点点血……"

"为什么你以前不说?"埃德加尔生硬地问。

"以前没有认为这句话重要。那时候一切跟《富阿兰》有关的故事都像是纯粹的杜撰……可是刚刚科斯佳提到,他的鸡尾酒是来自十二个人提供的血……我就想起来了。"

"显然,维杰斯拉夫手头没有一打人,"埃德加尔点点头。"要是你当时立刻就说……要是你说……"

"你知道鸡尾酒的成分?"

"是啊,当然喽,在宗教法庭讨论过'绍什金鸡尾酒',这个东西没有创造出任何奇迹,服用了之后力量没有比天赋的提高。不过确实能使吸血鬼不必杀人就达到最高级……"

"提高还是降低?"我问。

"要是不杀人——那就会提高,"埃德加尔冷冰冰地说。"可是你并不知道……好吧,事情……"

我没吱声。

是啊,我不知道。我什么都不想知道。我太棒了。所以现在那两个宗教法官躺在了黑色塑料袋里,谁也帮不了他们了……

"算了,"埃德加尔决定,"现在已经毫无意义了……他在飞,你看到吗?"

我瞥了"罗盘"一眼。是的……看来是的。与科斯佳的距离,确切地说——与书的距离,没有改变——尽管列车行驶的速度是每小时至少七十至八十公里。可见,他紧跟着列车在飞。不会逃跑。

"他的确需要中亚的什么东西……"埃德加尔慌张地说。"瞧,刚才……"

"应该把伟大的魔法师叫来,"我说。

"他们自己会来的,"埃德加尔摆摆手表示反对。"我已经把一切都告诉他们了,标定了隧道,他们在决定,要干什么。"

"我知道他们在做决定,"我小声说。"扎武隆要求把犯了错误的科斯佳交给他去处理。最重要的是——《富阿兰》。"

"谁也得不到书,放心吧。"

"除了宗教法庭?"

埃德加尔避不作答。

我舒舒服服地坐下,碰了碰颌骨。

不痛了。

不过牙齿可惜了。要么得去看牙科医生,要么得去找守夜人巡查队的医生。糟糕的是,就连最出色的光明力量的医生也没有办法让病人治牙时不感到疼痛! 没有办法——就是这样……

"罗盘"的指针微微颤抖着,还是朝着那个方向。距离没有改变——十至十二公里。可见,科斯佳脱去了衣服,变成了蝙蝠……或者变成了其他动物？变成了硕鼠，变成了狼……这都不重要。变成蝙蝠跟着列车飞，爪子里紧紧握着装有衣服和书的包袱。他能把书藏到哪里去呢，这个坏蛋？藏在身上？藏在衣服的暗袋里？

坏蛋……不过他真沉得住气啊！多么无耻，多么大胆——竟然猎捕自己，想出了一些说法，提出建议……

大家都被他骗了。

不过他这是为了什么呢？想得到绝对的权力吗？获胜的机会毕竟不大，而科斯佳从不贪图功名。不，他是贪图功名的，毫无疑问。但并没有统治全世界的疯狂念头。

可是他现在为什么不逃跑呢？他手上沾着三个宗教法官的鲜血。这种家伙是得不到宽恕的，即使他负荆请罪，即使他把书归还出来。他最好还是逃跑……为了保全性命，还要把书毁掉，因为跟踪的咒语一直紧盯住他不放。不，他竟然还随身带着书，跟在列车旁边。真是疯狂……或者他还指望进行谈判？

"你想用什么办法在乘客中发现维杰斯拉夫？"我问埃德加尔。

"什么？"宗教法官没有马上答腔，他陷入了沉思。"没什么。就用你使用过的办法：用酒精来测试。大家都穿上白大褂，对整个车厢进行健康检查。声称目的是寻找非典患者。每个人都发一根蘸了大量酒精的体温计。谁无法用手拿住体温计或者被灼伤——谁就是我们的怀疑对象。"

我点点头。行得通。当然我们这么做是在冒险，不过冒险——就是我们的工作。而伟大的魔法师们要是在附近的某个地方，"随叫随到"，就能在需要的时候全力出击。

"隧道口开了……"埃德加尔抓住我的手，爬到铺位上来。我们并排坐着，盘着腿。包房里出现了颤动的白色生物电场。传来不响的喊声——格谢尔从隧道口出来，脑袋在铺位上碰了一下。

紧跟着出现了扎武隆——与头儿不同的是，他和蔼可亲，满面笑容。

格谢尔揉了揉头顶，闷闷不乐地看了看我们，喃喃地说：

"怎么能钻到查波罗什人车里去标定隧道……情况怎么样?"

"乘客们都安抚好了,血迹冲洗干净了,伤员得到了医治,"埃德加尔报告说。"嫌犯康斯坦丁·绍什金以每小时七十公里的速度跟着列车并肩前进。"

"现在还说什么……'嫌犯'……"扎武隆挖苦地说。"唉! 原来是多么能干的孩子……多么有前途啊!"

"你跟有前途的队员无缘,扎武隆,"埃德加尔轻声说。"不知怎么,他们在你那里待不住。"

两个黑暗巫师彼此交换了不怀好意的目光。埃德加尔和扎武隆之间早就有恩怨——就是在法弗尼尔和芬兰宗派的事件①结下的。谁也不喜欢做任人摆布的小卒。

"别说挖苦话了,先生们"格谢尔请求说。"我也可以说你们点什么……既可以说你,扎武隆,也可以说你,埃德加尔……他强大到什么程度?"

"非常强大,"埃德加尔说道,眼睛还是望着扎武隆。"小伙子本来就是高级……"

"吸血鬼。"扎武隆鄙薄地冷笑了一下。

"高级吸血鬼。当然;经验不多……所以应该还不会超过你们。不过利用了书以后他变得比维杰斯拉夫强大了。这么一来问题就严重起来了。我倾向于认为,维杰斯拉夫跟你们这些伟大魔法师水平相当。"

"他是如何骗过维杰斯拉夫的?"扎武隆问。"有说法吗?"

"现在——有了,"埃德加尔点点头。"吸血鬼有他们自己的等级。小男孩要求为争夺领导权而跟他决斗。这……场面不是很可观。这是智慧的交锋,意志的较量,有点类似瞪眼睛游戏。只用几秒钟就能分出胜负,输的一方得完全屈服于胜利者的意志。当宗教法庭不得不与吸血鬼发生冲突时,维杰斯拉夫轻而易举就能使他们听命于自己。不过这一次他输了。"

---

① 参见《守日人》第三部。

"而且送了命，"扎武隆点点头。

"这不是最终的结局，"埃德加尔指出。"科斯佳可以把他变成他的奴隶。不过……也许他害怕失去控制，也许他决定干到底。总之——他命令维杰斯拉夫彻底现原形，维杰斯拉夫被迫服从。"

"天才男孩，"格谢尔嘲讽说，"老实说，对维杰斯拉夫的彻底灭亡我并不难过……好吧，康斯坦丁比维杰斯拉夫还要强大。评价一下他的力量吧。"

埃德加尔耸了耸肩：

"有多大吗？他比我强大。我甚至认为——他比我们当中的任何一个人都强大，还有可能比我们所有人通通加在一起都强大。"

"不必这么惊慌，"扎武隆嘟哝说。"他没有经验。魔法——不是力量竞赛，魔法——是一种艺术。要是你手里有一把剑，那最重要的是要刺得准，而不是靠着蛮劲去瞎刺……"

"我没有惊慌，"埃德加尔温和地说。"我只是在评价他的力量。非常强大。我用'水晶障壁'来对付他——科斯佳差一点没把它压破。"

伟大的魔法师们互相使了个眼色。

"'水晶障壁'是压不破的，"格谢尔指出。"再说，你打哪儿弄来的……不过，我明白。又是从贵重物品专门保存处拿来的法器。"

"他差一点没把'障壁'打穿，"埃德加尔又重复一遍。

"你呢，是怎么死里逃生的？"格谢尔问我。可能是我的错觉，也可能是他的声音里真的有同情的语气。

"科斯佳不想杀我，"我随口说道。"他是冲着埃德加尔来的……起初我用'灰色的祈祷'向他进攻……"格谢尔赞同地点点头，"……后来随手拿到一瓶伏特加——水珠溅到了他脸上。科斯佳火冒三丈。但他还是不想杀我。他立刻扑向那几个宗教法官，打败了他们——然后逃之夭夭。"

"纯粹的俄罗斯方式——解决问题借助于一杯伏特加，"格谢尔郁闷地说。"为什么？为什么你要去戏弄他？他又不是新手。难道你不明白——你对付不了他？让我以后带着你的遗骸去见斯维特兰娜吗？"

"我自己也火了，"我坦白说。"一切都来得太突然了。当时科斯佳还说——'跟我一起走，我不想作恶⋯⋯'。"

"他不想作恶，"格谢尔伤心地说。"改革派吸血鬼。进步的世界主宰⋯⋯"

"格谢尔，应该作出一些决定，"扎武隆轻声说。"我能够让军用机场上的战斗机飞起来。"

魔法师们不做声了。

我想象着喷气式战斗机在天空中追赶蝙蝠的情景，对着蝙蝠放排炮，发射导弹⋯⋯

光怪陆离的景象。

"那就用直升机⋯⋯"格谢尔若有所思地说。"不，这是无稽之谈，扎武隆。这会把路上碰到的人也一起杀掉。"

"还是用炸弹吧？"扎武隆感兴趣地说。

"不！"格谢尔摇了摇头。"不。不是在这里。而且也已经不可能成功了⋯⋯他一直防备着。应该用魔法来战胜他。"

扎武隆点点头，冷不丁尖着嗓子嘿嘿笑起来。

"怎么回事？"格谢尔问。

"我幻想了一生，"扎武隆说。"你相信吗，老仇人？幻想跟你搭档一起工作！看来，真的是⋯⋯从恨到爱⋯⋯"

"毕竟你是个地地道道的冷血动物，"格谢尔轻声说道。

"我们大家都失算了，"扎武隆嘿嘿一笑。"喂，怎么样？你和我一起干？或者加上我们的人？让大家把力量都汇聚在一起，我们要拧成一股绳，一起出击。"

格谢尔摇摇头。

"不，扎武隆。康斯坦丁不值得我们这样做。我有其他办法⋯⋯"

他看了看我。

我用舌头舔了一下残存的牙齿。真是太倒霉了⋯⋯

"我同意，格谢尔。"

"机会是有的，"扎武隆赞同地点点头。"不过要是科斯佳身上还保留了一些能够被感化的东西……你对他还下得了手吗,安东?"

我没有马上回答。我确实犹豫不决。

问题并不在于逮捕。打击必须准确、致命。大家拧成一股绳,集中力量,这种力量将由他们汇集到我身上:格谢尔、扎武隆、埃德加尔……或许,还有其他魔法师。的确,我的经验不如伟大的魔法师们。但是我有机会不用武力就接近科斯佳。

正是要利用这些"能够被感化的东西"。

选择很简单——伟大的魔法师们齐心协力。甚至连娜久什卡的力量他们也需要——格谢尔将要求斯维特兰娜激发我们的女儿……

别无选择。

"我会杀了科斯佳,"我说。

"不是这样,"格谢尔轻声说。"不是你想的那样,巡查队员!"

"我会让吸血鬼镇定下来,"我小声说。

格谢尔点点头。

"戈罗杰茨基,不要像应声虫似的,自己一点没有主见,"扎武隆补充说。"别书生气这么足。世上没有好孩子科斯佳。而且从来就没有过。即使他没有为了吸血而杀过人,可他毕竟是吸血鬼,妖魔鬼怪。"

格谢尔赞同地点点头。

我瞬间闭上了眼睛。

妖魔鬼怪。

他身上没有我们称之为灵魂的东西。

某种重要的,甚至我们他者也觉察不到的东西,从最早的童年时期开始形成的东西——感谢他的吸血鬼父母。他长大了,社区医生听了他的心脏,对小男孩的健康状况赞叹不已。他从一个孩子变成了一个成年男子,没有一个姑娘不说,他的嘴唇在接吻时是冰凉的。他可以有孩子——跟普通女人生的孩子。

但所有这一切——都不是真正的生活。所有这一切都是借来的,所有这一切都是偷来的——当科斯佳死去时,他的身体瞬间就会化为乌有……因为它早已是没有生命的东西了。

我们大家一出生就注定要死亡。

但是我们至少能够活到死亡。

"让我和安东单独待会儿吧,"格谢尔说。"我来调教他。"

我听到扎武隆和埃德加尔站起来,他们到走廊里去了,门关上了。有什么东西在簌簌作响——看来是格谢尔在挡住别人的视线,不让人家发现我们。随后他问:

"你挺得住吗?"

"不。"我摇摇头。始终没有睁开眼睛。"我在寻思,要知道,科斯佳毕竟企图使自己的举止不像个吸血鬼……"

"你想到什么问题了?"

"他会忍不住的。"我睁开眼睛看了看格谢尔的脸。"他会坚持不了,他能够克服对鲜血的生理需求,然而……他毕竟是人类当中的非人,他会为此而感到烦扰。早晚科斯佳都会原形毕露的。"

格谢尔等待着。

"他已经原形毕露了,"我说。"当他杀害维杰斯拉夫和宗教法官的时候……其中一个宗教法官是光明力量的,对不对?"

格谢尔点点头。

"该怎么干我就怎么去干,"我承诺。"我可怜科斯佳,不过于事无补。"

"我相信你,安东,"格谢尔说。"现在你把你确实想问的问题提出来吧。"

"是什么让你留在了守夜人巡查队,头儿?"我问。

格谢尔笑了起来。

"我们大家,严格来说,是臭味相投,"我说。"我们现在不是在跟黑暗力量对抗,我们是在跟黑暗力量都排斥的家伙作战……跟精神变态者、躁狂症患者、无法无天的歹徒作战。出于理所当然的原因,在吸血鬼和变形人当中这种家伙很多。要知道,黑暗使者……守日人巡查队想捕捉那些试图一下子对所有的人行善的光明使者……实际上就是那些会向人类泄露我们的存在这一事实的人。宗教法庭——它似乎是坐山观虎斗,实际上——它是在监视我们,为的是不让巡查队真正意识到自己的职能,不让黑暗力量去追求对人类世界的权力,不让光明力量把黑暗力量消灭干净……格谢尔,守夜人和守日人巡查队——这是一个整体的两半!"

格谢尔没吭声。眼睛看着我,却没吭声。

"这……这种情形是特意设置的吗?"我问。然后又自己回答:"是的,当然。年轻人,刚刚被激发的他者——可能不会接受光明力量和黑暗力量共同组成的巡查队。怎么能这样——和吸血鬼一起去巡查!我自己也会发火……你看……成立了两个巡查队,低级成员狂热地相互追捕,领导阶层则在搞阴谋——只是出于无聊和为了维持形式,而两个巡查队的上司却是同一个!"

格谢尔叹了一口气,拿出雪茄烟。他截掉烟头,抽了起来。

"我真傻,一直在想,"我咕哝道,目光没有离开格谢尔。"我们的生存状况究竟怎样?你瞧,萨马拉的巡查队,大诺夫哥罗德的巡查队,托木斯克州基列叶夫斯克镇的巡查队,似乎全都是独立的,可实际上一碰到问题就都要到莫斯科来找我们……好在,这不是法律上的形式,但却是事实上的形式——莫斯科巡查队领导全俄罗斯的巡查队。"

"还有独联体的三个共和国的巡查队……"格谢尔咕哝说。他吐出一团烟。烟开始在半空中慢慢聚拢成一团浓密的云,没有在包厢里弥漫开来。

"很好,接下去呢?"我问。"俄罗斯的独立的巡查队如何同,比如说,立陶宛巡查队配合行动呢?而俄罗斯、立陶宛、美国和乌干达的呢?在人类世界一切都合情合理,谁的力量强、腰包鼓——谁就能说了算。不过要知道,俄罗斯巡查队可比美国巡查队强!我甚至觉得……"

"最强大的巡查队——是法国巡查队,"格谢尔无精打采地说。"强大,尽管极其懒惰。奇怪的现象。我们弄不明白,这跟什么有关——是不是因为消耗了干葡萄酒和不可思议的大牡蛎……"

"巡查队由宗教法庭掌管,"我说。"他们的工作不在于解决争端,不在于惩罚叛徒,只是掌管而已。允许进行这个或那个社会实验,指定或撤销领导人……从乌兹别克斯坦转移到莫斯科……宗教法庭有两个工作机构——守日人巡查队和守夜人巡查队。宗教法庭的惟一职责就是维持现状。因为黑暗力量或者光明力量获胜——总的来说,都是他者的失败。"

"接下去呢? 安东?"格谢尔问。

我耸了耸肩。

"接下去? 接下去没什么了。人类过着他们自己微不足道的人类生活,拥有微不足道的人类的快乐。他们用自己的体温养活我们。并且造就了新的他者。那些他者野心小一些,他们过的几乎是普通的生活。只不过比普通的人食物充足一些,身体健康一些,寿命长久一些。那些不甘于这种生活,想搏斗和冒险,想追求理想、参加战斗的他者——就去参加巡查队。那些对巡查队失望的他者——就去投奔宗教法庭。"

"是吗? ……"格谢尔鼓励我。

"您留在守夜人巡查队干什么,头儿?"我问。"不感到厌烦吗……干了几千年?"

"假定,我至今还喜欢搏斗和冒险呢?"格谢尔说。"啊?"

我摇摇头:

"不,鲍利斯·伊格纳季耶维奇。我不信。我认为您不是这种人。您过于疲惫,过于悲观。"

"那么也许,我还是想跟扎武隆一决高下,"格谢尔平静地说。

我想了一下:

"也不对。几百年了……你们早就能分出胜负了。扎武隆说过:魔法——就像击剑。您没有拿长剑搏斗,您拿的是击剑运动中的花剑。您在说刺人的话,而不是在刺敌人。"

格谢尔顿了一下,点点头。又有一股浓烟涌入瓦灰色的烟云。

"安东,你认为有可能在生活了几千年之后,还能像从前一样对人类怀有怜悯之心吗?"

"怜悯?"我进一步问。

格谢尔点点头:

"正是怜悯。不是爱——我们没有能力爱整个世界。不是赞赏——我们太清楚人类究竟是什么东西了。"

"怜悯，大概是能够的，"我点点头。"可是您怜悯什么，头儿？怜悯是微不足道，徒劳无益的。他者不可能把人类世界变得更好。"

"我们会的，安东。无论如何我们都会的。相信一个见多识广的老人吧。"

"可是……"

"我等待奇迹发生，安东。"

我疑惑不解地看了看格谢尔。

"我不知道会是什么样的奇迹。或者是所有的人都能获得他者的能力。或者是所有的他者都会重新成为人类。或者是有朝一日不是按照'人类还是他者'的特征来划分，而是按照'好还是坏'的特征来划分。"格谢尔温和地笑了。"完全无法想象，这种事情怎么可能发生，能不能在某个时候发生。不过要是这种事情终究会发生……我更愿意站在守夜人巡查队这一边。而不支持宗教法庭——强大、智慧、正确、万能的宗教法庭。"

"有可能，扎武隆正在等待这样的奇迹？"我问。

格谢尔点点头：

"有可能。我不知道。不过，熟悉的老对手总比年轻的不知底细的冷血动物好对付。也许你觉得我是保守分子，不过我认为扎武隆的花剑比进步的黑暗巫师的棒球棒更保守。"

"您对我有什么建议？"

格谢尔双手一摊：

"我的建议？你自己作决定吧。你可以离开，去过普通的生活。你可以去投奔宗教法庭……我不会反对。你也可以留在守夜人巡查队。"

"并且等待奇迹吗？"

"并且等待奇迹。保存自己心里残留的人性，不要过于热心和心软，把人类不需要的光明硬塞给他们。也不要玩世不恭，蔑视一切，狂妄自大地认为自己纯洁、完美。最难做到的是——不要悲观失望，不要放弃信仰,不要无动于衷。"

"选择还真不多……"我说。

"哈!"格谢尔笑了起来,"有选择就应该感到高兴了。"

车窗外已是萨拉托夫郊区,列车放慢了行驶速度。

我坐在空荡荡的包厢里,看着旋转的指针。

科斯佳继续紧跟着我们。

他在等待什么?

耳机里响起阿尔别宁的歌声:

从谎言到谎言

天上掉下来的只有吗哪①。

从午休到午休

能填饱肚子的只有文件。

有人退出,有人离开,

我只不过作了挑选。

我有亲身体会:

我们——与众不同,我们——是他者。

我摇摇头。我们——是他者。即使我们不存在——人类还是会分成人类和他者。不管这些他者有什么与众不同。

人类不可能离开他者。让两个人到一个无人岛上去——也会分为人类和他者。区别在于,他者总是为自己的与众不同感到苦恼。对人类来说就简单了。他们没有缺陷情结,他们知道,他们是人类——就应该像人类一样。所有人都应该这样。所有人永远都这样。

我们站在中间,

_____

① 吗哪,犹太教、基督教《圣经》中的"天赐食物"。

我们在冰块上燃起火焰，

大家想办法取暖，

用目的来掩盖手段。

我们要烤得周身暖洋洋，

在令人浮想联翩的密林深处。

门开了，格谢尔走进了包厢。我摘下耳机。

"你看。"格谢尔把掌上电脑放在桌上。屏幕上有一个点在地图上慢慢移动——那是我们的列车。格谢尔匆匆瞥了一眼罗盘，点了点头——胸有成竹地用钢笔在屏幕上画出一条粗线。

"这是什么？"我问，眼睛看着长方形。科斯佳的行动轨迹被框在里面。我自己回答："机场吗？"

"正是。他没有等待什么谈判。"格谢尔冷笑了一下。"他是抄最近的路冲向机场。"

"这是军用机场吗？"

"不，是民用机场。有什么区别吗？反正他掌握了驾驶飞机的基本常识。"

我点点头。所有作战队员都"备有"一套有用的技能——驾驶汽车、飞机、直升机、医疗急救、白刃战……当然，基本常识并不等同于熟练的技能，有经验的司机可以超过有基本常识的他者司机，好的医生动手术会出色得多。不过科斯佳能够把任何交通工具送到空中去。

"这很好，"我说。"我们驾驶战斗机上去……"

"那么乘客呢？"扎武隆问道。

"总比在列车上好，"我轻声说。"牺牲少一些。"

在这一刹那我心里病态地抽紧了。我第一次把人类的牺牲放在了无形的天平上衡量——算算哪一边比较轻。

"没有用的……"格谢尔说，并补充了一句，"不过结果会好一些。飞机爆炸跟他有什么相干？他可以变成蝙蝠降下来。"

车站外面是站台，内燃机车轰鸣起来，车站快到了。

"高射核导弹，"我固执地说。

格谢尔奇怪地看了我一眼，说：

"你怎么啦？什么核导弹……早就从军备中撤掉了。虽然莫斯科周围有防空导弹安全带……不过他不会去莫斯科。"

"那会去哪里？"我警觉起来。

"我怎么知道？你的任务是不让他逃到任何地方去，"格谢尔打断我的话。"哎呀！他停下了！"

我看了一眼罗盘。我们与科斯佳之间的距离开始拉大了。他像蝙蝠那样在飞，或者像童话中的大灰狼那样在跑——可是现在科斯佳停下了。

只不过有趣的是，格谢尔甚至没有看"罗盘"。

"机场，"格谢尔得意地说。"就这样，谈话结束了。去吧。去征用一台好车——向机场疾驶。"

"那……"我正要说。

"不能使用任何法器，他会察觉，"格谢尔平静地回答，"也不能带任何同伴。他马上就会感觉到我们的存在，明白吗？所有人的存在！去呀！"

刹车开始发出咝咝声，列车停下了。我站在车门口又停了一会儿，听到一个声音：

"是啊，只能用'灰色的祈祷'。没必要把事情弄复杂。我们给你输送的法力，足以让你使它遍布整个飞行场地。"

好了。看来，现在已经没必要跟头儿说什么了——他听得到我的想法了，在这些想法变成语言说出来之前就听到了。

在走廊里我经过扎武隆身边，他称赞地拍了拍我的后背，但我不由自主地闪到了一边。

扎武隆没有感到委屈，他说：

"祝你成功，安东！我们指望你了！"

乘客们安静地坐在包厢里，只有列车长对着话筒说着什么，用呆滞的目光送我出去。

我自己打开通往车厢过道的门,放下踏板,跳到站台上。好像一切都很迅速。过于迅速……

火车站像平时一样拥挤,从隔壁车厢里涌出的吵吵嚷嚷的一大帮人大声地询问着:那些老太太们去哪了?

老太太们——年龄从二十岁至七十岁,已经听到招呼赶过来了。现在将会有水、啤酒、煎火腿和小馅饼了。

"安东!"

我转过身来,旁边站着拉斯,他肩上搭着旅行袋,嘴里叼着没有点燃的烟卷,看起来亲切、平和。

"你也下车了?"拉斯问。"要不要我捎你一程吧? 我有车子来接。"

"好车吗?"我确认道。

"好像是大众。"拉斯皱了一下眉头。"行吗? 难道你只坐凯迪拉克?"

我扭过头去,看了一眼公务车厢的窗户。格谢尔、扎武隆和埃德加尔全都看着我。

"行,"我闷闷不乐地说,"好吧……抱歉。我真的是有急事要赶,需要车子。希望你……"

"那就快走吧,既然有急事,干吗还站着,"拉斯问,打断了招募志愿者的公式化的套话。

我灵巧地钻进人群,除了紧跟着他,我别无选择。

我们穿过乱糟糟的车站人流,来到站前广场,我追上拉斯,碰了碰他的肩膀:

"我要……"

"知道了,知道了!"拉斯摆摆手。"你好,罗曼!"

朝我们走过来的男子,不过不知为什么我想说的是公民,个子相当高,有点像孩子那样胖乎乎的——全身圆滚滚,皮肤绷得紧紧的,简直快要绷破了似的。嘴巴小,嘴唇像鸡屁股,眼睛也很小,戴着一副眼睛,看上去呆板而乏味。

"你好,亚历山大,"公民有点过分客气地打招呼,从容不迫地把手伸向拉斯,眼睛盯着我看。

"这是安东,我的朋友,我们顺便送送他好吗?"拉斯提出。

"为什么不呢,"罗曼愁眉苦脸地答应了。"轮子可以滚动,道路平坦。"

他转身朝崭新的大众车走去。

我们跟着他坐进了车子,我毫不客气地坐到前排座位上,拉斯哼了一声,乖乖地坐到了后排座位上。罗曼启动了发动机,问道:

"您要去哪里,安东?"

他说话也从容平衡,仿佛不是在说话,而是把话写在空中。

"去机场,赶紧,"我面带愁容地说。

"哪里?"罗曼问,他当真大吃一惊。他看了看拉斯:"也许,你的朋友可以找辆出租车?"

拉斯发窘地看了看我。然后又用同样的窘态看了看罗曼。

"好吧,"我说。"我把你引向光明,抛开黑暗,保卫光明。我给你区分善与恶的眼力。给你跟着光明走的信心。给你同黑暗战斗的勇气。"

拉斯嘿嘿一笑,随即沉默下来。

当然,问题并不在于那些话,那些话什么也改变不了,尽管每一句都加强了语气,似乎首字母都是大写的一样。这就像老巫婆的咒语——记忆的公式,映入我记忆中的"模板"。我能够让人类服从我,不过这样……这样的方法更加好用。很久很久以前就有的方法奏效了。

罗曼摆出一副了不起的架势,甚至他的脸也似乎不再是胖乎乎的了。刚才坐在身边的是高大的、略带任性的小孩子,而现在——是一个成年男子! 一个战士!

"光明与你同在!"我最后说。

"去机场!"罗曼果断地说。

发动机一吼,我们坐的车就立刻向前冲去,开足马力,几乎达到这辆德国车的极速。我可以保证,这辆跑车还从未显示过它所拥有的潜力!

我闭上眼睛,透过黄昏界看了看——看被彩色线条区分开来的黑暗。仿佛是揉成一团的一束光导管——一部分绿色,一部分黄色,一部分红色。我不太善于观看命运的现实线,不过现在看起来出乎意料地容易。我觉得自己处于从未有过的最佳状态。

这意味着已经有别人的力量注入我的体内。格谢尔和扎武隆的力量,埃德加尔和宗教法官的力量。有可能此刻全俄罗斯的他者、光明使者和黑暗使者的力量都处于备战状态,那些格谢尔和扎武隆有权从其身上索取力量的人们。

这样的感觉我只有过一次,就是我从人类身上吸取力量的那次。

"第三个路口——朝左拐,前面堵车,"我说。"然后向右拐,驶进院子,穿过拱门……那里有一条小巷……"

我从来没有到过萨拉托夫,但现在这丝毫不成问题。

"是!"罗曼精神抖擞地答道。

"快!"

"遵命!"

我看了看拉斯。他掏出一包烟抽了起来。汽车沿着拥堵的街道一路前行,罗曼像电车司机那样拼命转动方向盘,这样的司机有希望在F₁赛场上超过舒马赫。

拉斯叹了口气,问道:

"那我怎么办? 你从口袋里拿出手电筒,然后说'这是沼气爆炸'吗?"

"你不是看见了嘛——手电筒在这里用不上,"我说。

"那我还能活下去吧?"拉斯忍不住说道。

"你会活下去的,"我安慰他。"但你不会记住。对不起,不过这是普通的程序。"

"我明白,"拉斯愁眉不展地说。"他妈的……这叫什么事呢……你说,要是没关系的话……"

汽车在小巷里疾驶,在坑坑洼洼的路上颠簸着。拉斯摁灭烟头,继续说道:

"你说,你是谁?"

"他者。"

"什么他者？"

"魔法师。别着急——光明魔法师。"

"你长大了，哈利·波特……"拉斯说。"有意思。或许，是我发疯了？"

"别犯傻了……"我说，两只手撑在车顶上。罗曼分心了——把某个花坛碾成了平路，"小心些，罗曼！我们应该开得快，但要保证安全！"

"那你再说说，"拉斯忍不住说，"这场追逐……喂……它跟我们昨天夜里看到的超级大蝙蝠不相干吧？"

"你猜对了——相干的！"我证实。力量在我体内迸发，我感到醉醺醺的，好像喝过香槟酒似的。想胡闹和行乐。"你不怕吸血鬼吗？"

拉斯从旅行袋中取出一酒壶威士忌，猛地揭开盖子，喝了一口，兴奋地说：

"不怕！"

Chapter 6

半路上我们被交警的车子盯上了,我念了一句咒语,分散他们的注意力,交警的车马上就被我们甩了。通常他者用这种咒语来防止车子被盗,我甚至为这种咒语找到了新的用途而高兴了一阵。不过一会儿工夫我们的车差一点给一辆卡车撞烂——我赶紧解除了咒语。

"再过十五至二十分钟我们就可以到达机场,"罗曼通报说,手里转动着方向盘。"有什么吩咐吗,头儿?"

我瞥了一眼,发现拉斯摇摇头,又喝了一口威士忌。我们已经出了城,沿着公路向机场疾驶。按照俄罗斯中部地区的标准来看,路况相当不错。

"打开收音机吧,"我请求说。"要不坐在车上有点闷。"

罗曼打开了收音机,新闻播报已近尾声。

"……让成千上万读者感到高兴的是,他们期待了三年的愿望终于实现了,"女播音员在广播中说。"最后要播送——从拜科努尔航天基地发来的消息,俄美联合研制的太空船正准备升空,计划于莫斯科时间十八点三十二分出发。现在我们继续播放音乐……"

"你要威士忌吗?"拉斯问。

"不,我还要工作。"

"亚历山大,打起精神来,现在不是喝酒的时候!"罗曼精神抖擞地吼道。"我们有工作要做!"

这个看起来在生活中连鸡也未必杀过的好心人现在把自己当成了詹姆斯·邦德。或者是他的助手。

我们大家在童年时代对某些游戏都没有玩够。

"你得看好车子,"我对他说。"这是非常重要的任务。我们指望你了。"

"为光明力量效劳!"罗曼高声喊道。

"我真不敢相信……"拉斯在后排座位上小声说,"我也看车子吗?"

"是的,"我点点头。"不过……最要紧的是——求你不要动脑筋溜走。"

从后面又传来喝酒的咕嘟声。也许我应该把拉斯也拉到光明力量这边来?那样人道一点……何苦让人类白白跟着受罪。

不过现在我没有时间思考了——汽车已经驶进了机场前面的广场。随着一声刺耳的刹车声,汽车停在了大门口。

谁也没有对此产生特别的注意——有人误了航班,家常便饭……

我掏出阿琳娜的字条,看了看"罗盘"。

指针微微摆动着,但是暂时还指着一个方向。

科斯佳感觉到我靠近了吗?格谢尔对此胸有成竹。

等待我的是什么?

尽管说来奇怪,但是在这一刻之前我确实没有感到恐惧。心里不愿意把科斯佳当做敌人——而且是那种会杀人的敌人。我是二级魔法师,这个级别根本就不能算低。我的身后是守夜人巡查队的所有力量,而现在,这是破天荒的事,还有守日人巡查队的力量。单枪匹马的一个吸血鬼能够把我怎么样,即使他是高级吸血鬼?

可是此刻我想起了维杰斯拉夫那张龇牙咧嘴的脸。

科斯佳杀了他。战胜了他。

"拉斯,"我简短地说。"我有个请求……跟我走。保持距离。要是发生什么事……以后会有人来找你,你把情况告诉他们。"

拉斯喝了一口酒,把空酒壶扔在座位上,通情达理地说:

"为什么不呢?走吧,小白脸剑客!"

看来,现在他对什么都不在乎了。喝醉——这在某种程度上说是防御吸血鬼的一个好方法。醉汉的血吸血鬼是讨厌的。而酩酊大醉者的血——甚至对吸血鬼有毒。大概,正因为如此吸血鬼总是更喜欢欧洲,而不是俄罗斯吧?

不过吸血鬼绝对不是非要喝人的血不可。饮食归饮食,正事归正事。

"别靠近,"我又说了一遍。"保持距离!"

"保护好自己,头儿!"罗曼请求说。"祝你们成功!我们指望你们了!"

我看了看他,想起了扎武隆的临别赠言。

我们多么相像。

我们大家多么相像——他者和人类,黑暗力量和光明力量。

"平静,从容,不挑衅,"我对自己说,眼睛瞧着在机场大楼门口旁抽烟的一个男人。这里进出的人大部分都是知识分子,系着领带。穿着橙色工作服的女清洁工在抽女主角香烟,站在他们旁边看起来怪怪的。"平静,温和……"

我朝大楼走去。抽烟的人闪到边上,让出一条路来——我体内现在积蓄的力量太多了,甚至连普通人也能感觉到这种力量的存在。

感觉到了——便明智地让到边上去。

进去时我四处张望——拉斯和善地微笑着,慢腾腾地跟着。

你在哪里,科斯佳?

你在哪里,从来没有为了获取力量而杀过人的高级吸血鬼?

你在哪里,幻想着成为廉价的好莱坞打斗片里的世界主宰的家伙?

在那里,那个当你还是小吸血鬼时,企图欺骗自己命运的地方……

我要杀了你。

不是"应该杀",不是"能够杀",不是"愿意杀"。不需要任何解释。我经受了"应该"——含着眼泪,流着鼻涕,在知识分子的自我反省和自我辩解中经受。我经受了"能够"——怀着一个三级魔法师、一个达到了自己极限的他者的情结拼命挣扎着经受。我经受了"愿意"——借助情感和欲望,愤怒和怜悯来经受。

现在我只不过是在做我应该做的事情。

对我来说,假装的理想和虚伪的目标是一样的,口是心非的口号和两面派的公理没什么不同。我不再相信光明,也不再相信黑暗。光明——只不过是光子的流动。黑暗——只不过是光的缺乏。人类——是我们最小的兄弟。他者——是社会中坚。

你在哪里，科斯佳·绍什金？

不管你的目标是什么——是古老的东方法器，还是成亿的中国魔法师大军——我都不会让你得逞。

你在哪里？

我在大厅中央停下——外省机场不太宽敞的候机厅。我好像感觉到了他……

一个浑身汗淋淋的男子拖着行李箱撞到我身上，他向我道了歉之后继续往前走。我匆匆一瞥，发现了他身上的生物电场——没有被激发的他者，光明力量，他八成是害怕乘飞机，等到安全抵达了目的地，便全身放松下来，心平气和——所以才引人注目。

此刻我对这种事不感兴趣。

会不会是科斯佳呢？

我转过身去，好像有人叫我似的，眼睛盯住挂有"工作人员通道"牌子和密码锁的那扇门。

任何人都听不见的旋律在机场的嘈杂声中萦回。

好像是他在叫我。

我向密码锁伸出一只手，按钮便听话地亮了起来。4、3、2、1。设计得非常狡猾的密码……

我打开门，四处打量，向拉斯点了一下头，小心翼翼地，以免锁舌弹出，掩上了门。

这里有几条空荡荡的走廊，走廊里涂着暗绿色的油漆。我沿着一条走廊向前走去。

旋律更响亮了，在空中盘旋着、向上飞去，然后又落下来。仿佛是古典吉他的奇妙的弹拨声——以及小提琴尖细的音符。

这是真正的吸血鬼的呼唤声，瞄准你的呼唤……

"我得赶紧，我得赶紧，"我小声嘟哝着，一边拐向另一扇密码锁门。身后响起砰的一声——这是拉斯紧跟着进来了。

新的锁，新的密码，3、8、1。

我推开门——来到了飞机起飞场。

大肚子空中客车在混凝土机场上慢慢移动着，接着，涡轮发动机发出隆隆的响声，空中客车滑到图波列夫的起飞线上。

离大门约五米处站着科斯佳。他手里拿着一个小型精制塑料公文箱——我明白了，里面放着《富阿兰》。科斯佳身上的衬衣破了——仿佛在某一刻突然变得太小而被撑破了。

看来，从火车里跳出来以后，他没有完全把衣服脱掉就变了形。

"你好，"科斯佳说。

音乐消失了，停在了半个音符上。

我点点头：

"你好。你很快就飞到了嘛。"

"飞到？"科斯佳摇摇头。"不……蝙蝠要飞这么长的距离是困难的。"

"那你变成了什么？狼吗？"

荒唐而不失文雅的对话以科斯佳完全荒谬的回答结束：

"兔子。巨大的兔子。不慌不忙地跳过来……"

我忍不住嘿嘿笑起来，想象着一只巨大的兔子顺着篱笆奔跑，经过小溪，远距离一跳就渡过。遇到栅栏，轻松一跨就翻过。科斯佳摊开双手：

"嗯……确实很可笑。你怎么啦？我的手没有太重吧……没打掉你的牙吧？"

我竭力咧开嘴大笑。

"对不起。"科斯佳显得真的很难过。"这全都是出乎意料的。你怎么猜到，书在我这里？因为鸡尾酒？"

"是的。为了咒语需要十二个人的血。"

"你是怎么知道的？"科斯佳若有所思地问。"《富阿兰》没有任何资料……不过，这不重要。我想跟你谈谈，安东。"

"我也是，"我同意了。"投降吧。你还能救自己一命。"

"我早就没命了，"科斯佳笑了笑。"怎么，你忘了吗？"

"你知道我指的是什么。"

"安东，别撒谎了。你连自己都不会相信。我杀了四个宗教法官！"

"三个，"我纠正他。"维杰斯拉夫和火车上那两个。另一个活过来了。"

"区别太大了。"科斯佳皱了皱眉头。"即使只杀了一个，也永远得不到原谅。"

"这是特殊案例，"我说。"实话告诉你吧，高级魔法师们被吓坏了。我们可以把你杀掉，但是这样的话胜利的代价太大了。高级魔法师们愿意跟你进行对话。"

科斯佳没吭声，全神贯注地看着我。

"要是你把《富阿兰》还给我们，要是你主动投降，那你就不会受到伤害，"我继续说。"你不是一向都奉公守法的嘛。这全都是书惹的祸，你太冲动了……"

科斯佳摇摇头：

"我可没有冲动。埃德加尔没有把维杰斯拉夫的话当真。而我——相信了他的话。我变了形，飞到小木屋。维杰斯拉夫没有料到会有圈套……就把书拿出来，解释一番。我听到了关于十二个人的血的事情……意识到，我的机会来了。他甚至不反对进行实验。大概，他想尽快证实这本书是真的。等他意识到我已经变得比他更强大了……他才提高警觉。可是已经晚了。"

"为什么？"我问。"科斯佳，你失去理智了！你干吗要用权力来征服世界？"

科斯佳扬了扬眉毛，看了我一会儿——随后笑了起来。

"瞧你说的，安东！什么权力？你不明白！"

"我什么都明白，"我执拗地说。"你想逃往中国，对不对？你想让成亿的魔法师处在你的控制下？"

"白痴，"科斯佳轻声说。"你们全都是白痴。你们脑子里只考虑一件事……权力和力量……我不需要这种力量！我是——吸血鬼！你明白吗？我是被抛弃者！我比任何他者都不如！我不想成为最强大的被抛弃者！我想成为普通的人！我想和大家一样！"

"可是《富阿兰》不可能把他者变成人类……"我嘀咕说。

科斯佳嘿嘿笑了起来,摇摇头:

"喂!安东,开动一下大脑吧!你身上充满了力量,是被派来杀我的,我知道。不过你得先考虑一下,安东!弄清楚我想干什么!"

我身后的门吱呀响了一声,拉斯进来了,他发窘地盯住我,然后又瞥了一眼科斯佳。

科斯佳摇摇头。

"不是时候吗?"拉斯判断了一下情况,说道:"对不起,我这就离开……"

"站住,"科斯佳冷冰冰地说。"你来得甚至非常是时候。"

拉斯愣住了。我没有从科斯佳的声音里听到命令的口气,但似乎是有的。

"现场实验,"科斯佳说。"看着,这是怎么回事……"

他用力一晃公文箱,箱子上的锁听话地开了,箱子打开后,从里面飞出一本沉甸甸的书。

《富阿兰》。

封面真的是用皮做的——浅灰黄色,书角上包着铜的三角护套。还有一把别出心裁的小锁,锁起来不让别人随便打开。

科斯佳一只手捡起书,以惊人的麻利打开了它——仿佛他不是在摆弄一本两公斤重的厚书,而是在翻开一张轻飘飘的报纸。他放开手,公文箱声音响亮地掉在混凝土地面上。

"这里面记载的大部分是抒情诗,"科斯佳冷冷一笑,"只记载了不成功的实验。配方出现在结尾部分——非常简单。"

科斯佳用空着的那只手从牛仔裤后兜里取出那个金属酒壶。拧开盖子——直接把里面的血倒在打开的书页上。

我还等什么?

他打算干什么?

我身体里的一切此刻都在呼喊——进攻吧!趁他注意力分散——全力出击!

可是我等着，看到这个场面像着了魔似的。

一滴血从书页上消失了，它化开来，变成一缕褐色的烟飘走了。而书……书开始唱歌，令人难受的声音就像是刺耳的歌声——似乎又像是人的声音，里面又没有任何意思。

"以黑暗力量和光明力量的名义……"科斯佳说，眼睛看着打开的书页，他在那里看到的东西，我是弄不懂的。"是啊……美如明月般的雪山神女啊……和谐的诗韵……已被我的意志彻底摧毁。"

书的声音——我毫不怀疑，正是书发出的声音——越来越响，盖过了科斯佳的声音，咒语的话——既有俄语，也有写就《富阿兰》的古老语言。

科斯佳提高嗓门——仿佛试图压倒书的声音。

我只听到一个词——"是啊"。

歌声在一个刺耳的不协和音符上戛然而止。

拉斯在我身后骂了一句粗话，并问：

"这是什么？"

"大海，"科斯佳冷笑了一声。弯下身子，捡起了公文箱，把书和酒壶放进去。"新的机遇的汪洋大海。"

我转过身去，心里已经明白会看到什么。我皱起眉头，用眼珠捕捉自己睫毛的影子。

我透过黄昏界看了看拉斯。

尚未被激发的他者的生物电场非常清晰。欢迎加入我们这个友好的团体……

"就是这样在人类身上操作，"科斯佳说。他额头上渗出了汗珠，可是他看起来十分满意。"就是这样。"

"那你究竟想干什么？"我问。

"我想成为他者中的他者，"科斯佳说。"我希望所有这一切都发生变化……光明力量和黑暗力量，他者和人类，魔法师和吸血鬼。大家都成为他者，明白吗？世上所有的人。"

我笑了起来：

"科斯佳……你在一个人身上就要浪费两三分钟时间。你有能力对付所有的人吗?"

"这里可以是两百个人,"科斯佳说。"他们都会成为他者。这里可以是一万个人。咒语会对所有我视野范围之内的人起作用。"

"不过毕竟……"

"一个半小时以后,又一艘太空船将从拜科努尔航天基地出发去国际空间站,"科斯佳说。"我想,来自德国的航天旅行者不得不要给我让位了。"

我沉默了一会儿,琢磨着他的话。

"我将安静地坐在飞机舷窗旁,盯着地球看,"科斯佳说。"就像一个太空旅行者那样。我将看着地球,用酒壶里倒出的血涂满一张纸,低声念咒。下面遥远的人类就会变成他者。所有人——明白吗? 从摇篮里的孩子到摇椅上的老人。"

此刻他显得精神十足,十分真诚。眼睛闪闪发亮——不是因为吸血鬼的力量,而是凭着普通人的激情。

"安东,你也盼望着看到这一刻,对不对? 希望不再有普通人类! 希望众生平等!"

"我希望大家都成为他者,"我说。"不过绝对不是说希望不再有普通人类。"

科斯佳皱了皱眉头。

"算了吧! 这不过是文字游戏……安东,我们有机会把世界改变得更好。富阿兰做不到这一点——她那个时代没有宇宙飞船。格谢尔和扎武隆做不到这一点——他们没有这本书。而我们——我们能够做到! 我不想要任何权力,听明白了! 我要的是平衡! 自由!"

"从天上掉下来的幸福吗?"我问。"不让任何人因为受了委屈而离开吗?"

他没有明白,点点头:

"是的,大家的幸福! 他者的地球! 没有任何人受委屈! 安东,我希望你跟我在一起,站在我一边!"

"这是个好主意,"我瞧着他的眼睛,激动地喊道。"科斯佳,你真棒!"

我向来不会撒谎,况且要欺骗吸血鬼——几乎是不可能的。不过,科斯佳显然是太希望得到我的赞同了。

他笑了起来,全身都放松下来。

这时我举起双手,用"灰色的祈祷"向他发起袭击。

这完全不同于我在列车上的那一击。力量在我体内迸发,从手指尖释放出来——而且源源不断!谁会知道,在还没有接通电源之前,它简直就是一条电线?

甚至在人类世界咒语也是可以看得见的。弯弯曲曲的灰线从我手里冒出来,缠住科斯佳,把他勒住,拧起来,裹在微微颤动的灰色茧子里。黄昏界中发生了不可思议的事情——暴风雪在全世界铺天盖地肆虐起来,同它相比,通常灰色的烟雾也显得色彩缤纷。我想到一点,要是在几公里的半径之内有注册过的吸血鬼——他们也不会有好结果。他会被间接的咒语毁掉,现出原形。

科斯佳单腿跪地。他不停地挣扎着,想摆脱出来,可是"灰色的祈祷"从他体内汲取力量的速度比他破除咒语的速度快。

"好厉害的光明力量!"拉斯在我身后大声赞叹道。

我身上从来也没有汇聚过这么多力量。

周围的世界发生了一件奇怪的事情。起飞坪上的一架飞机褪了色,变成了灰色的巨块。天空褪了色,变成了灰白色,朝地面压下来。耳朵仿佛给棉花塞住了。

黄昏界似乎在向我们的世界奔来……

不过我无法停下来。我觉得,哪怕只是有一秒钟的放松,科斯佳就会挣脱出来,进行回击。回击会很厉害,让人粉身碎骨,血肉模糊……倒在混凝土机场上的将会是我,而不是科斯佳。

他抬起头,看了我一眼——没有怀着恨,确切地说,是带着委屈和困惑,慢慢地、慢慢地挥动双手……

难道他身上还有潜力?

科斯佳周围的半空中显露出了透明的浅蓝色棱柱,咒语的灰线被割断了，旋转着缩成一个小圆点，消失了。

和吸血鬼一起消失了。

科斯佳通过隧道口走了。

我体内的力量还在沸腾，上千个他者的力量，格谢尔和扎武隆调拨过来的力量，慷慨的、自由的力量，它在寻找实践的机会。人类的力量——通过第三者传到我的体内……

够了……

我合拢手掌，把灰线揉成沉甸甸的一团。

够了……

这里再也没有敌人。

够了……

魔法师的决斗——这是击剑比赛，而不是棍子撞击。

够了。

结果科斯佳更高明。

我身上微微打颤——但我停了下来。天空重新变得蓝盈盈，在起飞跑道上飞机开始加快速度。

科斯佳走了。

逃走了吗？

不，只是走了。我从来也没有听说过吸血鬼能够从隧道口走掉。而且，高级魔法师们好像也没有料到科斯佳会耍这样的花招。

他朝机场走去，知道大家都在考虑飞机和直升机。放松了警惕——以为还有时间，可以在空中截获吸血鬼，可以把战斗机开上天空，可以发射导弹……

而科斯佳早就做好准备从隧道口脱身。离火箭发射只剩下一个半小时了，他可能来不及飞到！而且也不会允许飞机靠近拜科努尔——无论如何，那里有防空设施。因此他能够在"灰色的祈祷"的压力下逃开——隧道口的咒语已经准备好，"已经打开了"，就像作战魔法师念的战斗咒语。

可见，他不相信，我会站在他那边，或者至少真的是对此表示怀疑。

不过,对于他来说战胜我毕竟是重要的,非常重要——不是完全靠力量,现在还谈什么力量,他已经成了高级魔法师,可我始终是二级魔法师,虽然体内充满了借来的力量。最彻底、最有价值的胜利是——对手承认你正确,不战而降,投奔到你这一边来。

我终究是个笨蛋。一会儿把他当成朋友,一会儿把他当成敌人。可是他既不是朋友也不是敌人。他只不过想证明他是正确的。事情就是这样发生了,我是这项证明的对象,已经不是朋友,但尚未成为敌人。只不过是另一个真理的代表。

"他隐形了吗?"拉斯问。

"什么?"我转过身去,看了他一眼。"嗯……类似吧。他打开隧道口就走了。你怎么会知道的?"

"我在一个电脑游戏中看到过,好像是……"拉斯略带疑惑地说。然后气愤地补充了一句:"非常像!"

"游戏不仅人类喜欢玩……"我解释说。"不错,他走了。去拜科努尔了。他想取代那位德国的太空旅行者……"

"我听到了,"拉斯说。"真是个傻瓜。"

"你知道为什么他是个傻瓜吗?"我问。

拉斯扑哧一声笑了。

"要是所有的人都成了魔法师……今天你在电车里会遭到非礼,明天——你就会当场化为灰烬。今天会有人用钉子在讨厌的邻居家的大门上划出印痕或者给税务机构写匿名信告密,明天就会有人施巫术或者吸人家的血。猴子骑摩托车让人觉得好看只有在马戏场上,而不是在城市的大街上……更何况猴子拿着冲锋枪。"

"你认为,大多数人都是猴子?"我想确认他的想法。

"我们大家都是猴子。"

"你应该走的路就是投奔巡查队,"我小声说。"等一下,我听听建议。"

"什么巡查队?"拉斯警觉起来。"幸亏我不是魔法师,谢天谢地!"

我闭上眼睛,谛听起来。四周静悄悄。

"格谢尔!"

静悄悄。

"格谢尔!老师!"

"我们在商量,安东。"

用心灵感应术进行的交谈是听不出语气的。不过……不过我还是觉得格谢尔的话语中好像有一点疲劳的痕迹。

"他去拜科努尔了。《富阿兰》确实很灵。他想把地球上所有的人都变成他者!"

我不吭声了,因为我明白——格谢尔了解情况。他看见和听见了所有发生的事情——是通过我的眼睛和耳朵,还是通过其他魔法——这并不重要。

"你应该制止他,安东。跟着他。"

"那你们呢?"

"我们守住通道,安东,我们为你提供力量。你可知道,为了'灰色的祈祷'有多少他者付出了力量吗?"

"我也正在猜着呢。"

"安东,我对付不了他。扎武隆也对付不了他。斯维特兰娜也是。我们现在能够做的只有一件事——保证向你提供力量补充。我们从莫斯科所有他者身上汲取力量。一旦需要——我们会直接从人类身上获取力量。改变方法,以向导的身份使用其他魔法师已经来不及了。制止科斯佳的人应该是你……加上我们的帮助。不然就得——对拜科努尔进行核轰炸。"

"我没办法打开隧道口,格谢尔。"

"你有办法。门还没有完全关上,你应该找到一个切入口,并且重新打开它。"

"格谢尔,不要过高估计我的力量!甚至加上你们的力量我还是二级魔法师!"

"安东,冷静下来吧。当绍什金念咒语时,你还站在他面前。所以你的法力早已超过二级了。"

"那是几级？"

"超过一级的等级只有一个。那就是高级魔法师。我们说得够多了，去追他吧！"

"可是我怎么才能战胜他呢？"

"你看着办吧。"

我睁开眼睛。

拉斯站在我面前，不时用手掌在我面前晃几下。

"啊！你还活着！"他高兴起来。"到底是什么巡查队？还有，我现在也成了魔法师吗？"

"差不多。"我朝前迈出一步。

科斯佳曾经站在这里……他倒下了……挥动双手……出现了隧道口……

人类世界——空空如也。

起风了，混凝土地上响起了揉成一团的包雪茄烟的玻璃纸发出的簌簌响声……

黄昏界——空空如也。

灰蒙蒙的昏暗，建筑物矗立的地方只剩下几块大石头，青苔的蔓在微微颤动。

黄昏界第二层。

沉甸甸的铅色的迷雾……沉甸甸的乌云下面露出一道模糊的昏暗的亮光……隧道口那儿有蓝色的火光……

我伸出一只手——

在人类世界，

在黄昏界的第一层，

在黄昏界的第二层……

并且用手抓住渐渐熄灭的蓝色火光。

等一下，别熄灭。这就是给你的力量——在几个世界边缘迸发的能量。从手指流出，就像火红色的鲜血一样——滴到渐渐熄灭的木炭上……

我能够觉察到打开隧道口的那个人的痕迹。我看到他是怎么干这一切的。我能够重复他走的道路。

我甚至不需要念咒——所有这些可笑的公式都是用令人费解的古代语言写成的,正如熬迷魂汤的老巫婆阿琳娜不需要它们一样,正如格谢尔和斯维特兰娜不需要它们一样。

这就是说——我成了高级魔法师了吗?

不必记熟路线图,只要感觉力量的流动吗?

多么惊人……又是多么简单。

重点甚至不在于有多少可能性,不在于拥有惊人的核弹的力量或者"弗里斯人"的强大。一旦身体里充满了别人的力量或者积聚了相当多的自己的力量,甚至连普通魔法师也能够"重拳出击"。重点在于自由。

对斯维特兰娜来说,跟我生活在一起——这是多么难,她忘掉了自己的力量,忘掉了自己的自由吗? 这不是强大者和弱小者之间的差别——这是健康人和残疾人之间的差别……

这世上不是还有普通人类吗? 还有失明的、瘫痪的人。自由——这是混蛋和傻瓜为自己辩解的理由。谈到"自由",这些人想到的不是别人的自由,而是他们自己的从属地位。

甚至连既非傻瓜也非混蛋的科斯佳居然也会和形形色色的革命者一样——从斯巴达克到托洛茨基,从公民罗伯斯庇尔到切·格瓦拉少校,从叶梅利卡·普加乔夫到无名的首领——落入同样的陷阱。

我自己是不是也掉入过同样的陷阱? 在五年、十年之前?

要是有人这么对我说呢? "大家都可以一下子改变——也能变得更好。"

或许,我是幸运的。

尽管那些站在我旁边的人们,他们听到"自由与平衡"这句话,总是怀疑地摇摇头。

隧道口在我面前展开了——浅蓝色的棱柱,发光的细线——棱,闪烁的薄膜——面……

我伸出双手拨开强线,进入隧道口。

Chapter 7

如果要说隧道口有什么缺点——那就是你无法对新的地方做好准备。就这一点而言，火车是最理想的选择。你走进包厢，脱下外裤，换上针织长裤，脱下皮鞋，换上胶鞋，取出食物和饮料，跟同路人互相认识——要是你没有同伴一起出行的话。车轮发出隆隆响声，站台渐渐在眼前消失。好了，你在旅途。你是另外一个人。你把内心深处最隐秘的感受讲给素不相识的人听，你为那些你发誓再也不谈的政治时事而争论，你喝在沿途小站买的质量可疑的伏特加。你——不在那里也不在这里。你在旅途。你完成了自己小小的 Quest①，你身上有来自弗罗德和帕加内尔的某种东西，正是那一点儿——来自鲁滨孙和来自拉吉舍夫的一点点东西。有可能你的路程只有几个小时，也有可能是几天。广袤的国土在包厢窗口外面掠过。你——不是在那里，你——不是在这里。你是旅行者。

飞机是另一回事，不过毕竟你也对旅行做好了准备。你买了票，天还没亮就醒过来，打的到机场。车轮滚过一公里又一公里，你已经瞧着天空，想象着……你已经在那里，在飞行。候机厅里忙忙碌碌，十分紧张，小吃部供应速溶咖啡，还有办票、安检，要是你出国的话，还有海关和免税店，面对狭窄的飞机扶手椅，听着涡轮喷气发动机的吼声和乐观、说话快的空姐的嚷嚷声，你会产生小小的旅途的快乐："应急出口已经关闭……"瞧，大地已经在下面远去，电子显示屏暗了下来，抽烟者害羞地朝厕所里跑，空姐没有注意他们，和气地端着塑料盘子发飞机午餐——不知为什么到了飞机上所有的人都胃口大开。这不完全是旅行，这是位移。不过……不过，毕竟你看到了飘浮在身边的城市和河流，你可以翻翻旅行指南，或者检查一下出差证明，考虑一下怎样进行

---

① 这是一种电脑游戏。

业务谈判——或者愉快地利用这十天时间去好客的土耳其—西班牙—克罗地亚兜一圈。毕竟——你在旅途。

隧道口——这是休克。隧道口——这是换布景,这是剧场里的旋转舞台。你在这里——你也在那里,没有旅途。

思考的时间——也没有。

……我从隧道口里跌出,一只脚碰到瓷砖地,另一只——掉进了抽水马桶。

不过,还好马桶非常干净。仿佛美国大片里主人公把彼此的头往里塞的那种马桶。但我还是赶紧把脚从马桶里拖了出来,痛得人都站不直了。

小小的卫生间,天花板下有一盏灯和一个通风格栅,架子上放着一卷手纸。隧道还不错嘛!不知为什么我预料科斯佳标定的隧道是直接通往火箭发射台的。

我打开门,仍然难受地皱着眉头,小心翼翼地看了看门缝。好像盥洗室里空荡荡的,没有一点声音,只有一个洗脸池的龙头在漏水……

这时候我背上被重重地推了一把——我从卫生间里飞了出去,是脑袋把门顶开的。我背过身去,伸出一只手,准备回击。

卫生间里站着拉斯——双手伸开,扶着墙壁,发疯似的四处打量。

“你干吗!”我大喝一声。“你干吗跟着我!”

“不是你自己让我跟着的嘛!”拉斯委屈地说。“鬼魔法师!”

我站起来,现在跟他吵架实在太愚蠢了。

“我要去阻止发疯的吸血鬼,”我说,“当今世界上最强大的魔法师。这里……这里现在将会很热……”

“我们怎么啦,在拜科努尔吗?”拉斯毫无畏惧地问道,“这我明白,这太棒了!一定有直播吧?”

我不再理睬他,开始倾听自己的内心。的确,格谢尔在附近的某个地方,有格谢尔,有扎武隆……有斯维特兰娜……还有上百、上千个他者。他们在等待。

他们都指望我。

"我能够帮什么忙吗?"拉斯问,"大概要找山杨木吧? 顺便说一句,火柴是用真正的杨树做成的,你知道吗? 我一直在想——为什么恰恰是用杨树,难道杨树最耐烧? 现在我明白了,这恰恰是为了同吸血鬼作斗争。你把十根火柴削尖……"

我看了拉斯一眼。

他摊开双手:

"好吧,好吧……我的任务只是提建议。"

走到盥洗室门口时,我向外面瞧了一眼,长长的走廊,几盏日光灯,没有任何窗户。在走廊尽头——有一个穿军装的人,皮带上佩着手枪。是警卫吗? 大概是的,这里应该有警卫。即使在我们这个时代。

只不过为什么警卫人员要摆出这种神情呆板,看上去叫人不舒服的姿势呢?

来到走廊后,我朝这个军人走去。轻声招呼:"对不起,能不能打扰一下您?"

警卫没有回答,眼睛看着空中——面带微笑。一个年轻的男子——不到三十岁。呆若木鸡。脸色十分苍白。

我把手按在他的颈动脉上——脉搏勉强可以感觉出来。咬伤的痕迹几乎看不见,只是在衣领上有几滴血。是啊,科斯佳奔跑以后非常疲劳。他需要补充能量,而在他的视野里没有出现猫……

不过,要是这个军人还活着的话,他还有希望脱离险境。

我从手枪皮套里抽出手枪——看来,当吸血鬼命令他不许动时,他恰恰是想伸手去拿枪——小心翼翼地把他放倒在地,让他歇一下吧。过一会儿他就会挺过去的。

不用说,拉斯跟在后面。现在他默默地看着一动不动的战士。

"你会用枪吗?"我问。

"让我试试看。"

"必要的时候——你就对着脑袋和心脏开枪。打中的话——你就有希望制服他。"

当然，我没有抱任何幻想。即使拉斯把一弹夹的子弹都射进科斯佳体内，那也挡不住高级吸血鬼。不过希望他别闲着。

别再到我的背后来吓我一跳……

找到科斯佳并不难，甚至不需要使用魔法。我们又碰上了三个男人——警卫和两个普通公民，全都表情呆滞，被咬过了。大概，科斯佳是以吸血鬼的方式在移动，这种移动快得不可捉摸，而"用餐"的过程最多只占十秒钟。

"他们现在都成了吸血鬼了吗?"拉斯感兴趣起来。

"只有当他们自己有这个愿望时。只有当他们都同意时。"

"没想到，这件事他们还有选择。"

"选择永远都有，"我打开接下去的一扇门，回答说。

我明白，我们到了。

这是一个宽敞、明亮的大厅。挤满了人——至少有二十来个。这里还有航天员，我们的宇宙飞船船长，有美国人，有太空旅行者——德国巧克力工厂的老板。

不用说，大家都处于同样的状态之中。除了两个穿白大褂的技术人员——他们的眼睛目光茫然，但是双手熟练地帮科斯佳穿上航天服。事情并不简单——航天服是量身订制的——但科斯佳的身材比德国人略高一些。

倒霉的旅行者脱光了衣服——科斯佳甚至毫不嫌弃地使劲套上了他的内衣——坐在一边吮着食指。

"我只有两三分钟时间，"科斯佳快活地说。"因此，你不要妨碍我，安东。要是你敢挡我的路——我就杀了你。"

不用说，我的出现对他来说并不意外。

"他们不会让火箭发射的，"我说。"你指望什么呢? 高级魔法师们都知道你的打算。"

"会发射的，"科斯佳镇静地回答。"这里的防空设施不错，你可以相信我的话。航天基地的警卫队长刚刚发布过所有必需的命令。怎么,你想说,你们要对弹道火箭进行密集攻击?"

"会的。"

"虚张声势,"科斯佳冷冰冰地回答。"排除来自中国或者美国方面的袭击,因为这会引发世界大战。我们的火箭不会瞄准拜科努尔。装有攻击武器的飞机不允许接近那里。你们没有办法啦。放松一下,找点乐子吧。"

有可能,他是对的。

也有可能,伟大的魔法师们有一个计划——即用原子弹袭击炸毁拜科努尔,而又不会挑起世界大战。

无关紧要。

重要的是,对科斯佳来说一切已成定局。没有人可以阻挡他。现在有人会把他领到火箭面前,乘上火箭……随后呢?

坐在铁桶里他能干什么?航天基地已经有十个高级魔法师通过隧道给调拨过来了。他们在刹那间就会把大家的脑子都清洗一遍:警卫队队长、按"发射"按钮的人,并且会发布命令炸毁火箭,不管三七二十一扔一颗轻便式核子飞弹或者启动某个带有激光的秘密卫星。

这样一来,科斯佳就什么也干不了!

宇宙飞船——不是公共汽车,说开走就开走! 发射火箭——需要几千个人协调一致地工作,每个阶段都要有人"按电钮",以确保飞船在任何一条轨道上都不会脱离轨道!

即使科斯佳是傻瓜,好歹他现在也是高级吸血鬼,他也应该看得到现实道路,预知未来——并且意识到,他会受到阻止。

这就是说……

这就是说,航天基地,火箭,这些处于监督之下的东西或者昏昏欲睡的人类——这全都是假象。就像是萨拉托夫机场一样。

他不需要任何火箭! 正如不需要飞机一样!

他会打通直接通往宇宙的隧道。

那么他又何必要奔向拜科努尔呢? 去拿航天服? 无稽之谈。兹韦奥兹德内要近得多,别的不说,可尺码合适的工作航天服那里是找得到的。

这么说，他不单单是为了拿航天服……

"我需要念一下咒语，"科斯佳说。"在书上涂满血。在真空中是干不成这件事的。"

他站起来，推开技术人员——那两个人听话地挺直身子，摆出"立正"的姿势。

"必须打通通往空间站的隧道。为此应该知道它的确切位置。但还是有可能出错……错误甚至是不可避免的。"

我没有觉察到他是如何看出我的心思的，但他确实是看出来了。

"你理解得全都正确，安东。我随时都准备出发去空间站。赶在你们动手之前。即使格谢尔和扎武隆使出浑身解数，你们的力量还是不够。我是最强大的，明白吗？我获得了绝对的力量！简直是至高无上！格谢尔幻想你的女儿会成为第一个超级女魔法师……"科斯佳冷笑了一下。"瞧，我已经成了！"

"魔法师？"我放肆地笑了起来。

"绝对的魔法师，"科斯佳斩钉截铁地说，"所以你们是战胜不了我的，你们无法聚集到这么多力量，明白吗？我是绝对的魔法师！"

"你是绝对的零，"我说，"你是绝对的吸血鬼。"

"吸血鬼，魔法师……有什么区别？我是绝对的他者。"

"你说得对，是没什么区别。我们都依靠人类的力量而活着。可你根本就不是最强大的——你是最弱小的，你是绝对的虚空，你的身体里注入的是别人的力量。"

"就算是这样，"科斯佳没有再争，"这也改变不了什么，安东！你们阻止不了我，我会完成自己的计划。"

他停顿了一下，随后说道：

"你还是不肯站到我这边来……你是怎么想的？"

我没有回答。我在索取力量。

从格谢尔和扎武隆身上，从黑暗巫师和光明魔法师身上，从善良的魔法师和恶毒的巫师身上。在遥远的地方，赐给我能量的有我所爱的人,也有我恨的人,现在对我来说,这是光明力量还是黑暗力量已经没有任何差别了。我们大家现在同舟共济……同在一艘太空船上,向着绝对的虚空驶去……

"喂,动手吧,"科斯佳嘲讽地说。"你再也不会让我措手不及了。"

"开枪吧,"格谢尔低声念咒。"用'白色蜃景'开枪吧。"

对"白色蜃景"的了解同光明力量一起爬进了我体内。了解是令人害怕的、担心的——因为甚至连格谢尔本人用这个咒语也只有惟一的一次,而且念完咒便发誓从此再也不用这个咒语……

"开枪吧,"扎武隆建议说。"最好用'主宰的灵魂'。"

对"主宰的灵魂"的了解同黑暗力量一起钻进了我体内。了解是令人厌恶的、痛苦的——因为甚至连扎武隆也从来都没有冒险去从黄昏界的第五层捡起这些灵魂。

"开枪吧,"埃德加尔说。"用'时间的棺椁'。只能用'时间的棺椁'。"

对"时间的棺椁"的了解同宗教法官的力量一起涌入我体内。了解是冷冰冰的、死气沉沉的——一旦使用咒语,就会同牺牲者一起留在棺椁里……永远留着,直到宇宙的末日……

"要是航天服被他弄出个窟窿来呢?"拉斯问,他拿着手枪站在门口。

绝对的他者。

绝对的零。

最强大的,最弱小的……

我把大家给我的力量集中起来——把它们放进七级咒语中,这一级咒语是最普通的,每个他者都能掌握。

"魔法师的盾牌"。

大概,力量从来也没有消耗得如此无意义。

大概,世上没有一个魔法师会得到这么可靠的保护。

来自一切的保护。

白色网状的茧出现在我周围,茧上的线由于射入它们体内的能量而发出窸窣的响声——这个茧走到这里,走到那里,进入宇宙的最深处,辨不清这儿是黄昏界的第几层,在这儿既没有物质,也没有空间,又没有时间——人类或者他者所明白的东西一点也没有。

"你……干吗?"科斯佳问,他的脸开始变得像孩子一般委屈。"你怎么啦,安东?"

我一声不吭,站在那里望着他,但愿我的想法没有显露在脸上,哪怕是一点点。但愿他考虑的是他想考虑的事情。

但愿如此。

"你害怕了吗?"科斯佳问。"你……你呀……你是个胆小鬼……安东!"

我一声不吭。

高级魔法师们也不吭声。不,大概不是不吭声。他们又喊又骂,诅咒我——因为我把他们集中到我身上的所有力量都花到了对自己的绝对保护上。

要是此刻用核弹攻击拜科努尔——我还是安然无恙。躺在血泊中,熔入沸腾的石头——但绝对安然无恙。

"我甚至都不知道该说什么……"科斯佳摊开双手。"我可不打算杀掉你!反正我还是记着,你是我的朋友!"

我一声不吭。

对不起,但我现在不能把你称做朋友。所以你不必理解我所理解的事情。不必弄清楚我的想法。

"再见,安东,"科斯佳说。

技术人员走到他跟前,放下了他戴着的密封头盔的玻璃罩子。他再一次透过玻璃看了我一眼——困惑而委屈。然后转身走了。

我想,他会在此刻打开通往宇宙的隧道口。但科斯佳只是准备就这么跳出去。说真的,我还从来没有听说过这种从疾行的飞机上往下跳的事,更何况是宇宙空间站。

科斯佳留下呆滞的航天员和全体工作人员,径自从大厅里走出来。拉斯闪开路,瞟了我一下,目光示意着手枪。

我摇摇头,他也没动手开枪。

我只是跟在他后面。

在航空控制室里——技术人员和程序设计员如同进入催眠状态一般在那里摆弄电脑。

他怎么有时间让所有人都服从他的意志?

难道他一到拜科努尔就马上动手?

普通吸血鬼轻而易举就能把一两个人控制在手下,高级吸血鬼连二十个人也能对付。不过科斯佳确实成了绝对的他者——硕大的航天基地现在都听他指挥。

有人给科斯佳送来清单,指着屏幕上显示的一些数据。他一边听,一边点头——甚至没有朝我们这边看一眼。

聪明的小伙子。很有学问。在物理系学习过,后来又转到生物系,但是物理和数学,他好像还是喜欢的。要是我的话,对这些图表和线条简直一窍不通,而他准备标定通往行星轨道的魔法隧道。施展魔法进入宇宙——对于他者是一小步,对于整个人类就是很大的一个飞跃……

只要他不耽搁。

只要格谢尔不惊慌失措。

只要不进行核打击——这无济于事,而且没必要,没必要,没必要!

隧道口打开时,科斯佳看了看我,目光中充满了蔑视和委屈。头盔玻璃后面的嘴唇微微颤动,我明白,他在说"再见"。

"再见,"我跟他约定。

科斯佳一只手提着维持生命活动的小箱子,另一只手提着放《富阿兰》的小箱子,迈步走向隧道口。

这时我才取下了盾牌——别人的力量挣脱而出,在四周消散了。

"对这一切你做何解释?"格谢尔问。

"您指的是什么?"我坐到一眼瞧见的椅子上,浑身发抖。轻便航天服里提供的氧气可以维持多久呢?这种航天服根本就不是为进入宇宙而特制的。两小时吧?未必会更长。

科斯佳·绍什金活着的时间剩下不多了。

"为什么你相信……"格谢尔开口说。他住口了。我甚至觉得,我听到了他和扎武隆之间在交流的一段对白。关于应该撤销命令,让轰炸机返回机场;关于魔法师的命令,也就是要消除发生在拜科努尔的丑行的痕迹;关于官方对于中断发射的说法。

"出什么事了?"拉斯问,坐到我身边。被他无礼地从椅子上赶走的技术人员困惑不解地四处张望。周围的人们平静下来。

"结束了。"我说,"一切都结束了。一切几乎都结束了。"

不过我知道,这还没有结束。因为在高高的天空上的某个地方,在云的上面,在寒冷的星球世界里,绝对他者科斯佳·绍什金正穿着别人的航天服在空中翻跟头。千方百计——却无法打通隧道。千方百计——却无法到达从旁边飘过的空间站。千方百计——却无法返回地球。

因为他是绝对的零。

因为我们大家都是吸血鬼。

在那里,在温暖、热闹的地球外面,在远离人类和动物,植物和微生物,远离一切要呼吸、颤动、忙忙碌碌地生活的东西之后,我们都会渐渐变成绝对的零。失去了别人给的力量,我们再也无法如此漂亮、如此出色地互掷球状闪电,无法治愈疾病,把枫叶变成纸币,把馊掉的牛奶变成地道的威士忌。

我们所有的力量——都是别人的。

我们所有的力量——也是我们的弱点。

这就是好小伙子科斯佳·绍什金无法理解和不愿接受的事实。

我听到了扎武隆的笑声——非常非常遥远,在萨拉托夫城,他站在露天咖啡馆的遮阳伞下面,手里拿着一杯啤酒,他凝望着暮色沉沉的天空——寻找天空中新出现的流星,这种星星闪过时将会十分耀眼,但持续的时间不长。

"你好像哭了,"拉斯说,"不过没有眼泪。"

"没错,"我说,"没有眼泪,没有力量。我打不开返回的隧道。必须坐飞机去。或者等待清洗队，大概他们能帮上忙。"

"你们究竟是什么人？"一个技术人员问。"啊？发生什么事了？"

"我们是卫生部检查机构的，"拉斯说，"你们最好解释一下，是谁想出在通风口边上抽大麻的！"

"什么大麻！"技术人员开始结巴起来。

"像树一样的大麻！"我斩钉截铁地说，"走吧，拉斯。我还得对你进行必要的解释。"

我们走出了候机厅——迎面跑来几个工作人员、几个挎着冲锋枪的战士。候机厅里乱糟糟的，没有人注意我们——也许，魔法盾牌的痕迹掩护了我们。在走廊尽头德国旅行者穿着粉红色裤子的臀部一闪而过，他连蹦带跳地跑着，终究没把手指从嘴里伸出来。他身后有两个穿白大褂的人急匆匆地疾行。

"你听我说，"我对拉斯说。"除了肉眼能看见的人类世界以外，还有黄昏界。能够进入黄昏界的只有那些……"

我咽了一口唾沫，顿住了——科斯佳仿佛又出现在我面前，还什么都不会的小吸血鬼……

"当心，我要变形了！我是——可怕的蝙蝠！我要飞！我要飞！"

再见。你确实已经成功了。

你在飞。

"能够进入黄昏界的只有那些具有……"我继续说。

尾 声

　　谢苗和拉斯一起走进办公室——他不时轻轻推一下前面的拉斯，好像在推一个当场抓住的黑暗使者的小魔法师。拉斯手里摆弄着卷得很紧的纸烟斗，千方百计想把它藏到身后去。

　　谢苗咚的一声坐到圈椅上，嘟哝说：

　　"受你庇护的那位呢，安东？你去处理吧。"

　　"出什么事了？"我警觉起来。

　　拉斯看上去脸上根本就没有愧色，只不过稍稍有点不好意思。

　　"见习的第二天，"谢苗说。"却连最简单、最基本的任务也完成不了。这些事甚至与魔法无关……"

　　"是吗？"我鼓励他说。

　　"我请他去机场见来自东京巡查队的佐佐木始介先生……"

　　我扑哧一笑。谢苗马上涨红了脸。

　　"这是普通的日本人名！不比安东·谢尔盖耶维奇之类的名字可笑。"

　　"我知道，"我同意说。"他就是在一九九四年与变形人女孩扯上关系的那个佐佐木吗？"

　　"正是他。"谢苗坐不安稳了。拉斯继续站在门口。"他路过欧洲，有事打算跟格谢尔商量。"

　　"发生了什么事情？"

　　谢苗气愤地看了拉斯一眼，清了清嗓子，说道：

　　"见习生先生非常想从我这儿了解，尊敬的佐佐木先生懂不懂俄语。我说他不懂。于是见习生先生用打印机打了一张海报，并出发去机场接这个日本人……你把海报拿出来看看！"

　　拉斯叹着气展开一卷纸。

　　用大号铅字打印的日本人名。拉斯没有偷懒，安装了日文打字程序。

上面一点的地方——铅字略小——印着的是：

"第二届莫斯科国际霍乱感染者会议"。

我得花很大的劲儿才能强忍着保持呆板的面部表情。

"你干吗这么写？"我问。

"我常常遇到外国人，"拉斯委屈地说。"有业务上的伙伴，也有亲戚——我有亲戚生活在国外……要是他们俄语字母一个也不识——我就用他们的母语把他们的名字打成大号铅字，名字下面嘛就打一些俄语中的笑话。比如：'国际非传统目标异性癖会议'、'欧洲聋哑音乐家和演唱家汇演'、'全球节制性欲运动积极分子代表大会'……我就拿着海报这么站着……朝各个方向转动，让所有遇到的人都能看见……"

"这个我已经明白了，"我说。"我另外想知道的是——你干吗要写这些？"

"当一个人从海关入境处出来——候机厅里所有的人都想知道，他是什么人，"拉斯平静地说。"他一出现，大家就对他微笑，还有很多人对他鼓掌、吹口哨、挥手。那个人不明白为什么大家会有这样的反应！他只看见大家都对他的到来表示高兴，发现了他自己的名字——便朝我走过来。于是我就把标语卷起来，带他去乘车。那个人回国以后就会对所有的人讲述——俄罗斯人是多么了不起，多么友好！人人都对他笑脸相迎！"

"蠢货，"我亲切地说。"这是人，而佐佐木是他者。高级他者，顺便说一句！他不懂俄语，但海报上的字他能够弄懂！"

拉斯叹了一口气，低下了头。

"我明白了……要是我错了——您就把我赶走好了！"

"佐佐木先生感到受委屈了吗？"我问。

谢苗耸了耸肩。

"当我们向他解释一切时，佐佐木先生笑了很久，"拉斯说。

"拜托，"我请求说。"别再这样做了。"

"说真的吗？"

"至少对他者别再玩这一套了!"

"当然,我不会再犯了!"拉斯承诺。"笑话的意义已经丧失了。"

我摊开双手,看了看谢苗。

"在走廊里等我一下,"谢苗吩咐。"海报留下!"

"我还想收藏呢……"拉斯说,不过他还是把标语留下,走了出去。

门关上后谢苗笑了起来,他拿起海报,重新把它卷起来。说道:

"我要到各部门去走一走,让大家乐一乐……你怎么样?"

"没什么。"我仰靠在圈椅里。"想坐得舒服一点而已。"

"高级……"谢苗拉长声音说。"哼……还有人说过——超出自己力量的事是做不到的。高级魔法师……他升得多高呀,戈罗杰茨基!"

"谢苗……其实我跟这件事毫不相干。事实就是这样。"

"我知道,知道……"谢苗站起来,在办公室里踱步。当然,办公室很小,但毕竟……"人事处副处长……哼。黑暗力量现在将会把水搅浑。加上你和斯维特兰娜,我们一共有四名高级魔法师。而守日人那边,少了绍什金,只剩下扎武隆一个……"

"让他们去从外省招募人员吧,"我说。"要不就等着镜子①的一下次来访。"

"我们现在是学者了,"谢苗点点头。"我们总是从错误中学到东西。"

他朝门口走去,不时隔着退了色的 T 恤挠一下肚子——英明、善良、疲惫的光明魔法师。当我们感到疲惫时,我们大家就会渐渐变得英明和善良。他在门口停下,若有所思地看了我一眼,说:

"我可怜绍什金。他本来是个好小伙子,有很好的前途……对黑暗使者来说。你心里很难受吧?"

"我别无选择,"我说。"他没有……我也没有。"

谢苗点点头:

"《富阿兰》也可惜了……"

---

① 参见《守日人》第二部。

科斯佳跳入轨道后过了一昼夜就在大气层里给烧死了。毕竟他打开的隧道口并不精确。

公文箱也随他一起烧掉了,定位器跟踪它直到最后一刻。宗教法庭要求组织队伍寻找这本书,但是时间不够了。

按我的心愿——时间不够,真是太好了。

在几百公里远的高空他身上的航天服由于大气层的热烈之吻而开始燃烧时,他有可能还活着。毕竟他是吸血鬼,氧气对他而言并不像对于普通他者那么重要——正如穿着轻便航天服的航天员们要体验过热、过冷,以及宇宙的其他诱人之处一样。我不知道,也不准备到航天指南中去查寻。再说,谁也不知道因窒息而死还是在烈火中丧生究竟哪个更加可怕。因为谁也不可能死两次——即便是吸血鬼。

"你看,我是可怕的、不死的吸血鬼!我会变成狼和蝙蝠!我会飞了!"

谢苗出去了,没有再说一句话,我久久地坐着,眼睛望着窗外——望着洁净无云的天空。

不是我们的天空。我们无法飞翔。

我们能够做的一切,就是千方百计不要倒下。

二零零二年七月——二零零三年七月

书中引用了亚历山大·乌里扬诺夫(拉斯)、卓娅·亚先科和基里尔·科马罗夫创作的一组歌曲《野兽过冬》、《白海》、《白卫军》、《野餐》的片断。